Collection dirigée par Glenn Tavennec

L'AUTEUR

Diplômée en 2004 de l'université Columbia, Alaya Dawn Johnson est titulaire d'un mastère de langues et cultures asiatiques. Elle a notamment passé plusieurs années au Japon avant de retourner vivre à New York. Auteur de deux romans fantastiques pour adultes, Alaya a aussi apporté sa contribution à l'anthologie jeunes adultes *Zombies contre Licornes*, dirigée par Holly Black et Justine Larbalestier (Éditions Fleuve Noir). Elle se consacre aujourd'hui entièrement à l'écriture, lorsqu'elle n'est pas en train de cuisiner ou de déguster des spécialités du sud de l'Inde…

Retrouvez tout l'univers de
LE PRINCE D'ÉTÉ
sur la page Facebook de la collection R :
www.facebook.com/collectionr

Vous souhaitez être tenu(e) informé(e)
des prochaines parutions de la collection R
et recevoir notre newsletter ?

Écrivez-nous à l'adresse suivante,
en nous indiquant votre adresse e-mail :
servicepresse@robert-laffont.fr

ALAYA DAWN JOHNSON

LE PRINCE D'ÉTÉ

traduit de l'anglais (États-Unis) par Paola Appelius

roman

R

Titre original : THE SUMMER PRINCE

ISBN 978-2-221-13485-6 ISSN 2258-2932
(édition originale : ISBN : 978-0-54-541779-2, Arthur A. Levine Books, an imprint of Scholastic Inc., New York)

À Lauren et Alexis, mes sœurs Johnson
et premières partenaires de voyage.
Partons ensemble découvrir le monde,
ses balneários *et tout le reste.*

PRINTEMPS

Les lumières de Palmares Três se sont éteintes.
Pourquoi se sont-elles éteintes ?
Parce que je le leur ai demandé.

Les lumières de Palmares Três se sont éteintes.
Pourquoi es-tu toute seule ?
Parce que je t'ai abandonnée.

Les lumières de Palmares Três se sont éteintes.
Comment je le sais ?
Parce que je suis mort.

J'avais huit ans la première fois que mon *papai* m'a emmenée au jardin public pour regarder mourir un Roi.

Je n'ai d'abord vu que des adultes vêtus de bleus, de verts et de rouges éclatants, plumes et sequins sur des étoffes chatoyantes brodées d'or et de pierreries. Des adultes costumés pour le carnaval, qui avaient jeté des manteaux et des châles plus sombres sur leurs épaules afin de se protéger de la fraîcheur matinale. J'ai levé les yeux sur cette foule de *grandes* comme si on venait de m'abandonner au milieu d'une assemblée d'*orixás*. Je ne distinguais pas leurs visages, mais j'apercevais leurs mains s'enrouler l'une autour de l'autre ou égrener des chapelets. Certains portaient des bougies, d'autres des fleurs. Ils avaient revêtu leurs habits de fête, mais demeuraient plus silencieux que dans mes souvenirs des années précédentes. Ils se frayaient un chemin en jouant des coudes, pourtant, personne ne dansait. Quelques hommes pleuraient. Pour la première fois de ma vie, je découvrais le carnaval sans la musique.

Je tenais la main de mon *papai*. Il ne me regardait pas. Soudain un étrange soupir a parcouru la foule, semblable au hurlement du vent sur les falaises pendant une tempête d'hiver. Une voix de femme s'est élevée sur le jardin public, mais j'étais trop petite, trop près du sol pour comprendre.

— Je ne vois rien ! me suis-je plainte en tirant sur la main de mon *papai*.

En se contorsionnant – nos voisins nous serraient de si près, entraînés par le mouvement de la foule, qu'il avait à peine la place de se retourner –, il s'est accroupi à ma hauteur.

— Ce sont les rouages du monde, June…, m'a-t-il dit. Tu es vraiment sûre de vouloir les connaître ?

Je ne comprenais pas sa mine grave, ni les pleurs ni la triste fatalité de la voix féminine dans les haut-parleurs de notre ville. La période du carnaval était pour moi synonyme de fête et de beauté. Je savais pourtant que je devais peser ma réponse avec soin, parce que mon *papai* ne me posait jamais une question à la légère. Si je répondais « non », il me laisserait par terre, où je ne verrais rien de ce que je ne comprenais pas, et ne comprendrais rien de ce que j'entendrais. Si je répondais « oui », ma vie en serait changée.

J'ai fait « oui » de la tête. Il m'a alors soulevée, bien que je sois lourde pour mon âge, et installée sur ses épaules. Si je bloquais la vue à quelqu'un, nul n'a protesté.

Il y avait un holo dans le ciel. Les images étaient projetées à quelques mètres au-dessus de la tête des gens rassemblés dans le parc, près de la cascade où je venais jouer avec *mamãe* en été. La Reine Serafina se tenait debout dans une austère pièce de bois et de pierre – le Haut Sanctuaire. Je l'aimais beaucoup à cause de sa peau noire et satinée, de ses cheveux aussi doux que la soie. On m'avait même offert une poupée Serafina pour mon anniversaire en juin dernier. Mais aujourd'hui, son visage farouche semblait de marbre et elle tenait un poignard à la main.

À côté de moi, un homme récitait une prière en secouant la tête. J'ai trouvé ça très beau, et j'ai regretté de ne pouvoir me joindre à lui. *Mamãe* ne fréquentait guère les sanctuaires de la ville et je ne connaissais pas de prières.

Puis l'holo est passé en grand-angle, montrant un autel devant une projection miniature de notre cité qui étincelait de toutes ses lumières. Un homme entravé par des cordes y était attaché, et la grande pyramide creuse de Palmares Três lui faisait comme une couronne. Symbole sur mesure pour notre dernier Roi en date, élu il y avait un an jour pour jour.

— Pourquoi le Roi d'été Fidel est-il attaché ? ai-je demandé à *papai*.

— Regarde, June, m'a-t-il chuchoté en me serrant la main.

— J'honore la mémoire de nos ancêtres sortis de l'esclavage ainsi que l'héritage qu'ils nous ont légué et qui a donné son nom à notre ville, psalmodiait Serafina, impassible et glaciale dans un turban cérémonial immaculé et une simple robe blanche.

Depuis l'autel, Fidel lui a répondu d'une voix ferme, mais ses épaules tremblaient et ses yeux brillaient du noir artificiel de ses pupilles dilatées à l'extrême.

— J'honore la mémoire de ceux qui sont tombés comme la canne sous la machette. J'honore la mémoire des hommes qui gisent sous nos pieds et la mémoire des femmes dont la force et la sagesse nous ont sauvés.

— Héritier du grand Roi Zumbi, tu es corrompu, a poursuivi la Reine, usant de mots presque familiers, mais dont le sens m'échappait au bout du compte. Acceptes-tu de faire à cette grande ville le don du sacrifice ? Au nom de Yemanjá, au nom d'Oxalá, aussi appelé Jésus-Christ, acceptes-tu d'offrir ton âme aux *orixás*, et ton choix à Palmares Três ?

Fidel a hoché lentement la tête, comme s'il flottait déjà dans l'océan de Yemanjá. Ses yeux trop noirs se sont ouverts tout grands, m'arrachant un frisson. Nous étions à l'abri dans le jardin public du Niveau Huit, alors qu'il était ligoté sur l'autel sacré du Niveau Dix, mais j'avais quand même l'impression qu'il me regardait.

— Oui, je le veux, a répondu Fidel avant de se laisser retomber sur la table de pierre.

À côté de moi, le spectateur sanglotait à présent sans retenue, et même *papai* s'est essuyé les yeux.

J'avais huit ans, on ne m'avait jamais expliqué ce qui arrivait aux Rois à la fin de l'hiver. Et, l'un dans l'autre, ce n'était pas nécessaire.

Avec lenteur, Serafina a gravi les marches du sanctuaire jusqu'à l'autel. Elle a posé sa main gauche sur l'épaule de Fidel, les doigts de la droite enserrant le poignard.

— La prochaine Reine tu désigneras, a-t-elle énoncé. Par le verbe, par le geste ou le sang.

Il a acquiescé. Quelques secondes se sont écoulées. Puis elle a fait glisser la lame sur la gorge offerte du Roi d'un geste rapide, net et définitif. La bouche de Fidel s'est ouverte comme celle d'un poisson hors de l'eau. Son sang a jailli en longs jets rythmiques, inondant les mains de la Reine, sa robe, l'autel tout entier.

J'ai poussé un cri, mais je voulais voir la suite.

— Il doit désigner la Reine ! ai-je lâché, l'estomac noué au point d'avoir envie de vomir.

L'homme qui pleurait à côté de moi a hoché la tête.

— Ce n'est pas grave s'il ne le fait pas, *filha*, m'a-t-il dit. C'est une année lunaire. Il n'y a que Serafina avec lui et il ne peut choisir personne d'autre.

Je ne suis pas sûre d'avoir bien tout compris à l'époque. Les cycles de cinq ans, les élections, les Reines et leurs Rois, les années lunaires et les années solaires…, c'est ce qui gouverne nos vies, mais ce n'est pas toujours très facile à assimiler. Surtout pour une gamine de huit ans, choquée aux larmes face à la mort d'un jeune Roi sacrifié par une Reine adulée.

Fidel a finalement accompli son devoir. Il a levé une main sanglante, tremblante mais résolue. Et l'a posée sur le ventre de Serafina avec tant de force que l'écho mouillé de ce contact a couvert le gargouillis de la cascade. La marque de ses doigts ensanglantés a imprimé le tissu sans équivoque.

L'holo a montré un gros plan du corps de Fidel. Dans la mort, ses yeux étaient restés ouverts, et toujours aussi impossiblement noirs.

Papai m'a ramenée à la maison. *Mamãe* a alors piqué une de ses crises, le traitant de tous les noms pour m'avoir gâché le carnaval en me faisant assister à une cérémonie aussi violente.

— Tu préfères la laisser célébrer sans qu'elle sache pourquoi ? l'a-t-il défiée.

— Elle est trop jeune, a objecté *mamãe.*

J'ai respiré un grand coup.

— Est-ce qu'il voulait mourir ? ai-je demandé à *papai.*

Il m'a contemplée d'un air grave.

— Je crois que oui, June. Son sacrifice sert notre ville.

— Alors, ça va, ai-je décidé. Je suis assez grande.

Nous l'appelons le Roi d'été, mais c'est au printemps que nous le choisissons.

Nous sommes début septembre[1]. Gil et moi progressons en dansant au milieu d'une foule hurlante de wakas dans l'espoir d'accéder à la zone réservée délimitée par un cordon au premier rang des gradins du stade. Dans quelques minutes, les trois jeunes finalistes à l'élection annuelle de notre Roi d'été monteront sur scène et nous devons nous trouver le plus près d'eux possible. Je n'ai jamais vu Enki d'aussi près – les holos comptent pour du beurre – et j'en vibre carrément d'excitation. Gil se retourne, avise mon regard anxieux scrutant la scène à l'affût du moindre signe, et éclate de rire.

— On a encore au moins cinq minutes, June, me lance-t-il en me tirant par la main.

1. Les saisons sont inversées dans l'hémisphère sud : le mois de septembre correspond à l'arrivée du printemps. *(N.d.T.)*

— Et si on le rate ? Et si les caméras ne nous repèrent pas ?

Gil hausse les épaules ; il respecte ma soif de gloire et de reconnaissance, sans la partager pour autant. Une des centaines trucs que j'adore chez lui.

— On s'en fiche qu'elles nous voient ou pas, réplique-t-il en désignant l'essaim de CamBots à peine plus grosses qu'un pouce qui vrombissent autour de la scène. Ce qu'on veut c'est que *lui*, il nous voie !

Lui. Enki. Je respire à fond en soupesant une énième fois au fond de ma poche la masse rassurante du projecteur holo portatif que nous avons réussi à introduire en douce. Pas plus tard que la semaine dernière, Gil et moi déjouions la surveillance des SécuriBots de Gria Plaza pour aller taguer au pochoir le mur d'un immeuble administratif. Mais nous n'avons jamais tenté d'action aussi audacieuse que celle d'aujourd'hui. Je ne me suis pas encore révélée au grand jour. Oh, il y a toujours la possibilité qu'un SécuriBot me plante dans le corps une fléchette anesthésiante et que je me réveille sans masque de protection dans une cellule de détention du Niveau Deux, mais je ne suis pas stupide. Je ne suis peut-être pas aussi douée que les *grafiteiros* du *verde* pour les semer, mais je me situe quand même plusieurs niveaux au-dessus des wakas de mon lycée.

Pourtant, aujourd'hui je porte mes vêtements de tous les jours, j'ai un ticket nominatif acheté en bonne et due forme avec mon propre argent. Cette fois, nous avons prévu de nous faire prendre. Certes, mère et Tante Yaha ne seront pas contentes, mais elles ne le sont jamais de toute façon. Je considère ce que nous allons réaliser comme mon *coming-out* : si tout se déroule selon notre plan, la ville entière découvrira mon art pour la première fois.

Le stade est la fierté des niveaux inférieurs – aménagé à l'intérieur de l'un des nombreux nodules sphériques qui forment la structure interne de la pyramide creuse de notre cité. Le dôme transparent s'élève haut au-dessus de nos têtes, suffisamment pour que se forment certains jours quelques nuages cachant les lumières flamboyantes et palpitantes de la ville en contre-plongée. Vues d'ici, les navettes circulent dans l'entrelacs luisant des couloirs d'acier tels les globules d'un sang argenté dans des artères triangulaires brillamment éclairées.

Les mégastructures métalliques bordées de jardins, de boutiques et d'habitations s'étendent sur notre gauche et notre droite. Le spectacle me prend de court ; c'est une vision qui m'est plus familière dans les fictions que dans la vraie vie. Même si j'ai passé toute mon existence ici, je ne traîne pas aux niveaux inférieurs en plein jour. Ayant grandi au Niveau Huit, j'ai l'habitude de contempler l'ossature pyramidale et chatoyante de Palmares Três d'une position plus élevée.

Deux agentes de sécurité montent la garde devant le rideau de velours qui sépare les places réservées du reste de la cohue. Ma belle-mère est une Tante, une étoile montante de notre gouvernement. J'aurais pu lui demander de nous pistonner et de nous obtenir des places, mais elle aurait su que Gil et moi séchions les cours pour assister au spectacle. Rien que l'idée d'une autre de ces longues disputes avec mère, où Tante Yaha joue les pacificatrices frustrées, m'est insupportable. On peut dire que je ne supporte plus grand-chose de la part ces deux femmes ces derniers temps.

Gil et moi en sommes donc réduits à improviser. Je souris et mes soucis se dissolvent dans la joie pure et angoissante qui accompagne cette sensation de danger et de liberté. Les agentes de sécurité vérifient les tickets à l'aide d'un gros *fono*. Seuls les wakas sont autorisés dans la zone réservée, parce que c'est nous que les Tantes veulent mettre en avant durant les élections lunaires. Quelques *grandes* sont assis dans les tribunes, mais la plupart des gens dans le public ont moins de trente ans et sont respectés pour cela – une rareté dans une ville gouvernée essentiellement par des femmes ayant dépassé leur premier siècle d'existence.

Gil me serre la main et s'approche de l'une des agentes de sécurité. Avec une désinvolture étudiée, il lui tend son flash – sa puce d'identité est enchâssée dans la même vieille breloque en forme de pyramide qu'il utilise depuis que je le connais. La femme le fait passer devant son *fono*, puis fronce les sourcils.

— Vous n'avez pas de laissez-passer, annonce-t-elle.

La lèvre inférieure de Gil se met alors à trembler et il ouvre de grands yeux catastrophés.

— Mais… j'ai gagné le concours de dissertation de mon lycée ! Ma professeure m'a dit que tout était arrangé…

La femme pousse un long soupir. Sa collègue, qui accrédite les laissez-passer de retardataires à quelques mètres de nous, hausse des sourcils inquisiteurs.

— Il y a un problème ? demande-t-elle.

— Il dit qu'il a gagné un concours.

Elle se retourne nerveusement vers l'arrière de la scène avant de nous rejoindre.

— Qu'est-ce que c'est que cette histoire… ? commence-t-elle.

Je n'entends pas la suite. Sous les yeux des cinq wakas qui attendent encore leur accréditation, je me faufile derrière les deux femmes fascinées par la moue sur le beau visage de Gil et mets les voiles en direction de deux places libres à l'autre bout de la zone réservée. Je m'installe comme si j'étais parfaitement en droit de me trouver ici, et personne ne fait attention à moi. Tout le monde a les yeux braqués sur la scène. J'espère que le public est pour Enki. Ce dernier est le favori surprise de cette élection, la beauté brute du *verde* que personne n'attendait en finale. Il gagnera – c'est obligé – mais je préfère m'en assurer et j'ai convaincu Gil de m'aider à réaliser un projet artistique.

Un projet d'art éphémère… dans un lieu très public.

Enfin, le dôme de verre s'opacifie progressivement ; le stade s'assombrit jusqu'à ce que je ne distingue plus que l'éclairage de la scène et le marquage au sol indiquant les sorties. Quelques secondes plus tard, Gil se glisse à mes côtés. Il se mord les lèvres en m'agrippant le genou d'excitation.

— Je n'arrive pas à croire qu'elles t'aient laissé passer ! je lui chuchote.

Il appuie sa tête contre la mienne et prend une profonde inspiration.

— Tu me connais, *menina,* susurre-t-il. Personne ne résiste à mon charme.

Je lui donne un coup de coude dans les côtes. Mon meilleur ami du monde entier est prétentieux comme un paon, mais je m'en fiche. Il est assez beau pour se le permettre.

Tante Isa, le plus haut membre de notre gouvernement après la Reine Oreste, apparaît sur l'estrade, suivie par un projecteur qui accompagne chacun de ses gestes. Immédiatement, des cris et des acclamations éclatent dans le stade et mes oreilles résonnent de l'allégresse partagée de dix mille personnes. Gil hurle le nom d'Enki à l'unisson d'une centaine d'autres wakas autour de nous. Les groupies de Pasqual et d'Octavio scandent aussi leur soutien à leurs champions. Je voudrais joindre ma voix à celle de Gil, mais j'ai déjà du mal à respirer tellement j'ai la gorge serrée. Cela fait des semaines que je prépare mon coup, depuis la première fois que j'ai vu Enki au début de la compétition.

Tante Isa a les joues rondes et les lèvres pleines, la peau aussi claire que la mienne, des sourcils fins et doux qui ont l'air un peu fanés – la seule partie d'elle qui semble vieille. Sous son turban rouge emblématique, son visage familier paraît sans âge. Elle est vice-Reine depuis cinquante ans – cinq Reines se sont succédé à ses côtés, mais elle n'a jamais prétendu à la couronne.

— Mes enfants, nous accueille-t-elle dès que le silence est revenu, soyez les bienvenus au stade du Roi Alonso ! Dans une semaine, toute la ville élira une fois de plus notre nouveau Roi. J'ai rassemblé aujourd'hui les finalistes en ce lieu afin que les charmants jeunes hommes qui se sont portés candidats en cette année lunaire répondent à vos questions.

La cacophonie de nos vivats est peut-être assourdissante aux oreilles des *grandes*, mais je n'y prends pas garde. J'ai retrouvé ma voix et je crie avec les autres. Et même si mon petit projet rencontre des obstacles, je m'en fiche. Je suis submergée par le sentiment de vivre un moment historique.

La première chose que vous devez savoir à propos d'Enki, c'est qu'il est noir. Plus noir que le café que ma mère et Tante Yaha avalent chaque matin, plus noir que la voûte céleste par une nuit sans lune, presque aussi noir que mes pupilles dilatées par le plaisir, presque aussi noir que l'encre. Je n'ai jamais connu personne à la peau aussi noire que lui, contrairement à Tante Yaha à ce qu'elle prétend. Il lui arrive de voyager dans les villes plates en tant qu'ambassadrice de Palmares Três. Elle est même allée à Salvador – ou ce qu'il en reste. La plupart de ces gens ne possèdent pas les techs de standardisation génétique, aime-t-elle à raconter.

« Et je parie qu'ils n'en voudraient pas même s'ils pouvaient se les procurer », précise-t-elle chaque fois en agitant la main de cette façon qu'elle a de manifester son mépris. « Les 2D vouent un culte à leurs différences. »

Je n'avais jamais compris ce qu'elle voulait dire jusqu'à Enki. Sa mère avait vécu à Salvador, à ce qu'on raconte, mais j'ai du mal à y croire. J'ai vu les images et je ne conçois pas que quelqu'un puisse *vivre* là-bas. Elle était enceinte de six mois quand les Tantes lui ont accordé un droit d'asile exceptionnel. Elles n'ont donc pu pratiquer que les modifications génétiques les plus élémentaires. Il était trop tard pour se conformer à nos règles de standardisation de l'apparence, et ça lui a plutôt réussi.

Enki est né aussi noir que la mélasse, presque autant que le goudron. Enki est né avec cette beauté sauvage, et l'on voit dans son sourire qu'il en est conscient. Il n'est pas sûr que ce soit très important, mais il aime l'admiration qu'il suscite.

La deuxième chose que vous devez savoir à propos d'Enki, c'est qu'il a grandi dans le *verde*. Au sommet de notre pyramide brille une grande lumière blanche qui éclaire la baie. C'est le Niveau Dix, le niveau sacré, où vivent la Reine et les Tantes de plus haut rang. Le Niveau Neuf et le Niveau Huit sont réservés aux Tantes de moindre importance et à leurs employés. Et ainsi de suite jusqu'en bas de la pyramide. Jusqu'au *verde*...

Des cuves d'algues bordent la base en béton armé de notre pyramide, tel un rang d'émeraudes de pacotille – agates géantes où se mêlent des touches de brun aux tourbillons de vert. Lorsque les vagues déferlent contre les cuves, elles tremblent et tanguent sur l'eau. Je suis sortie plusieurs fois dans la baie, histoire de juger à quoi nous ressemblons vus de l'extérieur (il est parfois si facile d'oublier qu'il existe un extérieur, or nous ne devons jamais l'oublier). Les croisières dans la baie sont très prisées en fin de journée. Tout le monde peut s'extasier à l'abri de lunettes protectrices devant le reflet du coucher de soleil flamboyant sur les structures de verre et d'acier de notre ville. On dit que si l'on regarde au bon moment, le soleil ressemble à un rubis serti par un *orixá* au sommet de la pyramide.

Ce n'est pas l'effet que ça m'a fait... Mère m'a emmenée dans la baie pour fêter son mariage avec Tante Yaha, mais je n'ai pas vu le joyau de la couronne. J'ai vu du sang. Du sang qui éclaboussait la grande pyramide creuse de notre ville plantée au milieu de la baie, du sang qui coulait sur ses flancs, recouvrant ses armatures métalliques, ses navettes et ses grandes places rondes. Je n'ai pas contemplé le soleil – j'ai même carrément oublié les lunettes qu'on nous avait données et que je tenais toujours à la main. J'ai observé la base de notre pyramide, où déferlent les vagues et dansent les cuves d'algues. Dans les rangées d'habitations disposées en terrasses entre les cuves, quelques dizaines de gens, ridiculement petits à cette distance, nous rendaient nos regards. Personne n'a agité la main.

On appelle ça la *catinga*, la puanteur, mais eux l'appellent le *verde*. Le vert… Je n'avais jamais songé à me demander pourquoi jusque-là. *Comment font-ils pour supporter l'odeur ?* C'est la question que tout le monde a sur les lèvres. Dans la catégorie des discussions stériles où les gens parlent pour ne rien dire, celle-ci vient en deuxième position après la météo. Pourtant, la base de notre pyramide est belle. Au milieu de tout le sang du soleil mourant, le *verde* demeurait vivant.

Le bleu de la baie, le vert du *verde*. Une fille de riches sur un bateau, se méfiant de sa nouvelle mère et pleurant toujours son père.

Et le garçon ? Fait-il partie de ces silhouettes insondables qui me regardent les regarder ? La peau plus noire que les autres, mais la blancheur éclatante de son sourire, le brun plus clair de ses iris et de la paume de ses mains ? Se moque-t-il de nous avec ses amis, ou me fixe-t-il en se demandant qui je suis ?

CamBots comme des mouches autour d'un pique-nique. Il arrange des orchestrations angéliques de musique classique et savait déjà résoudre des équations du second degré à l'âge de trois ans. Quand il sourit, même moi je retiens mon souffle.

Octavio est assis à la gauche de Pasqual, et il regarde au loin, au-delà de la foule anonyme que nous formons. C'est le moins affecté des trois prétendants, comme si sa présence sur cette scène lui était indifférente. Je suis étonnée qu'il soit arrivé aussi loin dans la compétition, mais l'élection du Roi d'été nous réserve toujours des surprises. Octavio est plus petit, mais assez grand tout de même. Il ne sourit presque jamais et n'ouvre la bouche que lorsqu'il y est obligé. Il n'est pas particulièrement beau, mais je ne dirais pas non plus qu'il a un physique quelconque. Il écrit, un talent inhabituel pour un prince lunaire. En général, les candidats donnent dans des spécialités plus spectaculaires comme le MétalloSurf, la capoeira ou même tout bonnement le chant. Octavio, lui, dédie des poèmes d'amour à une personne qui demeure mystérieuse, malgré les efforts de centaines de milliers de garçons et de filles hystériques. Ses poèmes me compriment le cœur. Ils me donnent à la fois envie de pleurer et de hurler de rage.

Ces deux-là sont brillants ; le type de garçon avec qui tous les wakas rêvent de passer la nuit et seraient prêts à mourir pour ça.

Je les déteste.

Gil et moi nous fichons pas mal que ce soit une année lunaire et qu'aucun de ces prétendants n'aura de pouvoir réel. Laissons le futur Roi solaire désigner la prochaine Reine dans cinq ans. Tout ce que nous voulons, c'est ce garçon à la beauté sauvage, notre vrai prince lunaire. Nous désirons Enki plus que tout avant lui.

Enki se laisse aller contre son dossier avec un sourire éclatant, comme s'il était aussi excité que nous tous de se voir sur scène. Tante Isa débite son discours sur l'historique de notre ville et de notre système unique d'élection des Rois. Gil et moi ne l'écoutons pas vraiment. Il a sorti son projecteur holo et le mien se trouve sur mes genoux. J'ai décidé de les mettre en action vers la fin du débat, quand Enki aura la parole. Mon petit numéro n'en obtiendra que plus d'attention.

Le nom que prononce soudain Tante Isa est beaucoup plus intéressant que tous ses bavardages sur le premier Roi Alonso et la désignation originelle de la première Reine, Odete.

— L'illustre ambassadeur de Tokyo 10, Ueda-sama, va avoir l'honneur de poser la première question à nos trois finalistes !

Cette annonce déclenche aussitôt un curieux mélange de rires gênés et d'applaudissements frénétiques. Je me souviens d'avoir entendu Tante Yaha dire que certaines personnes voyaient la visite de l'ambassadeur comme un signe que les Tantes pourraient assouplir la législation sur les nouvelles technologies. Tokyo 10 est en effet réputé pour ses nanotechs, et une nouvelle technique révolutionnaire permettant de transformer les êtres humains en flux de données immortelles. J'ai lu les rapports, mais les descriptions de Tokyo 10 pourraient aussi bien être les visions issues de l'imagination d'un monde d'avant le Grand Bouleversement, pour ce que j'y comprends. Je flirte avec nos lois pour les besoins de mes projets artistiques, mais je n'ai jamais rien découvert s'approchant de ces technologies qui doivent sembler si banales à l'ambassadeur.

Pourtant, l'homme qui serre la main de Tante Isa avec un sourire déférent a l'air des plus ordinaires. Aucune extension corporelle, pas d'ailes, de mains palmées ou d'antennes, ni aucun de ces dizaines d'autres appendices que j'ai vus en photo. Son visage lisse est sans âge, comme celui de Tante Isa, ce qui me fait penser qu'il doit être très vieux. Sa voix est douce, mais ferme, teintée d'un léger accent.

— Je vous remercie, Tante Isa. C'est un immense honneur pour moi d'être admis parmi vous pour célébrer un moment aussi important de votre culture. Ma question à ces jeunes gens est très simple : qu'avez-vous prévu de faire en cas de défaite ?

Gil et moi échangeons un regard surpris et intrigué. Personne n'a jamais osé poser pareille question, pas même Sebastião, notre fluxeur mondain vedette. C'est impoli à un point indicible, et seul un étranger comme Ueda-sama pouvait se le permettre.

Pasqual répond le premier :

— Je veux être Roi, déclare-t-il de but en blanc. Cette ville est ma ville, et vous êtes mon peuple. Je n'imagine pas plus grand honneur que de me sacrifier pour vous.

Gil applaudit ; je lève les yeux au ciel. Pasqual est un tel fanfaron, avec sa voix théâtrale il serait capable de faire frissonner une statue. Il brandit son charisme de pacotille comme un gourdin, et tout le monde se fiche pas mal qu'il n'ait pas vraiment répondu à la question de l'ambassadeur.

Octavio, lui, reste assis pour répondre, une ride barrant son front tandis qu'il parle avec lenteur en choisissant ses mots.

— J'y ai pensé, évidemment, même si mon désir premier ne diffère pas de celui de Pasqual. Mais si je devais perdre, je ne regretterais certainement pas de vivre ma vie… qui n'intéressera plus personne, j'en suis sûr.

Son petit sourire d'autodérision m'arrache malgré moi un élan de sympathie. Je ne veux pas d'Octavio pour Roi, mais il ferait sans doute un bon camarade.

Enki se lève à son tour pour répondre. Il ouvre la bouche pour parler, puis la referme sans dire un mot et se dirige avec une grâce abrupte vers le bord de la scène où se trouve Ueda-sama.

— Nous n'avons pas été présentés, dit Enki en lui tendant la main.

Ueda-sama accepte la main tendue avec une onctuosité qui n'est pas sans m'évoquer Tante Yaha. Le talent des diplomates de métier.

— C'est une très bonne question, poursuit Enki, les yeux pétillants. Mais personne ne vous a prévenu qu'il ne fallait pas nous prendre au sérieux ?

Je glousse – un ricanement aigu, tendu et bref, plus pour évacuer la tension que pour exprimer de la joie. Comme toujours, Enki flirte dangereusement avec l'inacceptable. Je me demande parfois s'il peut déplaire assez aux Tantes pour qu'elles l'écartent de la compétition. Nous n'en sommes pas encore là, mais faire des ronds de jambe à l'ambassadeur de la ville pro-tech la plus éminente au monde pourrait juste être la goutte d'eau.

Cependant Ueda-sama lui répond sans laisser à Tante Isa le temps d'intervenir.

— Je pense, lance l'ambassadeur d'une ville d'immortels, qu'un homme qui se propose de mourir doit être respecté pour son choix.

Enki hoche la tête.

— En nous rappelant la vie que nous abandonnerons ?

Même Ueda-sama tressaille devant la brutalité du fond que soulève sa question, mise à nu par l'interrogation cinglante d'Enki.

— Avez-vous besoin qu'on vous le rappelle ?

Gil me serre le bras à me faire mal, et je lui rends la pareille.

Le sourire s'efface soudain des yeux d'Enki, trouve ses lèvres. Il enfouit les longs doigts de sa main gauche dans ses dreadlocks.

— Non, répond-il. Mais il m'arrive d'y penser. J'apprendrai à jouer à la *peteca*, parce que je ne suis pas très doué. Et je danserai, bien sûr. (Il décoche un sourire aux wakas plutôt déroutés de l'assemblée, provoquant un rire de soulagement.) Rien de spécial, quoi.

— Vous avez donc décidé qu'il vous importait peu de perdre cette vie ?

— Y renoncer a été la chose la plus difficile de mon existence, souffle Enki. (Ils se tiennent tout près l'un de l'autre.) Mais je choisis quand même cette ville, continue-t-il, s'adressant à présent à la foule indistincte des wakas. Et j'espère qu'elle me choisira.

Les acclamations et les trépignements de joie ébranlent aussitôt le stade. Gil se tourne alors vers moi. Je ne l'entends pas dans le vacarme, mais je lis sur ses lèvres.

— Maintenant ?

C'est plus tôt que je ne l'avais escompté, mais sur une impulsion j'acquiesce.

— Trois, deux, un…, j'annonce en marquant le décompte sur son bras.

À « un », nous allumons tous les deux nos projecteurs et les levons au-dessus de nos têtes.

J'ai dû programmer cette image sur deux appareils parce qu'un seul n'aurait pas suffi à capter l'attention du public dans un lieu aussi vaste. Mais notre double holo implique que Gil et moi tenions nos projecteurs précisément à la même hauteur et à la bonne distance l'un de l'autre. Vu d'en bas, je ne sais pas si nous y parvenons. J'ai bientôt mal aux épaules ; la transpiration me chatouille les tempes, mais personne ne semble nous avoir remarqués.

Enki savoure la transe du public qui lui est désormais acquis. Ma grimace se transforme en demi-sourire. Mais, lorsque la clameur décroît, Tante Isa se contente de remercier l'ambassadeur pour sa question avec à peine un soupçon de contrariété. Enki salue la foule en inclinant légèrement le buste et s'apprête à rejoindre les autres finalistes.

Je me mords les lèvres pour ne plus penser à la brûlure intense dans mes biceps et mes omoplates.

— Et merde ! je m'exclame, assez fort dans le silence qui retombe sur le stade pour m'attirer les regards de mes voisins.

Je m'étais imaginé que mon holo créerait un choc, avant d'emporter l'adhésion générale. Je ne m'étais pas préparée à cette transparence : quel sens a l'art public si personne ne le voit ? Gil me jette un coup d'œil furtif, guettant sans doute le signe que je jette l'éponge.

Mais Enki s'arrête soudain, tourne la tête et scrute la foule en plissant les yeux.

— Est-ce que… ? lâche-t-il, en posant son regard sur nous comme s'il venait d'apercevoir Vénus par une nuit sans nuages.

Il l'a vu. L'hologramme familier de notre ville pyramidale qui flotte dans les airs, porteuse d'un symbole sombre et fantomatique, celui d'une main sur son cœur – évocation sans équivoque de Fidel, notre dernier Roi lunaire, qui a marqué Serafina de l'empreinte de sa main ensanglantée. Au-dessus de la pyramide tournent des lettres formant les mots : « Les wakas de Palmares Três veulent Enki ! » Sa base est enluminée du vert de cuves d'algues miniatures. En dessous : « Cette année, la lumière nous viendra du *verde.* »

Devant ce spectacle, Enki rit en battant des mains.

— Je l'espère bien ! lance-t-il en se rasseyant à sa place.

Tante Isa ne daigne pas nous accorder un regard, tout affairée qu'elle est à ramener l'ordre pour reprendre les choses en main. Mais je m'en fiche – le seul qui compte a ri de mon holo et tout le monde doit être en train de le regarder en se demandant qui a eu l'audace de faire une chose pareille. Je crois déjà entendre les bourdonnements de quelques CamBots au-dessus de ma tête. Avec un peu de chance, j'aurai droit à un fil mondain de Niveau Deux ou Trois.

Gil et moi échangeons un sourire fugace de pur triomphe. Mais je ne veux pas m'éterniser, et nous éteignons nos projecteurs juste au moment où deux agentes de sécurité s'approchent pour nous faire circuler.

Je pense parfois à la fin du monde.

Pas à la fin de notre monde. Celle du monde d'avant, il y a quatre cents ans.

Vous savez, ces images qu'on nous montre le jour du Souvenir ? Ces croix blanches par milliers qui sortent de terre telles des marguerites. Les bûchers funéraires quand les corps sont devenus trop nombreux pour être enterrés ; les nuages vomissant une fumée noire et huileuse qui se répand au-dessus de Rio et de São Paulo. C'est si facile, en voyant ces images, d'imaginer ce qui est arrivé, même s'il s'agit d'un passé très lointain. Ils ont dû croire l'apocalypse venue lorsque le froid s'est installé et que leurs bombes sales ont détruit l'État du Pernambouc. Des centaines de millions de morts supplémentaires dans les guerres nucléaires, la montée des eaux après la fonte des glaces et les migrations vers le sud...

Je connais tous ces détails, mais ce n'est pas à ça que je pense.

Je m'imagine dans la peau d'une Reine. Je suis la Reine Odete, assise dans un abri antinucléaire quelque part sur la côte de Bahia dans ce pays qui fut jadis le Brésil, et j'essaie de faire naître un monde nouveau de la bouche hurlante de l'ancien. Que m'interdirais-je ? Que m'interdirais-je de créer ?

Qui ne sacrifierais-je pas si cela permettait au monde de ne plus jamais subir pareille agonie ?

Je choisis mon amant, mon Roi, et je le mets sur un piédestal pour mieux l'en faire tomber. Un homme, comme ceux qui ont conduit la planète à sa perte.

Je conserve certains éléments du monde que je connais : le candomblé, qui a toujours respecté la force des femmes ; le catholicisme, qui a toujours compris le sens du sacrifice ; et Palmares, la ville légendaire bâtie à la sueur de leur front par les anciens esclaves dans le cœur de la jungle, preuve qu'il est possible de construire un monde meilleur.

Ainsi Palmares Três. L'utopie rêvée par Odete était plus improbable encore que ma naissance, pourtant les deux sont advenues. Ne te demandes-tu donc jamais comment nous en sommes arrivés si loin de ce à quoi le monde d'avant ressemblait ?

Lorsque le monde est détruit, quelqu'un *doit* le recréer. Je crois que c'est ce qu'on appelle l'Art.

Dans moins de cinq heures, toute la ville de Palmares Três élira notre prochain Roi d'été et c'est bien sûr le jour qu'a choisi notre professeur d'éducation civique pour nous coller un partiel. Même Bebel l'implore d'y renoncer, et je vous jure pourtant que pour elle un contrôle est presque aussi cool qu'une fête… Et c'est ainsi que mes camarades de classe et moi nous retrouvons penchés sur des écrans de composition dans une des salles d'examen, les hautes parois des cabines individuelles ne laissant à ma vue que le sommet de leurs crânes. Ces derniers jours, j'ai essayé de réviser, malgré la tentation extrême de consulter pendant des heures les flux mondains. Mon holo n'a pas fait très forte impression, mais quelques fluxeurs en ont parlé. Ce n'est pas le raz de marée que j'avais imaginé dans mes rêves les plus fous, mais je m'en fiche. Après avoir goûté au public, je comprends maintenant que mon art s'est confiné ces derniers temps et a besoin d'espace. Même mes occasionnelles excursions de graffeuse avec Gil me paraissent ternes en comparaison de ce que je pourrais accomplir.

Mais dans le monde réel, je suis une lycéenne, pas une artiste célèbre. Je secoue la tête et commence à rédiger.

Bebel a fini la première. Je le sais, même si personne n'est autorisé à quitter la salle avant la fin du temps imparti, parce que ma camarade de classe la plus compétitive s'étire sur sa chaise avec ostentation en exhalant un long soupir satisfait.

— Tu viens d'avoir un orgasme ou de finir ta dissert ? je chuchote juste assez fort pour que Paul et Gil pouffent de rire.

Le prof nous jette un regard sévère depuis son pupitre, mais ne dit rien. Mon calvaire est bientôt terminé. Je suis contente qu'il nous ait donné au moins une question facile : « Expliquer l'évolution des traditions entre années lunaires et solaires concernant la cérémonie du Roi d'été. Pourquoi les Rois des années lunaires n'ont-ils qu'un rôle symbolique de confirmation de la Reine régnante, plutôt que de désignation d'une nouvelle Reine ? »

Avec toutes les leçons d'histoire que même les fluxeurs mondains les plus grand public nous servent à toutes les sauces depuis un mois, répondre à cette colle est presque un jeu d'enfant. Peut-être la raison du contentement de Bebel ? Non, je me refuse à lui accorder ce crédit.

Je balance le couplet habituel. Il y a deux cents ans, le roi Luiz était le plus jeune monarque jamais élu et le plus populaire depuis longtemps. En son honneur, la Reine fit inscrire dans la loi que tous les Rois d'années lunaires seraient désormais des wakas âgés de moins de trente ans, et que les Rois des années solaires, élus lorsque les Reines atteignaient leur limite de deux mandats, devraient être des adultes respectés. Les Tantes rompirent ainsi avec la tradition de désignation de la Reine « par le geste ou par le sang » et attendirent que les Rois des années solaires aient prononcé leur choix avant de leur trancher la gorge. Le rituel originel fut seulement conservé dans les années lunaires, qui devinrent soudain symboliques. La Reine régnante étant la seule femme autorisée dans le sanctuaire, sa confirmation n'est plus qu'une formalité. Je saupoudre ma dissertation d'une pincée de mes propres spéculations, à savoir que l'élection de Luiz a coïncidé avec l'apparition des premières technologies majeures d'allongement de l'espérance de vie. Les *grandes* vivaient tout à coup cinquante, cent ans de plus qu'auparavant, et les wakas perdirent leur peu de poids politique. Le moment idéal pour leur offrir un Roi. Cynique ? Peut-être, mais cela continue de fonctionner. Je ne me suis jamais beaucoup intéressée à la politique. Lors de la dernière année solaire, la compétition avait été très digne et solennelle – et je ne me souviens quasi de rien.

Je mets le point final quelques secondes avant que le minuteur n'éteigne nos écrans. Je m'étire, je me lève et cherche Gil du regard. Nous avons des choses à faire ce soir.

— Passionnante cette élection, non ?

C'est Bebel, toujours aussi satisfaite d'elle-même. La première fan de Pasqual bien sûr, parce que Bebel ne peut qu'aimer quelqu'un d'aussi parfait et surfait qu'elle.

— Enki l'emportera si cette ville a le moindre bon sens, dis-je par pure provocation.

Ça marche à tous les coups ; elle arque ses sourcils épais et carre les épaules en position de défense.

— Je les trouve tous excellents, réplique-t-elle avec cette supériorité bien-pensante qui la caractérise.

— Peut-être qu'Octavio va tirer son épingle du jeu, intervient Paul, sans hésiter à mettre les pieds dans le plat. Il a dominé Pasqual dans le débat…

Bebel repousse une mèche errante d'un souffle agacé avant d'élever sa voix sans défaut.

— Pasqual est un compositeur, pas un politicien !

Peu de gens peuvent tenir tête à Bebel quand elle s'emballe.

— Je trouve Pasqual génial, continue Paul en levant les mains d'un geste apaisant. Je dis juste qu'Octavio l'a surpassé dans le débat…

— Un Roi d'été devrait être doué en politique *et* pour les arts, fait remarquer une autre fille de la classe.

— Même les années lunaires ? demande Bebel.

— Surtout les années lunaires !

— Peut-être qu'il devrait *respecter* les arts et *comprendre* la politique, s'en mêle Gil.

J'enfonce le clou en souriant :

— Et peut-être que ça peut aider de dominer le débat *et* de danser comme un dieu.

Bebel pousse un soupir.

— Oui, June. Nous savons tous que tu es raide dingue d'Enki.

— Tous ceux qui ont une âme sont raides dingues d'Enki.

Paul hoche la tête avec lenteur.

— Je les trouve tous super, et si Enki s'invitait chez moi, je n'irais pas coucher dans la baignoire, mais… je ne me porterais jamais candidat. J'en serais incapable.

— Moi, je voulais le faire, lance un autre garçon, happé par notre discussion. Mais mon *papai* m'a supplié d'y renoncer. Il a dit que je lui manquerais trop si je mourais. Mais j'ai pensé que… bah, j'aurais pu être Roi, pas vrai ? Je crois que ça en vaut la peine.

Paul hausse les épaules.

— Pas pour moi. On pourrait toujours me payer ! J'ai l'intention de vivre vieux, au moins jusqu'à deux cent cinquante ans.

Bebel le salue d'un sourire moqueur.

— Tu es déjà le plus vieux waka du monde, Paul.

— J'essaie d'être raisonnable, lui répond-il en détournant les yeux.

Il est conscient qu'on se moque tous de lui. Pas étonnant qu'il ne porte pas Enki dans son cœur. Mon favori est brillant, imprévisible et créatif, mais personne ne peut l'accuser d'être raisonnable.

Près de moi, Gil demeure inhabituellement silencieux. Je lui tape sur l'épaule. *Et toi ?*

— L'idée m'en est venue..., avoue-t-il à voix basse, mais nous l'entendons tous.

J'éprouve soudain comme un poids au fond de l'estomac – choc, peur, colère, ou les trois à la fois. Il ne m'en a jamais parlé, mais j'aurais dû le deviner.

— Ma *mamãe* n'a jamais rien dit, continue-t-il. Elle savait ce que j'avais en tête et elle n'a jamais essayé de m'en dissuader.

— Elle s'en fichait ? demande Bebel, qui peut être bête à manger du foin quand elle s'y met.

La mère de Gil est très jeune, presque encore une waka, et il subit plus que son lot de plaisanteries à cause de cela.

— Elle ne s'en fichait pas du tout, bien au contraire. Mais elle m'aime assez pour me laisser partir et je l'aime assez pour être resté.

Bebel acquiesce lentement. La conversation se poursuit, tout à la fois sérieuse et animée, mais je ne l'entends plus. Une sensation familière m'étreint : je suis en train d'avoir une idée.

Je pense à Gil et à sa mère, à la reine Odete et à la reine Oreste ; je pense à Enki. Je pense aux millions d'habitants de notre ville qui attendent de savoir qui sera Roi. Je pense à la chaîne des événements qui nous a conduits où nous sommes et me laisse perplexe. Quatre cents ans plus tôt, Palmares Três, les Tantes, les Rois d'été, les élections, rien de tout cela n'existait. Quatre cents ans plus tôt, il n'y avait que la peste, la guerre et la destruction. Quatre cents ans plus tôt, tous les garçons que j'aime seraient sans doute morts, car au pic de sa courbe épidémique la peste Y a décimé soixante-dix pour cent de la population mâle. Tout ça est maintenant derrière nous, bien sûr. Palmares Três est fière de sa démographie parfaitement respectueuse de la parité. Pourtant, j'ai l'impression de sentir la force de tous nos ancêtres qui nous porte. Ils sont le tronc solide et les branches maîtresses d'un arbre dont je ne suis que le plus petit bourgeon.

J'ai vaguement conscience que Gil me guide vers mon sac, puis me fait quitter la salle d'examen. Le monde autour de moi s'est évanoui. Mes pensées vont trop loin et trop vite. Des arbres, la vie, nos ancêtres inscrits en moi, dans mon corps, oui, c'est ça, *dans mon corps* ! Ma vision s'éclaircit comme une vitre dont on vient d'essuyer la buée.

J'ai découvert mon prochain projet artistique ! La fulgurance s'atténue et je me rends compte que nous sommes maintenant dehors. Je m'arrête tout net et me tourne vers Gil.

— Il faut que j'aille faire un tour dans la réserve de cosmétiques de ta *mamãe.*

Encore un service que je lui demande, et pas des moindres puisque sa mère possède un permis d'esthéticienne et de costumière grâce auquel elle peut accéder aux techs autorisées.

Gil se contente de hausser les épaules.

— Tout ce que tu voudras pour une nouvelle idée, accepte-t-il. Qu'est-ce qu'il te faut, cette fois ?

— Un truc qui ne lui manquera pas trop, je te le jure ! j'affirme en déposant un baiser sur sa joue.

Pendant une fraction de seconde, j'ai le sentiment que son regard est un peu trop distant. Est-ce cette conversation que nous avons eue au lycée qui le perturbe ? Cette peste de Bebel qui a sous-entendu que sa mère était trop jeune pour s'occuper de lui comme il faut ? Mais il secoue la tête, esquisse un glissé déhanché et ressemble tellement au gentil Gil insouciant que j'aime et que j'adore que je cesse de m'en faire.

— C'est quoi, le projet ? veut-il savoir, comme chaque fois.

Je le prends alors par la main et lui explique l'idée de mon « arbre »...

Cinq heures plus tard, je regarde une lumière s'enfoncer progressivement dans ma peau. Le faisceau de minuscules fibres cristallines est à demi enfoui, mais il me faut davantage de gel d'implants dermiques pour terminer le travail. Je veux m'implanter aujourd'hui l'équivalent de deux branches de lumière, allant de ma clavicule à mon avant-bras gauche. Celle déjà en place scintille à l'angle de mon coude. J'aime presque son apparence, avec ma peau hyperperméabilisée légèrement distendue qui épouse sa forme. J'ai une carnation trop foncée pour laisser voir les veines par transparence, mais le gel perméabilisant révèle son réseau de nervures. Elle s'opacifie pourtant de seconde en seconde. Je regarde la porte avec un claquement de langue impatient, comme si ça pouvait faire arriver Gil plus vite. J'ai mal évalué le volume de gel dont j'avais besoin, ce qui a posé un problème parce que nous avons épuisé tout le stock disponible dans la réserve de sa *mamãe*. Or, il faut un permis pour acheter des techs de modification corporelle, même les plus basiques, et elles sont interdites de vente aux wakas. Gil est parti il y a une demi-heure en promettant d'en rapporter. J'espère qu'il ne s'est pas fait arrêter. Mais j'ai plutôt confiance ; ça ne lui arrive jamais.

Peut-être que ma force mentale l'a fait venir ; un instant plus tard, la porte coulisse et il s'engouffre à l'intérieur, souriant et les joues rouges, un tube transparent à la main.

— Ils ont fini de comptabiliser les votes ? questionne-t-il en me tendant le gel.

J'ouvre le tube et prélève une petite quantité de produit. Ça picote, mais ce n'est pas douloureux.

— Depuis que tu as consulté ton *fono* il y a cinq secondes ? Comment tu as fait pour trouver le gel ?

— Je connais un vendeur à Gria Plaza, répond-il. J'avais peur de rater l'annonce des résultats…

— Mais tu es parti quand même ? je lui demande tandis que le faisceau de lumière achève son immersion, juste sous mon épiderme.

Il secoue la tête et monte le volume du flux de Sebastião. Il n'y en a plus pour longtemps.

— Je ne pouvais pas te laisser comme ça, June…

Gil me frotte le bras ; mes lumières clignotent dans le sillage de sa main. Je suis impressionnée par cette concrétisation, même minime, de ma grande idée. Les fibres de lumière colorée viennent aussi de la *mamãe* de Gil, même si je suis bien sûre qu'elles n'avaient jamais été conçues pour des implants dermiques. Mon nouveau projet artistique consiste à faire un arbre de mon corps grâce à ces implants lumineux. Quand j'aurai terminé, les branches et les feuilles couvriront mon torse et mon cou. La pointe des branches viendra chatouiller mes joues nues. Ce sera très spectaculaire, mais pour l'instant j'ai juste l'air un peu bizarre.

Sur l'holo de gauche s'affiche un résumé de la finale. D'abord le poème d'Octavio ; s'il me le déclamait en cet instant, je pourrais être tentée d'oublier Enki. Il parle d'un amour perdu... et j'en viens à me demander si l'objet de sa passion n'est pas mort, parce que je ne vois pas d'autre raison pour que ce dernier puisse résister à lui. Ni comment Octavio aurait pu le quitter...

C'est ensuite le tour de Pasqual, et la section à cordes qui entame la mélodie plaintive de *Manhã de Carnaval* me tire des frissons. Il joue de la guitare sur le devant de la scène.

— J'avais oublié combien cette chanson est belle, soupire Gil avec une pointe de mélancolie dans le silence qui suit la dernière note.

Je le traite une nouvelle fois de traître, sans grande conviction.

Puis c'est au tour d'Enki. Nous avons déjà vu sa performance, mais Gil et moi nous prenons par la main exactement au même moment. Son pouls bat sous mes doigts et mes lumières crépitent telles des étoiles filantes. Les wakas du public cessent soudain de crier et retiennent leur souffle à leur tour. Comme nous, ils attendent dans un silence fébrile l'apparition de ce garçon beau comme un dieu.

Voici comment Enki est devenu Roi d'été.

Il s'avance sous les projecteurs, vêtu à la façon des esclaves de l'ancien Brésil : pantalon de toile brute blanc cassé aux bords effilochés, chemise à manches courtes largement échancrée. Il porte libres ses dreadlocks à hauteur des oreilles, plus claires que je ne les ai jamais vues. Plus tard, nous apprendrons qu'il est sorti de la ville en douce pour se frotter les cheveux avec la poussière de la route.

Il est pieds nus, comme le plus pauvre des réfugiés des cités plates. Comme quelqu'un qui ignore jusqu'aux moindres rudiments de la courtoisie due à la Reine de la ville la plus puissante d'Amérique du Sud.

La foule retient son souffle quand il lève la jambe droite pour la première fois. La peau de la plante de ses pieds est plus claire que la mienne, qui est pourtant aussi claire qu'on est en droit de l'être à Palmares Três.

Il repose le pied au sol. Un temps d'arrêt. Il lève l'autre.

En équilibre sur une jambe, il tourne sur lui-même comme une toupie. Nous sommes tendus à craquer, inquiets et euphoriques à la fois, et un rire éclate comme une bulle. C'est presque imperceptible, mais Enki sourit. Il repose son pied et, de nouveau, se présente pieds nus sur la scène.

Ce serait déjà un outrage assez grossier en présence des Tantes. Mais c'est à la reine Oreste qu'il s'adresse.

Nous sommes sur des charbons ardents. Nos inquiétudes vont crescendo : *Il ne va peut-être pas gagner… Et si la Reine le bannissait de la ville ?*

— Ma Reine, la salue Enki.

Sa voix n'est pas très grave, mais elle est caressante comme une guitare.

Il ne s'incline pas, bien qu'il soit un mâle, parce que le Roi d'été ne s'incline pas devant la Reine.

Oreste demeure un très long moment sans bouger. On dirait qu'elle ne respire plus, et nous non plus. Ses sourcils sont froncés, unique manifestation d'émotion.

— Qu'est-ce que cela, Enki ? finit-elle par s'étonner. Tu ne m'honores donc pas ?

Enki sourit de toutes ses dents.

— C'est le plus grand des honneurs que je vous fais, répond-il.

— Tu es vêtu comme un esclave dans une ville où l'esclavage n'existe pas !

— Il n'y a plus d'esclaves, reconnaît-il. (Son sourire devance ses mots.) Mais il y a le *verde*…

— Eh bien quoi, le *verde* ?

— Je suis vêtu à la mode de mon peuple.

— Ne sommes-nous pas ton peuple ?

Nous voyons que la Reine hésite entre l'amusement et la colère. Enki l'entraîne dans une danse dont il n'a pas donné le tempo.

— Vous êtes tout pour moi.

— Pourtant, tu viens à nous sous des atours bien peu royaux !

— Je suis venu à vous comme un simple garçon du *verde*…, dit Enki.

Il fait soudain un pas en arrière, presque un bond, et ses cheveux blondis par la poussière retombent sur ses oreilles.

— … je repartirai comme un Roi, ajoute-t-il.

Aussitôt les tambours donnent le rythme et il danse en effet comme un Roi.

En bonne couturière, la mère de Gil conserve toujours des tas de chiffons dont elle ne sait que faire. Gil prétend que les fringues lui sortent par les yeux, qu'il ne comprend pas pourquoi je les aime tant. Je lui réponds que je suis une artiste et qu'une artiste qui néglige son apparence est comme un chanteur qui chante faux.

De toute façon, Gil n'est qu'un poseur : il est tel un poisson dans l'eau quand je prends le temps de le faire beau. C'est juste qu'il est trop flemmard pour y penser et qu'il sait qu'il sera fabuleux même dans un sac à patates. J'adore la mère de Gil parce qu'elle ne s'occupe pas de ce qu'on fait. Avec toutes ses commandes pour la cérémonie du nouveau Roi d'été, elle croule sous la soie et les sequins. Et quand nous déboulons dans son atelier, hurlant quasiment de joie, elle pousse vers nous une pile de tissus tout en marmonnant quelque chose à propos d'un nouveau turban pour une des Tantes.

— Il y a du ruban collant dans le panier, dit-elle. Mais je risque d'en avoir besoin, alors couds ce que tu peux !

— Pas de souci, réponds-je en examinant les étoffes d'une main sûre. Je sais me servir d'une aiguille.

Elle me sourit d'un air entendu.

— Parce que je te l'ai appris, *filha.* Maintenant filez, et veille bien sur mon garçon.

Gil ne tique même pas. Il se contente de rire en agitant la main.

— La Tante Yaha de June nous a eu des invitations pour le bal du couronnement ce soir. Nous allons rencontrer le Roi d'été en personne, *mamãe* ! Je suis chaud comme la braise, c'est comme si June devait veiller sur un météore...

La mère de Gil rit avec nous, mais ses yeux sont inquiets.

— Cet Enki est peut-être un météore, poursuit-elle. Mais toi, tu n'es qu'un garçon ordinaire, Gil. Tu te brûleras les ailes.

Mon ami pose une main sur son cœur d'un air ironique, même s'il sait que sa mère est sérieuse.

— Quoi de plus beau que de se brûler les ailes dans la queue d'une telle comète ? réplique-t-il.

J'éclate de rire, c'est plus fort que moi.

— Ne vous inquiétez pas ! je m'empresse d'ajouter avant qu'elle en remette une couche. De toute façon, Enki ne nous verra même pas. Il aura bien assez à faire à s'occuper de la Reine, pas vrai ?

Le Roi n'est techniquement pas le consort de la Reine, mais on attend néanmoins de lui qu'il reste bien sagement à ses côtés lors de sa première apparition publique après l'élection.

La *mamãe* de Gil hésite encore, comme si elle avait oublié de nous dire quelque chose et n'était plus très sûre que ce soit important, puis finit par lâcher :

— Ah, Oreste... J'ai cru qu'elle allait le dévorer vivant sur cette scène l'autre jour ! Je me souviens de l'élection de Fidel... (Elle devait avoir le même âge que lui à l'époque. La *mamãe* de Gil a une telle maturité qu'il est facile d'oublier qu'elle est presque aussi jeune que nous. Elle sourit avec nostalgie.) Nous avions complètement perdu la tête cette année-là. Je ne sais pas comment on a survécu…

Je revois le nom d'Enki clignoter en lettres géantes sur les holos ; j'entends de nouveau les cris hystériques de la foule qui l'a couvert de plumes, de fleurs et de mots d'amour. Je revois son sourire heureux et sa démarche appliquée, sur ses pieds nus, lorsqu'il est allé recevoir la couronne de cacaoyer des mains de la Reine.

— On y survivra, réponds-je simplement.

Et puis je me rappelle que nos Rois, eux, n'y survivent jamais.

Nous faisons notre entrée dans la salle de bal au sommet de la tour de la Reine avec exactement une heure de retard. Tante Yaha est déjà là avec mère. Elle sourit en nous voyant et agite la main, sans quitter *mamãe* et un homme que je finis par identifier comme l'ambassadeur Ueda-sama. La vue d'ici est majestueuse, quasi panoramique. Une partie du sol de la salle de bal est constituée d'une bulle de verre géante qui s'avance en saillie vers l'intérieur de la ville, selon un angle précis, de façon à fournir une vue plongeante à travers la structure creuse de Palmares Três jusqu'aux eaux bleu lagon de la baie. Ce soir, un lacis de lumières scintille de haut en bas jusqu'à la mer, qui le reflète. En l'honneur de l'élection d'Enki, les légendaires illuminations de notre ville pyramidale se sont faites festives. Elles clignotent et étincellent comme mes implants dermiques, et je me félicite d'avoir pris le temps d'en ajouter quelques autres avant de venir. Maintenant, en plissant les yeux, on peut reconnaître l'ébauche d'une branche d'arbre.

C'est en tout cas ce que Gil m'a juré, et il sait que je le tuerais s'il me mentait. Cette soirée est vraiment très privée ; moins de cinq cents privilégiés triés sur le volet. Des personnes influentes, dotées des bonnes relations. Même Tante Yaha a dû réclamer une faveur pour me permettre d'entrer avec Gil. Des CamBots bourdonnent au-dessus de nous et retransmettent nos images au reste de la ville en cette nuit de célébration.

Les lumières de Palmares Três sont blanches, et nous « illuminons la baie » comme dit la chanson, mais si vous voulez mon avis, je ne serais pas contre un peu plus de couleur. En pressant mon visage contre le verre insalissable, je distingue la bosse verte d'A Castanha, une des quatre îles volcaniques plantées dans notre baie tels des dieux pétrifiés. De là-haut, suspendue au-dessus de l'eau, j'ai l'impression que le monde m'appartient.

Enki n'est pas encore arrivé. La dizaine de wakas présents n'arrêtent pas de reluquer Gil depuis que nous sommes entrés. Je me suis surpassée : je l'ai habillé tout en noir, ce qu'il adore, chaque pièce subtilement décalée pour lui donner un air voyou. Pour moi-même, j'ai choisi une tenue très simple : un fourreau-bustier drapé bleu fermé par une fleur de la même couleur, assortie à celle que je porte à l'oreille.

Il ne faut jamais voler la vedette à un joli teint, dirait la mère de Gil.

— Tu m'accordes cette danse ? me demande Gil en me tendant une main gantée de manière si solennelle que je manque lui rire au nez.

Mais son geste n'a rien de déplacé dans cette enclave des Tantes – et de notre Roi d'été à nous, à partir d'aujourd'hui. J'accepte la main de Gil.

— Avec grand plaisir, réponds-je tout aussi cérémonieusement.

Personne d'autre ne danse, c'est pour cela qu'il m'a invitée.

La musique est classique, si familière que je connais la ligne de basse par cœur, mais toujours aussi entraînante. C'est la magie de la samba. Quatre cents ans après, les vieux standards n'ont pas pris une ride. Ils font seulement partie de nous. Gil et moi avions juré de nous jeter dans la baie si on entendait une fois de plus *Eu Vim Da Bahia*, mais je me laisse envoûter malgré moi par les schémas rythmiques plus subtils qu'il n'y paraît de João Gilberto, sa voix douce, et je me dis que ça pourrait être pire.

Le rythme lent de la bossa-nova cède la place à un tempo plus rapide, adapté à la danse. Je ne suis pas une grande danseuse, mais je sais me laisser mener. Et Gil est le meilleur des partenaires, de ceux qui vous font paraître plus douée que vous ne l'êtes.

Je sens le moment où mère s'aperçoit de notre présence. Du coin de l'œil, je la vois se figer et se détourner de l'ambassadeur, qui a l'air confondu. Tante Yaha pince les lèvres et je souris. Gil est déjà dans un autre monde, bien sûr. Je lui raconterai notre petit effet quand nous aurons fini et qu'il aura eu le temps de redescendre sur terre. Gil danse comme un *orixá*, et il le sait. C'est un garçon charmant, intelligent, sublime, et tous les wakas de notre entourage sont dingues de lui. J'ai de la chance de l'avoir pour meilleur ami.

Le mouvement s'accélère, je dois faire attention à ne pas me ridiculiser. Malgré ma concentration, je me laisse absorber par le rythme. Ce *un-deux-trois* que mes pieds connaissent mieux que mon cerveau. La façon dont bougent mes hanches et glisse la soie polymérisée sur mes seins. Gil me fait tournoyer d'un côté, puis de l'autre. Je ris et il me renverse sur son genou. Je lance une jambe en l'air, sans me soucier que l'on voie ce qu'il y a sous ma robe ni du risque de perdre une chaussure. Gil affiche son petit sourire en coin impénétrable. Il me soulève, puis ses mains empoignent mes hanches et voilà que je vole au-dessus de lui dans le swing trépidant de la samba qui pulse autour de nous, et j'aperçois la ville, scintillante, en contrebas.

C'est le plus beau moment de ma vie.

Et là, je le vois…

Il est au bord de la piste de verre, seul, malgré la foule qui forme un fer à cheval autour de lui. Il nous observe de ses beaux yeux brillants. Gil a sans doute compris qu'il se passait quelque chose, car il me dépose doucement sur le sol et se retourne.

Même moi, j'ai vu l'étincelle qui s'est allumée dans les yeux de Gil quand il a croisé le regard d'Enki. La pièce semble s'être tout à coup dépressurisée. Ou c'est peut-être juste moi ; je me demande si mon cœur ne va pas s'échapper de ma poitrine maintenant que j'ai perdu la chaleur rassurante des mains de Gil. Il se dirige vers Enki, sans cesser de danser, même si je crois qu'il ne s'en rend pas compte.

Enki est vêtu simplement, bien qu'il ne porte plus la tenue de « garçon du *verde* » de sa prestation pour la finale. Sandales de cuir, pantalon blanc et chemise bleue flottante. Il pourrait être un vendeur de *cupuaçu* de Gria Plaza, et tous les regards sont braqués sur lui.

Mais Enki n'a d'yeux que pour Gil.

Aurais-je dû deviner que cela arriverait ? Ma déception me fait l'effet d'un désagréable corps étranger logé dans ma gorge. Complètement irrationnel.

Je repense à ce que m'avait dit la *mamãe* de Gil quand mère s'est fiancée à Tante Yaha cinq mois après la mort de mon *papai* : « L'amour, c'est compliqué. Et ça ne se passe jamais comme on l'avait prévu. »

Gil et Enki ne se parlent pas. Ou peut-être que si, mais personne ne les entend. Peut-être que la façon dont Gil effleure la paume d'Enki, la façon dont Enki fait glisser ses pieds en se déhanchant est un langage. *Je t'aime depuis si longtemps. Tu es beau, viens danser avec moi.* Je n'ai pas de *fono* sur moi, mais il y a un écran holographique sur le mur du fond, derrière les musiciens, où je les vois évoluer sous divers angles. Gil et moi nous sommes déjà retrouvés sur une douzaine de fils mondains – conséquence inévitable quand votre belle-mère est une Tante. Mais c'est la première fois qu'on se souviendra de nos noms.

Gil, celui qui a tapé dans l'œil du nouveau Roi d'été.

June, celle qui est restée sur le carreau.

Au bourdonnement des CamBots autour de moi, je comprends qu'elles m'ont prise pour cible. Figure solitaire suspendue au-dessus de la ville. Je me demande de quoi mes implants de lumière auront l'air sur les holos.

Est-ce qu'on les voit tourbillonner, en distingue-t-on les couleurs ? Voit-on comme ils palpitent désespérément quand je regarde Gil et Enki danser ensemble ?

Je ne sais pas lequel des deux guide l'autre. Ils se meuvent avec lenteur – la musique a changé, c'est maintenant *Velha Infãncia.* Je sais qu'ils aiment tous les deux se donner en spectacle, mais là, ils entament une sorte de parade amoureuse. Enki s'immobilise et dresse l'oreille comme une biche traquée, main levée. Leurs doigts s'effleurent à peine, Gil décrit des cercles autour d'Enki – satellite tournant autour du nouvel astre lunaire que nous nous sommes choisi. Enki lui sourit, pleinement et sans retenue. Je me couvre la bouche de mes mains tandis que mes implants dermiques affolés clignotent sans que je puisse les contrôler.

Gil ferme un instant les yeux. Il cesse de danser ; se laisse tomber à genoux au ralenti comme à travers de l'eau. La voix se tait, ne restent que le violon, la guitare et les tambours, tel un cœur battant la chamade.

Gil demeure agenouillé, tête baissée, soumis et respectueux devant notre nouveau Roi d'été. Abandonnée sur la piste de danse, je suis la seule à faire face à Enki. La seule à découvrir sa surprise, sa pomme d'Adam qui monte et descend dans sa gorge alors qu'il contemple le dessus de la tête de mon meilleur ami. Je m'attends à ce qu'Enki lui pose une main sur l'épaule, comme la Reine avec un requérant. Je m'attends à ce qu'il prononce des mots prenant acte du geste de Gil sans trop se mouiller lui-même.

Mais c'est Enki, et j'ai tout faux.

— *Coração,* murmure-t-il.

C'est la première fois que j'entends sa voix pour de vrai. Sans micro. C'est la même voix, mais je frissonne – un fantôme surgi de mes rêves vient d'entrer dans ma vie. Soudain les épaules de Gil sont agitées de tremblements. Je crois bien qu'il pleure. Je voudrais aller le réconforter, mais je sais que je n'ai pas ma place entre eux.

Enki s'accroupit à son tour et se penche plus bas que le visage de Gil. Il lui prend alors le menton et lui relève la tête. Je vois ses lèvres former le mot « merci ».

Puis ils s'embrassent.

Ai-je trébuché ? Ou seulement perdu la sensation dans mes pieds ? Toujours est-il que j'éprouve la dureté lisse du sol de verre à travers le tissu fin de ma robe ; je crois que je suis tombée. Est-ce que je respire encore ? Soudain, Tante Yaha est près de moi.

— June ! June ! appelle-t-elle avec tant d'insistance que je me demande depuis combien de temps elle essaie d'attirer mon attention.

Hagarde, je la dévisage, attendant ses reproches, mais c'est tout autre chose que je lis dans ses yeux, que je ne comprends pas immédiatement. Elle plisse la bouche, son regard exprime la tristesse. À cause de ce regard, je prends la main qu'elle me tend.

— Viens, *filha*, viens, me murmure-t-elle. Ta mère et moi allons te ramener à la maison…

J'ai passé la nuit seule à trembler dans mon lit, la joue appuyée contre la vitre, pelotonnée au cœur d'un nid de couvertures. J'ai tenté de dormir, mais je ne pensais qu'aux lumières de la ville et au vent qui ride la baie.

Le pire, c'est ce sentiment de les avoir perdus tous les deux. Enki, le garçon de mes rêves idiots, et Gil, mon meilleur ami. Il m'a abandonnée sur la piste de verre et m'a complètement oubliée. J'ai peur que rien ne soit plus jamais pareil entre nous, et je m'en veux d'avoir peur. Comment puis-je reprocher à Gil le bonheur révérencieux qui brille dans ses yeux ? Être jalouse de sa danse ? Mais cette douleur qui ne devrait pas exister s'infiltre pourtant dans chaque fibre de mon corps.

Je ne connais pas vraiment Enki. Je ne suis pas stupide. Je suis consciente que l'attachement que j'éprouve pour lui est le produit de mon investissement émotionnel dans le spectacle fabriqué sur mesure de l'élection du Roi. Je sais qu'un millier d'autres wakas doivent être en train de pleurer comme moi au fond de leur lit.

Après tout, je suis une artiste, je vis pour le spectacle, pour provoquer des émotions et faire resurgir les sentiments enfouis. Je suis capable d'apprécier ce qu'Enki a accompli avec son élection, la façon dont il l'a pervertie tout en triomphant dans les règles. Je n'envie pas la reine Oreste qui devra le gérer toute cette année. Les Rois d'été des années lunaires n'ont peut-être aucun poids politique, mais je suis convaincue que les *grandes* sous-estiment le pouvoir du désir.

Cependant Enki est aussi ce qu'il est. Le garçon qui a fait d'une danse pour la Reine une déclaration politique, le garçon sorti du *verde* pour ravir nos cœurs. Est-ce donc si stupide, si impensable, que je me sois laissée aller à fantasmer sur lui ? À penser qu'il aurait pu me regarder comme il a regardé Gil ce soir, qu'il aurait pu embrasser *mes* lèvres, caresser *mes* joues ?

Je serre le poing. *Non.* C'est un vulgaire conte de fées, une histoire que les petites filles se racontent pour s'endormir le soir, et je ne crois plus aux contes de fées. Je veux de l'art, pur et dur, sans compromis. Je veux le bonheur de Gil et je veux être heureuse pour lui. Je peux aimer Enki le Roi d'été sans rêver de ses baisers…

À l'horizon, je distingue une pâle lueur, à peine un avant-goût de l'aube. Les vagues montent plus haut et la mer est houleuse. Le vent s'engouffre en gémissant dans les structures d'acier. Je reconnais les signes annonciateurs : une tempête se prépare.

En bas, dans le *verde*, les gens doivent être en train de barricader leurs fenêtres et de s'entasser les uns contre les autres à l'abri des vagues. Même ainsi, chaque année, quelques malheureux se font emporter par les flots. Au cours de la dernière année solaire, il y avait eu un grand débat pour décider des actions que devrait engager la prochaine Reine afin d'améliorer la situation de la *catinga.* Mais pour autant que je sache, la seule action d'Oreste s'est bornée à une brève visite pendant sa première tournée de couronnement.

Soudain, je repousse mes couvertures. Je suis pratiquement nue, mais je ne tremble plus.

C'est presque l'aube. Tante Yaya et mère ronflent dans la chambre voisine. Elles ne sauront pas quand je suis partie. Elles ne le savent jamais. J'enfile ma combinaison noire et un blouson à col montant. Je porte également des bottes et des gants noirs dotés de nanocrochets autoagrippants techniquement illégaux car sans permis. Pourtant, la mère de Gil n'a pas bronché quand je les lui ai empruntés.

Ma *tenue de chasse*, l'appelle Gil, et le sourire qui étire mes lèvres quand je trouve ma bombe à graffer est effectivement carnassier.

Tu me demandes pourquoi je veux mourir, comme si tu ne le savais pas, comme si tu ne savais pas depuis tout ce temps ce que je veux faire. Et ça me blesse de voir que tu ne comprends pas cette partie de moi que nous avons emmenée ensemble tellement plus loin que je n'aurais pu en rêver seul.

La samba est la danse, la samba est l'esprit, ce qui relie le monde et le néant, les *orixás* de mes grands-mères au Jésus de mes grands-pères. Son rythme est si rapide qu'il devient à peine concevable. La danse est si subtile que lorsque tes pieds bougent, tu as intérêt à les suivre. La samba est la vie.

Dans le staccato clair du *pandeiro*, le couinement de la *cuica* et les grattements syncopés de la guitare je suis offert, je suis divin, mes entrailles étalées sur l'autel afin que tout le monde puisse les lire.

Pourquoi je veux mourir ?

Et toi ?

Je tape l'incruste dans quatre navettes privées différentes pour me rendre dans le *verde*. Je vais d'abord jusqu'à Gria Plaza avec le secrétaire d'une Tante en costume gris pâle, puis je trouve une gardienne de nuit qui rentre enfin chez elle. J'invente une histoire comme quoi j'ai malencontreusement fait tomber mon flash dans la baie. Je n'ai pas l'accent du *verde*, et je fais bien attention de ne pas avoir l'air non plus de venir du Niveau Huit, mais elle paraît trop épuisée de toute façon, se contente de hausser les épaules et me laisse m'asseoir en face d'elle.

Ce n'est pas évident d'emprunter les lignes publiques à cette heure tardive, et si je me sers de mon flash, Tante Yaha saura où je suis allée. Gil et moi avons appris très tôt à effacer nos traces et à utiliser les ressources de la ville. Les navettes vous emmènent partout où vous voulez, mais la ville sait qui les appelle. Pendant quelques secondes, j'ai l'impression que Gil est à côté de moi, mais quand je me tourne vers lui, sa place est vide. Est-ce qu'il en sera toujours ainsi, désormais ?

— Tu es debout de bonne heure pour une lycéenne, me dit la femme.

Sa peau est claire, comme la mienne. En général, cela signifie que l'on est pauvre… ou que l'on a un drôle de *papai*.

— Je travaille la nuit de temps en temps…

— Qu'est-ce que tu fais ?

— Les araignées, je réponds. Entretien de base.

— Ingénieure ? traduit-elle, et je souris car je vois bien qu'elle n'en croit pas un mot.

— Je suis habile de mes mains, je me rattrape.

Elle secoue la tête en claquant la langue. Je jette un coup d'œil par la fenêtre, le labyrinthe de poutres métalliques s'étend aussi loin que porte mon regard à cette profondeur dans la pyramide. Notre navette est secouée quand elle passe tout près d'un ArachnoBot géant qui répare une mégastructure de transport grâce aux nanotubes qu'il éjecte de son thorax. Notre petite navette paraît à peine plus grosse que l'articulation de l'une de ses pattes. Ces bots ont au moins deux cents ans, mais la ville les maintient en activité tant qu'ils font leur boulot, et j'imagine que les Tantes préfèrent ne pas introduire de nouvelles techs dans la ville. Les ArachnoBots sont rassemblés dans un hangar de béton au centre de la base de la pyramide, que l'on surnomme la Toile. Un lieu humide et dangereux où seuls les gangs du *verde* osent s'aventurer à l'occasion, et jamais pour très longtemps.

Cette araignée présente une déchirure irrégulière sur le côté gauche et l'une de ses pattes est d'un métal plus sombre que les autres. Beaucoup d'ArachnoBots ont été mis au rebut, et il n'y a que les ingénieures pour savoir à coup sûr lesquels fonctionnent encore.

— Tu as regardé les flux hier soir ? m'interroge la femme.

Je me tourne vers elle, plaquant une expression de curiosité neutre sur mon visage.

— Il s'est passé quelque chose ? je demande.

Ma voix se brise sur la dernière syllabe, et je fais semblant de tousser.

Elle glousse un peu, et je crois bien qu'elle pique un fard.

— Cet Enki, quel grand fou ! Il a déjà mis le feu aux poudres et les Tantes sont en ébullition.

Gil, à genoux devant ce garçon à la beauté brute. Gil, son siège vide à côté du mien.

— Que… Qu'est-ce qu'il a fait ?

— Tu n'es vraiment pas au courant ? Il a déjà choisi son premier consort, là, sous le nez d'Oreste ! Tu aurais dû voir cette samba qu'ils ont dansée, j'ai cru que ma table allait s'enflammer !

Elle glousse comme une waka. À ma grande surprise, je me joins à elle ; mon rire paraît peut-être un peu hystérique, mais au moins n'est-il pas forcé.

Ah, si Gil devait me laisser tomber, il aurait difficilement pu faire mieux.

— Qu'a dit Oreste ?

La femme assise se détend, prenant aussi familièrement ses aises avec les ragots que mon *papai* de son vivant.

— Oh, elle n'a rien *dit* du tout. Mais tu aurais vu son *regard*… Tu peux me croire, je n'aimerais pas être à la place de notre petit gars ce matin.

J'aime ce « notre petit gars ». Elle pense que j'appartiens au *verde.* Et c'est peut-être vrai, par certains côtés.

— Mais il est le Roi d'été, maintenant, poursuis-je en contemplant la lumière du soleil levant derrière les nuages d'orage d'un violet presque noir.

Ça va être une sacrée tempête, et je me dirige tout droit dans le *verde.* J'en frémis d'avance.

— Tu es jeune. J'ai déjà connu… oh… quatre élections lunaires dans ma vie. Enki est plus imprévisible que tous les autres, et ce n'est qu'un début. Ce que veulent les Tantes, c'est vous offrir un exutoire, à vous, les wakas. Quelqu'un que vous puissiez vénérer en toute sécurité. Mais s'il n'en fait qu'à sa tête ?

— Vous ne voulez pas dire qu'elles interviendraient ? Tout le monde s'en apercevrait.

La femme hausse les épaules.

— Les Tantes savent y faire. On pourrait aussi bien ne pas les quitter des yeux et n'y voir que du feu.

Je sens l'odeur du *verde* avant de le voir. La navette oscille de droite et de gauche le temps de s'aligner dans un autre tunnel, et nous filons à toute allure en direction du vert. Les vagues sont de plus en plus hautes de seconde en seconde.

La femme les voit aussi et fronce les sourcils.

— Rentre vite chez toi, *filha*, me conseille-t-elle. Cette tempête sera rude !

— Oui, je réponds, pensive.

Mes implants lumineux m'échauffent la peau sous mon T-shirt. Tante Yaha s'évanouirait si elle savait ce que je m'apprête à accomplir. À cette idée, une bouffée de joie pure me coupe presque le souffle.

La navette nous dépose quelques terrasses sous Carioca Plaza – le centre névralgique du *verde* qui accueille un marché très animé quand il fait beau. L'endroit est presque entièrement désert ce matin.

Le vent se met à souffler pour de bon tandis que nous descendons et je retiens la femme par le bras pour l'empêcher de tomber.

— Tu as quelque part où aller ? me hurle-t-elle en luttant contre les violentes bourrasques.

Je me contente de hocher la tête d'un air que je voudrais rassurant. Elle ouvre alors la bouche pour ajouter quelque chose, puis se ravise et file en toute hâte en haussant les épaules. Je la suis des yeux jusqu'à ce qu'elle disparaisse dans le labyrinthe des ruelles de la dalle de béton. Les vagues ne sont pas encore trop hautes. J'espère qu'elle rentrera chez elle sans encombre.

Comme un avertissement, le vent me cueille au plexus et me projette contre la rambarde avec assez de force pour me couper la respiration. Je cherche l'air pendant quelques horribles secondes avant que mes poumons se remettent à fonctionner. Les mains tremblantes, j'enfile mes gants en jurant. L'adhérence des nanovelcros me permet de me stabiliser. Je n'active pas encore ceux de mes bottes – on peut marcher avec, mais c'est physiquement épuisant, et je crois que je peux encore m'en passer.

Le soleil doit être levé à cette heure, mais on le devine à peine. Il fait si sombre que je regrette presque de ne pas avoir pris de lampe torche. Mais avec une lumière, c'est aussi plus facile de se faire repérer. Par les forces de sécurité de Palmares Três, par exemple. Il n'y a jamais beaucoup d'agentes ni de SécuriBots dans le *verde* (les batailles rangées avec les gangs font une mauvaise publicité). Je sais pourtant qu'ils seront plus nombreux que d'habitude en prévision de la tournée de couronnement d'Enki. Je sais aussi autre chose : des caméras comme le *verde* n'en a jamais vu depuis un siècle pulluleront sur Carioca Plaza ce soir, quand la Reine daignera descendre dans sa navette personnelle, bravant la puanteur. Enki et elle poursuivront leur visite à l'extérieur – les rangées de terrasses bordées des cuves d'algues et cette vue imprenable sur la baie. Et pour que l'image soit parfaite, les CamBots n'hésiteront pas à s'élancer au-dessus des flots pour immortaliser la Reine et son nouveau Roi d'été en train de contempler les eaux de leur illustre cité.

Les caméras tenteront de saisir la beauté poignante du soleil couchant faisant briller les cuves d'algues telles des pierres précieuses. Après tout, la *catinga* n'a pas d'odeur sur un holo... Tout le monde s'attend à voir Enki sourire de toutes ses dents et jouer profil bas pour se faire pardonner sa grosse entorse à l'étiquette le soir de son couronnement.

Les Tantes vont être déçues.

Entre les vagues et la pluie, je suis complètement trempée quand j'atteins enfin les terrasses du côté nord de la baie. Le vent est encore plus violent ici et il n'y a plus trace de soleil dans le ciel. Au bout du compte, ça me convient très bien : il n'y aura pas un chat dehors. Il faudrait être fou pour braver pareille tempête !

J'ai fini par me rendre à la raison et activé les nanocrochets de mes bottes. Chaque pas m'oblige à exercer une forte contrainte dans le bon alignement pour rompre la liaison, mais je préfère ça que risquer d'être emportée dans la baie par la houle.

Je tâte la bombe de peinture sous mon blouson pour m'assurer qu'elle est toujours en place et j'enfile mon masque. Au cas où ces maudites caméras qui volettent un peu partout ne seraient pas encore noyées, je ne veux pas qu'elles puissent m'identifier. Je préfère encore passer pour un autre *grafiteiro* masqué issu des gangs que d'être reconnue en tant que June Costa, belle-fille d'une Tante. Je ne rate jamais une occasion de choquer et de contrarier Tante Yaha, mais je ne sais vraiment pas ce qu'elle ferait si j'allais aussi loin. Je préfère donc garder l'anonymat. Après ce qui s'est passé au bal du couronnement, je ne suis plus d'humeur aux numéros publics.

— C'est parti, je marmonne après avoir vérifié pour la cinquième fois que les nanovelcros de mes gants sont opérationnels.

J'attends une accalmie des vagues pour escalader la rambarde et me projeter aussi haut que possible sur la cuve la plus proche.

Je ramène une jambe contre mon ventre et me voilà pliée en deux, suspendue dans le vide par les mains et un pied à une cuve d'algues. À l'intérieur frémissent les organismes verts microscopiques dégageant cette odeur fétide que je perçois malgré le vent. Je pose mon second pied à plat sur la paroi et je guette le petit claquement rassurant des nanocrochets qui se mettent en prise. Je libère ensuite mes mains et me laisse flotter dans le vide, seulement retenue par les pieds. Les vagues qui déferlent m'empêchent de respirer, et m'obligent à grimper plus haut sur la paroi de verre lisse de la cuve. J'enclenche à leur tour les nanocrochets de mes gants, chasse l'eau qui me coule dans les yeux et pousse un cri mêlé de terreur et de joie pure.

Voilà à quoi se résume ma vie pendant la demi-heure qui suit. Solidariser mes mains avec la paroi, libérer un pied, puis l'autre. Je progresse en rampant comme une chenille le long des cuves plus massives qu'il n'y paraît. Je serais en nage si je n'étais pas complètement trempée, mais au moins je n'ai pas froid. Je monte toujours. Je me trouve déjà plus haut que je ne suis jamais allée avec Gil. Plus haut que nous n'avons jamais osé grimper. J'ai laissé les terrasses derrière moi depuis longtemps. Seuls les bots d'entretien et les techniciennes s'aventurent aussi haut sur la base de notre pyramide. C'est grisant et physiquement éreintant. Je ne sais pas comment je redescendrai, mais je repousse cette pensée ; je songe à Enki qui danse pour la Reine, à Gil qui danse pour Enki, et je continue d'avancer.

Je tremble de tous mes membres quand j'arrive au bout de la dernière rangée de cuves. Là-haut, je suis un peu protégée des éléments par le surplomb de la bulle géante de Carioca Plaza. Je m'accorde un temps de repos, m'abandonnant à la prise des nanocrochets, et je respire profondément.

Ce n'est ni le vent ni les vagues qui m'obligent à bouger, mais un HexaBot rampant qui, allez savoir pourquoi, n'a pas regagné sa niche pour attendre la fin de la tempête. Ses six pattes métalliques et luisantes entament le tissu de ma combinaison et la peau de mon bras droit comme il me passe sur le corps pour aller réparer une fissure dans le béton. Je pousse un cri à cause de la brûlure de l'eau salée dans la coupure. L'HexaBot s'immobilise, tourne sa tête d'insecte de métal. Il analyse que je suis un objet étranger qui envahit son territoire.

Si j'étais une ingénieure, je porterais une tenue spéciale et je serais équipée d'un flash capable de désarmer ses mécanismes de défense.

Mais si j'étais une ingénieure, je ne serais pas ici, pour commencer.

L'HexaBot passe aussitôt en mode attaque avec les lamelles tranchantes qui frangent les segments de ses pattes dressées et bourdonnantes. Je sais que je vais être déchiquetée si je le laisse m'atteindre, et je me carapate sur la pente de béton. Mes mains humaines et mes nanocrochets ne font pas le poids contre les pattes spécifiquement conçues de l'HexaBot, et je glapis quand il me lacère la hanche.

Je jure, et je jure encore, parce que je ne sais vraiment pas comment je vais me tirer de ce mauvais pas. Si seulement Gil était là !

Je baisse alors les yeux sur la surface lisse des cuves d'algues, et il me vient une idée.

Vite, consciente que les autres HexaBots peuvent se réveiller à tout moment et venir voir ce qui se passe, je redescends à reculons, glissant sur le béton dans ma hâte. Je m'écrase plus que je n'atterris sur la surface dure de la première cuve, rendue glissante par la pluie. Je suis emportée par le vent et ne réussis à arrimer une de mes mains à la paroi qu'à la dernière seconde.

L'HexaBot n'a pas cette chance. Ses pattes tranchantes, et le mortier qu'il sécrète, parfaitement adaptés à la moitié supérieure de la dalle de béton, sont tout aussi parfaitement inutiles quelques mètres plus bas sur la surface vitrée des cuves. Il tente de résister, mais la paroi est trop glissante et le vent trop violent. Je le regarde faire la culbute et basculer par-dessus bord. Suspendu dans les airs, il agite inutilement ses pattes et ses antennes métalliques avec une panique toute robotique. Je me demande comment j'ai pu faillir me faire avoir par ce machin. Il est presque comique quand une bourrasque l'entraîne loin de la baie, puis il disparaît à ma vue.

À moitié abrutie par la fatigue et le contrecoup de ma frayeur, j'escalade de nouveau la cuve tant bien que mal. Il n'y a plus d'HexaBots sur le béton ; j'examine pourtant avec soin les environs avant d'extraire ma bombe de sous mon blouson. Ces récipients contiennent généralement assez de peinture pour un graff mural complet.

Et c'est ce que je suis venue faire.

— Je m'appelle June, je déclare en guise de signature. Et je suis la meilleure artiste de Palmares Três !

Tu es la meilleure artiste de la ville, m'avait confié Gil quand nous avions treize ans, le jour où nous avons fait l'amour pour la première fois. *La meilleure artiste de Palmares Três*. Même à l'époque, je savais que ce n'était pas la vérité, mais je savais aussi pourquoi il le disait : pour que je me persuade que je le serais peut-être un jour.

Sa *mamãe* était la meilleure artiste de ce défilé. Un premier échec pour moi qui m'a servi d'étalon pour tous les autres. Son défilé d'enfants mannequins décrivant les divers stades de la vie d'un waka à Palmares Três m'a fait monter les larmes aux yeux. Une petite fille portait une robe à smocks brodée à la main d'adorables grains de café et de cannes à sucre. Des filles plus âgées étaient vêtues d'une robe aigue-marine chatoyante resserrée par un ruban régressif et mélancolique noué sous le menton comme un bouquet de fleurs. Un maillot de football pour une équipe imaginaire chaussée de chaussures à crampons d'un orange violent. Le dernier mannequin affichait sa féminité dans une simple jupe large assortie d'un corsage du rose des premiers émois et d'un turban rouge sang.

Je connaissais Gil de vue avant le défilé. Il venait d'arriver au lycée et au Niveau Huit – un garçon un peu bizarre et maladroit au physique anguleux et aux grands yeux larges. Nous nous étions souri à l'heure du déjeuner et avions échangé quelques mots. Les gens chuchotaient sur son passage où qu'il aille. Je ne savais pas pourquoi, mais je n'étais pas sûre d'avoir le courage d'oser affronter les rumeurs.

Il était dans le public de ce concours artistique où je n'aurais jamais pensé le trouver et il m'a présenté sa *mamãe*. J'ai d'abord cru qu'il s'agissait de sa sœur. Elle paraissait si *juvénile* à côté de lui ; son visage avait cette fraîcheur que les traitements anti-âge sont incapables de reproduire.

— June, voici ma *mamãe*. Elle participe au concours, elle aussi. C'est le numéro trente-sept.

Les concurrents avaient tous moins de trente ans – cet événement spécial avait pour but de donner leur chance à de jeunes artistes débutants. J'ai réfléchi à ce que cela impliquait, et à ce que les chuchotements que je n'avais pas compris devaient avoir entendu et déformé. Gil se tenait droit comme un I et m'observait de ses beaux yeux pleins de fierté meurtrie et de colère prête à jaillir.

C'est alors que j'ai eu un déclic.

— Le numéro trente-sept ? Le défilé de couture ?

Le thème du concours était « Premières grâces », et personne n'en avait mieux capturé le sens à mon avis.

— Oui, a-t-elle répondu en me souriant, moins gênée que ce pauvre Gil. Tu as aimé ?

— J'ai adoré ! C'était mon préféré. Si je pouvais porter cette robe avec le nœud, je mourrais comblée.

Sa *mamãe* et moi avons discuté dix bonnes minutes avant qu'elle soit appelée par les juges. Je m'apprêtais à m'adresser à Gil, qui me dévisageait de nouveau, et je savais déjà que je détesterais le blesser. Mais avant que j'aie pu dire un mot, il m'avait enlacée de ses longs bras, pressant sa maigre poitrine contre mes seins naissants. Je lui ai rendu son étreinte. Dans une ville qui considère les wakas comme quantité négligeable, être mère à seize ans doit être aussi dur pour l'enfant que pour la génitrice.

— Ta mère est géniale. J'aimerais bien que la mienne soit à moitié aussi intéressante.

Il m'a gratifiée d'un sourire radieux, et je lui ai rendu la pareille ; notre découverte mutuelle nous faisait pétiller de joie.

Un juge vint ensuite me chercher pour justifier le travail que j'avais présenté, et soudain mes parents étaient là, comme ils l'avaient promis. Nous nous sommes dirigés tous les quatre vers mon installation. J'étais la deuxième plus jeune candidate à concourir pour le prix du Niveau Huit, ce qui me remplissait d'une fierté aussi grande que ma terreur. J'avais puisé dans toutes les ressources de mon talent pour créer quelque chose qui ait une chance de plaire à mon musicien de *papai*.

J'ai expliqué mon travail avec nervosité : une exploration alambiquée de la vie de l'artiste majeure d'avant le Grand Bouleversement, Maria Bethânia, comprenant vingt-huit peintures de sa jeunesse et une tombe à l'ancienne grandeur nature couverte de graffitis. J'avais l'intention de faire passer l'idée que la fin est le terreau du recommencement, mais cela montrait plutôt que je n'étais pas très douée comme graffeuse. *Mamãe* s'est plaqué sur le visage son plus beau sourire de présidente d'université et m'a serrée dans ses bras. Le juge a hoché la tête d'un air pensif. Quant à *papai*, il a secoué la tête avec tristesse en me disant :

— C'est très joli, June. Mais où est sa musique ?

D'une certaine manière, c'était encore pire que ce qui est arrivé après. Pour *papai*, la musique était la plus haute forme d'art. Aucune de mes créations ne pourrait jamais s'en approcher.

À la remise des récompenses, personne ne fut surpris de voir la *mamãe* de Gil remporter le premier prix. Mais plus d'une tête s'est tournée quand la dernière juge a appelé mon nom pour la troisième place. J'étais presque arrivée sur l'estrade quand elle a annoncé d'une voix nerveuse qu'il s'agissait d'une erreur et que je pouvais retourner m'asseoir. J'ai fait demi-tour, paralysée d'horreur, mais j'ai eu le temps de voir l'écran du *fono* de la juge affichant la liste des candidats. Qu'elle avait par erreur classée par ordre croissant – j'étais donc la troisième à partir de la fin. Quarante-septième sur cinquante ! Je me suis aussitôt enfuie de l'auditorium en courant ; une bonne raison de ne plus avoir à affronter la déception silencieuse de mon *papai*.

Je ne suis pas allée bien loin, me contentant de monter les marches vers le toit de la salle d'exposition. Gil m'a rattrapée quelques minutes plus tard. Un geste d'une générosité si inattendue que mes larmes ont vite séché sur mes joues.

— J'ai été nulle à chier. Reconnais au moins ça !

Gil a souri.

— Rien de ce que fait June Costa n'est nul à chier.

J'ai aimé la façon dont il a prononcé mon nom, avec gourmandise, comme si j'étais un fruit sucré et juteux très rare.

— Mais ce que j'ai fait n'était pas bon. Rien à voir avec ta *mamãe.*

Il s'est alors approché de moi, et le temps qu'il franchisse ces quelques centimètres, j'ai eu le temps de noter que les arêtes de son corps s'adoucissaient déjà. Que les méplats de son front et de ses joues étaient en train de se transformer petit à petit en quelque chose de très séduisant. Mais il m'apparaissait de toute façon comme la plus belle personne du monde tel qu'il était.

— Je t'ai trouvée bonne. Enfin, cette tombe était un peu...

J'ai lâché un rire hystérique.

— Un peu trop ? Je regrette parfois de ne pas être une musicienne comme mon *papai.* Le seul art véritable.

Gil m'a pris la main et m'a fait virevolter sur la gauche, puis sur la droite, avant de me serrer contre lui. Ensemble, nous avons éclaté de rire.

— Ce que tu fais est de l'art véritable.

— Ce n'est pas son avis. Il adore Maria Bethânia. Je pensais que ça lui plairait...

— Il y viendra, June. Il t'aime.

Pendant quelques secondes, je l'ai cru. Si je travaillais assez, si je m'améliorais, si un jour je gagnais le prix au lieu de m'enfuir de l'auditorium submergée par la honte...

— La meilleure artiste de Palmares Três, ai-je répété pour lui, goûtant l'audace épicée de ces mots.

Et j'y ai cru juste assez pour que tout devienne possible.

Je ne te l'ai jamais dit, mais je sens ma propre mort. Depuis le premier soir, quand elles m'ont fait m'agenouiller devant l'autel pour boire le vin et manger l'hostie sacrée, le corps et le sang du Christ et de Yemanjá, la moelle, les nerfs, les os et les nanobots. L'eucharistie grondait derrière mes orbites, et le médecin a assuré que je ne sentirais rien (le cerveau est le seul endroit du corps qui n'a pas de terminaisons nerveuses), mais il avait tort. Les bots m'ont parlé ce jour-là comme la ville me parle aujourd'hui. Ils m'ont encouragé à avancer, avancer, avancer, et ça voulait dire mourir. L'avais-je compris à ce moment-là ? Je n'en suis pas certain.

La conscience de ma propre mort était comme les baies d'açaï, c'était amer et réconfortant à la fois, et je pensais seulement que j'en voulais encore.

Je trouve mère qui m'attend quand je rentre à la maison, titubant de fatigue. Mes vêtements sont trempés, mes cheveux, un nid d'algues emmêlées. Je regrette presque que Tante Yaha ne soit pas avec elle parce que ça la rend toujours dingue de me voir m'« enlaidir ».

Mère a les bras et les jambes croisés. Ses lèvres sont pincées et je songe à ce qu'elle est devenue, cette femme attentive à ne laisser ouverte aucune part d'elle-même. *Papai* détestait ce côté chez elle. Je ne serai jamais comme elle, quoi qu'il arrive.

— Il est presque deux heures de l'après-midi ! m'assène-t-elle.

Je hausse les épaules en me dandinant d'un pied sur l'autre au milieu de l'entrée, dégoulinant sur les carreaux.

Je meurs d'envie de retirer mes vêtements mouillés, mais je n'ose pas au cas où mère remarquerait les traces de peinture et devinerait à quoi j'ai passé ma matinée.

— Il y a eu une tempête, poursuit-elle. Mais je constate que tu es déjà au courant.

— Je suis allée faire un tour, finis-je par répondre.

Pas moyen de couper à cette conversation.

— Tu as séché les cours.

— Hier, c'était l'élection. Enki doit se rendre dans le *verde* avec la Reine dans quelques heures. Tu crois qu'il y a beaucoup de monde au lycée ?

— Les wakas responsables sont au lycée. Je suis sûre que Bebel...

— Je suis sûre que Bebel est parfaite, comme toujours ! Pour ton malheur, c'est moi que tu as pour fille.

Les lèvres de mère sont pressées si fort l'une contre l'autre que c'est un petit miracle qu'elles ne se soudent pas pour l'éternité.

— Elle a de meilleures notes que toi dans toutes les matières, cette année, June, ajoute-t-elle comme si je n'avais rien dit. Tu sais aussi bien que moi que les places sont comptées dans les programmes universitaires. Veux-tu être obligée d'aller à l'université communautaire du Niveau Huit ?

Je fais la grimace.

— Je suis une artiste.

— Et tu ne veux pas aller à l'université de Palmares ? Tu ne veux pas suivre la formation artistique de Juliana

Consecu ? Exposer dans leur galerie ? Tu ne veux pas de ce genre de C.V. ?

Bien sûr que si, et c'est bien pour ça que mère brandit cette menace. Elle s'est toujours intéressée de près à mon art – comme si c'était un moyen de me reprendre à *papai*, comme si je n'étais pas capable de faire mes preuves vis-à-vis de lui. Et même maintenant qu'il est mort, elle ne peut pas s'en empêcher.

— Une artiste crée n'importe où ! je réplique.

Les commissures de ses lèvres se relèvent légèrement. Je n'oserais pas appeler ça un sourire, mais c'est une expression un peu moins crispée que d'habitude. Je m'en méfie.

— Mais une artiste ne peut vivre de son art qu'avec les bonnes relations.

— Bah ! je lui réponds. Pour ça, tu t'y connais…

Elle ne bronche même pas. Elle se contente de plisser les yeux, se refermant un peu plus sur elle-même. C'est mère tout craché – ces derniers temps, je ne peux même plus la blesser.

Je soupire.

— Où est Tante Yaha, au fait ?

— Elle limite la casse avec cet ambassadeur de Tokyo 10. Il faut dire que ton Gil nous a fait un sacré numéro.

Je glousse malgré moi. J'ai du mal à assimiler que c'était seulement hier soir. Moins de vingt-quatre heures se sont écoulées, et il s'est déjà passé tant de choses que j'ai l'impression de pouvoir y caser toute une vie.

Ma mère est presque arrivée dans sa chambre, mais elle s'immobilise avec une étrange timidité et se tourne vers moi.

— June, lâche-t-elle. Est-ce que… Ce qui s'est passé avec Gil, hier soir… Tu avais l'air…

Elle n'arrive pas à cracher le morceau.

— Ne te fatigue pas, mère. Je vais très bien.

À cet instant précis, ce n'est que la pure vérité.

En ce moment, mère est avant tout une femme au foyer, mais il n'en a pas toujours été ainsi. Elle était une des *grandes* les plus importantes de la ville. Présidente de l'université de Palmares, une de nos trois grandes facultés. Pas tout à fait la meilleure, mais il ne faut jamais dire ça devant elle. De son vivant, *papai* y enseignait la musique. Les interprétations modernes de la musique classique du XXe siècle. C'est là qu'ils se sont rencontrés ; elle faisait ses premiers pas dans l'Administration, il était professeur depuis de nombreuses années. Il avait déjà été marié une fois, alors qu'il n'était qu'un waka, mais son mariage s'était mal terminé et il n'avait jamais retenté l'expérience jusqu'à mère.

Je pense qu'ils s'aimaient. Du moins, je me souviens que *papai* chantait parfois pour mère quand elle avait passé une mauvaise journée. Je me souviens du voyage dans les villes plates qu'elle a organisé pour leurs quarante ans de mariage. *Papai* n'était jamais allé à Salvador, et il était excité comme une puce à l'idée de visiter les célèbres ruines de Rio de Janeiro. Il a dû prendre une centaine d'holos de la plage de verre d'Ipanema, souriant comme un gosse dans sa combinaison de décontamination. Je les ai tous regardés comme il se doit à son retour.

C'était un an avant qu'il meure, mon *papai.*

Je n'ai plus jamais regardé ces images depuis.

Je l'ignorais à l'époque, mais c'est au cours de ce voyage que mère a rencontré Tante Yaha, qui était déjà une Tante et la nouvelle ambassadrice de Palmares Três dans les villes plates. Elle était jeune pour une Tante, beaucoup plus jeune que ma mère, mais elle avait déjà la cinquantaine et ce n'était plus une waka.

Nous nous sommes disputées le matin de leur mariage. Je lui ai demandé si elle avait couché avec Tante Yaha quand *papai* était encore de ce monde. Et pendant que *papai* gâchait de la bande passante en filmant les galets de verre d'Ipanema sous toutes les coutures (au cas où ce serait sur cette plage que marchait chaque matin la fameuse fille d'Ipanema de la chanson de Tom Jobim), est-ce que *mamãe* quittait leur chambre d'hôtel en catimini pour le trahir avec la femme qui était censée devenir ma nouvelle mère aujourd'hui ?

— Tu ne comprends rien à rien, m'a répondu mère. Ton *papai* est parti. Il m'a abandonnée et je suis toujours là. Qu'est-ce que tu aurais voulu que je fasse, que je prenne le voile ?

— Ça ne fait même pas un an ! ai-je hurlé. S'il te faut quelqu'un à tout prix, pourquoi ne pas payer pour ça ?

— Les wakas ont vraiment l'âge bête, a-t-elle craché en se penchant en avant. (Elle portait sa robe de mariée – d'un rouge éclatant – assise devant son miroir.) Qu'est-ce que tu connais à l'amour ?

— Je sais que *papai* t'aimait, ai-je répondu parce que j'en étais convaincue.

Mère a plissé le nez, comme si elle venait de respirer une bouffée du *verde* à l'improviste.

— Ton *papai* est mort.

— Arrête de me répéter ça !

Elle m'a alors lancé un regard de pitié. Puis elle a tendu les mains comme pour me prendre dans ses bras, mais je me suis raidie et elle les a laissé retomber sur ses genoux.

— Oh, *filha*, a-t-elle lâché. Tu ne baisseras donc jamais les armes ? Ta *mamãe* est sur le point de se marier…

— C'est *papai* qui avait raison, ai-je dit sèchement en me levant. Mieux vaut mourir que de devenir vieux !

Il fut un temps où j'aimais ma mère, vous savez.

Et parfois je suis presque sûre qu'elle m'aimait aussi.

Mon deuxième projet d'art public se taille un franc succès par rapport au premier.

Comme prévu, la reine Oreste fait une sortie dans les rues du *verde* en compagnie d'un Enki plus beau que jamais. Il ne pipe mot et se contente de sourire, comme s'il savait qu'après la diffusion non-stop sur les holos de son visage, de ses paroles et de son baiser, il n'a plus qu'à nous laisser nous repaître de lui. En le voyant sur le minuscule holo de ma chambre (je ne supporterais pas de partager ça avec mère), je lui trouve les yeux plus brillants, les lèvres encore plus rouges. Je me demande quelles mods il a déjà choisies, et sur lesquelles il jettera son dévolu au cours de son année de règne. C'est l'un des principaux avantages du Roi d'été : le permis de bénéficier de toutes les technologies de modification personnelle les plus rares et les plus coûteuses auxquelles les Tantes elles-mêmes n'ont qu'un accès limité. Il pourrait éclairer sa peau de l'intérieur comme une lanterne, accéder aux holos et aux flux d'une contraction de pupilles, ou diriger sa navette personnelle dans les tunnels de la ville d'un simple mouvement de doigts. C'est le genre de mods qu'affectionnent les Rois d'été d'après ce que j'ai entendu dire, mais plus je regarde Enki, plus je doute qu'il leur accordera le moindre intérêt. Depuis le tout début, Enki n'a cessé de nous surprendre. De faire enrager les Tantes et de contrecarrer leurs moindres désirs dans un éclat de rire. Pourquoi en serait-il autrement avec ses mods ? Pour la première fois, je me demande combien il en existe dans les villes où elles ne sont pas prohibées comme à Palmares Três. Que pourrait faire Enki de lui-même si l'opportunité lui en était donnée ?

Pour le moment, il arpente les rues de son ancien quartier en souriant comme s'il ne sentait pas la *catinga* dont la Reine se préserve tant bien que mal à l'aide d'un mouchoir parfumé. Des dizaines de milliers de gens se pressent sur les trottoirs et l'acclament à son passage. Beaucoup de wakas, bien sûr, mais encore plus de *grandes*. Je suis surprise de voir l'engouement qu'il suscite. J'ai visionné les archives des années lunaires précédentes, et maintenant j'en suis sûre : Enki est notre Roi d'été le plus populaire de mémoire de *grande*, sans parler des wakas. Gil n'est pas là, mais je ne m'attendais pas à le voir. Pas de pings de lui non plus, bien que j'en aie reçu une bonne vingtaine, de toute ma classe au grand complet à ce qu'on dirait. Y compris de Bebel, qui ne peut s'empêcher d'applaudir mes débuts sur les holos d'hier soir. Chaque fois qu'un fluxeur diffuse les images, je change de fil. Je sais à quoi je ressemble, toute seule sur la piste de danse en train de tenir la chandelle. Je sais surtout ce que j'ai ressenti, et n'ai nulle envie de l'éprouver de nouveau, et surtout pas trente fois par heure...

J'aimerais que Gil soit avec moi, mais tel que je le connais il doit faire la grasse matinée pour récupérer de sa nuit blanche. Que se passera-t-il quand il se lèvera ? Passera-t-il à autre chose comme il le fait toujours, ou sa relation avec Enki deviendra-t-elle plus sérieuse ?

Mais non, je n'irai pas plus vite que la musique – tout le monde sait que les Rois d'été baisent comme des éphémères...

Je reviens à mon holo, je règle le volume à fond et j'attends que se produise ce que je suis la seule à savoir.

Enki marque une pause avant de sortir sur les terrasses qui surplombent la mer. On jurerait qu'il attend que l'essaim des CamBots qui l'entourent ait le temps de bien zoomer sur les flots et de se stabiliser dans les bourrasques de vent persistantes avant de faire son premier pas à l'extérieur. Enki a toujours su soigner ses entrées.

Dès qu'il pose le pied dehors, le vent s'engouffre dans sa chemise brodée dont les pans claquent derrière lui. À sa gauche, la Reine Oreste retient d'une main son turban écarlate que les rafales menacent d'emporter. Certains holos passent en grand-angle pour capturer la vision à couper le souffle des cuves d'algues reflétant les nuages d'orage qui s'attardent dans le ciel en toile de fond. Au milieu de l'écrin des cuves, Enki et la Reine se dressent, semblables à des statues.

Soudain, une première caméra zoome sur un détail. Le bavardage des flux que j'ai choisi d'afficher tourne à la cacophonie tandis que les fluxeurs et les sampleurs amateurs spéculent à tout-va sur cette image. Je baisse le son.

Une seconde plus tard, ce qui n'apparaissait jusqu'alors que comme une touche de couleur impromptue dans une centaine de vues devient soudain identifiable.

C'est un graff mural.

— On dirait un portrait d'Enki qui embrasse quelqu'un, commente Sebastião sur mon fil principal. (Une pause.) Oh, mon Dieu, c'est le waka d'hier soir ! Quelqu'un dans le *verde* joue les agitateurs… Oreste n'était déjà pas très contente de l'attitude d'Enki, et j'imagine très bien ce qu'elle doit ressentir. On reste en ligne pour la réaction de la Reine. (Sebastião agite la main sans trop savoir quoi faire.) C'est quand même très beau, non ?

Je souris et me laisse retomber sur mon lit, saisie d'une bouffée d'orgueil. C'est Gil que j'ai eu le plus de mal à dessiner, alors que je le connais pratiquement depuis toujours. Mais ce genre de portrait est réducteur par la force des choses, et je connais Gil beaucoup trop en détail pour le réduire à son essence. D'une certaine façon, je ressens la même chose à propos d'Enki sans l'avoir jamais rencontré.

Je fais défiler les autres flux, et tous glosent sur mon œuvre. Qui en est l'auteur ? Quelle est sa signification ? Comment Oreste et les Tantes vont-elles réagir à cet affront de plus des wakas à la dignité de l'Administration ? Ils prennent tous pour acquis qu'il s'agit là de l'œuvre d'un waka, mais il me semble pourtant qu'un *grande* du *verde* aurait tout aussi bien pu pondre ça.

Oreste et Enki ne voient pas le graff mural, mais l'expression de leur visage affiche clairement qu'ils savent qu'il se passe quelque chose. Avec un rire, Enki se précipite vers la rambarde de la terrasse. Il a beau se tordre le cou, il ne voit toujours rien. Il se dirige alors vers le premier waka dans la foule – une fille tellement impressionnée qu'elle est près de s'évanouir – et lui emprunte son *fono.*

Il le consulte un petit moment. Les commentateurs s'en donnent à cœur joie (*Comment va-t-il réagir ? Où est Gil et est-ce qu'il l'a vu ? Que vont faire les Tantes ?*), mais je n'entends qu'un bourdonnement dans mes oreilles.

— Je m'appelle June..., murmuré-je contre ma manche en espérant ne pas vomir.

Sans un mot, Enki tend le *fono* à la Reine. C'est un modèle ancien, presque aussi large que la paume de sa main et la projection doit être de qualité médiocre, mais Oreste saisit la situation. Puis, dans un accès de rage qui ne lui ressemble pas, elle jette le *fono* par-dessus la rambarde dans les eaux de la baie. Enki se tourne vers la waka qui est restée plantée là, livide et bouche bée. Il secoue la tête et fait de nouveau face à la mer, et au nuage bourdonnant des CamBots.

Il leur adresse un salut.

— D'un artiste à un autre ! lance-t-il.

C'est à moi qu'il s'adresse, à *moi* ! J'étouffe mes cris de joie dans mon oreiller et Gil m'envoie enfin un ping.

Je suis arrivée au lycée depuis dix minutes à peine quand Ieyascu, la directrice, me pingue pour me convoquer dans son bureau. Étant le genre de fille à faire profil bas sur mes activités d'art urbain illicite, je suis un peu inquiète.

— Qu'est-ce qu'elle peut me vouloir ? je demande à Gil, qui s'est assis à côté de moi malgré les sollicitations de tous les wakas qui lui sont tombés dessus depuis qu'il est entré dans la classe.

Nous sommes censés être en étude, mais même les professeurs ne prennent plus la peine d'essayer de nous faire taire.

Il vérifie que personne ne peut l'entendre et se penche à mon oreille.

— Tu as fait attention, j'espère ?

— Contrairement à toi, j'ai fait de mon mieux pour qu'on ne voie *pas* ma tête sur les holos.

Gil pouffe et me gratifie de son sourire de superstar qui n'a plus d'effet sur moi depuis nos quatorze ans.

— Tu as perdu une occasion, June. J'ai rendez-vous avec Sebastião pour une interview ce soir, tu veux m'accompagner ?

Il me balance ça l'air de rien comme s'il m'invitait à dîner chez lui, mais je pousse quand même un petit cri. Sebastião est notre fluxeur mondain vedette, le chasseur de scoops des fils devenu lui-même une célébrité.

— Gil…

Son sourire s'évanouit.

— June, il faut parfois savoir ce qu'on veut.

— Je ne veux pas être… ce genre de fille.

Pas la fille qu'on abandonne sur une piste de danse. La fille dont les rêves débiles à moitié ébauchés qu'elle avait projetés sur le Roi d'été se sont brisés sous les yeux d'un million de personnes. Gil sait très bien ce que je veux dire, mais nous n'avons pas reparlé de ce qui s'est passé la veille, et nous en restons là. Il est joyeux et exalté comme une comète. Je ne veux pas être celle qui le ramènera sur terre.

— Je vais voir ce que me veut la géante. Si je ne suis pas de retour dans une heure, cherche mon cadavre !

Gil se mordille la lèvre – un geste désarmant du temps d'avant qu'il ne devienne le dieu du sexe du Niveau Huit. Je lui souris, glisse mes doigts dans ses épais cheveux frisés et déguerpis avant de faire un truc stupide, genre me mettre à pleurer ou l'implorer de venir avec moi.

Même si la géante a découvert le pot aux roses, je m'en fiche. Le graff mural que les HexaBots ont certainement effacé à l'heure qu'il est était l'un des chefs-d'œuvre de ma courte carrière. Enki m'a saluée devant les caméras. Gil en est resté sans voix quand nous nous sommes retrouvés.

Mes implants dermiques commencent à chauffer et je regarde leur reflet luire doucement sur les murs de verre opaque de la salle d'attente du bureau de Ieyascu.

— Voudrais-tu les éteindre, June, je te prie ?

Je me retourne d'un geste brusque, surprise de découvrir la directrice plantée derrière moi, bras croisés, le visage sévère – comme toujours. C'est une *grande* de *grande* et elle dirige cet établissement depuis assez longtemps pour avoir connu Tante Yaha à l'époque où elle était encore une waka. C'est aussi une géante qui dépasse allègrement les deux mètres et déteste s'asseoir.

— Éteindre… quoi ? je balbutie, soudain nerveuse.

Elle lève les yeux au ciel et s'avance vers moi en faisant claquer ses talons.

— Tes modifications corporelles subdermiques, June. Qui vont à coup sûr à l'encontre du règlement du lycée et violent sans doute aussi les décrets de la Reine contre les technologies à usage esthétique, si tu veux qu'on aborde le sujet.

Je déglutis et prends une profonde inspiration, ce qui ramène la luminosité de mes implants à celle d'une veilleuse. Je devrais être capable de moduler l'intensité de mes lumières à volonté, mais je manque d'entraînement.

— On fera avec, crache la directrice Ieyascu. Si nous passions dans mon bureau ?

Elle effleure la cloison de verre teinté, dont les panneaux coulissent à son toucher. Son bureau lui-même est à peine moins glacial. Une simple table de verre, entièrement vide à l'exception d'un stylo plume du XXIe siècle qui doit valoir un million de *reales* au bas mot. J'ai comme l'impression que le fauteuil derrière ce bureau pourrait bien être en véritable cuir de vache morte. Pour les visiteurs, deux sièges de verre moulé. Ils ont l'air très inconfortables et l'un d'eux est occupé.

La fille qui y est assise arbore un épais nuage vaporeux de cheveux couleur miel foncé dont elle jure qu'ils sont naturels alors que tout le monde sait qu'elle les a modifiés. Elle se tortille sur sa chaise, mais me salue d'un faible sourire quand je m'assieds à côté d'elle.

Je m'oblige à le lui rendre parce que ce serait mal vu de faire preuve de mesquinerie devant la directrice. Je sais au moins que si Bebel la Parfaite est avec moi dans ce bureau, c'est que mes exploits de graffeuse n'ont pas été éventés.

— Pourquoi sommes-nous ici ? je demande en tendant le cou pour essayer de croiser le regard de Ieyascu.

Mais elle préfère bien sûr faire les cent pas devant son mur de verre plutôt que de s'asseoir comme une femme normale.

— Si tu ne retrouves pas très vite tes bonnes manières, June, je te renvoie dans ta classe. (Elle marque un temps d'arrêt et nous dévisage chacune notre tour.) Et je crois que tu le regretterais beaucoup.

Regretter de ne plus être dans le bureau de la directrice ? Drôle d'idée, même pour Ieyascu, alors je baisse la tête et marmonne des excuses dociles. Bebel incline sa crinière de miel, elle aussi, même si nous savons l'une comme l'autre qu'elle n'a rien à se reprocher. Je serre les dents. Du Bebel tout craché : toujours se montrer obligeante quand quelqu'un d'important nous regarde !

— Bien. Je suis sûre que vous vous demandez pourquoi je vous ai convoquées toutes les deux – même si tu es beaucoup plus discrète, Bebel. Je suis certaine que vous avez entendu parler du prix de la Reine ?

C'est comme si elle nous demandait si l'on avait entendu parler du Roi d'été, ou si l'on savait qu'un nouveau Roi venait juste d'être élu. Bebel hoche poliment la tête. Chaque année solaire et lunaire (et parfois les autres années aussi, si ça lui chante), la Reine accorde une dotation extraordinaire à un lycéen, qui assure à l'heureux élu le financement de ses études dans l'université de son choix, une exposition de son talent et un salaire au début de sa carrière. La liste des anciens lauréats compose le *Who's Who* de Palmares Três. La Reine Oreste elle-même a reçu ce prix convoité. Quand j'étais petite, mère se faisait un point d'honneur de m'emmener voir les expositions de tous les finalistes, comme si elle pensait vraiment qu'un jour je serais des leurs.

Bebel et moi sommes suspendues aux lèvres de Ieyascu.

— Oui ? Parfait. Vous comprendrez peut-être alors l'honneur qui vous est conféré – grâce ou non à certaines *relations* – quand je vous dirai que toi, June, et toi, Bebel, avez été sélectionnées pour figurer au nombre de nos dix finalistes.

Je ne relève même pas la pique, trop occupée que je suis à empêcher la pièce de tourner. Bebel pousse un petit cri, et se tourne vers moi avec un grand sourire.

— June ! s'exclame-t-elle.

— Bebel ?

— Bonne chance !

— Euh… merci. À toi aussi.

Ieyascu tape un petit coup sur son bureau et nous nous retournons vers elle d'un même élan.

— La Reine rendra son verdict en hiver, à la fin du règne du Roi d'été. Jusque-là, vous ferez votre possible pour lui prouver votre talent et que vous méritez cet honneur. Vous n'aurez besoin de lui soumettre aucun rendu formel. Soyez bien assurées que si vous avez été choisies parmi les centaines de milliers de wakas éligibles, c'est qu'elle porte un œil attentif à vos travaux. À vous de l'impressionner.

Bebel est aussi rayonnante que ses cheveux de faux miel. C'est une chanteuse et une musicienne, raison pour laquelle nous sommes dans le même cursus artistique. Elle doit déjà s'imaginer sur tous les flux, rêver du public conquis qui se pâmera devant son incommensurable talent...

C'est Bebel la Parfaite, et je sais qu'elle a une bonne chance de gagner, peu importent qui sont les huit autres concurrents.

Mais je suis dans la course, donc elle va perdre. Je me souviens de cet autre concours, de mon échec patent, et une joie rageuse m'envahit aussitôt à l'idée qu'on me donne une seconde chance. De montrer à mon père qui je suis, d'accomplir avec mon art quelque chose de si puissant que personne ne pourra nier mon talent.

Bebel sort la première, s'engouffrant dans le vestibule avec une précipitation qui ne lui ressemble guère, impatiente sans doute de partager son bonheur avec ses amis. Ieyascu me retient avant que j'aie pu filer aussi.

— June..., lance-t-elle.

Sa voix s'est adoucie, presque lasse. Elle se tient devant l'un de ses murs de verre qu'elle a transformé en fenêtre d'un claquement de doigts. L'espace d'une seconde, elle a l'air *vieille*, comme dans les vidéos du XXe siècle, toute ridée et recroquevillée. L'impression passe et elle redresse les épaules.

— J'espère pour Yaha que tu sauras saisir ta chance. Tout le monde a remarqué que tu t'es beaucoup relâchée cette année. Si tu échoues cette fois-ci... Eh bien, disons seulement que Yaha aura des comptes à rendre, Tante ou pas.

J'ouvre la bouche pour répondre, mais rien ne sort. En un clin d'œil, la joie de l'opportunité qui m'est offerte a viré à l'amer. Comme tout ce que touchent mère et Tante Yaha ces derniers temps.

— Merci, dis-je, presque sincère. Je ferai de mon mieux.

Je trouve Tante Yaha en compagnie de Ueda-sama dans le couloir devant son bureau. L'ambassadeur paraît me reconnaître, mais se présente en me tendant la main. Tante Yaha se méfie, mais ne se formalise pas de mon interruption, comme si elle m'attendait.

— Ma belle-fille, June, me présente-t-elle avec un sourire rassurant même s'il n'est pas sincère. Ueda-sama est l'ambassadeur de Tokyo 10.

— Enchantée. J'espère que vous passez un agréable moment dans notre ville. Je crois que nous nous sommes aperçus hier soir, au bal ?

Il hoche la tête avec vigueur.

— C'est que vous avez de passionnantes coutumes à Palmares Três, June. Les soucis de la traduction… J'avais cru comprendre que votre Roi d'été était en quelque sorte l'époux de la Reine. Le consort, comme vous dites. Et je vois qu'il n'en est rien.

— Le consort ? je répète en souriant. (Tante Yaha va me tuer après ça, et je m'en fiche complètement.) Eh bien, il y a un peu de ça aussi. Ne me faites pas dire ce que je n'ai pas dit, il n'y a pas beaucoup d'espoir à mon avis entre Oreste et Enki. Mais vous avez raison, c'était grossier de la part d'Enki de lui manifester aussi peu d'intérêt le jour de son couronnement. Les Rois des années lunaires n'ont aucun pouvoir politique… Je suis sûre qu'elle pensait qu'il n'oserait pas.

Tante Yaha tente discrètement d'entraîner Ueda-sama dans le couloir, mais il s'arrête, l'obligeant à papillonner autour de lui comme une CamBot perdue.

— Aucun pouvoir politique ? Ce n'est pas ce qu'on m'a dit.

Le masque de Tante Yaha se fissure.

— La politique n'est pas si simple, June…

Je tacle :

— C'est marrant, j'avais déjà remarqué.

Je crois que c'est à ce moment qu'elle comprend la raison de ma présence. Elle hoche lentement la tête en se tournant vers Ueda-sama avec un sourire désarmant et une petite tape dans le dos. Elle se débrouille pour le convaincre de l'attendre dans son bureau le temps de me raccompagner au bout du couloir. Je n'ai pas à m'inquiéter des oreilles qui traînent au cœur de la tour de la Reine, dotée de murs insonorisés et où s'applique une stricte politique antibots.

— Je croyais que ça te ferait plaisir, attaque-t-elle tout de go. (Un truc que j'apprécie chez Tante Yaha : elle est capable de jouer cartes sur table quand il le faut. Contrairement à sa femme.) C'est ce que tu voulais.

— Mais je ne voulais pas que tu me l'apportes sur un plateau d'argent !

— Tu as du talent, June. Tu le sais. Je n'ai fait que m'assurer qu'il parvienne aux yeux de la Reine. Je n'ai pas eu besoin d'en faire davantage. Je sais que c'est ce que tu as toujours voulu.

J'ai envie de hurler, mais mon petit doigt me dit que ça me vaudrait une attention dont je me passerais bien, même ici.

— De qui ai-je pris la place, Yaha ? De quelle waka talentueuse ai-je détruit la vie sans même qu'elle le sache ? Tout ça pour que tu puisses rentrer à la maison et annoncer à mère que tu m'as acheté un avenir ?

C'est étrange. Tante Yaha me connaît depuis seulement deux ans, mais c'est à elle que j'arrive à faire mal. Je m'y emploie donc chaque fois. Ce qui en dit long sur moi.

— Ta mère ne m'a rien demandé.

La surprise que j'éprouve à ces mots est comme une sorte de déception. Je pouvais toujours compter sur l'ingérence de mère. A-t-elle aussi laissé tomber ça ?

— Mais c'est encore à moi qu'elle en voudra si tu perds ton boulot par ma faute.

Tante Yaha me pose une main confiante sur l'épaule.

— Tu t'en sortiras très bien, June.

Je la repousse. J'aurais aimé avoir été sélectionnée pour mes propres mérites, mais cela n'a plus d'importance. J'ai toujours eu quelque chose à prouver.

— Je vais *gagner*.

Gil passe encore une soirée avec Enki cette semaine, même s'ils restent assez discrets pour n'intéresser que les flux mondains les plus spéculatifs. Gil ne vient pas au lycée le jour suivant. Je le trouve finalement chez lui en fin d'après-midi. À demi nu dans le jardin de sa mère, il écoute à tue-tête les dernières productions du Roi Zumbi, l'un des plus importants *blocos* du *verde*, et danse avec un tournesol.

— Elle se débrouille comment, ta partenaire ? je lui demande dès que je suis assez près pour que nos voix percent la musique.

Gil plante un baiser sur le cœur brun foncé de la grande fleur jaune en éclatant de rire.

— Elle est sublime.

Il me prend par la main ; je me laisse entraîner malgré moi à danser un moment avec lui. Je suis incapable de repousser Gil quand il est aussi joyeux et vivant. J'écarte délibérément toute pensée de notre dernière danse ; c'est plus facile que je ne l'aurais cru.

Peut-être que ma fierté a plus souffert que mes sentiments, après tout.

Nous dansons jusqu'à ce qu'une fine pellicule de sueur fasse luire la peau de Gil au soleil et que mon T-shirt soit trempé. J'arrête la première, parce que Gil est capable de danser jusqu'à l'évanouissement (il l'a déjà fait, je l'ai vu), et je plonge les pieds dans le bassin des carpes pour les rafraîchir.

Gil exécute un saut arrière sur les mains et j'ai l'impression un instant qu'il va continuer. Il est toujours possédé, je le vois bien, par cette farouche énergie que parfois rien ne peut dissiper. Mais je lui fais les gros yeux et il vient enfin s'asseoir à côté de moi en soupirant.

Je débite à toute allure :

— Je suis sélectionnée pour le prix de la Reine !

J'ai eu du mal à me retenir aussi longtemps, mais ce n'est pas la peine d'essayer de lui parler quand il a besoin de danser.

— June !

Il me serre dans ses bras avec tendresse et je m'autorise à savourer le frisson de sa surprise et de son approbation avant d'être obligée de tout gâcher en lui disant la vérité.

— Tante Yaha a tiré des ficelles. Je n'ai pas vraiment mérité cette sélection. Mais je gagnerai quand même, je ferai tout ce qu'il faut pour ça. Elle ne pourra rien me dire si je gagne le prix.

Gil se rembrunit, comme chaque fois que je parle de ma famille.

— Elle ? Tu veux dire ta *mamãe* ?

— Et *papai* aussi, j'ajoute à mi-voix. Il serait fier de moi, j'en suis sûre. Je ferai de l'art véritable. Du grand art.

Gil est agité, presque trépidant. Je lui masse alors le dos, glissant de sueur, jusqu'à ce qu'il se détende un peu et s'abandonne à mes caresses.

— Bonne soirée ? je lui demande.

— Éblouissante, répond-il avec un soupir. Enki est… (je retiens mon souffle)… exactement de quoi il a l'air. En plus profond.

— Je suis si heureuse pour toi, Gil.

— Il n'y a pas de quoi. Je crois que je me noie en lui. Et je ne suis pas son seul partenaire, loin de là.

— Bah, dis-je en repoussant du bout des orteils une carpe qui s'approche trop près. Il n'est pas ton seul partenaire non plus.

Gil et moi avons réglé une bonne fois le problème de notre virginité quelques années plus tôt, mais je me suis arrêtée là, contrairement à lui.

— Il pourrait l'être, June, il le pourrait. Hier soir, il m'a emmené tout en haut de la tour, près du fanal, et il m'a plaqué contre le verre brûlant. J'ai cru que j'allais me consumer sur place, et nous l'avons fait plusieurs fois.

J'imagine très bien la scène et je me sens rougir.

— Ce n'est pas très discret…

— Je ne sais pas, répond Gil en riant. Il a dit qu'il avait parlé aux bots et qu'ils lui avaient promis de nous laisser tranquilles.

— Il a *parlé*… Mais ça ne veut rien dire !

— Qu'est-ce que j'en sais ? Peut-être une de ses nouvelles mods ?

Je suis pourtant presque certaine que les Tantes ne possèdent rien qui autorise un être humain à converser avec un bot. Je me demande ce qu'Enki est en train de faire. Et s'il s'attire des ennuis, entraînera-t-il Gil avec lui ? Soudain, je suis très heureuse qu'Enki ait choisi Gil au lieu de moi. Si mon amour rêvé pour lui était devenu aussi concret, je ne suis pas sûre que j'aurais été capable de le gérer.

— Gil, lui soufflé-je en lui prenant la main afin qu'il me regarde. Écoute. Tu fais ce que tu veux, c'est ce que tu as toujours fait, et il n'y a aucune raison que ça change. Mais Enki est le Roi d'été. Le *Roi d'été*, Gil. Il a cessé d'être un garçon dont tu peux tomber amoureux à l'instant où Oreste l'a couronné, et il sera mort à la même époque l'année prochaine. Tu ne peux pas… Enfin, je ne veux pas… que tu souffres. C'est tout. Je ne veux pas te voir souffrir.

Je ne m'attendais pas à ce qu'il se mette en colère, mais peut-être à avoir droit à sa condescendance et à un commentaire moqueur. Qu'il me dise que je ne pouvais pas comprendre parce que je n'y connais rien. Au lieu de quoi il fond en larmes.

— Il m'a… il m'a raconté pour les autres, sanglote-t-il. (Je glisse mes bras autour de sa taille et le serre contre moi.) Je lui ai posé la question. J'aurais dû m'en moquer. Ça m'a fait mal…

— C'est peut-être bien la raison d'être de ces années lunaires, *querido.* Nous faire tous tomber fous amoureux du Roi d'été et nous briser le cœur.

— Enki est différent.

Il dit vrai. Et je crois que c'est encore pire.

C'est l'histoire d'une guerre opposant les wakas aux *grandes.*

Vous pensez peut-être que je parle en général, de la question universelle de la jeunesse et de la vieillesse. Parce que j'ai lu mes classiques et que les profs veulent nous faire croire que c'est tout ce que nous y voyons. Une répétition de la lutte éternelle opposant la vigueur à la décrépitude, l'impulsivité à la responsabilité, la créativité à la sagesse.

Vous savez quoi ? Ce sont des conneries.

La vérité, la voici : cela fait bien deux cents ans que la « vieillesse » au sens ancien à la *Dorian Gray* n'existe plus. Depuis le perfectionnement de la technique d'Hoshigawa à l'époque où les mâles ne représentaient encore que trente pour cent de la population mondiale. Mourir avant cent cinquante ans devint alors l'exception. Aujourd'hui, on atteint allègrement les deux cents ans. Hoshigawa elle-même est décédée l'année dernière au lendemain de son deux cent cinquantième anniversaire. Les villes verticales de par le monde ont toutes respecté un jour de deuil. Gil et moi l'avons célébré sur les rochers d'A Castanha au milieu de la baie. Nous nous sommes saoulés au *cachaça* en griffonnant à la craie sur les pierres mouillées.

— Tue-moi si jamais je deviens aussi vieux, m'a lancé Gil.

— Bah, d'ici à qu'on ait deux cent cinquante ans, il y aura sûrement des *grandes* deux fois plus vieux que nous.

Il a fait la grimace.

— À quoi bon vivre, June, si on ne profite pas de sa vie ?

— Il y en a qui en profitent… Certains *grandes* vivent leur vie.

— En étouffant le reste d'entre nous !

Je ne pouvais pas dire le contraire. Rien que le matin même, j'avais reçu un énième refus poli d'une galerie d'art arguant qu'ils n'exposaient que les travaux d'artistes ayant atteint la « maturité ». À ce rythme, je devrais attendre d'avoir quarante ans pour voir mon premier tableau exposé.

— Ta *mamãe* croule sous le boulot en ce moment, lui ai-je fait remarquer en tâchant de chasser le vide qui me creusait le ventre. C'est presque encore une waka et elle dessine des robes pour les Tantes.

Gil a jeté notre bouteille vide par-dessus le bord de la falaise. Elle s'est biodégradée en touchant l'eau.

— Et quand ils connaissent son âge, les *grandes* me regardent comme si j'étais une bête sauvage.

Je me suis mordu les lèvres et demandé quand cesseraient les ennuis pour Gil et sa *mamãe,* quand son talent et sa *maturité* compteraient plus que son âge ; c'était comme si elle ne serait jamais bonne à rien avec un fils d'à peine seize ans de moins qu'elle.

— Les *grandes* sont des connards, ai-je conclu.

Gil a fermé les yeux en soupirant. Nous n'avons plus rien dit pendant un long moment. Assez pour que je me mette à somnoler, la tête sur son épaule. À travers mes paupières mi-closes, je voyais la mer plus bleue que le ciel, et la ville tel un paradis étincelant à la forme géométrique parfaite. Gil me caressait les cheveux et je me sentais bien, comme un lézard gorgé de soleil.

— Est-ce que tu feras *kiri*, Gil ?

C'était ma plus grande hantise, mais en cet instant la peur du suicide n'avait pas de prise sur moi. J'avais une vision de nous si claire qu'elle tenait l'angoisse à distance.

— Peut-être…, a-t-il répondu. Sans doute, oui.

Je le savais. Je ne sais pas pourquoi, mais j'en étais sûre.

— Pas trop tôt, ai-je imploré.

— Non, bien sûr que non. Mon Dieu, nous n'avons que seize ans !

Mon *papai* avait cent quarante ans.

Quand il est mort.

Le jour où les lumières de Palmares Três se sont éteintes pour la première fois, Gil et moi sommes assis au troisième rang de l'auditorium de l'hôtel de ville pour la première allocution publique du Roi d'été. Les deux premiers rangs sont remplis de gens importants, des Tantes pour la plupart, mais quelques autres dignitaires aussi. Je reconnais même trois Oncles – des hommes entrés en politique, même s'ils ne sont pas aussi influents que les Tantes. Un certain nombre de Rois d'été des années solaires étaient des Oncles.

L'élection d'Enki remonte à une semaine et je suis épuisée. J'ai passé les deux dernières nuits à dessiner fébrilement, mettant en forme et écartant une idée après l'autre. Je dois frapper vite et fort pour m'imposer à la Reine et aux autres finalistes. Que j'aie été pistonnée par Tante Yaha est un secret de polichinelle – et le serait aussi sans doute même si ce n'était pas vrai, et je déteste d'autant plus ce qu'elle a fait.

Bebel prévoit déjà de donner un concert gratuit sur Gria Plaza. J'aurais préféré ne pas le savoir, parce que ça me rend encore plus dingue, mais il a fallu qu'elle me l'apprenne de sa propre bouche à sa manière inimitable. Comme si nous étions les meilleures amies du monde et non des ennemies implacables. Elle a même eu le toupet de demander à Gil de danser pour elle, mais il a refusé.

J'ai failli rester chez moi ce jour-là. J'ai des choses auxquelles réfléchir plus importantes même qu'Enki, mais Gil m'a suppliée de l'accompagner et bien sûr j'ai cédé. On ne laisse pas tomber un ami amoureux. Et si j'ai le cœur qui bat à l'idée de le revoir, c'est que je suis une waka émotive. Ça ne veut pas dire que j'ai envie de lui.

Il y a des CamBots partout, et elles bourdonnent parfois un peu trop près, mais je regarde droit devant moi comme si je n'avais rien remarqué. En ce moment, j'aimerais être invisible. Je voudrais trouver une idée brillante qui donnera l'air à Bebel d'animer un vulgaire karaoké à une fête d'anniversaire. Et quand je la réaliserai, je veux que le monde entier connaisse mon nom.

— Je pense toujours que tu devrais faire un truc végétal, avance Gil. Des plantes grimpantes qui sortent des rames du métro ? Tu serais sûre d'attirer l'attention.

— Pas assez original. Juliana Consecu a créé la même chose avec des roses il y a cinq ans, rappelle-toi. Tout le monde dira que je l'ai copiée.

— Et les graffs ? Nous savons tous les deux que tu es très douée pour ça.

Il me décoche un sourire et je me surprends à m'inquiéter de ce que les bots peuvent entendre, et à me demander si quelqu'un pourrait, par recoupement, faire l'association avec mon graff mural qui a interrompu la tournée royale six jours plus tôt.

— Pas si douée que ça, je réponds, avec une nonchalance forcée.

Gil finit par comprendre qu'on devrait peut-être se montrer plus prudents.

La vérité, c'est que je suis une bonne graffeuse, mais sans doute pas meilleure que les grands *grafiteiros* du *verde*. Et je ne sais pas ce que pense la Reine de cette forme d'art. Ce n'est techniquement pas illégal, toujours est-il que les bots effacent au plus vite les graffitis des espaces publics.

— Merde ! gémis-je en enfouissant la tête dans mes mains. Je n'ai pas l'ombre d'une idée ! Je te jure, je devrais tuer Tante Yaha.

— Tu préférerais ne pas faire partie des finalistes ?

Je lui lance un regard noir. Il sait très bien que j'en avais envie plus que tout. Que c'est bien davantage qu'une seconde chance : c'est mon *unique* chance.

Gil me frotte le bras.

— Quand elles verront ce que tu sais faire, tout le monde se fichera de savoir qui est ta belle-mère…

Un instant plus tard, les lumières baissent d'intensité jusqu'à produire une agréable pénombre. Tante Isa s'avance sur la scène sous son turban rouge protocolaire.

— Merci à tous d'être venus ! lance-t-elle en montant sur l'estrade. Cette soirée inaugure une période très spéciale pour tous les citoyens de notre grande ville. Nous, les Tantes et la Reine, sommes très heureuses de l'élection d'Enki, notre nouveau Roi d'été. Nous sommes pleinement confiantes, il saura remplir les devoirs liés à sa charge comme il sied à la couronne de Palmares Três.

Elle marque une pause pour les applaudissements d'usage ; Gil et moi échangeons un regard entendu.

— On dirait bien qu'Enki a déjà défrisé les Tantes, glissé-je.

— Elles doivent regretter de ne pas avoir truqué l'élection en faveur de Pasqual…

— Et maintenant, je laisse la parole à notre Roi d'été !

Tante Isa s'efface sur le podium en battant poliment de ses mains gantées. Gil et moi devenons hystériques, comme la moitié du public. Maintenant que je suis là, mon cœur s'emballe, mes implants dermiques clignotent à tout-va et je meurs d'envie de revoir son visage. Gil a vraiment trop de chance.

Enki fait son apparition, tout de noir vêtu. Ça me rappelle ma tenue de chasse. Mais de qui devrait-il se cacher, exposé comme il l'est sur cette scène ?

En attendant que le silence revienne, ce qui prend un certain temps, il salue de la tête avec civilité quelques connaissances dans l'assemblée – Gil, une poignée de Tantes, l'ambassadeur de Tokyo 10. Ses yeux glissent sur moi comme sur de l'eau. Je m'étais demandé s'il m'avait vue, suspendue dans les airs au-dessus de Gil, et j'imagine que je tiens ma réponse.

Nous finissons par nous taire et Enki sourit. Gil laisse échapper un grognement.

— Merci, dit Enki, et cela semble venir du fond du cœur. J'ai quelque chose pour vous qui devrait vous plaire.

Je n'ai que le temps d'intercepter le regard que Tante Maria lance à sa voisine avant que le monde disparaisse dans un grondement de cataracte.

Pendant quelques secondes, j'ai l'impression d'être devenue aveugle. Et puis quelqu'un allume une lampe de poche deux rangs plus loin et je comprends ce qui s'est passé.

Les lumières – les fameuses lumières de Palmares Três – se sont éteintes.

— June ?

C'est Gil, qui cherche ma main à tâtons. Les gens poussent des cris. Près de nous, quelqu'un prie.

Soudain, aussi abruptement qu'elles ont disparu, les lumières se rallument. Aussitôt un silence de plomb s'abat sur l'auditorium. Nous regardons autour de nous. Le changement de décor nous saute aux yeux.

Une trentaine de wakas occupent maintenant la scène à la place d'Enki. Ils sont vêtus de toile grossière usée et vont pieds nus. Du fond de la salle s'élève la rumeur des tambours. Ils battent un rythme endiablé, rappelant la danse d'Enki pour la Reine, en plus rapide. Les wakas sur la scène se trémoussent comme s'ils allaient tomber raides morts en cessant de bouger. À côté de moi, Gil les scrute bouche bée. Son bassin suit le rythme d'un mouvement convulsif. Une CamBot s'approche trop près de nous et rebondit sur mon front. Devant le spectacle de ces danses, le public semble hésiter entre le rire et l'indignation. Toutes à la fois, les Tantes des deux premiers rangs quittent leur siège et s'engouffrent dans la tour de la Reine pour évaluer les dégâts.

Une fois l'effet de surprise passé, il me faut un moment pour comprendre ce que tout ça signifie. Ces wakas viennent du *verde*, le quartier le plus pauvre de notre ville, et leurs tenues évoquent l'esclavage de nos ancêtres. Leurs vêtements, leur danse, la présence d'Enki sont plus éloquents que des mots : que connaît cette Reine si distante du *verde*, qu'a-t-elle fait pour eux ? Toute l'hypocrisie de Palmares Três est en train de danser sur cette scène. Malgré le choc, j'ai une furieuse envie de les rejoindre.

Gil et moi nous regardons. Les wakas aux pieds nus dansent maintenant en riant.

— On y va ?

J'acquiesce d'un hochement de tête, saisis la main de Gil, et nous enjambons les chaises pour gagner l'allée. Les wakas sur l'estrade nous font de la place, une douzaine d'autres nous rejoignent, et c'est bientôt tout l'auditorium qui se remplit de wakas dansant et tapant des mains comme si c'était le carnaval. Les *grandes* nous dévisagent avec des claquements de langue réprobateurs.

Et c'est là que je comprends tout...

D'un artiste à un autre, a-t-il dit.

Enki est un artiste – comme moi.

Je revêts ma tenue de chasse, même si des vêtements ordinaires feraient sans doute l'affaire, parce qu'elle me tient lieu d'armure magique et que j'ai besoin de mettre toutes les chances de mon côté ce soir.

J'ai trouvé mon idée pour le prix de la Reine.

Tout ce qui me manquait, c'était le bon partenaire.

Je monte au Niveau Dix, où seules la Reine et les Tantes les plus haut placées possèdent leurs appartements. Leurs palais, devrais-je dire, et si élevés dans la pyramide que la ville doit réguler le taux d'oxygène de l'air. La navette que j'ai appelée me conduit jusqu'au sommet, mais se rebiffe quand je veux ouvrir la porte.

Un visage que je reconnais sans pouvoir mettre un nom dessus apparaît sur le minuscule holo de la navette.

— Yaha ? interroge-t-elle. Qu'est-ce qui vous amène si tard ?

— Oh..., dis-je, et je n'ai pas trop à me forcer pour rougir. Je suis désolée. C'est juste...

— Qui êtes-vous ? demande la femme.

Sa tête oscille et grossit – elle se penche à l'intérieur pour voir qui je suis.

— Ah, je suis vraiment désolée, poursuis-je, reconnaissante de pouvoir compter sur ma stupidité. Disons que je suis prête à tout pour voir Enki, alors j'ai emprunté le flash de ma belle-mère…

Elle soupire.

— Tu es la belle-fille de Yaha ? Désolée, je crains que le Roi d'été ne reçoive pas de visiteurs, ma chérie.

— Oh, mais vous pouvez au moins lui demander ! Dites-lui que je ferais n'importe quoi…

— Je peux lui faire passer un message, June, mais ce n'est pas mon rôle d'interrompre le Roi d'été pour ce genre de… hum.

Je sens mon sourire s'élargir. *Ça va marcher.*

— Oh, merci ! Dites-lui que j'aimerais le rencontrer, d'une artiste à un autre. Vous feriez ça pour moi ?

La femme sourit.

— C'est tout à fait charmant, ma chérie. J'espère que tu obtiendras gain de cause. En attendant, je vais ordonner à ta navette de te ramener chez toi, d'accord ?

Je hoche la tête et son image disparaît. Je me sens très calme sur le chemin du retour.

Je n'ai plus qu'à patienter.

Le lendemain, je reçois un ping anonyme contenant seulement trois mots : *La Toile minuit.*

Je ne dis rien à Gil. Je ne sais pas trop pourquoi, sauf que si Enki m'envoie balader, il n'y aura que nous deux à savoir que j'aurai échoué. En outre, Gil pourrait s'imaginer la même chose que la gardienne du Niveau Dix. Cela n'a rien à voir avec le sexe. Ce n'est pas une histoire d'amour. Je ne fais pas ça pour obtenir les faveurs du Roi.

Je le fais pour que deux artistes puissent réaliser ensemble une œuvre qu'ils ne pourraient pas concevoir chacun de son côté.

Me voici donc de nouveau seule, tapant l'incruste de navette en navette dans ma tenue de chasse jusqu'au *verde.* C'est là que les difficultés commencent. Je repère un des tunnels de transport transversaux qui permettent d'acheminer les marchandises au cœur industriel de la ville. Pas moyen de s'incruster dans une navette ici. Les seuls véhicules autorisés sont ceux des ingénieures, et, sauf urgence, ils sont tous verrouillés à la fin de la journée.

J'en suis donc réduite à ramper.

Tout en progressant au plafond (le seul endroit de ces vieux tunnels où l'on ne risque pas l'électrocution), je me demande comment Enki va se débrouiller pour venir. Il a vécu dans le *verde*, et il connaît sans doute les accès qu'empruntent les gangs. J'ai entendu dire qu'il existait des chemins plus faciles, praticables à pied, mais je ne les ai jamais vus. Si tout le monde devait s'en remettre aux nanocrochets pour traverser ces tunnels, les descentes au cœur de la pyramide seraient réservées aux gosses de riches du Niveau Huit aptes à se procurer des technologies plus ou moins légales.

Mais je sais que le choix de ce lieu de rendez-vous constitue un test. Si je ne suis pas capable de venir ici par mes propres moyens, il n'y a aucune chance que je puisse être l'auteur du graff mural, et Enki saura alors que je ne suis que la waka évaporée que j'ai l'air d'être.

Le temps d'atteindre le nodule intérieur marquant la fin du tunnel d'approvisionnement, j'ai le dos inondé de sueur. À partir d'ici, ma progression devient plus facile. Le hangar des araignées est au bout d'une courte galerie qui s'ouvre dans le sol.

Je n'ai pas à m'inquiéter de la présence de SécuriBots ni même d'une éventuelle porte interdisant d'accéder aux géants mécaniques en sommeil. Les ArachnoBots sont beaucoup trop volumineux et trop vieux pour que ça vaille la peine de les voler. Je descends l'échelle le plus silencieusement possible, et ma respiration semble résonner sur leurs énormes abdomens argentés.

— Il y a quelqu'un ? je chuchote.

Pas de réponse.

Je vérifie l'heure sur mon *fono* : minuit passé de quelques minutes. Est-il en retard ? Est-il parti quand je ne me suis pas présentée à l'heure précise ? Je secoue la tête et m'enfonce un peu plus dans le labyrinthe. Non, pas après s'être donné tout ce mal. Il voudra savoir qui je suis...

— Je suis une amie de Gil, je murmure un peu plus fort. (Mais il est le chouchou des fluxeurs, et je ne veux pas qu'ils le sachent.)

Je regarde autour de moi et ne distingue rien d'autre que mon propre visage, dont le reflet déformé est réfléchi par des dizaines de thorax géants.

Enfin, une silhouette plus sombre.

— Tu es la fille du premier soir, n'est-ce pas ? La fille aux lumières.

Enki est adossé contre une araignée sur ma droite. Sa chemise blanche se détache nettement ; je ne sais pas comment j'ai pu le manquer.

— Je ne pensais pas que tu m'avais vue, réponds-je après avoir ravalé la boule dans ma gorge.

Sa présence physique se manifeste avec plus de force que dans mon souvenir. Je suis un temps du regard le contour des muscles fins de ses bras avant de me ressaisir et de me concentrer fermement sur ses yeux.

— T'ai-je vraiment vue ? continue-t-il avec un certain sens de l'absurde. Sans doute. Gil était... inoubliable.

— Il fait toujours cet effet-là.

Enki sourit et avance d'un pas vers moi.

— Voilà qui explique le graff mural. J'ai cru que c'était l'œuvre d'un *grafiteiro* du *verde*, mais non, bien sûr, c'était forcément quelqu'un qui le connaissait...

Enki se tait et tourne autour de moi, tel un homme examinant sous toutes les coutures un bot hors de prix qu'il envisage d'acquérir. Je m'oblige à rester immobile, mais je tremble d'excitation. Je m'étais juré d'en finir avec les stupides contes de fées, et ce n'en est pas un. Je redoute alors ce que ça pourrait devenir.

— Qu'est-ce que tu proposes, June Costa ?

Je me place alors dans sa trajectoire, lui coupant délibérément la route. Sans réfléchir, je tends ma main gantée vers son épaule et je sens aussitôt mes nanocrochets se mettre en prise. Il écarquille les yeux. Je viens de nous lier l'un à l'autre et il en est conscient.

Enki est si beau, si chaud, si cruel et si distant que sans cette connexion imposée, je crois que je partirais en courant.

— Tu es un artiste, dis-je. Et je crois que personne d'autre que moi ne comprend pour de bon ce que tu entends par là. Tu ne peins pas, tu ne sculptes pas, tu ne vois pas le monde en couleurs. Tu manipules, tu exprimes ton art sur des objets extérieurs et tu t'exprimes à travers eux. En choisissant de devenir Roi d'été, tu as décidé d'utiliser ton propre corps comme une toile que personne ne peut ignorer.

Je dois m'interrompre un instant pour reprendre mon souffle. Si mon idée fonctionne, même Bebel ne pourra pas me battre pour le prix de la Reine.

— C'est très intéressant, souffle Enki, dont les pupilles se sont dilatées, faisant paraître ses yeux presque noirs.

Il fait exactement ma taille, et nos regards sont verrouillés l'un à l'autre aussi solidement que ma main sur son épaule.

— En échange de quoi, dis-je presque dans un murmure, tu leur donnes ta vie.

— Le marché me semble honnête.

— Laisse-moi t'aider.

— Pourquoi ça ?

— Parce que je m'appelle June et que je suis la meilleure artiste de Palmares Três.

C'est douloureux, et je me suis demandé un moment si les Tantes ne l'avaient pas voulu ainsi pour que nous allions à la mort sans rechigner. Mais je vois à présent ce que cela doit être. Le corps humain, l'esprit humain, ne se laissent pas imposer des directions aussi peu naturelles sans en payer le prix. Dans les Tokyos, ils ont renversé cette loi, poursuivi l'expansion de l'être jusqu'à ce que le corps lui-même devienne inhabitable. Ils n'ont pas transcendé le corps comme ils prétendent. Bien sûr que non. Qui ne préférerait pas posséder des neurones, des synapses, des réactions électrochimiques et connaître des orgasmes suaves et sirupeux ? Ils habitent leurs flux numériques parce que leur corps ne veut plus d'eux.

Mon corps ne veut plus de moi.

Avais-tu compris cela, quand nous avons fait notre premier pacte dans ce mausolée des anciennes technologies ? Tu as dit que mon corps était une toile.

Mais une toile humaine ne peut pas vivre. Elle ne peut que flamboyer, le temps d'enregistrer sa propre disparition.

Ceci est un enregistrement de ma mort.

ÉTÉ

Nous sommes le 25 décembre. Enki et moi contemplons la baie depuis le sommet de la falaise d'O Quilombola, la plus orientale de nos îles. Nous nous disputons, comme toujours, et il n'y a aucun risque que je tombe amoureuse de lui parce qu'en ce moment précis je le déteste carrément, même si ce n'est pas tout à fait vrai non plus.

— Perce le rocher aux explosifs, June, dit-il en expédiant d'un coup de pied rageur un éboulis de roche volcanique dans les eaux qui clapotent cinquante mètres plus bas.

Prise de vertige, j'avale ma salive et m'oblige à me souvenir que je porte mes bottes à nanovelcros. Dans la ville, monument de confort technologique, je suis en sécurité. À l'extérieur, au cœur de la nature sauvage, je ne me suis jamais sentie plus exposée.

— Nous allons détruire la falaise ! Il ne restera plus rien où installer nos lumières... Et puis, les Tantes te tueront pour ça.

Enki se tourne vers moi, dreadlocks au vent, et m'offre son sourire paresseux et aliéné.

— Je ne sais pas si tu es au courant, lâche-t-il en se penchant au-dessus de l'eau selon un angle inquiétant, mais c'est déjà ce qu'elles ont l'intention de faire.

Je grimace.

— Ouais, enfin... tu vois ce que je veux dire...

— Bien sûr que je vois ce que tu veux dire, *bem querer.* Tu es en train de m'expliquer qu'on n'a pas le droit de défigurer un bien public au nom de l'art.

J'ouvre la bouche. La referme.

— Ce n'est pas...

— Que veux-tu dire alors ?

— C'est une *île*, Enki. Elle baigne dans cette baie sans faire de tort à personne depuis plus de dix mille ans. Est-ce qu'on ne pourrait pas juste... l'utiliser ?

Il bascule soudain par-dessus le bord de la falaise. Les nanocrochets de ses bottes le retiennent, bien sûr, mais je pousse quand même un cri. Enki glousse, suspendu dans le vide, tel un Christ renversé, Prométhée riant sur son rocher. Le soleil fait ressortir les reflets bleus de sa peau noire et le scintillement fugace de certaines des mods sur lesquelles il refuse de s'expliquer.

— L'utiliser ? répète-t-il, amusé.

Je ne dis rien, parce que j'ai appris à reconnaître au ton de sa voix lorsqu'il envisage une idée. Il libère une de ses bottes et s'installe en position accroupie, la tête en bas.

— O Quilombola, demande-t-il en caressant la roche. Veux-tu nous aider à te faire beau ?

Je m'oblige à pincer les lèvres, mais elles esquissent un sourire malgré moi.

— Qu'est-ce qu'il dit ?

— Il dit… il dit qu'il y a des trous de crabes.

Drôle de réponse, même pour Enki. Je m'accroupis au bord de la falaise, adresse une rapide prière à Yemanjá, et me penche aussi loin que possible dans le vide, mes nanocrochets fermement arrimés à la roche.

— Ça va, en bas ?

Enki fait claquer sa langue, mais je ne vois pas son visage. Il examine quelque chose en dessous de lui.

— Faut toujours que tu t'inquiètes !

— Il faut bien que quelqu'un garde les pieds sur terre.

— Et moi en plein vol ?

Mon souffle a du mal à passer dans ma poitrine. Le sang me monte à la tête. Je devrais me redresser – Enki ne va pas s'envoler – mais c'est plus fort que moi. Il fait allusion à une vieille chanson[1], un standard très rare, même pas sud-américain.

— Comment connais-tu toutes ces musiques, Enki ?

Il examine toujours la paroi de la falaise. Je ne sais pas comment il fait pour ne pas avoir tourné de l'œil à force d'être suspendu la tête en bas. Il a dû trouver une sorte de crevasse, car son bras droit est maintenant enfoncé dans la roche jusqu'au coude.

— Et toi, June ?

---

1. « Isn't it rich ?/Aren't we a pair ?/Me here at last on the ground/You in midair » : *Send in the Clowns,* écrite et composée par Steven Sondheim, extraite de la comédie musicale *A Little Night* sortie en 1973. (*N.d.T.*)

— Mon *papai*, réponds-je. Mais j'ai demandé la première !

— Ma *mamãe.*

De nouveau, je ne sais pas quoi dire. Soudain, Enki éclate de rire et retire son bras. Il brandit un crabe d'un vert éclatant tout dégoulinant d'eau.

— C'est la réponse d'O Quilombola, jubile-t-il. Tiens !

Sans autre forme de procès, il me lance le crabe. Je l'attrape au vol par la tête, m'efforçant de ne pas frissonner de dégoût. J'adore les crabes dans mon assiette, mais celui-ci, avec ses pattes qui s'agitent dans tous les sens, me rappelle les HexaBots.

— Tu veux faire de l'art avec des crabes ?

— C'est une façon de voir les choses…

Il me tourne le dos et enfonce son bras dans un autre trou, un mètre en dessous du premier.

— Rappelle-moi pourquoi je tiens ce truc ?

— Parce qu'il est mouillé.

— Quel génie, Enki.

— Oh, tu ne comprends pas ce que ça signifie, June ?

En me faisant violence, je libère ma botte droite avec précaution, me contorsionne au-dessus du vide pour reposer mon pied sur la paroi. Je réitère l'opération, et ma tête est à la hauteur de celle d'Enki.

— C'est un crabe. Pourquoi ne devrait-il pas être mouillé ?

Enki retire sa main de la roche. Il tient un autre crabe, plus petit, mais de la même espèce.

— Mouillé, lui aussi, constate-t-il.

Il laisse le crabe grimper le long de son bras, crapahuter sur les rochers et disparaître dans un autre trou.

— Tu penses que les crabes remontent de l'océan par les trous dans la roche ?

— Comment pourraient-ils arriver jusqu'ici autrement ?

— En escaladant la paroi ?

Enki libère sa botte gauche, et se balance follement sur la surface verticale de la falaise. Je le regarde faire avec l'impression d'avoir un de ces crabes en travers de la gorge, sachant qu'il suffirait du moindre mauvais angle pour que ses nanocrochets lâchent prise. Il glousse, bien sûr, et son élan l'amène tout près de mon visage. Nos nez se touchent et ma respiration s'accélère.

— Démonstration, souffle-t-il.

— Tu te souviens qu'on est à cinquante mètres au-dessus de l'eau, là, n'est-ce pas ?

Il cesse son mouvement de balancier et prend ma main libre. Je suis terrifiée, mais je me détends un peu quand il entrelace ses doigts aux miens. Ce n'est pas la première fois qu'il fait ça – Enki est parfois très tactile –, mais je me sens toujours aussi mal à l'aise. Dans mon esprit, il est clair que nous sommes seulement liés par l'amour de l'art, pourtant cela n'empêche pas ma peau de me picoter ni mon estomac de faire des loopings. Je suis devenue très forte pour faire comme si de rien n'était. Son autre main reprend le crabe, qui se débat faiblement.

— Et maintenant, regarde, souffle-t-il en déposant le crustacé sur la paroi de la falaise.

Ce dernier essaie de se faufiler dans un trou, mais Enki l'en chasse. Il le *guide*, comme on mène un troupeau, pour que le crustacé descende vers la mer. Et il le suit.

Seulement, Enki me tient toujours par la main et ne fait pas mine de me lâcher. Mon bras s'étire. Je pousse un cri strident, sans qu'il daigne m'adresser un regard.

— Imbécile ! je lui hurle, tout en libérant une de mes bottes, que je solidarise plus bas sur la paroi, avant de libérer l'autre…

… tout ça pour pouvoir *marcher* sur la paroi verticale d'une falaise sur ordre du Roi d'été.

— Tu es dingue ! je lui lance, ne lui tirant qu'un sourire.

Je crois qu'il voudrait courir, mais il ne peut pas à cause de moi. Je ne sais pas si je dois être reconnaissante ou terrifiée qu'il refuse de me lâcher. Le pauvre crabe, lui, ne sait plus où donner de la tête. Enki le chasse de tous les trous, de toutes les directions où il voudrait aller hormis le bas, toujours plus bas.

C'est alors qu'il se produit une chose très étrange.

Nous atteignons une partie de la falaise abrupte et lisse qui plonge directement dans les flots en contrebas. Cela ne change rien pour nos bottes à nanovelcros. La peur m'empêche de penser à l'absence de pitons rocheux et de protubérances pouvant servir de prises. Mais le crabe, le pauvre crabe entraîné par la pente, dévale le reste de la paroi jusque dans les flots.

Enki et moi nous tournons l'un vers l'autre au même moment.

— Tu le savais ? je demande.

Il hausse les épaules.

— Je l'avais deviné.

Je baisse les yeux vers la mer. Là où flottait le crabe un instant plus tôt, il n'y a maintenant plus rien.

— Ils remontent à travers la roche, je reconnais.

— Ce qui veut dire qu'elle est sans doute truffée de galeries, June !

— Nous n'aurons qu'à y faire passer nos lumières ! L'éclairer de l'intérieur !

Enki ferme les yeux quelques instants. Comme si le monde était soudain devenu trop beau pour qu'il puisse le contempler. Je resserre ma main sur la sienne et je regarde pour nous deux.

— On saute ? propose-t-il, de but en blanc.

Il a rouvert les yeux.

— Enki…

— Allez, June, me presse-t-il. Il faut parfois savoir ce qu'on veut.

C'est ce que répète toujours Gil. Je me demande d'ailleurs si c'est de lui qu'Enki tient cette expression.

Il s'attend à me voir planter mes deux pieds dans la roche en refusant de faire quelque chose d'aussi dangereux, je le sais. Mais il a raison, j'ai réalisé tellement de trucs dingues ces derniers mois que je ne vois pas pourquoi je me fixerais une limite ici.

— On ne va pas se faire déchiqueter par les rochers ?

— Mais non, tu as vu comme le bleu de la mer est sombre ? C'est l'un des endroits les plus profonds de la baie.

— D'accord…

Enki pousse alors un cri si sonore que des oiseaux perchés sur la roche au-dessus de lui s'égaillent en piaillant.

— À trois, dit-il.

Les cuisses me brûlent à force de me maintenir à l'horizontale. Le soleil cogne sur la peau exposée de mes bras et de mon cou. La main d'Enki est aussi brûlante qu'une ampoule dans la mienne.

J'ai l'impression que mon cœur va exploser.

Il compte lentement en articulant bien. Je me tiens prête – si nous ne sautons pas exactement au même moment, nous rentrerons de l'île sur une civière.

J'éprouve son « trois » comme un battement de cœur.

Pendant quelques secondes, je suis sans poids. Je flotte, je vole et Enki est un autre moi au bout de mon bras et le bleu de l'eau en dessous de nous se confond avec celui du ciel.

Nous crions d'une seule et même voix dont la falaise renvoie l'écho. Un cri de défi à l'intention des Tantes, de la Reine et de tous les *grandes* de Palmares Três.

Nous fendons la surface, pénétrons dans l'eau en profondeur, et je suis saisie par sa froideur glaciale après la chaleur brûlante du soleil. J'ouvre les yeux. Les cheveux d'Enki flottent autour de lui comme des anémones de mer. À quelques mètres de nous, des poissons butinent un massif d'algues. Et des crabes – des dizaines et des dizaines de crabes verts comme celui qu'Enki a poursuivi – entrent et sortent de trous béants dans la paroi rocheuse.

Sous l'eau, les sons sont très étranges. Tout ce que j'entends me semble à la fois proche et éloigné. Les battements de mon cœur et de celui d'Enki, ronflant tels des tambours de cérémonie. Un groupe de dauphins se lançant des appels, trop loin pour qu'on puisse les voir. Les rayons du soleil filtrent à travers l'eau en bandes si brillantes que l'on dirait des lingots d'or.

Enki glisse une main dans le nuage de mes propres cheveux et me lance un clin d'œil.

Je touche le fond la première et donne un coup de pied pour remonter, Enki juste après moi, et nous retraversons dans l'autre sens ce monde du silence percé de lumière jusqu'à l'air libre. Je remplis mes poumons dès que j'atteins la surface. Je reprends un peu mon souffle, assez pour rire. J'essuie l'eau saumâtre de la baie qui me coule dans les yeux.

— C'était... incroyable !

Enki sourit.

— Joyeux Noël, June.

J'avais oublié. La plupart des *Palmarinas* ne fêtent pas Noël. Mais j'ai entendu dire qu'il y avait des catholiques traditionalistes à Salvador qui le célèbrent au même titre que le carnaval. C'est peut-être pour ça qu'Enki m'a fait cadeau de cette journée : en mémoire de la ville de sa mère, au milieu de l'été de la nôtre...

Ce soir, Gil vient à la maison pour notre dîner de famille mensuel. Mère a toujours insisté sur cette tradition depuis la mort de *papai*, en dépit de mes vives protestations. Je crois même qu'elle en est arrivée à le faire uniquement pour me contrarier. Gil m'accompagne chaque fois que possible afin d'atténuer les tensions, mais aujourd'hui je redoute les deux heures de conversation forcée qui nous attendent et je l'arrête sur les marches du perron.

— Et si on les plantait là et qu'on se trouvait un *bloco* dans le jardin des Fondatrices pour aller faire la fête ?

Il se perche au bout de la rampe et fait semblant de réfléchir à ma proposition.

— Je crois qu'il n'y a personne de bon, ce soir.

— Ils pourraient bien avoir un singe hurleur comme chanteur que je danserais quand même, Gil !

— Mauvaise journée ?

Je songe à Enki sous l'eau et à mes cheveux qui ont séché en afro à cause du sel et que je refuse de peigner.

— Plutôt genre la journée idéale.

Gil incline la tête. Il sait que j'étais avec Enki, et le regard qu'il me lance me pousse à ajouter avec nervosité :

— Pour notre projet. Ça va être incroyable.

Je ne veux surtout pas qu'il s'imagine qu'il y a autre chose entre Enki et moi.

Il n'insiste pas.

— Et qu'est-ce qui te fait croire que la soirée ne le sera pas aussi ?

— Mère ? Tante Yaha ? Tu vois de qui je parle ?

— Ça pourrait être pire. Tu vas passer une soirée avec trois personnes qui t'aiment.

Je lui jette un regard si sombre qu'il ferait se détourner même un de ses tournesols chéris. Mais Gil l'affronte avec calme, haussant les sourcils plus haut que les miens.

— En tous les cas, *menina*, moi je t'aime, ça devrait te suffire.

— Oh ! je m'extasie ironiquement. Toi, tu sais parler aux filles ! Allez, débarrassons-nous de cette corvée.

Je ne lui dis pas à quel point ses mots me font plaisir. Ce n'est pas comme ça que ça se passe entre nous.

Et de toute façon, il le sait.

Mère est assise à table lorsque nous arrivons. Elle sirote un verre de vin rouge, sa chevelure épaisse aux boucles souples inhabituellement détachée. Tante Yaha est en train d'allumer de vraies bougies de cire. Même moi j'ai remarqué tous les efforts qu'elle déploie depuis que je lui ai balancé à la figure ses quatre vérités au sujet du prix de la Reine. Mais je ne peux me résoudre à les apprécier.

— Gil ! l'accueille-t-elle en l'embrassant sur les deux joues. Nous sommes tellement heureuses que tu aies pu te libérer.

— Oui, renchérit mère. Nous savons que tu es très pris.

Je fusille mère du regard à cause de la pointe de désapprobation dans sa voix, mais Gil se contente de sourire.

— Jamais trop pris pour June.

Tante Yaha essaie de détendre l'atmosphère avec un de ses petits rires, et tout le monde s'assied. Gil pourrait avoir un brillant avenir de diplomate s'il n'avait pas ce talent pour la danse.

Et un manque de discrétion certain dans le choix de ses partenaires sexuels...

Enki et lui ne sont pas restés fidèles l'un à l'autre pendant les deux mois qui viennent de s'écouler, loin s'en faut, mais ils représentent encore le couple chéri de tous les fluxeurs mondains. Je sais toujours quand Gil a vu Enki, parce qu'il bouge comme s'il allait se mettre à danser et n'entend rien de ce que je lui dis.

Enki, en revanche, demeure une énigme. Les fluxeurs mondains affirment qu'il change de partenaire pratiquement chaque soir, mais rien n'en transparaît dans son comportement avec moi. Il ne parle presque jamais de Gil, et je suis incapable de lire les sentiments qu'il lui porte quand il le fait. J'ai déjà du mal à décrypter ce qu'il ressent pour *moi*. Mais je m'en fiche, tant que nous pratiquons notre art ensemble.

Une fois, Gil m'a demandé si Enki l'aimait. Je lui ai répondu que les Rois d'été ne ressentaient peut-être pas les choses comme nous. Et qu'avec une vie aussi intense et condensée, Enki n'était sans doute pas capable d'aimer comme un homme ordinaire qui a encore deux cents années devant lui… Gil s'est alors mis à pleurer et je me suis tue.

Je sens l'odeur de la nourriture – piments, crevettes au lait de coco, et le parfum musqué si caractéristique de l'huile de palme pour la friture – mais la table est vide. Mère tend les bras de chaque côté et je comprends avec un petit choc qu'elle veut qu'on se tienne par la main. Tous ensemble.

Tante Yaha donne l'exemple en s'emparant de la main de mère et de celle de Gil. Qui m'adresse un petit sourire, et je prends son autre main et celle de mère.

Le cercle est fermé.

— J'ai pensé qu'on pourrait dire le bénédicité, dit mère.

Nous ne sommes pas ce qu'on appelle une famille pieuse. La dernière fois que j'ai vu l'intérieur d'un sanctuaire, c'était une semaine après la mort de *papai.* De son vivant, *papai* nous faisait chanter à l'occasion, généralement un cantique ou un chant à la gloire de Yemanjá, afin d'« honorer nos ancêtres ». Personne ne prenait ça très au sérieux – *papai* aimait la musique et nous chantions pour lui faire plaisir.

J'ai une furieuse envie de refuser, mais mère a l'air on ne peut plus sérieuse et je ne veux pas tout gâcher si tôt dans la soirée. Alors, je baisse la tête.

— Yemanjá et Ogum, ô divins *orixás* qui avez béni cette ville, bénissez également ma fille, et guidez-la dans ces moments décisifs pour qu'elle trouve la sagesse de ses aînées sans perdre les dons de sa jeunesse. Faites qu'elle ne gâche pas la chance qui lui est donnée par des actes qu'elle pourrait regretter. Faites qu'elle devienne l'adulte posée et accomplie que je sais qu'elle peut…

— *Mamãe* !

J'arrache ma main de la sienne qu'elle serrait de plus en plus fort. Elle relève la tête d'un seul coup et nous nous mesurons du regard – elle cherche à m'intimider, mais je suis sa fille et j'ai appris à lui tenir tête il y a déjà de longues années.

— C'est une *bénédiction,* June !

— Ça sonne plutôt comme un sermon !

— Eh bien, par quel autre moyen te faire entendre…

— Je te promets, je n'entends rien.

— Ton *papai*…

Je me lève. Ma chaise vacille sur ses pieds, unique bruit dans la pièce.

— Pas ça ! Laisse-le tranquille.

Tante Yaha me pose une main sur l'épaule. Je la repousse.

— June, me dit-elle. Ma chérie, assieds-toi, tu veux bien ? Nous ne parlerons pas de tout ça si tu ne veux pas.

Je ne peux détacher mes yeux de mère.

— C'est elle qui a commencé !

— Mais c'est toi qui as été sélectionnée pour le prix le plus prestigieux de la ville et qui ne lèves même pas le petit doigt pour le gagner ! Sais-tu ce que doit subir ta belle-mère au travail à cause de ton attitude ?

— Valencia, ne…

— Il faut bien que quelqu'un le lui dise, Yaha ! June est en train d'épuiser toutes les bonnes volontés et de gâcher son talent. Elle nous oblige à la prendre avec des pincettes à cause de son *papai*, et j'en ai plus qu'assez !

— Ne parle plus de *papai* !

— Pourquoi, June ? Je l'ai perdu, moi aussi !

Le sang qui afflue à mes oreilles me rappelle l'océan, son silence sonore étouffant les battements de mon cœur. Je sens la main de Gil sur mon épaule. Il me fait quitter la table ; mes pieds suivent le mouvement.

Je ne sais pas où nous allons. Je suis incapable de penser. Cela fait si longtemps que je n'ai pas vu une image de mon *papai* que son visage se brouille parfois dans ma mémoire. Je ne sais plus s'il avait un grain de beauté sous l'oreille droite ou gauche, ni quelle longueur atteignait sa moustache. Mais quelquefois j'entends sa voix. Il me dit de ne pas m'occuper de ce que pensent les autres. « Trouve ta propre voie, June. » D'habitude, cela m'apporte du réconfort, mais aujourd'hui je ne peux cesser de trembler.

Gil m'a conduite dehors, dans notre jardin minuscule qu'une femme du *verde* vient arroser et désherber deux fois par semaine. Il est loin d'être aussi beau que celui de Gil, mais tout vaut mieux que la table de la salle à manger et ses bougies ridicules.

Gil ne dit rien. Il se contente de me serrer dans ses bras tandis que nous contemplons la baie. Le soleil a presque entièrement disparu derrière l'horizon, mais à la lueur de ses derniers rayons nous distinguons les formes rocheuses des quatre frères et sœurs, tels des dieux endormis. Je m'imagine à quoi ils ressembleront quand Enki et moi en aurons fini avec eux, et une partie de moi réussit à sourire. Ils seront à la hauteur des attentes de *papai.* Lui serait fier de moi, j'en suis sûre, contrairement à mère et ses incessantes condamnations.

Gil me regarde. Il tire sur une de mes boucles, qu'il débarrasse du sel qui l'alourdit d'une pichenette.

— Tu te sens mieux ?

— Je la déteste.

— Je sais, *menina.*

— Je t'avais prévenu qu'elles ne m'aiment pas.

Gil se contente de soupirer, et je me demande bien pourquoi il est tellement sûr du contraire.

— As-tu songé à leur expliquer pourquoi tu ne prépares rien pour le prix de la Reine ?

— Yaha est une *Tante.* Toute notre idée repose sur l'opportunité de créer un événement artistique sans qu'elles puissent m'arrêter, et de tout révéler à l'automne.

J'ai l'intention de frapper un grand coup au milieu de l'année, et de l'exploiter publiquement jusqu'à la fin.

— Je sais. Mais si tu le lui demandes, je parie que Tante Yaha ne dira rien aux autres. Et ta mère se sentirait mieux.

— Pour ce que j'en ai à faire ! je grogne.

Sauf que ce n'est pas toujours vrai. Je me souviens de ce que nous étions avant la mort de mon *papai*. Pas aussi proches que lui et moi, mais il n'y avait pas de haine entre nous. Jamais je n'imaginais qu'elle décidait de faire *kiri* en éprouvant cette terrible satisfaction.

Je ne veux pas qu'elle meure, de cela je suis presque certaine.

— Tu as le droit de pleurer, me souffle Gil.

— Tu sais que je déteste quand tu me parles comme le courrier du cœur !

Il rit.

— Ce n'est pas vrai ?

— C'est très bien de pleurer pour toi qui es un beau garçon.

— Et les filles ne pleurent pas, c'est ça ? June, je ne te savais pas aussi conventionnelle.

J'ai déjà pleuré devant Gil, mais pas depuis la mort de *papai*.

— Tu sais que c'est mère qui m'a appris à peindre ? Elle n'est pas très douée, mais elle avait remarqué que j'adorais tremper mes doigts dans tout ce que je voyais. Alors, elle m'a acheté un de ces kits de peinture non toxique pour enfants et une grande toile blanche. Nous avons peint de la nourriture. C'est bizarre ? Je n'en sais rien, mais je trouvais qu'il n'y avait rien de plus beau que le rouge vif d'une crevette dans la sauce du *vatapá*. Le vert des feuilles de coriandre. J'ai aussi voulu peindre les odeurs. Je suis sûre qu'elles devaient ressembler à des taches de peinture, mais *mamãe* m'a juré qu'elle les adorait. *Papai* était triste parce qu'il avait cru que je ferais de la musique, comme lui, mais *mamãe*...

Se pourrait-il qu'autrefois l'intérêt qu'elle manifestait pour mon art n'ait pas été lié à *papai* ? Qu'elle ne voulait que m'aider à me trouver moi-même ?

À l'instant où le soleil sombre derrière l'horizon, les lumières de Palmares Três s'allument, baignant la baie de leur rayonnement doux et blanc.

Et soudain elles se brouillent. Je n'en suis pas surprise et je n'ai pas honte.

Je m'appelle June parce que je suis née le premier jour du mois de juin, ce qui n'explique pas grand-chose puisque je m'appelle June et pas Júnia ou autre. Les prénoms anglo-saxons ne sont pas inconnus à Palmares Três. Il y a même encore quelques familles anglo-saxonnes, arrivées pendant la grande migration après la peste, les bombes, le froid et les retombées radioactives (nous avons seulement hérité d'un climat à saisons, contrairement à ces pauvres Nord-Américains ! Je sais qu'il y a encore des gens qui vivent à New York, mais je mourrais si je devais porter chaque jour des sous-vêtements chauffants).

En vérité, c'est à ma *mamãe* que je dois mon prénom. À mère.

Son grand-père était un Anglo-Saxon originaire du Nord. De Toronto, je crois, ou bien de Glasgow. Une de ces villes qui n'existent plus. Il avait déjà une fille avant de rencontrer mon arrière-grand-mère, qui s'appelait April. Il avait gardé quelques photos d'elle qui ont résisté, on ne sait trop comment. Elles sont en 2D, mais à part ça, leurs couleurs demeurent nettes et vives. April y a à peu près mon âge et porte de drôles de vêtements : une sorte de longue toge bleu marine assortie d'une toque carrée prolongée d'un pompon. Mère dit que c'est la photo du jour de la remise des diplômes et que c'était la tenue académique il y a plusieurs siècles. April ne me ressemble en rien. Elle a des cheveux blonds et raides, la peau aussi blanche que le lait, comme la plupart des Nord-Américains, et des lèvres minces. Mais j'ai l'impression de retrouver quelque chose de mère dans son regard. Elle a des yeux immenses qu'elle darde droit devant telle une épée prête à pourfendre. Ce ne sont pas les yeux d'une fille qui se fait des amis et ils s'en fichent.

Quelques années après cette photo, mon arrière-grand-père et April sont devenus des réfugiés, fuyant les guerres, les amoncellements de cadavres et le froid qui était encore pire qu'aujourd'hui. Ils avaient entendu parler de notre ville dans ce qui était le Brésil de l'époque. Une ville nouvelle en forme de pyramide bâtie d'après des plans japonais et qui s'appelait Palmares Três. Peu de gens se réfugiaient alors à Bahia, encore moins des Nord-Américains blancs. Pourtant, April était tombée sous le charme du Brésil. C'est le moment de l'histoire où les yeux de mère s'embuent de larmes, ne me demandez pas pourquoi. Mère et ses récits d'immigrants. Il semblerait qu'April avait appris le portugais à l'école, et qu'elle était raide dingue de musique classique, qui ne devait pas l'être tant que ça à l'époque. C'est elle qui a convaincu son père de fuir vers le sud. Les autres Nord-Américains ont préféré se réfugier sur leur côte Ouest (juste avant qu'une bombe atomique ne frappe San Francisco). Certains ont même tenté de prendre la mer pour l'Afrique de l'Ouest ou l'Asie de l'Est. Mais April rêvait de samba, raconte mère, elle rêvait d'une ville de femmes après tout ce qu'avaient fait les hommes pour bousiller le monde. C'est ainsi que mon arrière-grand-père et elle partirent pour Bahia.

Cela leur prit deux ans, à pied pour le plus gros du chemin. Ils rencontrèrent des guerres et des catastrophes naturelles qui les ralentirent. Ils furent pourtant parmi les tout premiers immigrants enregistrés. La ville n'était pas encore à moitié achevée. Mais à la bibliothèque municipale, leurs noms figurent sur les registres. Il y a même une photo d'eux sur laquelle April a tellement changé que ça fait peur. Sa peau est plus bronzée – toujours trop claire pour Palmares Três, mais elle dépare moins. Ses cheveux sont coupés court, presque rasés, et si irrégulièrement qu'on dirait qu'elle les a taillés à la machette. Et son regard, ces yeux qu'elle dardait droit devant, est devenu cassant comme du verre. Un mur vivant refoulant tant de souffrances que je n'ai jeté qu'un bref coup d'œil à la photo avant d'éteindre l'écran…

J'imagine que c'est pour la même raison que mère ne conserve pas cette photo-là dans l'album de famille.

April et son père ont vécu environ six mois dans la future Palmares Três. Puis des bateaux où s'entassaient des réfugiés de guerre venus de São Paulo et de Rio ont remonté la côte et il y a eu débat pour savoir quoi faire d'eux. La peste Y demeurait toujours incurable, et Palmares Três en était relativement préservée. Mon arrière-grand-père voulait se barricader dans la ville et la mettre en quarantaine. April souhaitait les aider. Ils se sont alors disputés, raconte *mamãe*, et April est partie travailler comme bénévole au ravitaillement des réfugiés. Les Tantes de l'époque avaient en effet décidé de les laisser s'installer sur la plus grande des îles de la baie. Je ne sais plus le nom qu'elles lui donnaient alors, mais nous l'appelons désormais A Quarentena. La Quarantaine.

Et c'est là qu'elle est morte. Personne ne sait très bien comment. Pendant longtemps, c'est un aspect des choses que je ne comprenais pas. Puisqu'elle soignait des gens atteints de la peste, il fallait s'y attendre, non ? Mais une fois, *mamãe* a laissé entendre qu'elle avait été assassinée par un réfugié à l'esprit dérangé.

— Le viol est une chose terrible, m'a-t-elle confié. Terrible. Nous avons beaucoup de chance ici, June.

Mais ce jour-là, mère était saoule et je l'ai mise au lit en hochant la tête d'un air rassurant.

April est morte et mon arrière-grand-père ne s'en est jamais remis. Après la mort de *papai*, j'ai essayé de m'imaginer ce que je ressentirais si notre dernière conversation avait été une dispute.

Disons que je sais pourquoi il ne sourit jamais sur les photos de famille. Il a fini par rencontrer sa seconde femme, une vraie Brésilienne de Salvador, qui lui donna une autre fille. Qu'il n'a pas prénommée April – ni May ni June. Il lui a donné un prénom de Bahia, Folade.

Et Folade a eu une fille, Valencia, ma mère. Et quand Valencia a eu elle-même une fille, elle a repensé, allez savoir pourquoi, à son grand-père, mort alors qu'elle n'était qu'une waka de mon âge. L'histoire d'April avait toujours plu à mère, à cause de ses yeux qu'elle dardait droit devant. Des yeux capables d'abandonner un être cher pour voler au secours de réfugiés malades de la peste qui dépérissaient sur un caillou. Mère avait tout planifié avec soin. Elle s'était arrangée pour concevoir la fille qu'elle voulait prénommer April de façon qu'elle naisse en avril. Mais les médecins ont dit qu'il y avait un problème avec sa première grossesse, et elle a dû recommencer deux mois trop tard. Et lorsque je suis née, ma mère, pour une fois, a décidé de faire avec ce que je lui avais donné.

Et c'est ainsi qu'elle m'a appelée June.

Ma *mamãe* est morte quelques semaines à peine avant ton *papai*, je ne sais pas si tu le savais. Ce n'était pas un *kiri*, bien qu'elle n'eût que quarante-cinq ans. La façon dont elle est morte n'est un secret pour personne, mais va savoir pourquoi, aucun fluxeur mondain n'est allé déterrer ça dans les archives municipales. Ou alors ils l'ont fait et estimé que c'était trop arbitraire, trop triste pour constituer un sujet. C'est que les fluxeurs mondains m'adorent. Je suis un météore qui se consume sous leurs yeux. Mais ils me veulent jeune et brillant, et détestent tout ce qui pourrait me faire descendre de mon piédestal avant que mon heure ne soit venue.

Ma *mamãe* est morte dans un accident de métro. Ironie du sort quand on sait qu'elle a fui Salvador pour sa sécurité.

Elle me disait toujours combien Salvador lui manquait, mais qu'elle n'y retournerait jamais à cause des bombes, de la guerre des gangs et de la pauvreté, même pour tout l'or de la tour de la Reine.

C'est un ArachnoBot qui a eu une défaillance sur la ligne la ramenant un soir dans le *verde*. Sa navette s'est retrouvée coincée dans le tunnel qui s'est petit à petit effondré sur lui-même. Elle est morte étouffée avant que les équipes de secours n'arrivent jusqu'à elle. Elle aurait sans doute survécu si elle avait habité aux niveaux supérieurs, mais les secours ont mis une demi-heure avant de s'inquiéter du *verde*.

Tu te demandes comment je peux parler à la ville. Tu ferais mieux de te demander comment je peux la sentir comme une extension de moi-même. La pression destructrice d'une artère qui se comprime, le poids soudain de tout ce qu'elle soutenait, pourtant si paisible l'instant d'avant. Imagine sa terreur tandis que les humains et les bots se précipitent sur la scène, sans savoir où elle souffre, alors que c'est aussi évident pour elle qu'une blessure béante ?

Tu crois que la ville ne sent pas ses blessures ? Tu crois qu'il s'agit d'une métaphore ?

C'est vrai et c'est faux à la fois. Les métaphores sont parfois littérales.

Ma *mamãe* adorait Salvador, ses rues défoncées, ses ruines imposantes criblées de trous par les explosions. Les vendeurs de rue qui proposent des *acarajé*, des *bolas de carimã* avec leurs étiquettes de Fanta d'un orange éclatant au milieu des ruines quand les tirs se taisaient. Elle disait qu'il n'y a rien de meilleur que la pâte croustillante de l'*acarajé* frite à l'huile de palme saupoudrée d'une balle perdue.

Elle est pourtant venue ici pour vivre dans le *verde*, avec sa *catinga* et son lait jamais frais. Elle est venue ici pour me mettre au monde et j'appartiens à cette ville davantage encore que toi et ta famille issue de la première vague d'immigrants.

Je suis cette ville parce que je l'ai choisie.

Et maintenant, elle aussi m'a choisi.

Nous sommes dans le *verde*, moi en tenue de chasse, Enki dans un jean coupé aux genoux et un maillot de foot. Je lui ai fait remarquer qu'il aurait dû s'habiller en noir, et il m'a répondu que la couleur de sa peau suffisait.

— Les bidons doivent se trouver sur la ligne Sé cinq minutes avant le discours d'ouverture, dit Enki sans faire beaucoup d'efforts pour se montrer discret.

— Tu sais, je ne pourrai en planquer que dans deux rames… trois si je pique un sprint.

— Alors, tu piques un sprint.

— Et si quelqu'un me voit ?

— Tu diras que tu t'entraînes.

— À quoi ?

— Tu es une waka. Laisse-les s'imaginer ce qu'ils veulent.

Ce soir, c'est à peine s'il me regarde. J'ai l'impression qu'il s'est passé quelque chose, mais il n'y a aucune chance qu'Enki m'en parle. Il escalade la paroi de la cuve d'algues avec des mouvements brusques, physiquement exigeants, comme s'il voulait se punir. Ses muscles saillent telles des cordes sous sa peau, et il halète d'épuisement lorsqu'il atteint enfin l'arrière de la cuve.

Il existe une gaine réservée au câblage entre l'extérieur de la cuve et la galerie technique qu'utilisent les bio-ingénieures pour accéder aux algues. Enki n'y passe pas, mais je suis juste assez mince pour m'y glisser.

— Voilà, me souffle Enki lorsque je finis par arriver à sa hauteur. À toi de jouer !

Levant les yeux, je faufile ma tête à l'intérieur. Je me fige soudain. Plus bas dans la galerie, j'entends des pas et un bourdonnement. Je me retire aussitôt.

— Il y a quelque chose ! je chuchote, mes lèvres tout contre son oreille. On devrait se cacher.

Enki penche la tête, comme pour écouter. J'ose à peine respirer – je ne sais pas ce que feraient les Tantes si elles nous découvraient, mais sûrement rien de bon. Pourtant, Enki n'est pas inquiet. Il laisse échapper un petit rire et arrondit ses lèvres pour siffler.

J'ai failli le frapper.

— Mais merde, pourquoi tu fais ça ? je le fustige à voix basse.

— Ce n'est qu'un petit bot, répond-il en baissant à peine le ton. Je lui ai dit de s'en aller.

— Tu… Enki, quel genre de mods possèdes-tu ?

C'est la première fois que je lui pose la question, même si ça me travaille depuis longtemps.

Ses yeux s'agrandissent légèrement et il prend ma main gauche dans sa main droite. Les nanocrochets de nos gants ne se déclenchent pas, mais j'ai quand même l'impression qu'il me tient prisonnière.

— Tu sais que c'est impoli d'interroger ton Roi au sujet de ses ornements personnels ?

— Pas alors qu'il prétend pouvoir faire des choses impossibles.

— Peut-être que rien n'est impossible…

Il prononce cette dernière phrase sa joue contre la mienne. J'ai l'impression que mon cœur va se sauver dans ma poitrine. Et je crois bien qu'il s'en rend compte.

— Tu ne peux pas voler, dis-je. Tu ne peux pas vivre pour toujours. Tu ne peux pas lire dans les pensées.

— Je peux lire dans les tiennes.

— Ah oui ?

Enki sourit ; je sens ses lèvres s'étirer contre mon oreille.

— Bien sûr. Tu penses que je suis fou. Et tu as très envie de coucher avec moi.

Je me recule brusquement, retire ma main de la sienne. Il ne sourit plus à présent – son visage exprime plutôt la curiosité.

— Sale racaille du *verde* !

— Hum, lâche-t-il. Je ne faisais que deviner.

Je rougis et Enki enfourne avec tact sa tête dans l'ouverture menant à la galerie technique.

Je n'ai pas *envie* de coucher avec lui. Ce serait comme faire l'amour avec l'orage. Je ne fais que *fantasmer* sur un tas de choses que je ne veux pas vraiment. Il appartient à Gil ; je ne dois jamais l'oublier.

— Le petit bot est parti, reprend-il, mais il pourrait venir quelque chose de plus gros qui ne m'écoutera pas. Je manque d'entraînement.

— Enki…

Je ne sais pas pourquoi – le ton que j'ai employé, peut-être, ou ce qui l'a tracassé toute la soirée – mais il finit par me répondre.

— Je les ai toutes.

— Toutes ?

— Certaines que les Tantes ne connaissent même pas. Certaines dont elles n'ont même jamais rêvé.

— Mais comment… ?

Son doigt s'approche de ma bouche.

— Tu es sûre de vouloir connaître la réponse ?

Non. Je ne sais pas où Enki a pu se procurer ses mods démentes, ces biotechnologies tellement avancées que même les Tantes les plus riches ne les ont pas, mais je connais Enki. Je sais qu'il a très peu d'inhibitions, à quel point il repousse les limites pour voir jusqu'où il peut aller… Quelle que soit la façon dont il a obtenu ses mods, ce n'est certainement pas légal. Elles sont en train de le métamorphoser, et si je sais comment, je ne le regarderai plus jamais de la même façon.

— Attends-moi ici, lui dis-je en balançant mes jambes dans la galerie technique.

Je dois rentrer le ventre, et je crois bien que j'aurai des bleus aux seins tellement je suis comprimée, mais je suis à l'intérieur.

Enki me fait passer un masque et des gants. Je les enfile et m'approche de la trappe permettant l'accès à la cuve. Une douzaine de siphons serpentent entre les algues depuis le fond. Ils servent à alimenter en gaz d'hydrogène pur les piles à combustible qui fournissent à la ville son énergie. L'eau récupérée dans le processus est recyclée dans nos éviers et nos fontaines.

De l'énergie qui ne coûte rien, diraient certains, mais Enki et moi savons à quoi nous en tenir. Le coût, c'est le *verde*, la *catinga*, et les centaines de milliers d'âmes qui vivent dans les bas-fonds de notre société pyramidale. Au Niveau Huit, nous pouvons oublier qu'un tel endroit existe, sauf lorsque quelqu'un comme Enki nous oblige à nous en souvenir.

Sauf quand Enki et moi obligerons tout le monde à se le rappeler.

C'est un galop d'essai avant notre grand projet d'illumination des îles de la baie. Nous voulons d'abord nous assurer de capter l'attention de tous, avant de produire la plus grande performance artistique dont j'aie jamais entendu parler. Mère et Tante Yaha ne considéreront pas ça comme de l'art. Elles le qualifieront au mieux de mauvaise farce, au pire de vandalisme. Et j'aurai beau leur répéter que la transgression fait partie intégrante de l'art, je crains fort que les Tantes ne soient du même avis.

Je suis à l'origine de notre idée pour les quatre frères et sœurs, mais cet aspect de notre projet vient d'Enki. J'y suis maintenant plongée jusqu'au cou tout en sachant que je marche sur un fil. En étudiant le profil des anciennes lauréates du prix de la Reine, j'ai l'impression qu'elles ne choisissent jamais quelqu'un de trop prévisible. Elles apprécient l'irrévérence et les iconoclastes jusqu'à un certain point. N'empêche, je ne veux pas aller trop loin.

La trappe est verrouillée à l'aide d'un simple joint d'étanchéité, mais il faut quand même un flash pour l'ouvrir. Celui d'Enki ferait sans doute l'affaire, mais elles sauraient qu'il est venu ici. Il a donc convaincu une bio-ingénieure de nous prêter le sien. Il a laissé entendre l'intervention de faveurs sexuelles, et je n'ai pas demandé de détails.

— Prête ? me lance Enki en passant la tête dans le trou.

J'effleure le côté de mon masque pour activer sa fermeture étanche autour de ma bouche et mon nez. La *catinga*, qui vous prend à la gorge si près de l'ouverture des cuves, reflue comme la mer après la tempête.

Je hoche la tête et il me tend le flash. Celui-ci est enchâssé dans une vieille pièce de bronze de l'ancien Brésil. On peut implanter un flash n'importe où – dans votre iris ou le dos d'un livre de papier – et je devine que l'ingénieure d'Enki est une mordue d'histoire. Je fais passer son flash devant la trappe de visite et entends aussitôt le claquement des verrous qui se rétractent à l'intérieur de la porte d'acier.

Je fais signe à Enki d'activer son masque – même si la plus grande partie du gaz d'hydrogène pur est siphonnée, c'est un produit potentiellement dangereux. Dès que le scellé de son masque est étanche, j'agrippe les poignées du joint et je tourne. Un grognement dû à l'effort et le voilà délogé.

Derrière mon masque, les algues du *verde* ont l'odeur du plastique et rien d'autre, mais ressemblent à un chaudron de sorcière. Des centaines de milliers de nuances de vert luisent dans la faible lumière artificielle du tunnel, éructations et soupirs bouillonnants qui éclatent comme des baisers mouillés.

— Pas étonnant que ça sente aussi mauvais, dis-je d'une voix étouffée par le masque.

Enki me fait signe de me dépêcher, me rappelant que chaque seconde compte. Je prends le sac en tâchant de ne pas penser à ce que je vais faire. Même avec des gants, cette soupe primordiale me fait l'effet de pouvoir me dissoudre vivante.

Je plonge le premier bidon dans la soupe. Il y a à l'intérieur une enzyme déshydratée qui s'activera quand je le secouerai et modifiera le cycle métabolique des algues. Je ne sais pas trop comment ça marche, mais au bout de cinq minutes les algues produiront du dioxyde de carbone au lieu d'hydrogène. L'odeur sera toujours aussi nauséabonde, mais elles ne seront plus toxiques.

J'entends soudain un grattement sur le béton à l'autre bout de la galerie. Je me tourne vers Enki, espérant qu'il s'agit seulement d'un autre bot d'entretien, mais il fronce les sourcils de cette manière particulière qui signifie, je le sais, qu'il y a un problème. Il n'a pas besoin d'ouvrir la bouche pour que je comprenne clairement son message : *Bouge de là !*

Je plonge le dernier bidon dans la cuve d'algues, le ferme hermétiquement et rabats la porte de la trappe. Trop tard pour dissimuler que quelqu'un est venu ici, mais si je me dépêche, personne ne saura *qui.* Le bruit se rapproche. Je reconnais le cliquètement métallique d'un VigiBot arrivant à grands pas, alerté pour de bon.

Enki arrache son masque et fourre en vitesse les trois bidons dans son sac à dos avant de me tirer à travers la gaine avec une force implacable.

Cette fois, ça y est, *j'ai* des bleus sur les seins.

Je porte toujours les gants que j'ai enfilés pour plonger les mains dans la cuve d'algues, et Enki m'entraîne en rampant, son bras gauche enroulé autour de ma taille, hors de la ligne de mire du VigiBot. Il suffirait pourtant que la sentinelle lève la tête pour nous repérer tous les deux, mais nous comptons sur son manque d'imagination.

Le robot vérifie la fermeture de la trappe de visite de la cuve et s'immobilise pour analyser la situation. Il continue ensuite son chemin à une allure plus posée. L'une des sous-fifres de Tante Isa recevra sans doute un rapport d'anomalie dans la matinée. Avec un peu de chance, elle ne saura pas quoi en faire.

Enki laisse échapper un rire rauque et relâche l'air de son masque.

— Jésus, June, tu es lourde ! Arrime au moins tes pieds.

J'obtempère, mais il ne me lâche pas pour autant. J'aime sentir son bras autour de moi. Notre attirance repose sur l'art et l'intellect, elle n'est pas sexuelle, mais je me rends bien compte que les sensations sont tout aussi fortes. Je prends mon temps pour retirer mes gants tandis que les relents de la *catinga* me rappellent à mes inquiétudes.

— Enki, que va faire Oreste à ton avis ?

— Elle va détester ça. Qu'est-ce qu'elle peut faire d'autre ? (Il tourne la tête vers moi en gloussant.) Oh, mais tu parlais du prix !

— Et si on allait trop loin ?

— Où d'autre pourrions-nous aller ?

— Tu ne comprends pas, je *dois* gagner.

Il resserre son bras autour de moi et me soulève à hauteur de ses yeux.

— Je comprends, *bem querer*, me répond-il d'une voix douce. Mais combien de toi-même leur donneras-tu en échange ? Je ne suis pas le partenaire idéal si tu veux entrer dans leur jeu.

En clair, il me laisse la possibilité d'abandonner notre projet et de retourner à l'abri de la respectabilité. De m'éloigner de la chaleur de ses mains et du miroitement sous sa peau. Impossible. Jamais. Enki est devenu Roi en rappelant aux gens l'existence du *verde* ; je dois être capable d'en faire autant.

— Ça va marcher, dis-je.

Il me sourit.

— N'oublie pas de piquer un sprint.

Le lendemain, au lycée, je ne tiens pas en place. Ça me démange, j'ai mal partout, j'ai un morceau du *verde* dans mon sac et de l'art entre les mains. Pour mon malheur, je dois faire acte de présence. Après notre grand coup, les Tantes sauront qu'Enki a un complice. Elles essaieront sans doute de l'arrêter, et il m'incombe de me faire aussi discrète que possible. Oreste et les Tantes peuvent croire tant qu'elles veulent que je ne me bouge pas les fesses pour le prix de la Reine. Il me tarde de voir la tête qu'elles tireront en automne.

Dès le début de la pause déjeuner, j'entraîne Gil à l'écart pour lui remettre mon *fono* et mon flash.

Il les reçoit en fronçant les sourcils.

— Tu es sûre de ce que tu fais ? demande-t-il.

Je lui ai expliqué notre plan en partie, mais Gil ne voit que les risques que nous prenons, pas le potentiel artistique.

Avec un sourire, je me hausse sur la pointe des pieds pour déposer un baiser sur son front.

— Je serai prudente. Ça va être quelque chose, garde les yeux ouverts.

Gil prend congé et je m'éloigne. Il ne me reste qu'une demi-heure pour planquer le premier bidon. Sans mon *fono,* je suis obligée de vérifier l'heure sur les écrans publics. Enki pense que les *grandes* peuvent nous suivre à la trace grâce à nos flashs et nos *fonos.* C'est pourquoi j'ai laissé les miens à Gil.

J'avais posé mon sac dans une des vieilles salles de répétition au sous-sol du lycée. J'espérais que personne ne remarquerait la légère odeur que trois épaisseurs de sacs à fermeture hermétique ne masquent pas complètement.

Dès que j'ouvre la porte, une voix m'enveloppe. Mon Dieu, que je déteste la voix de Bebel. Son registre étendu, sa tessiture soyeuse, l'étrange impression d'innocence qu'elle dégage tout en occupant l'espace. C'est la seule chanteuse de notre génération qui se risque à tenter *Zumbi Rei.* Et même si c'est la dix-millième vocaliste à s'attaquer à cette partition, elle se débrouille pour y apporter quelque chose de nouveau.

Je vous ai déjà dit que je déteste sa voix ? C'est la pure vérité. Mais la garce chante comme une déesse.

En ce moment même, elle interprète *Roda Viva.* Ce ne serait pas Bebel si elle ne maîtrisait pas le répertoire classique jusqu'à la nausée. Elle est accompagnée à la guitare par un autre waka et elle frappe un rythme tout simple sur un *pandeiro*. Quand le guitariste tourne la tête, je reconnais Pasqual. J'ai passé plusieurs mois à le dévorer des yeux pendant la course au titre de Roi d'été, mais là, devant moi en chair et en os, il semble presque banal. Pasqual et Octavio font tous les deux partie des finalistes pour le prix de la Reine. Il paraît que c'est un honneur traditionnellement réservé aux perdants dans les années lunaires. Je ne les avais encore jamais vus pour de vrai ni l'un ni l'autre. Il est prévu que les dix finalistes rencontrent Oreste elle-même très bientôt, et je suis impatiente de découvrir les autres concurrents.

Bebel m'adresse un sourire rayonnant quand j'entre dans la pièce, sans interrompre son duo avec Pasqual. J'avais l'intention d'attraper mon sac et de filer, mais mes pieds refusent de bouger. J'ai dit que l'art devait être transgressif, et c'est bien ce qu'il doit être, mais en écoutant deux des musiciens les plus doués de notre génération, je comprends que la transgression se trouve aussi dans la beauté. *Papai* serait aux anges.

Pour la première fois, je ne suis plus si certaine de remporter le prix de la Reine.

— June ! m'interpelle Bebel de sa voix flûtée dès qu'elle a terminé. Qu'est-ce que tu fais ici ? Qu'est-ce que tu en penses ? C'est encore un brouillon…

Un *brouillon* ? Je tousse.

— C'était magnifique, Bebel. Vraiment.

Elle s'immobilise, puis me sourit encore.

— Ça compte beaucoup venant de toi, June. Merci.

Pasqual pose sa guitare.

— Tu es une des finalistes, c'est ça ? Artiste visuelle ?

Quatre mois plus tôt, je serais restée sans voix devant Pasqual. Mais je viens de passer la nuit à ramper dans le *verde* avec le Roi d'été et il n'y a plus grand-chose qui m'impressionne.

— C'est comme ça que j'ai débuté, réponds-je. Mais je me diversifie.

Même Bebel semble curieuse. C'est bien ma Bebel tout craché – les dents aussi longues que moi, mais elle le cache mieux.

— Ah bon ? s'étonne Pasqual. Aurais-je raté une de tes productions ?

Je lui balance avec un sourire :

— Non. Quand je produirai quelque chose, tu ne pourras pas le rater !

Comme de bien entendu, Bebel fonce dans la brèche tête baissée.

— C'est très mystérieux, June. D'ailleurs, c'est ce que j'ai dit à Ieyascu : que tu devais être en train de préparer quelque chose en secret.

— Tu as fait ça ?

— Oui. Elle me demandait si je pensais que tu avais jeté l'éponge. Je lui ai répondu qu'elle ne connaissait pas June Costa si elle pouvait croire ça même une seule seconde.

— Je suis… (*sidérée ? complètement larguée ?*) … surprise.

— Il n'y a pas de quoi. Une bonne rivale est presque comme une amie, non ? Tu me motives pour me dépasser, June.

Une sorte de sourire étire la commissure de ses lèvres, mais son regard est sérieux.

Peut-être que Bebel a toujours vu plus clair en moi que moi en elle. Toutes ces fois où je croyais qu'elle jouait un rôle pour se montrer à son avantage aux yeux des *grandes*, ou rien que pour m'agacer, se pourrait-il qu'elle m'ait réellement *soutenue*? Pour l'amour de la compétition ?

— Il faut que j'y aille. À très bientôt, Bebel. Pasqual.

Je fais quelques pas à reculons, tire mon sac de sous le banc et ouvre la porte. Il ne doit pas me rester beaucoup de temps. Enki compte sur moi.

Et Bebel a besoin d'une rivale.

Tous les cinq ans, le Roi d'été préside les sessions extraordinaires du Parlement. Son rôle consiste à diriger les débats sur les réformes majeures ou les nouvelles législations. Pourtant, dans les années lunaires, la fonction du Roi se résume à faire acte de présence et à se farcir de longues et ennuyeuses discussions sur le système de navettes. Libre à lui de donner son avis, et les Tantes sont également libres de ne pas en tenir compte. Toutes les séances du gouvernement sont retransmises sur les flux holographiques. Depuis l'élection d'Enki, beaucoup de wakas ont pris l'habitude de suivre les sessions parlementaires dans l'espoir de l'apercevoir. Ce qui veut dire que tout le monde le verra. Et on peut être sûrs que les fluxeurs mondains colleront à cette histoire comme la puanteur au poisson.

Personne ne peut ignorer son nez.

Six minutes avant l'ouverture de la session parlementaire de l'après-midi, je dépose le premier bidon dans une rame publique à l'arrêt sur la ligne Sé. Un écriteau l'annonce « Hors service », mais les portes se referment dès que je libère mon premier morceau de *verde* à l'intérieur. Enki m'avait prévenue que la navette m'attendrait ici. Quand je lui ai demandé comment il le savait, il a simplement répondu que la ville le lui avait dit. La pestilence est immédiate et s'insinue partout. Le wagon marque l'arrêt à la station de correspondance de Gria Plaza, juste le temps de me laisser descendre. Quelques personnes sur le quai me lancent un regard de curiosité lasse, mais ma tenue de chasse ressemble beaucoup à l'uniforme des ingérieures et ça s'arrête là. S'ils ont capté les effluves de la *catinga*, cela ne leur paraît pas inhabituel. J'évalue le temps qui me reste en jetant un coup d'œil à l'holo public au milieu du quai. Cinq minutes. Quelqu'un a réglé l'un des quatre flux sur la session parlementaire. Je souris. Et je pique un sprint.

Prochaine étape : la ligne Amarela. Un autre wagon « Hors service » m'attend au bout du quai. Je monte, les portes se referment, et la rame démarre à toute allure, au point que je manque m'étaler sur le bidon. Je l'ai échappé belle. Si l'odeur s'incruste dans ma peau, je crois bien que je ne m'en débarrasserai jamais. Je planque le bidon sous une banquette et attends le prochain arrêt. Place Royale. C'est la partie la plus délicate : en raison de la session parlementaire, Tante Maria, notre chef de la sécurité, a déployé des agentes sur tout le quai. Les wagons qui emmènent les Tantes au Parlement ne sont même pas accessibles aux simples citoyens comme moi. Mais il arrive qu'ils tombent en panne, et je monte aussi calmement que possible dans celui dont je n'avais pas vraiment cru qu'il m'attendrait. Je ne reste pas dedans

– trop dangereux. Je fais mine de consulter un truc sur l'écran près de la porte et fais rouler le bidon tout doucement à l'intérieur. Je me recule et la porte se referme juste au moment où le couvercle du bidon saute, répandant ses émanations.

J'attends quelques secondes pour m'assurer que tout va bien. Quelques *grandes* sur le quai me scrutent, mais je sais maintenant que c'est juste parce que que ça ne leur plaît pas de voir une waka traîner à proximité des débats de leur chère assemblée. De grosses lunettes noires me cachent la moitié du visage et j'ai ramassé mes cheveux dans un foulard, mais pour peu que quelqu'un y regarde de plus près, on pourrait sans doute me reconnaître. Je dépasse une des agentes de sécurité de Tante Maria. Elle porte une pyramide blanche épinglée sur le revers de son uniforme et l'éclat de ses iris indique qu'elle est équipée de biomods.

— J'espère que tu n'es pas en train de sécher les cours, *filha*, m'interpelle-t-elle.

Je lui adresse un sourire en priant pour qu'elle ne se souvienne pas de moi.

— Je suis juste venue m'asseoir dans le jardin pour ma pause déjeuner.

Elle hoche la tête et poursuit son chemin. Un instant plus tard, elle fronce les sourcils comme si quelqu'un lui parlait et les mods dans ses yeux lancent des éclairs. Je m'engouffre dans le jardin. Il est petit, mais possède un holo géant près de l'étang aux nénuphars, à l'usage des Tantes.

Je m'assieds sur le banc à quelques mètres, je respire un grand coup et je compte jusqu'à cinq.

— Roi d'été, lance Tante Isa, assise à la droite du siège vide d'Oreste. Voulez-vous bien ouvrir la séance ?

Enki se lève, hoche la tête avec grâce et se dirige vers l'estrade centrale.

Il est de coutume que le Roi d'été déclame un court poème ou fasse une déclaration avant de convoquer les sessions extraordinaires. Enki leur en donne pour leur argent.

— Dans le *verde*, dit-il, plus sérieux que jamais, nous adorons les orages. Il arrive, lorsque nous les voyons approcher, que les *blocos* s'installent sur les terrasses pour jouer de la musique jusqu'à ce que la pluie cinglante nous oblige à rentrer.

Il s'interrompt, comme s'il cherchait ses mots, mais je sais que c'est pour savourer l'instant. Mon dernier cadeau venu du *verde* doit être arrivé à destination. Les gens dans l'assemblée s'agitent nerveusement sur leurs bancs. On les voit renifler, quelques toux discrètes résonnent dans la salle. Certains jettent un coup d'œil à Enki, d'autres échangent des regards ou se tournent vers les sorties.

Enki prend alors une profonde inspiration, comme s'il n'avait rien remarqué.

— Nous avons un dicton, poursuit-il au milieu des chuchotements qui s'amplifient, qui dit que la *catinga* n'a pas d'odeur tant qu'elle ne revient pas au nez de l'envoyeur.

En arrière-plan, je distingue quelques gardes qui courent vers les portes. Enki balaie la salle du regard en souriant, tel un rayon de soleil perçant les nuages.

— Par la présente, je convoque le Parlement !

Tandis qu'il regagne sa place avec nonchalance, Tante Isa investit l'estrade en coup de vent, le visage couvert par un mouchoir et les yeux lançant des éclairs. Des gens se lèvent et se ruent vers les sorties. Ils ignorent que l'odeur sera encore plus pestilentielle dans le hall. Toutes nos navettes de transport sont connectées au système de ventilation. Dans le but de renouveler l'air des tunnels, mais cela fonctionne aussi dans l'autre sens. Pour apporter la puanteur du *verde* jusqu'aux narines de celles qui nient son existence.

Dans le jardin, les premières Parlementaires en déroute se rassemblent sous l'holo. Tous les flux montrent à présent les mêmes infos : Gria Plaza saisie de panique, les châles précieux des nanties flottant au vent tandis qu'elles jouent des coudes pour sortir les premières. Les employées de l'Administration du Niveau Huit s'entassent sur les trottoirs – le lycée doit être touché à présent. Quand Tante Yaha et mère se plaindront de l'odeur nauséabonde ce soir, c'est moi qu'elles devront remercier, mais elles ne le sauront pas.

Dans le Parlement, Tante Isa clôt la séance pour raison de force majeure à cause d'« une panne soudaine de notre système de filtration de l'air ». Les flux parlementaires deviennent noirs, nous laissant aux spéculations des fluxeurs mondains allant de la rupture d'une cuve dans le *verde* à l'effondrement de tout le système de Palmares Três. Grand bien leur fasse.

Curieuse chose que cette production artistique que je n'ai pas signée. Et l'anonymat me plaît plus que je ne l'aurais imaginé. Pour une fois, je n'ai pas à m'inquiéter de ce qu'en penseront les Tantes ni de l'influence que cela peut avoir sur mes chances de remporter le prix de la Reine. En cet instant, je ne suis rien d'autre que June, la meilleure artiste de Palmares Três.

Tu as toujours aimé la lumière. Tes implants luisaient sur la piste de danse quand Gil t'a soulevée dans les airs. J'ai prétendu que je n'avais pas fait attention, mais j'ai menti. Ton arbre a pris de l'ampleur depuis cette nuit-là. Je t'ai dit un jour que je pouvais lire dans tes pensées, mais je n'ai même pas besoin de regarder ton visage pour connaître tes humeurs. La colère est le sentiment le plus facile : tu scintilles et tu lances des éclairs comme les lanières d'un fouet qui crépite. Quand tu es enthousiaste, tu montres tes plus belles couleurs. Et cette façon qu'ont les branches le long de ton bras d'ondoyer dans la brise quand un nouveau projet artistique vient de prendre forme dans ton esprit... Quand tu as vu l'océan pour la première fois, j'ai bien cru qu'elles allaient fleurir.

Pour aimer la lumière, il faut aimer l'obscurité. Je ne fais pas de la philosophie, je sais que tu comprendras. Je ne veux pas dire qu'il faut haïr pour pouvoir aimer, ni mourir pour vivre.

Ce que je veux te faire toucher du doigt, c'est que l'on éteint parfois la lumière rien que pour le plaisir de la rallumer.

Bebel et Pasqual sont complètement saouls, ce qui explique sans doute pourquoi elle glisse son bras sous le mien en beuglant en plein milieu de notre dîner de finalistes.

— Tu crois qu'on se ferait remarquer si on se faisait un plan à trois ?

Avec toutes les CamBots bourdonnant autour de nous, sa sortie sera sur tous les flux en mal de potins croustillants dans, oh..., *tout de suite*, le temps que je rougisse.

— Euh, Bebel, on nous regarde…

Elle glousse.

— Tout juste, ma June. Je croyais que c'était toi la fan de l'art qui se donne en spectacle, non ?

Touchée. De l'autre côté de la salle, Enki fait semblant de ne pas me voir tandis que Gil lui caresse la nuque presque sans y penser. Octavio est assis dans un coin, l'air morose, et repousse toutes nos tentatives de discussion. Quelques Tantes tournent en rond, mais nous attendons toujours notre Reine. J'ai passé toute la journée à travailler sur mon arbre de lumière – il y a deux nuits, un petit bot d'entretien s'est introduit chez nous par le jardin et m'a remis un sac rempli d'implants. Je ne sais pas où Enki a trouvé ça – ils sont programmables en couleurs naturelles et leur luminosité s'ajuste à la teinte de ma peau. Impossible de le remercier, mais j'ai donné au petit bot quelques fleurs du jardin, au cas où il retournerait d'où il vient.

Mon arbre peut maintenant se déployer. D'abord ses branches, puis ses feuilles de lumière. Les branches recouvrent mes seins jusqu'à mes clavicules. Je n'ai pas encore eu le temps de m'occuper du tronc. De toute façon, mère ne me laissera jamais sortir dans une tenue qui le mette en valeur…

Gil et Enki ont tout du couple parfait, éblouissants dans leurs vêtements assortis confectionnés par la *mamãe* de Gil. Les Tantes ne sont pourtant pas contentes de leur Roi d'été. Des agentes de sécurité s'attachent à ses pas dès qu'il sort de chez lui, d'après Gil. À part cette livraison nocturne, je n'ai pas eu de nouvelles depuis notre projet *catinga* dont le succès a dépassé nos espérances. Tout le monde sait qu'Enki en est à l'origine, mais il délivrait un discours à la vue de tous et personne ne sait comment il s'y est pris. Les suppositions vont bon train et les gens s'accordent à penser que Gil est son complice. Lui et moi en rions aux larmes dans son jardin. Gil joue le jeu – il adore attirer l'attention, et il sait que ça me protège. Je m'inquiète de ce que les Tantes penseront quand je me révélerai au grand jour, mais il me suffit de songer à la beauté des quatre frères et sœurs de pierre dans leur grand soir pour me détendre. C'est trop grandiose pour ne pas me valoir la victoire.

Pasqual glisse son bras autour des épaules de Bebel et lui tend une autre flûte de vin pétillant. Je ne suis pas sûre que ce soit une bonne idée, mais Bebel est déjà trop partie pour m'écouter. Mon côté censeur, sans doute. Je suis dans la même pièce que deux des personnes qui comptent le plus pour moi et je ne peux même pas leur adresser un mot. Techniquement, je pourrais parler à Gil, mais il est collé à Enki comme une moule à son rocher et je ne suis pas sûre de vouloir les interrompre. Pas même pour le Meilleur Projet Artistique de Tous les Temps. J'ai moi-même bu plusieurs flûtes de vin. Le souvenir de la voix angélique de Bebel chantant *Roda Vida* se bouscule dans ma tête avec les mots d'Enki : « Tu as très envie de coucher avec moi. » Je ne peux pas nier les ondes de chaleur qui montent de mon ventre en sa présence, mais ce n'est pas pour autant que je passerai un jour à l'acte. Ce n'est pas pour coucher avec lui que je me suis rapprochée d'Enki. Et s'il ressentait la même chose pour moi, il aurait certainement tenté une approche, depuis le temps. Je vide mon verre cul sec pour conjurer la soudaine déception qui m'étreint.

Je vous le jure, je déteste le vin. C'est une drogue de Tantes, tellement « ancien monde ». Ça me dépasse qu'elles aient la nostalgie de cette époque révolue alors qu'elles gouvernent une *ville de femmes.* Bah, ce sont les *grandes* tout craché avec leurs contradictions et leur hypocrisie.

Mes pensées font un blocage dans le côté larmoyant et je suis reconnaissante à la personne qui les interrompt en me tapant sur l'épaule.

— Tu es l'artiste visuelle, non ? me dit une fille.

C'est une autre des finalistes, celle qui vient du *verde.*

— June, réponds-je, et tu es…

Pas moyen de me rappeler son prénom, même sur ma vie. Je hausse les épaules et elle rit.

— Tu es tellement sûre de gagner, c'est ça ? Je m'appelle Lucia, je suis programmeuse.

— Programmeuse ? Comme pour les jeux vidéo ?

— Comme pour les nanobots.

J'écarquille de grands yeux. Se pourrait-il que ce soit auprès d'elle qu'Enki s'approvisionne ?

— Des biomods ?

— J'aimerais. Dans cette ville, il est plus facile de se procurer des armes nucléaires. Mes nanobots sont de niveau inférieur. Des machines à autoassemblage. Dernièrement, j'ai bossé sur la réplication.

— Ouah ! Et les Tantes n'y trouvent rien à redire ?

— Tu connais un truc sur lequel les Tantes ne trouvent rien à redire ? Je crois que nous faisons tous plus ou moins des choses qui les gênent aux entournures.

Je regarde autour de moi et je comprends exactement ce qu'elle veut dire. Nous sommes un groupe de wakas brillants, débordants d'imagination et transgressifs. Les Tantes devraient s'arracher les cheveux de nous voir rassemblés en un même lieu à échanger nos idées. Pourtant, Tante Maria sourit en papotant avec Tante Yaha. Et j'aperçois Tante Nara, notre ministre de la Culture, qui a sans doute sélectionné la plupart d'entre nous. Elles n'ont pas l'air d'être horrifiées, mais au contraire très satisfaites. Comme si la vue de notre groupe, future élite de notre ville des lumières, ne pouvait leur faire plus plaisir.

— Ce sont elles qui nous ont choisis, fais-je remarquer.

Lucia sourit.

— Bizarre, non ?

Tout à coup, la musique baisse de volume et la porte de la salle à manger coulisse sans bruit. Des serveurs s'empressent de débarrasser les verres vides.

— Soyez les bienvenus ! nous salue la reine Oreste depuis le bout de la table où elle préside. Je suis très honorée de vous avoir tous à dîner.

Je suis assise entre Bebel et Pasqual, en face de Gil et d'Enki. Je fais de mon mieux pour ne pas les regarder, mais les yeux rieurs de Gil croisent les miens et quelque chose se dénoue tout au fond de mon ventre.

Le repas est très raffiné – nous commençons par un copeau de sorbet açaï et banane, suivi de crevettes cuites dans du lait de coco avec des piments. Nous y touchons à peine, sauf les Tantes. Même l'odeur des épices ne suffit pas à m'ouvrir l'appétit maintenant que je sens le poids de leur regard.

— Nazare, appelle Oreste.

Un garçon à l'autre bout de la table lève aussitôt la tête.

— Les Tantes et moi-même avons été très impressionnées par ton niveau de jeu ces derniers temps. Tu as peut-être prévu de nous faire une petite démonstration ? Je suis certaine que Faro adorerait se mesurer à toi.

Nazare repose en toute hâte sa cuillère qui commence à trembloter contre son bol. Il est grand, anguleux, avec ses longs bras maigres comme des fils de fer qui feront sans doute de lui le meilleur joueur de *peteca* de Palmares Três d'ici à quelques années. Pas de chance, ses talents sur le terrain ne lui sont pas d'une grande utilité pour briller en société, et il semble écrasé par l'attention que lui porte la Reine.

— Je... euh... *Faro* ?

Sa voix se fêle et Pasqual est assez saoul pour laisser échapper un gloussement. Je le fusille du regard.

Oreste sourit et poursuit d'une voix plus douce :

— Oui, mon cher. Je sais de source sûre que Faro est très admiratif de ton talent. Je pense qu'un match amical disputé par un de ses wakas les plus doués ferait les délices de notre ville.

Nazare balbutie quelques mots ressemblant à un assentiment, mais Oreste ne l'a pas attendu. Elle reporte déjà son regard faussement bienveillant sur une autre finaliste qu'elle interroge sur sa spécialité. Tandis qu'elle fait un tour de table, je m'aperçois que les autres ont tous accompli quelque chose en public ou prévoient de le faire. Alors que mon tour approche, la tension devient palpable : tout le monde sait que je n'ai rien produit depuis ma sélection. Même Gil ne peut s'empêcher de me regarder. Au contraire d'Enki, qui reste parfaitement serein. Sa couronne de cacaoyer lui va comme un gant. Pasqual informe la Reine d'un ton doucereux de ses travaux avec Bebel et d'un nouveau théorème qu'il est sur le point de terminer (j'avais oublié combien son désir de plaire aux *grandes* pouvait être agaçant). Oreste lui adresse un sourire que je qualifierais presque de coquet avant de se tourner vers moi.

— June, lance-t-elle. Ma lumière étincelante. J'ai entendu dire que tu nous préparais quelque chose de spécial ?

Vraiment ? Et puis je me souviens de Bebel et Ieyascu.

— On peut dire ça…

Le sourire d'Oreste s'élargit. C'est très étrange, mais en sa présence, je comprends pourquoi elle est Reine. Elle est brillante, manipulatrice et très belle. Rien d'étonnant à ce qu'elle ait réussi à convaincre le dernier Roi d'été de la désigner avant de mourir quatre ans plus tôt.

— Toujours aussi secrète, June ! Mais nous sommes ici entre amis…

Mes lumières corporelles se mettent à clignoter au rythme des pulsations accélérées de mon cœur. Je sais que je marche en terrain miné, mais je suis une artiste, pas une politicienne, et les mots me manquent pour répondre.

C'est alors qu'Enki me sauve la vie en éclatant de rire. Un rire impertinent, dont on est en droit de se demander s'il est dû à l'alcool. Il disperse la tension des questions d'Oreste comme un paratonnerre.

— Il y a quelque chose de drôle, mon Roi ? demande-t-elle avec une curiosité polie sans cacher sa contrariété.

— La tête qu'elle fait ! Vous êtes incroyable, Oreste.

— Que voulez-vous dire, Enki ?

— Vous les poussez dans leurs retranchements avec un grand sourire. Vous êtes comme un chat qui joue avec une souris, ma parole.

— Je ne suis pas une souris, réponds-je sans réfléchir.

Enki me dédie un grand sourire et l'espace d'une seconde sa bonne humeur ressemble à de l'approbation. Il marche sur un fil, il sait que le moindre faux pas divulguera notre secret à Oreste, mais il est intimement convaincu qu'il ne tombera pas.

— Vous êtes très impoli, Enki, lui répond notre Reine.

Elle ne dissimule plus rien.

— Et vous êtes cruelle. Cette jeune fille n'a encore rien accompli, nous sommes d'accord. Mais vous l'avez sélectionnée, n'est-ce pas ? Laissez-lui le temps de montrer ce qu'elle a dans le ventre au lieu de vouloir la faire ressembler à une dinde de concours.

Silence. Un silence qui s'étire pendant cinq, peut-être six secondes. Je crois bien que tout le monde s'est arrêté de respirer. Enki croise mon regard, comme pour me signifier qu'il aura au moins essayé. Soudain, aussi claire que les eaux de la baie par temps calme, la solution m'apparaît.

J'éclate de rire.

— Eh bien, lance sèchement Oreste. Je suis heureuse de voir que vous êtes au moins deux à trouver ça drôle !

J'ai ri pour faire distraction, mais l'hilarité finit par me prendre pour de bon et tourne au fou rire.

Bebel me touche le bras, sincèrement inquiète.

— Roi d'été..., dis-je entre deux cascades de rire.

— June ?

— Je ne suis pas non plus une dinde.

Dans le *verde*, la ville ne s'adresse pas à nous de la même façon. Elle nous parle pourtant de la même voix, mais pas sur le même ton. Elle se répand si souvent en excuses qu'on la surnomme parfois la Désolée, et nous apprenons tous très vite à ne pas compter sur elle. Dans le *verde*, on flashe une navette de transport, et la ville nous répond : « Je suis désolée, je ne peux pas t'envoyer de navette maintenant. » On lui demande le temps qu'il fait côté falaise au Niveau Sept et elle répond : « Je suis désolée, je ne peux pas accéder à mes capteurs en ce moment. Tu veux bien essayer plus tard ? »

Tu es surprise. Tu ne connais rien de tout ça, toi, au Niveau Huit.

Alors, on trafique des *fonos*. On leur ajoute des mods pour que la ville nous traite comme si l'odeur de la *catinga* ne nous collait pas à la peau quand on lui demande la position des SécuriBots. Un bidouilleur dans le *verde* est à peine un cran au-dessous d'un *orixá*.

J'ai toujours voulu parler à la ville. Je regardais les fonctionnaires de Gria Plaza en me demandant quels secrets elle leur avait confiés. Quand je posais la question à ma *mamãe*, elle se moquait de moi et me répondait en riant que la ville ne racontait rien à personne. Qu'elle utilisait seulement plus de ressources aux niveaux supérieurs pour répondre aux requêtes.

« La ville n'est pas une vraie personne, m'expliquait-elle. Elle ne peut rien t'apprendre d'important. »

Mais ma *mamãe* se trompait.

Les bidouilleurs croient parler à la ville, mais ils se trompent aussi.

La ville possède sa propre voix, mais j'ai dû devenir Roi pour l'entendre.

Dimanche matin. Tante Yaha est allée à une cérémonie, et mère est restée avec moi à la maison. J'ai d'abord cru qu'elle voulait qu'on parle, mais lire dans son fauteuil face au jardin semble lui suffire. Je m'oblige à faire quelques devoirs, parce que je n'ai pas l'intention de me laisser distancer par Bebel. Ça ne me barbe plus autant de penser à elle. Elle a raison, non ? Une bonne rivale, c'est presque une meilleure amie.

Presque...

Mon Dieu, qu'est-ce que Gil me manque !

Je le pingue, sans attendre de réponse. Il est sorti avec Enki, le monde entier le sait.

— June ?

La voix de mère est si basse que je l'entends à peine dans le chant matinal des oiseaux.

— Je suis en train de bosser.

— Je n'en ai que pour un instant.

Pour une fois, elle a l'air si peu sûre d'elle que je me soulève de mes coussins. Elle a les yeux tournés vers l'holo du jardin et j'entends le rire de mon père, qui m'appelle « *querida* », avant de voir flotter son visage au-dessus des hortensias. Une menotte, un petit corps et je suis là aussi. Mon *papai* m'apprend à danser. En arrière-plan, le fantôme de ma mère lui recommande : « Attention, João, je crois qu'elle est déjà meilleure que toi ! »

Plantée à un mètre du fauteuil de mère, je le dévore des yeux. En deux ans, je n'ai jamais regardé un holo de lui. Je n'ai pas entendu une seule fois sa voix ni la musique qu'il aimait enseigner. En deux ans, pas un seul jour sans que je pense à mon *papai*, mais j'oublie encore parfois qui il était.

— Recommence, June, dit-il.

La musique joue plus fort, mais je la reconnaîtrais même en dormant. Il chante *Send In The Clowns*, et je tape des mains en bafouillant les paroles avec lui.

— João, intervient mère. Elle est trop jeune pour l'anglais. On devrait lui apprendre quelques standards de la musique classique. Pour sa culture générale.

La musique change.

— *Baiana que entra no samba…*, entonne mère.

Je ris. L'holo s'arrête. Les fantômes disparaissent.

— *Mamãe…* Mère…

Elle ne lève même pas les yeux sur moi.

— C'est le deuxième anniversaire de sa mort demain.

— Je sais.

— Il m'arrive d'oublier, poursuit-elle, comme on était bien tous les trois.

— Je…

Je crois bien que moi aussi et j'ai honte de l'admettre.

— June, est-ce que tu penses que nous trois, avec Tante Yaha, est-que tu crois qu'on pourra jamais…

— Non, dis-je en l'interrompant brutalement, sans une seule seconde de réflexion.

Elle se tourne maintenant vers moi. Je m'attends à lire la colère dans ses yeux, et je suis secouée de découvrir quelque chose qui ressemble à du chagrin dans le port de ses épaules.

— Ton *papai* n'aurait jamais voulu…

— Stop.

— Arrête ça, June ! Cela fait deux ans. Tu n'es pas la seule à avoir le droit de penser à lui, de parler de lui, ni à qui il manque…

— C'était mon *papai*.

— C'était mon mari.

— Et c'est ta faute s'il est mort !

Les oiseaux piaillent si fort que j'ai envie de leur tirer dessus. Les yeux de mère, qui dardent droit devant comme ceux d'April, lancent des éclairs mais elle ne cille pas.

— C'est vraiment ce que tu crois ?

La voix me fait défaut. Je ne sais pas ce que je crois, tout ce que je sais c'est que je voudrais que ce soit vrai. Je voudrais que tout soit sa faute. Parce que sinon je n'ai pas la force de penser à cet homme au sourire nonchalant sous sa longue moustache et à ses doigts calleux de musicien. Il m'arrive de me réveiller au beau milieu de la nuit, persuadée qu'il est toujours là, que ce n'était qu'un mauvais rêve. Et puis j'entends mère et Tante Yaha dans la chambre voisine et je la déteste à nouveau. Il savait que j'étais attirée par l'art, mais il ne connaîtra jamais June, la meilleure artiste de Palmares Três.

Mon *fono* se met à gazouiller. C'est Gil, qui me sauve la vie.

— Il faut que j'y aille, dis-je.

Je n'attends pas de réponse. Mère s'est repliée sur elle-même, silhouette droite et solitaire dans sa tour d'ivoire qu'est devenu notre jardin. Une pensée me traverse soudain l'esprit : *Tu me manques.* Et je ne parle pas seulement de mon *papai*...

Gil est en train de jouer au foot près de la cascade du jardin de Gria Plaza. Ce n'est pas encore un vrai match, juste quelques wakas qui courent après un ballon sur l'herbe. Gil me fait une passe que je lui renvoie avec tant de violence que le ballon file au-dessus de sa tête.

— Tu viens dans mon équipe ? demande-t-il après l'avoir récupéré.

Je souris.

— Évidemment.

Les autres wakas sur la pelouse se répartissent en deux équipes plus ou moins égales et nous commençons à jouer. Gil est au poste d'attaquant et je reste à sa hauteur, même si je préfère d'habitude jouer en défense. J'ai envie de taper dans quelque chose, et personne ne paraît disposé à m'en empêcher.

Gil marque notre premier but, et les acclamations dépassent ce qu'on pourrait attendre autour d'un match du week-end improvisé. On commence à avoir un public. J'entends le bourdonnement des CamBots et je comprends ce qui se passe. C'est Gil. Les bots étant interdits au lycée, il est facile d'oublier qu'il est devenu une petite célébrité. Je cours à côté de lui pour regagner le milieu du terrain.

— Je croyais que tu étais avec Enki ?

Il hausse les épaules.

— Il voulait être seul. June, tu sais, si toi et lui, vous… je veux dire…

— Non ! je proteste beaucoup trop fort.

Gil me lance un regard qui me fait ravaler le reste de mes dénégations.

— Tu sais que ça me serait égal, pas vrai ? Si c'était le cas.

— Ce n'est pas le cas. Nous n'avons rien fait.

Le ballon est remis en jeu. Gil colle aux crampons de l'attaquant de l'équipe adverse. Je n'essaie pas de le suivre et me contente d'attendre, à l'écart dans mon coin, qu'il me fasse une passe entre les jambes d'un autre joueur. Je remonte le terrain en sprintant vers les buts, le cœur battant à tout rompre. Je m'étale sur la pelouse, fauchée par un fouillis de jambes. Quand je lève les yeux, le gardien a récupéré le ballon.

Gil m'aide à me relever.

— Je crois qu'il travaille sur ton projet.

Je m'étais demandé ce qu'Enki allait faire maintenant que les Tantes l'ont à l'œil, mais j'étais sûre qu'il ne lâcherait pas l'affaire.

— Mère mourra sur place quand elle verra mon projet pour le prix de la Reine.

Gil me dévisage. Sa désapprobation n'est pas difficile à lire.

— June… pourquoi est-ce que tu ne lui *dis* pas ce que tu vas faire, tout simplement ?

Je soupire.

— Elle m'en empêcherait.

— Tu sais bien que non.

— Allez, Gil ! l'appelle un des autres joueurs.

Il hausse les épaules et repart au pas de course. Nous gagnons le match trois buts à deux, mais ce n'est pas grâce à moi. Je suis trop paumée pour me concentrer, sous l'emprise d'une colère irrationnelle à l'idée que Gil prenne la défense de ma famille.

Lui et moi rejoignons les autres joueurs sous la cascade après le match, suants et fatigués. Aucune CamBot n'osera s'aventurer si près de l'eau et du grondement de la cataracte. Et nous ne trouverons pas d'endroit plus intime dans le parc.

— Gil, si tu as quelque chose à dire, c'est le moment.

Il lève la tête vers l'eau de la cascade, qui ruisselle le long de son dos nu. Deux ou trois wakas à côté de la cascade le reluquent ostensiblement ; je les comprends. Gil pince les lèvres, non de colère, mais de contrariété.

— Ça fera deux ans demain, commence-t-il. Est-ce que vous avez seulement parlé de lui depuis, toi et ta *mamãe* ?

— Bah, c'est sa faute...

— Non ! Ce n'est pas sa faute, et je vais me mettre à hurler si tu le répètes encore une fois. Ton *papai* est mort parce qu'il a choisi de mourir, June. Tu ne peux pas en vouloir à ta *mamãe*, ni à Tante Yaha. Ni à toi-même. Il est mort parce qu'il a senti que son heure était venue et aucune d'entre vous ne pouvait rien y changer.

Je crois bien que je tremble. Je ne sais pas, mais la main de Gil sur mon épaule me fait du bien, je me sens en sécurité.

— Elle t'aime. Fais-lui confiance...

Mais je ne pourrai jamais plus lui faire confiance.

Je m'arrache à l'étreinte de Gil.

— Si c'est ce que tu penses, c'est que tu ne me connais pas !

Gil referme sa main.

— June… nous sommes… je ne connais personne mieux que toi.

— Alors, tu devrais être de mon côté ! Pourquoi est-ce que tu prends toujours la défense de ma *mamãe* quand elle… quand tu sais…

— Tu crois que ça me fait plaisir de te voir dans cet état ? Tu te tortures. Tu cherches sur qui rejeter la faute alors qu'une décision comme celle qu'a prise ton *papai*…

— Gil !

Il s'interrompt. L'eau de la cascade frappe mon front. Je respire vite en haletant. Ma poitrine m'oppresse, j'ai mal partout, et je ne veux surtout plus jamais pleurer. Il me prend la main. Je le laisse faire.

Je ne sais ce que les CamBots des fluxeurs feront de la façon dont il me guide pour quitter le terrain, puis le parc. Je tremble comme si j'allais me briser en mille morceaux et que seul mon amour pour Gil pouvait contenir mes fêlures.

Mon *papai* s'appelait João, d'une longue lignée de João, et quand j'étais petite je croyais qu'il était un parent du grand João Gilberto lui-même. Alors qu'il n'était qu'un waka, il a abandonné ses études et s'est engagé sur un navire en partance pour l'Eurasie. Il a visité les grandes villes cubiques de Lisbonne et de Rome. Il a vu les ruines de Londres et la longue chaîne des Tokyos éparpillées dans l'océan Pacifique comme des dés triangulaires géants. C'est à bord de ce navire qu'il a appris à jouer de la guitare, puis découvert le *cavaquinho* et le rythme joyeux de la *cuica*. Et c'est là, de l'autre côté du monde, que mon *papai* a découvert que son plus grand amour était la musique de l'ancien Brésil. Alors, il est rentré.

Il n'en est jamais reparti jusqu'à son voyage d'anniversaire de mariage. Il s'est contenté d'apprendre, de jouer, d'enseigner, à sa manière douce et posée. Pendant son service funèbre, tout le monde a évoqué un homme placide et agréable sur lequel on pouvait compter. J'étais la seule à me souvenir d'un homme plein de passion, de joie à l'occasion.

Il a cessé de jouer de la guitare un an avant sa mort. La samba de mon enfance s'était tue, mais sans que je m'en aperçoive. Trop occupée à faire le mur avec Gil pour aller danser au jardin public et traquer les derniers *blocos* à la mode. Mon père continuait d'enseigner, ma mère courait toujours de rendez-vous avec les investisseurs privés en réunions du conseil d'administration. En ce qui me concernait, cela devait durer pour toujours.

Sauf que ça n'existe pas, pour toujours. Je n'ai eu droit qu'à quinze ans, trente-cinq jours et un baiser distrait sur le front avant qu'il s'en aille à jamais.

« J'ai perdu la musique. » C'est la seule explication qu'il a donnée. Et je n'ai jamais été assez douée pour la lui rendre.

Du fond de la salle de répétition, j'écoute Bebel et Pasqual qui travaillent avec leurs musiciens, sans penser à rien d'autre. Le temps de la compétition viendra plus tard. Dans l'immédiat, c'est un sentiment trop mesquin pour que je m'y attarde. Au milieu de la chanson, Bebel jure et fait un signe avec les bras. Les musiciens s'arrêtent. Ils semblent aussi perdus que moi : je trouvais que la musique était bonne, mais ça ne lui suffit pas.

— Tu attaques trop lentement, reproche-t-elle au flûtiste. Tu es la troisième voix du canon. Tu dois jouer une partition vocale, pas pour la flûte.

Le flûtiste marmonne quelques mots qui ressemblent à des excuses. Je souris. Bebel n'est plus aussi douce quand elle veut obtenir la perfection. Pasqual l'enveloppe d'un regard si brûlant que je suis sûre que la proposition de Bebel de faire un plan à trois s'est soldée en duo.

Ils reprennent, quelques mesures avant l'arrangement des harmonies vocales qui font toute la force poignante des trente dernières secondes de *Roda Viva.* Quand la flûte se mêle à la voix de Bebel, j'ai soudain une idée.

Une roue de la vie. L'amour qui s'infiltre en nos cœurs, donne vie à nos mondes et nous relie les uns aux autres. Le vert du *verde,* les lumières de Palmares Três, les voix que l'on entend et celles qui sont muettes.

Quoi d'autre que sa musique pour cimenter la ville ? Quoi d'autre que le rythme lancinant du *pandeiro* que nous apprenons à frapper avant même d'apprendre à marcher ? Quoi d'autre que ces chansons que l'on connaît par cœur comme des prières ? Pourtant, j'avais oublié tout cela, malgré les nombreuses tentatives de *papai* pour me le rappeler.

La chanson se termine. Je me dirige droit sur Bebel, encore exaltée par le chant, le travail, la recherche de la perfection. Je lui fais signe de me suivre à l'écart dans un coin de la salle. Je suis peut-être folle de lui faire confiance à ce stade, mais je ne veux surtout pas que les autres m'entendent.

— Si je te demandais de chanter ça dans un mois, tu serais d'accord ?

Elle incline la tête.

— Nous n'avons pas prévu de nous lancer si tôt.

— J'ai entendu dire qu'un gros truc se prépare. C'est pour bientôt. Si tu chantes à ce moment-là, tout le monde s'en souviendra.

Bebel sait que je ne m'avancerais pas à la légère sur ce terrain. Elle se penche vers moi.

— Où ça ?

— N'importe où. Ici.

— Qu'est-ce que je dois dire aux autres ?

— Dis-leur que quelqu'un t'a donné l'info. Sans mentionner mon nom.

Bebel me touche l'intérieur de la main.

— June, c'est *ça* ? Ton grand projet secret ?

— Non. Je choisis de lui mentir. C'est juste un truc dont m'ont parlé des wakas du *verde*.

Elle acquiesce très lentement – elle ne me croit pas vraiment –, mais s'efforce de n'en rien laisser paraître.

— D'accord, accepte-t-elle. Je le ferai. Tu leur passeras le mot ?

— Ils te contacteront sans doute. Surveille tes pings. Ils seront anonymes.

Pasqual nous rejoint. Je suis frappée une fois de plus par l'étrangeté de ma vie depuis quelques mois : on dirait que tous les garçons que je fréquente sont beaux comme des dieux.

— Tu travailles toujours sur ton projet secret, June ?

— Je veux que tout soit parfait.

— Bah, attention à ce que la perfection ne t'empêche pas de finir à temps...

Je lui renvoie un sourire aussi paternaliste que le sien.

— Je me contenterai de la perfection qui m'assurera la victoire.

Les yeux de Bebel se plissent en un sourire étonnamment sincère.

— Tu peux compter sur elle, Pasqual. Tu te souviens, June, de cette fois en première année où tu avais peint toutes les tables pour représenter un banquet ?

— Et j'avais transformé les chaises en fruits géants ! J'avais complètement oublié.

— C'était Ieyascu notre prof, cette année-là, tu te rappelles ? Elle t'a renvoyée chez toi et c'est à ce moment-là que je me suis dit que tu étais la fille la plus cool de tout le lycée.

Je la dévisage.

— Et moi qui ne voyais que ton côté combatif.

— Je me suis inspirée de la meilleure.

Je laisse échapper un gloussement étonné. Bebel éclate de rire, et je me demande comment je me suis débrouillée pour ne pas la calculer depuis le temps que j'essaie de la battre.

Pasqual regarde ailleurs. Mais les commissures de ses lèvres sont relevées, comme si le bonheur de Bebel suffisait au sien.

— On devrait y retourner, dit-il avec douceur. Je crois qu'on pourrait ralentir un peu l'intro.

Bebel glisse ses doigts dans l'épaisse chevelure bouclée de Pasqual.

— Bien sûr, *meu bombril.*

Il me salue d'un signe de tête.

— Bonne chance pour ton projet, June !

Une dernière pression sur ma main et Bebel emboîte le pas de Pasqual pour rejoindre ses musiciens. Je m'oblige à leur tourner le dos pour cacher mon excitation.

Le Meilleur Projet Artistique de Tous les Temps ? Il vient de passer encore un cran au-dessus.

Je décide de rentrer à pied plutôt que de flasher une navette. La marche favorise la réflexion et rien n'est plus beau que Palmares Três en été. Autrefois, cette partie de l'ancien Brésil connaissait toujours l'été. Je me plais à imaginer ce monde, où les cognassiers ne gelaient jamais. Où les lianes poussaient à foison dans la jungle, et pas seulement dans les serres du Niveau Six. Malgré tout, Palmares Três se défend. Les allées du Niveau Huit sont bordées d'arbres fruitiers en fleurs. Ils sentent délicieusement bon et je ne peux m'empêcher de penser au *verde* et à la *catinga* qu'Enki et moi avons si brièvement amenés aux niveaux supérieurs. Pas de bananiers dans le *verde.* Rien que du béton et des algues. Ici, au Niveau Huit, les allées sont en bois ou en paillis. Elles serpentent à travers la luxuriance de la végétation estivale comme les sentiers d'une forêt. Drôle de forêt, suspendue à trois cents mètres au-dessus de la mer ! Les vitres de la structure métallique ont été relevées pour laisser entrer la brise de la baie.

Je fais un détour par un de mes lieux favoris, une grotte minuscule planquée au bout d'un chemin de traverse oublié, dissimulée par les fougères et les magnolias exubérants. De là, j'ai une vue imprenable sur les quatre frères et sœurs dans la baie. J'avais l'habitude de venir ici avec *papai*. Depuis sa mort, je n'y suis retournée que pour réfléchir ou dessiner. Aujourd'hui, je m'abandonne à la chaleur du soleil de cette fin d'après-midi qui caresse mon visage, mes bras et mes épaules nus. Je suis seule, et je finis par dénouer le haut de ma robe. Je m'allonge dans l'herbe pour offrir mes seins au soleil. Mes mamelons s'épanouissent d'aise dans cette chaude torpeur. Les rayons d'or rouge du soleil accrochent des reflets couleur pêche sur le fin duvet de mon ventre. Le tronc de mon arbre s'arrête juste en dessous du cœur, les lumières colorées de ses branches sont éclipsées par l'éclat du soleil. Je les sens palpiter, mais c'est à peine si je les aperçois. Mes oreilles s'emplissent du bourdon des cigales, du chant modulé des pluviers et du ronronnement des navettes coulissant dans les tunnels en dessous de moi. Pour une fois, même mes pensées la mettent en sourdine. Mon regard se perd dans le vague. Je respire profondément. Lente mais résolue, ma main descend vers mon ventre. Puis plus bas. Sous ma robe relevée et ma petite culotte. J'ai quelques scrupules, mais il n'y a ici personne d'autre que moi et les oiseaux marins.

La douce morsure du soleil ajoute à mon plaisir. Je me caresse avec une lenteur étudiée sans penser à quelqu'un en particulier, ce qui est plutôt inhabituel. Je pense à l'art tout en contemplant la baie et j'imagine les quatre frères et sœurs parés de leurs habits de lumière. J'essaie de visualiser de quoi les quatre îles auront l'air du Niveau Huit, parce que je sais que je ne les verrai jamais de là-haut. Le chatoiement des lumières qui s'accélère au milieu des voix qui se mêlent et se fondent. De nuit, elles auront l'air de danser.

Comme Gil et Enki le soir où tout a commencé.

La seule pensée de mon Roi suffit à me faire jouir dans un râle, et je retombe, haletante, sur l'herbe et la terre battue. Un ver rampe près de mon oreille tandis que je reprends mon souffle.

— Tu préfères que je revienne plus tard ?

Je me redresse si brusquement que j'ai la tête qui tourne. C'est Enki, adossé à la balustrade. Je distingue à peine ses traits à contre-jour.

— Je... je ne t'ai pas entendu arriver ! je bafouille bêtement.

Je crois bien qu'il sourit ; en tout cas, je le devine dans sa voix.

— Tu étais trop occupée...

Je me sens mal à l'aise, pas à cause de ce qu'il m'a vue faire, mais des pensées qui m'ont traversé l'esprit à ce moment-là.

— Comment tu as fait pour leur fausser compagnie ? je demande en réajustant le haut de ma robe.

— Aux Tantes ?

Il s'éloigne de la balustrade, et sa présence s'impose à moi. C'est bien le garçon à la beauté brute, en chair et en os, et plus beau que jamais. J'en ai le souffle coupé quelques instants, comme si mon corps anticipait un autre genre de plaisir.

Que tu ne connaîtras jamais, June.

Les liens de ma robe échappent à mes doigts glissants et retombent sur mes épaules. Je les reprends, fébrile.

— Gil dit que tu es surveillé et que tu as des gardes du corps.

Enki s'agenouille devant moi. Avec douceur, il s'empare des liens et les noue en une simple rosette sur ma nuque.

Il sourit.

— J'aurais pu fausser compagnie aux Tantes à n'importe quel moment. Mais il est parfois bon de les laisser croire qu'elles peuvent me retenir, non ? Et ce n'est jamais un problème avec Gil.

J'imagine bien que non. Si les ennuis que leur causait Enki se bornaient au choix très peu diplomatique de son premier partenaire, les Tantes seraient sans doute en train de danser la samba dans le jardin de la Reine.

— Tu veux qu'on aille voir les îles ? je propose. Je n'ai pas eu le temps d'installer d'autres lumières.

Il secoue la tête, un étrange sourire flottant sur ses lèvres. On dirait un dieu malicieux. Même quand Enki est complètement sincère, je ne sais jamais ce qu'il pense.

— Je ne représente que l'art pour toi, June ?

Non, je pense en mon for intérieur.

— Oui, dis-je.

Il se lève et m'offre sa main. Après une brève hésitation, je l'accepte.

— Je voulais te montrer quelque chose. Rien à voir avec l'art.

— Tout a à voir avec l'art.

Les yeux d'Enki plongent dans les miens. Ses prunelles d'un brun clair sont comme des billes de verre dans la lumière rouge du soleil couchant. Il se penche alors vers moi. Je me sens soudain molle et je ne peux plus bouger, telle une mouche figée dans de l'ambre. Nous restons immobiles pendant ce qui me paraît une éternité, suspendus dans le temps comme l'astre dans le ciel. Nous attendons en nous dévorant des yeux. Qu'en pensera Gil ?

Un bourdonnement mécanique résonne alors derrière moi.

Je me retourne, mais Enki a déjà lâché ma main. Il fronce les sourcils. C'est une CamBot. À cette distance, impossible de savoir s'il s'agit de l'œil d'un fluxeur ou de Tante Maria.

— Je leur avais pourtant interdit de me suivre, marmonne-t-il sans aucune logique.

Ses sourcils se touchent presque, et ses yeux lancent des éclairs – au sens propre. J'ai du mal à en croire mes propres yeux. Ceux d'Enki virent au jaune, au vert, avant de reprendre leur teinte d'origine. La CamBot chancelle dans les airs comme si elle avait trop bu. Il s'en empare brutalement et la balance dans le vide pardessus la rambarde.

— Je crois qu'il faut partir vite, me souffle-t-il.

— Est-ce que c'était…

Des mods ? Mais je me rétracte. Son regard ne flanche pas. Son expression m'informe qu'il me répondra si je lui pose la question.

Tu es sûre de vouloir connaître la réponse ? l'entends-je presque me demander.

Non. Pas maintenant. Pas alors que je viens d'éprouver… pas quand nous venons presque de…

Juste pour cette fois, je voudrais oublier qu'Enki est le Roi d'été. Aujourd'hui, je refuse de me rappeler ce que cela signifie.

J'ai appris à me battre comme tous les enfants du *verde*. Avec mes poings, avec mes pieds, et mes yeux pour éviter les coups. J'ai appris à sauter plus haut que la plupart, à lancer des coups de pied plus puissants, à éprouver le rythme de la *roda* dans mon cerveau. Et même quand mon sang coule sur le sol de béton, la douleur pulse avec les autres instruments. Tu aimes la couleur de ma peau (tu vas te demander comment je le sais alors que tu ne me l'as jamais avoué, comme tu pourrais me demander comment je sais que tous les wakas sont amoureux de moi, que les *grandes* m'envient ou que notre ville est la plus belle au monde). Au Niveau Huit, un *negro* comme moi a la beauté de l'exotisme, de l'interdit. Tu oublies que les esclaves étaient noirs, eux aussi, et que les métis comme toi n'avaient de cesse qu'ils ne deviennent aussi blancs que nos maîtres.

Dans le *verde*, on s'en souvient. Dans le *verde*, personne ne veut d'un enfant noir – nous sommes encore trop proches de ce que cette couleur représentait autrefois.

Il n'y a pas d'esclaves dans le *verde*, mais nous combattons toujours dans la *roda* comme si nos maîtres pouvaient nous surprendre.

Et j'ai dû apprendre à me battre davantage que tous les autres.

Il m'entraîne vers la Toile. Je lui fais remarquer qu'on y est déjà allés ensemble, mais il me répond en souriant que cela n'avait rien à voir. Je ris, sans savoir ce qu'il a derrière la tête. Mais je suis avec Enki et cela me suffit.

Le bruit nous frappe avant même que nous ayons touché le sol du conduit du vide-ordures par lequel Enki nous a fait descendre. Beaucoup plus facile que de crapahuter sur le plafond des tunnels d'approvisionnement. Et c'est tant mieux, parce que je suis toujours en robe et que nous n'avons de nanocrochets ni l'un ni l'autre.

Des voix résonnent dans le vaste hangar caverneux, bruyantes et libérées. Je sais que ce sont des wakas avant même de les voir. Lorsque je les découvre enfin, je suis surprise de reconnaître quelques *grandes* parmi eux. Sans doute pas très vieux, mais au-delà de trente-cinq ans les *grandes* se ressemblent tous. Des garçons et des filles, la plupart vêtus de pantalons larges et de T-shirts aux couleurs vives de gangs du *verde.* Ceux-là portent l'*amarelo* ou le *vermelho,* des couleurs bien connues pour leurs *blocos* et leurs combats occasionnels, dont l'issue n'est généralement pas fatale.

Ce soir, ils semblent plutôt en bons termes. Près de l'abdomen bedonnant d'une araignée tellement vieille qu'elle est toute rouillée, deux *blocos* se préparent à jouer. Les *blocos* du *verde* représentent l'avant-garde de la musique naturaliste. Ils fabriquent leurs propres instruments ou se servent d'instruments d'origine rafistolés de façon intéressante. La plupart jouent même sans ampli, préférant se produire dans des lieux à l'acoustique naturelle. Jouer avec tout l'équipement électronique de la génération de ma mère passerait pour une déclaration de guerre dans le *verde*. Ce que je n'ai nullement l'intention de faire : mon père m'a élevée dans le respect de la musique classique, mais j'ai grandi avec les *blocos* modernes. J'ai entendu parler de ces sessions improvisées dans le *verde*, mais je n'aurais jamais cru avoir la chance d'assister à l'une d'elles. Les musiciens des *blocos amarelo* et *vermelho* humidifient la peau de leurs *cuicas*, retendent celle de leurs *pandeiros*, font courir des doigts habiles sur l'unique corde de leurs *berimbaus* artisanaux tout en échangeant de joyeuses invectives.

— Yo, Felix ! lance une fille en T-shirt jaune. Ta *cuica* grince comme une vieille araignée déglinguée !

Un garçon en T-shirt rouge frotte la tige de sa *cuica* et son rire tonitruant emplit la pièce.

— Tu parles de ton *papai* ? C'est le bruit qu'il fait quand ta *mamãe* quitte le lit ?

Des rires, quelques grognements. La fille en jaune ne répond pas et se lance dans une samba endiablée sur son *pandeiro* d'un air de défi. Un autre waka près d'elle pousse un cri et exécute un saut arrière sur les mains avec élan, se propulsant haut dans les airs avant de se réceptionner debout. Tout le monde applaudit. Je me tourne vers Enki.

— Même Gil ne sait pas faire ça.

— Il faut que quelqu'un le lui apprenne.

Les autres musiciens du *bloco amarelo* s'alignent sur la cadence donnée par la fille. Un coup de sifflet, aigu et strident. Je sens vibrer dans ma gorge quelque chose entre le cri, le rire et le chant.

— Enki, qu'est-ce que c'est ?

Nous sommes encore à l'extérieur du cercle des wakas massés les uns contre les autres. Nous ne nous cachons pas, mais sommes dissimulés dans l'ombre des énormes machines.

— C'est une nuit sans vent, me répond-il, laconique.

— Quoi ?

— Lorsque le vent ne souffle pas et que la *catinga* devient insupportable, les *blocos* viennent parfois jouer ici.

— Pour danser ?

Ses yeux sont posés sur l'attroupement, mais je crois que son sourire m'est destiné.

— Et pour combattre.

Soudain il fend la foule. Je lui emboîte le pas. La nouvelle de sa présence se propage comme le vent sur la baie. Tour à tour, les gens s'écartent pour nous laisser passer, sans cesser de danser. Lorsque nous approchons des musiciens, la fille au *pandeiro* lève les bras en agitant les minuscules cymbales de son instrument. Les autres s'arrêtent aussitôt de jouer.

— Le Roi d'été !

— Pia..., la salue Enki, ému.

Et ils tombent dans les bras l'un de l'autre.

— Je ne pensais jamais te revoir !

— Qui pourrait m'empêcher de venir par une nuit sans vent ?

La fille paraît songeuse.

— Je me posais la question, tu sais. C'est notre première de l'été.

— Yo, les interrompt Felix, le garçon du gang *vermelho* qui joue de la *cuica*. On est là pour combattre ou se faire la bise ?

— Tu ne vois pas qu'on a la visite du Roi ? lance quelqu'un dans la foule.

Felix crache par terre.

— Qu'on ne compte pas sur moi pour m'incliner devant un *negro* du *verde*. Il ne vaut pas mieux que nous.

Quelques rires nerveux couvrent un silence oppressant. Enki esquisse une révérence moqueuse.

— Tu n'as pas à t'en faire, lance-t-il. Ça ne durera pas longtemps.

— Si ça ne tenait qu'à moi..., réplique Felix.

Son sourire moqueur est forcé – il paraît mal à l'aise, incertain de la popularité d'Enki dans son propre quartier.

— Montre-nous ce que tu sais faire, *vermelho*, le défie alors Enki.

Il parle d'une voix sourde et basse que je n'ai jamais entendue. Je sais que cela a une signification, mais rien dans ma vie au Niveau Huit ne m'a préparée à cela. Plusieurs wakas dans l'assemblée se mettent bientôt à psalmodier ; ils se tiennent par les épaules et se balancent sur leurs pieds. Je vois qu'ils sont déjà en transe, et que ce n'est pas dû à l'ivresse familière du vin, ni au blues du week-end de Tante Yaha. D'autres essaient, dirait-on, de capter des flux étrangers sur un vieux holo amélioré à coups de fil de fer et de ruban adhésif.

— Allez, viens donc nous montrer comment tu danses ! le presse Enki.

Les lèvres de Felix se rétractent et révèlent ses dents. Il donne le signal du départ de son *bloco* à la *cuica.* Ce qui est très rare. Le grincement plaintif devient si obsédant que ça fonctionne pourtant. Les *vermelhos* deviennent alors comme fous, frappant, pinçant, grattant leurs instruments à une vitesse telle que je suis sûre qu'ils doivent être sous l'emprise d'une substance illégale.

Puis les wakas se mettent à danser. Certains se contentent d'onduler en rythme, mais d'autres se démènent avec tant d'ardeur qu'ils auront des ampoules aux pieds demain matin. Je m'attends à ce qu'Enki aille se mêler aux danseurs – je m'y essaie moi-même – mais il demeure planté là en se contentant de sourire.

Comme s'il attendait autre chose.

Soudain, Felix rejette son fût d'acier avec un juron en plein milieu d'un temps. Les autres musiciens continuent sur quelques mesures avant de s'apercevoir qu'il a cessé de jouer.

— Qu'est-ce qu'il y a, *mon seigneur* ? demande-t-il à Enki avec une agressivité qui me déplaît. La musique n'est pas assez bonne pour toi ? Trois mois hors de la *catinga* et il croit que sa merde sent meilleur que la nôtre...

Enki ne bronche pas. Pas même quand Felix lui crache au visage. Après de longues secondes, mon Roi d'été finit par lâcher :

— Je me demande si tu combats avec aussi peu d'âme que tu joues.

Sur ma droite, le *bloco amarelo* s'esclaffe. Un de leurs musiciens donne le départ en pinçant la corde de son *berimbau* et ils se lancent dans un rythme plus dépouillé, plus lent, immédiatement identifiable comme un défi. L'excitation me gagne, mais la foule autour de moi s'enflamme carrément. Je suis entraînée par le mouvement et nous reculons jusqu'à former la ronde, la *roda viva* de la chanson.

Autour d'Enki et de Felix.

Pas question de m'agripper à Enki telles les filles sans défense des films de l'ancien Brésil pour l'implorer de ne pas se mettre en danger. Je me souviens comme il a prononcé le mot « combattre » tout à l'heure, et du calme délibéré avec lequel il a provoqué Felix. C'est un homme et en plus c'est un Roi ; rien de ce que je pourrais prétexter ne le fera changer d'avis.

Mais je suis inquiète, je peux l'avouer, parce que je n'ai jamais vu de combats de capoeira ailleurs que sur les holos – sans tapis, sur un sol de béton, avec un cercle de spectateurs au chant et un *bloco* aux percussions.

Il paraît que c'est fréquent dans le *verde*. Mais je suis une gosse de riches du Niveau Huit et ma belle-mère est une Tante.

Je sais pourquoi Enki a voulu m'emmener voir ça.

Les tambours deviennent assourdissants. Le mugissement nasillard du *berimbau* parle de grâce et de violence. Enki se déplace comme un tigre, Felix comme un singe. Je n'ai aucun doute sur l'issue du combat, mais je ne suis pas certaine que la victoire sera facile.

— Bonne chance, Enki.

Je n'ai pas chuchoté, mais je n'ai pas non plus crié pour couvrir les tambours et les incantations de la foule. Enki se retourne pourtant et m'adresse un clin d'œil. Cela dure une fraction de seconde, personne d'autre ne l'a vu, mais mon inquiétude décroît.

J'ouvre grands les yeux.

Ils se débarrassent de leurs T-shirts. Enki saute sur la pointe des pieds en secouant les mains. Felix lui tourne nerveusement autour, sans se soucier de la danse de la capoeira. Ses yeux expriment la haine pure. Il doit y avoir autre chose entre eux, un passé douloureux qui les a conduits ici. Soudain, sans transition, Enki exécute un flip latéral, sa main gauche effleurant à peine le sol. Felix pivote sur lui-même et se baisse d'instinct. Bien vu, parce que le pied d'Enki a frappé l'air pile à l'endroit où se trouvait sa tête.

Felix exécute un roulé-boulé et Enki se laisse retomber en position accroupie. Felix halète ; le corps d'Enki luit comme celui d'un dieu. Bizarrement, ils ont le même sourire sauvage et carnassier.

— Tu as oublié le jeu, Roi d'été ? persifle Felix.

— Tu as oublié la danse, *vermelhinho* ?

Soudain, Pia, la fille du gang *amarelo*, pousse un cri prolongé de trilles aigus venus du plus profond de sa gorge qui me donnent la chair de poule. Les tambours battent plus fort, mais les voix se sont tues. On ne chante pas pour ce genre de combat.

Felix se jette alors sur Enki, tête la première. Il compense la grâce qui lui fait défaut par la force pure. Son premier poing, dirigé à la tête, ne rencontre que le vide, mais le second s'enfonce dans les côtes d'Enki. Nous entendons tous le bruit de l'impact, mais Enki ne semble même pas s'en apercevoir. Son corps se détend dans une roue qui le projette par-dessus la tête de Felix aussi facilement que s'il sautait un tronc d'arbre abattu. Felix n'a pas le temps de se retourner. La jambe d'Enki jaillit comme un harpon et cueille son adversaire au plexus, l'envoyant s'écraser contre le béton.

Je laisse échapper un sifflement. Ça doit faire mal et, quand il se relève, Felix se tient l'épaule. Enki penche la tête sur le côté comme pour lui proposer de jeter l'éponge, mais c'est bien sûr hors de question pour le garçon du gang *vermelho.* Il ne peut pas perdre la face devant son *bloco* et son gang. Enki le sait, Enki jubile, pourtant son offre était sincère.

— Fini de rire, crache Felix.

Le jeu devient mauvais.

Felix passe à l'attaque avec un coup de pied sauté qui manque sa cible, puis se laisse tomber en un balayage latéral qui atteint son but. Enki s'est relevé très vite, mais pas assez pour parer le coup de pied violent et vicieux que Felix lui envoie dans la hanche. Il grimace cette fois, et je suis obscurément soulagée de découvrir enfin qu'il est humain. Parfois, même à moi, Enki me fait l'effet d'être de pierre.

Se propulsant dans les airs depuis sa position semi-accroupie, Enki riposte par un coup de pied en ciseaux qui me paraît impossible. Cette fois, Felix heurte le béton face contre terre. Du sang coule sur une de ses tempes et de son nez. Enki attend qu'il se mette à genoux pour lui balancer un autre coup dans les côtes. Autour de moi, les wakas rient et applaudissent. C'est Enki qui mène la danse, même si Felix n'a pas l'air de s'en rendre compte. Trop rapidement pour le suivre des yeux, Felix enchaîne alors une série de sauts sur les mains. Enki s'immobilise ; il l'observe et l'attend, et quand les coups finissent par pleuvoir, il les évite aussi facilement qu'une branche en travers de la route. Il glousse et nous rions tous avec lui. Je pense que tous les wakas présents dans cette salle – même les *vermelhos* – ont dû voter pour lui. Ici, le Roi d'été a sa Cour. J'espère que Felix s'en rendra compte assez tôt pour sauver l'honneur.

Mais peut-être qu'il n'en aura pas besoin.

Au-dessus de nos têtes, des tremblements et des grondements ébranlent l'épaisse trappe séparant le hangar des araignées du vide-ordures et des plates-formes de communication. Les huit plaques de métal triangulaires qui la composent se rétractent, laissant entrer les lumières de la ville… et une gigantesque ombre noire.

— Une araignée ! hurle Pia.

Elle et son *bloco* se bousculent pour rassembler leurs instruments.

— Dehors ! Vite !

Les wakas courent dans tous les sens, cherchant qui ses amis, qui ses instruments, qui son argent. Mais je ne bouge pas. Je lève la tête.

Les longues pattes mécaniques émergent en premier, agrippant soigneusement les bords de la station d'accueil pour introduire l'abdomen dans le hangar. Elles grincent à chaque mouvement. Moins que je ne m'y attendais, pourtant, eu égard à sa taille et à son poids. Ce bot a sans doute plus de deux cents ans, comme en témoigne sa carapace cabossée et couturée de plaques de métal, mais le spectacle me paralyse et je suis frappée par sa taille gigantesque et sa grâce inattendue.

Sa mission est de garder la ville en vie grâce aux nanotubes contenus dans son thorax. Et si je reste ici un instant de plus, elle pourrait m'écraser comme un vulgaire insecte en se posant au sol.

La main d'Enki me saisit le poignet, telle une ancre dans cet océan de fuyards.

— June ?

Comme c'est curieux, me dis-je, qu'il s'inquiète pour moi.

— Ça va, réponds-je sans bouger d'un iota.

C'est alors qu'une chose étrange se produit. L'abdomen métallique de l'araignée descend, réfléchissant nos deux silhouettes détalant de concert. Le vacarme que produit l'ArachnoBot m'empêche d'entendre mon propre cœur, et la voix d'Enki. Mais je vois son visage se déformer alors que quelque chose le prend par surprise et… le blesse ? Sa bouche s'ouvre sur un cri. Il chancelle et je le retiens.

Et puis je vois le sang.

J'agis vite, mes gestes sont automatiques, sans avoir besoin de penser. Une partie de moi doit savoir quoi faire, même si je me demande surtout : *Pourquoi ? Est-ce qu'il va bien ?* Nous évacuons de notre mieux, fuyant d'abord avec les autres, puis à l'écart parce que je redoute une seconde agression. Lorsque nous atteignons enfin les terrasses, seuls près de la mer d'huile, loin du béton et de la puanteur, je le laisse s'adosser contre le mur.

— Est-ce que…

— Ce n'est rien. Je crois qu'on m'a poignardé.

— Ce n'est pas…

Il hausse les épaules.

— Façon de parler.

Il écarte les bras. Une profonde entaille court le long de sa cage thoracique, comme si quelqu'un avait visé le cœur et manqué son coup. Le sang coule à flots et imprègne son pantalon. Il se met à trembler malgré l'air chaud et immobile.

— C'est un coup de couteau, constaté-je, tout en espérant qu'il va secouer la tête et m'assurer qu'il a juste trébuché.

Il hausse les sourcils.

— Tu es fûtée pour une gosse de riches du Niveau Huit.

— C'était Felix ?

— Je ne crois pas. *Vermelhinho* était déjà à l'autre bout de la Toile…

Je déchire ma robe et roule le tissu en boule pour tamponner la plaie sur son flanc. J'ai les mains qui tremblent, mais Enki se bat avec ses propres démons et nous faisons tous deux comme si de rien n'était.

— Enki, qui voudrait te tuer ?

Son sourire devient triste, et cela me terrifie.

— June, qui ne le voudrait pas ?

Une fois rassurée sur son état, je le laisse flasher une navette. Les Tantes voudront savoir comment il s'est blessé, mais cela vaut mieux que de se vider de son sang dans le *verde.* Quand la navette arrive, il a cessé de trembler. Je me dis que c'est peut-être mauvais signe, mais il a raison. Personne ne se fait jamais poignarder au Niveau Huit, et je n'y connais rien.

— Est-ce que je ne devrais pas t'accompagner ? Est-ce que ça va aller ?

Fébrile et stoïque, il s'appuie à la porte, toujours aussi beau.

— Ne t'inquiète pas, murmure-t-il en me caressant les cheveux de sa main libre, l'autre comprimant sa blessure. Les Tantes me garderont en vie dans leur propre intérêt. (Il rit, puis s'interrompt en grimaçant.) Je voulais que tu connaisses la nuit dans le *verde*, mais ce n'est pas vraiment ce que j'avais en tête.

— C'était une soirée fantastique !

Et c'est la vérité. Je me jette littéralement du haut d'une falaise chaque fois que je suis avec lui, mais j'aime trop cette sensation de chute libre pour pouvoir m'en passer. Son soupir exprime plus de tendresse qu'il ne devrait.

— Oh, June, c'est toujours de l'art avec toi…

J'ai fait acte de candidature au titre suprême de Roi d'été aux pieds de Tante Isa, en compagnie d'une centaine d'autres garçons. Les autres villes méprisent la barbarie de nos coutumes, m'a dit Ueda-sama, qu'ils taxent de meurtre absurde commis tous les cinq ans. Je lui ai répondu que nous étions tous volontaires ; que celui qui change d'avis au cours des trois mois que dure la compétition est autorisé à se retirer ; que celui qui deviendra Roi est tellement sûr de son choix que personne ne peut le faire changer d'avis.

« Pourquoi mourir ? a-t-il voulu savoir. Pourquoi sacrifier ton avenir ? Pourquoi donner ta vie ? Pourquoi poser sagement ta tête sur cet autel et les laisser te trancher la gorge comme à une vache sacrée ? »

N'est-ce pas évident ? aurais-je dû lui répondre.

Parce que c'est bon d'être Roi.

Le vent est assez fort pour former des moutons sur les eaux habituellement calmes de la baie. Assez puissant pour nous asperger d'embruns saumâtres qui nous ont déjà détrempés à mi-chemin du retour d'O Quilombola. Moins d'une heure avant nos grands débuts, je suis silencieuse et concentrée. Une tension électrique parcourt mes implants lumineux comme un orage. Mais Enki paraît plus détendu que jamais. Adossé au bastingage de notre petit bateau, il laisse traîner sa main dans l'eau en aspirant de grandes goulées d'air humide comme s'il voulait en faire provision.

Je suis en duplex avec le flux de Bebel depuis la salle de répétition sur mon *fono*, et je manie le gouvernail du bateau en vérifiant toutes les dix secondes que tout fonctionne.

Nous avons lié une si grosse partie de notre projet à la musique que notre succès en dépend. Bon, et aussi des lumières, des voix enregistrées prélevées sur des dizaines de flux dissimulés à travers la ville et de l'engorgement du réseau de transport qui, Enki me l'a juré, empêchera les Tantes de mettre un terme prématuré à notre spectacle, et…

Je regarde mon *fono*.

— La piste vocale fait trois secondes de trop.

— J'y ai ajouté quelque chose de nouveau hier soir. C'est encore mieux.

Il hausse à peine les sourcils. Son sourire me terrifie et il le sait. Je me rends compte que j'ai toujours eu un peu peur de lui au cours des mois qui viennent de s'écouler. Mais j'avais honte de l'admettre. Je n'ai pas peur qu'il gâche notre projet – j'ai toute confiance en sa sensibilité, comme si c'était la mienne. J'ai peur que le mieux soit l'ennemi du bien et que le prix de la Reine me passe sous le nez.

Je me mets à trembler. Il prend ma main posée sur le tableau de bord et le bateau s'immobilise. Il tangue sur la mer houleuse.

— La piste d'origine est toujours là, dit-il d'une voix étonnamment douce. Tu peux la remettre si tu veux.

Je pourrais écouter tout de suite la nouvelle piste. Discuter avec lui de cet ajout sans doute transgressif et dangereux qu'il y a inséré sans m'en parler. Laisser voir ma lâcheté et mes ambitions égoïstes au meilleur artiste que je connaisse. Il va mourir à la fin de l'hiver, et moi je veux l'approbation de celle qui lui tranchera la gorge…

Je me sens nauséeuse, et mets ça sur le compte de la houle. Je promène un doigt nerveux au-dessus de mon *fono,* sur le point de trahir tout ce que j'ai jamais pensé de moi-même et de mon art. Ai-je donc tellement besoin de l'approbation de l'establishment ? Je pense à mère, à Tante Yaha et au regard nouveau qu'elles me porteront si je mène à bien ce défi. Si je gagne, cette fois. « Combien de toi-même leur donneras-tu en échange ? » m'a un jour demandé Enki. Je n'ai jamais répondu à cette question.

Je laisse retomber ma main le long de mon corps. Je veux gagner ce prix, mais je n'y sacrifierai pas le projet artistique le plus ambitieux de toute ma courte carrière. Si Enki est allé trop loin, personne ne saura rien de mon implication. Je produirai de l'art caressant les Tantes dans le sens du poil en automne et en hiver, et advienne que pourra. Tant pis si je ne gagne pas, je pourrai encore me regarder en face.

— Si bon que ça ? je lui demande, rien que pour lui tirer un sourire.

— Oh, June.

Il m'accorde ce sourire espéré et referme ses bras autour de moi avec tendresse. Il me tient contre son torse, entre ses cuisses chaudes et mouillées. Je me sens étrangement bien, et j'ai une conscience aiguë de chaque centimètre de nos peaux qui se touchent. Je voudrais rester là pour toujours.

— Tu entends ça ? m'alerte-t-il au bout d'un moment.

Je tends l'oreille, mais je ne perçois que le bourdonnement de la ville, les appels des oiseaux du soir, le battement des vagues sur la coque.

— Quoi ?

— Une tempête se prépare !

Prise de panique, je regarde autour de nous.

— Une tempête ? Quand ? Comment tu le sais ?

— À une heure environ. Le vent. Il siffle à l'est.

Je vous jure, Enki a des oreilles de chauve-souris. Ou une ouïe améliorée, je ne veux pas savoir comment.

— Tu crois que…

— Ça va marcher, June. Ou pas. On ne peut plus rien y faire maintenant.

Cette réponse, pour une raison que j'ignore, m'apaise. Ce n'est que la vérité. Nous avons passé tout le mois dernier à sillonner de nuit jusqu'à épuisement les quatre frères et sœurs pour y installer nos lumières et nos flux. Et à les programmer afin qu'ils répondent à distance.

Qu'ils répondent à la ville elle-même.

J'ai tout réglé avec Bebel – en personne et sous couvert d'anonymat – pour qu'elle sache précisément quand se mettre à chanter et quand s'arrêter. J'ai séché les cours pour arpenter pendant des heures tous les marchés de la ville, toutes ses navettes, tous ses lieux publics et je suis même allée chez les gens pour trouver les voix qui cimenteront les éléments. Et voilà que l'été tire déjà à sa fin. Sa chaleur humide fait perler notre peau de sueur et devient oppressante à cause du froid qu'elle annonce. Dans deux semaines, le Parlement reprendra ses sessions extraordinaires, et Enki aura tant à faire qu'il n'aura plus une minute à consacrer à un projet aussi complexe, aussi grandiose et insolent.

Je devrais sans doute redémarrer le bateau, parce que nous sommes en train de dériver à l'ouest de notre point de mouillage, mais je suis bien trop occupée à suivre d'un doigt le tracé des muscles de son mollet. Nous avons encore une demi-heure. On a tout le temps de rentrer. En mer, les lois ne s'appliquent sans doute plus. Je n'ai peut-être pas à m'inquiéter de savoir ce qu'il ressent pour moi, ni de ce que Gil en dira. Au début de tout ça, j'avais juré qu'il n'y aurait jamais que de l'art entre nous. Et je n'ai peut-être pas menti – les vrais artistes sont faits pour repousser les limites.

Le soleil sombre peu à peu à l'horizon derrière la ville, mais les nuages qui s'accumulent ne nous donnent à voir que l'intensité décroissante de la luminosité, percée à l'occasion d'un éclair écarlate.

— Il y a une chanson, murmuré-je.

— Il y a toujours une chanson, me répond-il.

— Celle-là est en anglais. Elle parle de l'orage. Et de l'amour.

Les mains d'Enki jouent sur ma peau.

— C'est la même chose, aurait dit ma *mamãe.*

— Mon *papai* aussi. C'est lui qui me l'a apprise, tu la connais ? *Look for the silver lining whenever a cloud appears in the blue.* « Chercher le soleil derrière les nuages… »

Enki rit et joint sa voix à la mienne.

— *Remember somewhere the sun is shining…* « Souviens-toi que le soleil brille toujours quelque part… »

Je m'arrête.

— C'est quoi la suite, déjà ? L'anglais est une langue si bizarre. Ma parole, on dirait des cailloux qui chantent !

— Dans nos bouches, en tout cas.

Je glousse. Enki a raison. C'est à peine si nous chantons juste, lui et moi. Il a une voix basse et éraillée qui avale la moitié des notes, et j'ai la voix de ma mère : maigre et flûtée, au grand désespoir de mon père lorsqu'il a compris qu'elle ne s'améliorerait jamais. Avec Enki, pourtant, je n'ai plus honte de ma voix, et je prends plaisir à chanter.

— Je crois que c'est : *And so the right thing to do is make it shine for you.* « Et il faut s'arranger pour se trouver dessous. »

Nous chantons tant bien que mal les couplets suivants, nous disputant souvent à propos de l'air ou des paroles. Enki affirme que la chanson dit : *An artful of joys the sadness.* Je lui fais remarquer que c'est grammaticalement incorrect en anglais et qu'en plus ça ne veut rien dire.

— Et depuis quand ces vieilles chansons en anglais veulent dire quelque chose ? réplique-t-il.

Au bout de trois longues minutes de débat, nous nous mettons d'accord sur *An artful joy fills with sadness.* Ça n'a pas l'air d'être ça non plus, mais je reconnais en mon for intérieur qu'Enki a raison : il n'y a rien de plus absurde que les paroles de ces vieilles chansons en anglais. Nous nous accordons néanmoins sur le final triomphant, et entonnons un sonore : *Try to find the sunny side of life !* à la face des nuages comme s'ils pouvaient nous entendre. « Cherchons le bon côté de la vie ! »

Soudain une vague particulièrement forte manque nous faire chavirer par-dessus bord.

— Vingt minutes, annonce Enki sans même regarder son *fono.* On devrait rentrer.

J'acquiesce en avalant ma salive. J'ai perdu mon sang-froid avec cette chanson, mais en me dégageant de la chaleur de son torse, de ses bras, de ses cuisses, j'ai l'impression de perdre beaucoup plus.

— Qui était ta *mamãe* pour connaître toutes ces chansons, Enki ?

Il détourne la tête, comme pour ignorer ou balayer ma question. Mais il finit par la secouer et la ramène vers moi. Quelques larmes roulent sur sa joue. Je ne sais pas trop si je dois le réconforter ou me comporter comme si je n'avais rien vu.

— Une historienne, répond-il faiblement. Elle étudiait à l'université de Salvador, avant que les *guerillas* du Pernambouc ne la bombardent. Elle a fait deux copies de tout ce qu'elle a pu sauver sur leurs serveurs protégés avant que les '*bucos* ne s'en emparent. Elle en a enterré une dans son jardin, cousue dans le corps d'une vieille poupée de chiffon, qui n'éveillerait pas les soupçons si elle venait à être découverte, et puis elle est partie à pied pour Palmares Três...

— À pied ?

— Cela lui a pris deux mois. Elle a failli mourir une dizaine de fois. Et elle n'était même pas sûre que les Tantes lui accorderaient l'asile. Elles refusent des réfugiés par milliers chaque année, tu savais ça ? Elles craignent la contagion, nos Tantes chéries.

— Alors comment... ? dis-je dans un souffle. La bibliothèque ?

Il sourit et essuie ses larmes.

— Une Salvadorienne sans le sou enceinte de six mois du bâtard d'un *negro* ? C'était sa seule chance.

Je lui prends la main.

— Tu nous hais ?

— Je vous haïssais autrefois.

Le ton qu'il emploie paralyse mon cœur. Une amertume distante, presque de la nostalgie.

— Autrefois ?

Il me fait désormais face. Ma main lâche le tableau de bord, et nous nous remettons à tanguer sur la mer houleuse, aussi agitée que mes pensées.

— J'ai toujours beaucoup trop aimé ce qu'il y a ici, même après sa mort. J'aimais les lumières, les *blocos*, la Toile, les marchés de rue… Je détestais la *catinga*, bien sûr, comme tout le monde. Mais je sais que tu as vu combien les cuves sont belles dans la lumière. Je n'étais pas fait pour ce genre de haine, mais je l'éprouvais quand même.

— Et maintenant ?

Il éclate de rire. J'ai envie de le serrer dans mes bras, mais je m'abstiens, je n'en ai pas le droit.

— June, June, poursuit-il. Tu dis que tu ne veux pas savoir, tu laisses passer chaque occasion, mais tu n'arrêtes pas de me poser des questions. Pourquoi ne pas faire comme Gil et prétendre que je suis insondable et parfait, une sorte d'*orixá* ?

Mes implants lumineux me semblent soudain aussi chauds que le soleil sur ma peau. Si je baissais les yeux, je suis sûre que je pourrais les voir à travers mon T-shirt mouillé. Mais tout le reste de mon corps demeure glacé, prêt à fuir en courant.

Comme si j'avais tout l'été devant moi…

— Je ne suis pas comme Gil, réponds-je. Il pense que tout le monde est digne d'amour. Il pense que les gens qui devraient nous aimer finiront par le faire un jour. Il croit que l'amour est réciproque. Et c'est la vérité pour lui, parce que c'est Gil. Mais je ne suis pas aussi facile à aimer, je n'ai fait confiance à personne depuis… J'ai parfois l'impression d'être aussi seule que toi, Enki.

— Pose-moi tes questions, June.

C'est à peine si je m'entends prononcer ces mots dans le vent.

— Pourquoi ne ressens-tu plus de haine ?

— Parce que mon organisme est infesté de bionanobots qui m'en empêchent.

Je l'aime. Je ne devrais pas, j'avais juré que ça n'arriverait jamais, mais je n'ai plus aucune défense. La question que je lui pose ensuite me paraît aussi inévitable que la mort.

— Est-ce que tu m'aimes ?

— J'aime le monde entier.

Et il m'embrasse.

La peau me brûle comme du feu, mais voici ce que voit la ville chère à son cœur : les quatre frères et sœurs brillent comme des étoiles filantes, se transmutent et se fondent l'un dans l'autre dans une boucle rétroactive que j'ai passé des semaines à perfectionner. Les lumières s'animent lentement, quatre boules de braise qui couvent, flottant au milieu de la baie. Les lumières de la ville s'atténuent pour que la foule de gens massés contre les vitres, dans les jardins et les allées, puisse mieux profiter du spectacle.

Les lumières sont d'abord douces et blanches et familières, mais bientôt quelques touches de couleur apparaissent. Le vert s'épanouit en premier sur O Quilombola, notre île aux crabes luisant d'une intensité telle que les spectateurs n'auront pas de mots pour la décrire, mais qui les fascinera longtemps. C'est ensuite au tour d'A Castanha, d'A Velha Preta et enfin de la grande masse d'A Quarentena (dont nous n'avons illuminé que la face visible depuis la cité parce qu'il nous aurait fallu l'année entière pour rassembler suffisamment de sources lumineuses pour couvrir toute sa surface). Peu à peu le vert cède la place aux autres couleurs – l'orangé des bougainvilliers, le violet des baies d'açaï, le rouge des hibiscus – qui éclatent telles des bulles dans une mer de lueurs figurant le *verde*.

On aurait pu s'arrêter là. Je m'en rends bien compte tandis que nous contemplons cette féerie, Enki et moi, depuis la base de notre grande pyramide où les bernaches blanc et gris s'accrochent aux pylônes et les poissons nocturnes nagent entre nos pieds. Rien qu'en illuminant les quatre frères et sœurs, notre création artistique aurait déjà été à la hauteur de nos ambitions.

Du moins, dans l'esprit de tous les autres. Gil m'aurait sauté au cou en me disant que je suis un génie, et j'aurais impressionné la Reine en révélant ma signature dans une semaine. Cela aurait même marqué les esprits pour un temps, peut-être jusqu'à la prochaine année solaire et la désignation d'une nouvelle Reine. J'aurais pu raconter cet exploit à mes enfants comme une des aventures les plus excitantes de ma jeunesse.

Mais cela n'aurait eu aucun effet. Et cela n'aurait rien changé. Personne ne s'en serait ému et ce n'aurait pas vraiment été de l'art, n'est-ce pas ?

— Bebel, soufflé-je dans mon *fono*, murmurant presque alors que ce n'est pas nécessaire. Tu es prête ?

— Tout le monde s'en souviendra, hein ? chuchote-t-elle en retour.

— Oui, même s'ils voulaient l'oublier.

« Où est sa musique ? avait-il demandé. La voici, *papai*, la voici… »

Je regarde s'égrener les secondes. Derrière moi, Enki sourit et je laisse ses doigts courir sur l'interface par-dessus mon épaule. Une lumière verte clignote :

connexion établie. Bebel et ses musiciens sont maintenant branchés sur la ville.

La voix de Bebel emplit alors les haut-parleurs, paresseuse et sublime. Pour la première fois, je songe que les premiers mots de cette chanson parlent de mon *papai*. Elle raconte l'histoire d'un vivant qui a l'impression d'être parmi les morts. Je me demande si c'est ce qu'il ressentait pendant ces derniers jours sombres et tristes où il semblait un étranger.

Peut-être que Bebel mérite le prix de la Reine plus que personne avec sa voix qui nous entraîne si sûrement sur le fil séparant la joie du chagrin qu'on en oublierait le vide de chaque côté. Les lumières sur les îles explosent littéralement avec sa voix. L'attaque est si violente que je plisse les yeux, alors qu'Enki garde les siens grands ouverts, sans ciller.

Y a-t-il aussi des bionanobots pour ça ?

J'ai associé une couleur à chaque son – l'orangé pour la voix ronde de Bebel, le brun pour la guitare de Pasqual, des rouges et des verts pour les autres instruments... Je ne savais pas à quel point ce serait beau jusqu'à ce moment.

C'est tout à la fois chaotique, confus et pur. C'est la musique faite lumière et j'ai beaucoup de mal à m'en arracher.

Mais il me reste une dernière chose à effectuer.

En plein milieu d'un couplet, juste avant le finale, dont la rampe polyphonique accélère jusqu'au refrain que tout le monde connaît, Bebel s'interrompt brutalement. La ville retient son souffle et moi aussi. Qu'a-t-il donc ajouté ? Est-ce que je le regretterai demain matin ?

Enki effleure mon front, comme pour m'accorder sa bénédiction, quel que soit mon choix.

— C'est ta bande-son que je lance.

« Pepi, dit une voix de femme. Je t'ai dit de manger, tu veux que ta *mamãe* soit triste ? Je l'ai préparé exprès pour toi. »

Une autre voix prend le relais :

« Allons bébé, *menina, coração,* ce n'est pas douloureux, c'est juste…

— Oh merde, ça fait mal ! Qu'est-ce que tu fais… »

Puis une autre :

« Ça va bastonner ce soir, après le coup foireux des *vermelhos* la dernière fois… »

Et des dizaines d'autres voix, parlant toutes à la fois, se coupant la parole, se réduisant au silence, en boucle, faisant danser les lumières des quatre frères et sœurs. La ville parle à la ville. Et la ville écoute.

Soudain, se détachant des autres, je reconnais une voix qui me surprend. Celle d'Oreste :

« Ce garçon sera ma mort, Maria, je te le jure. Pourquoi avons-nous autorisé son élection ?

— À cause des wakas, ma Reine. Et du *verde.* »

Oreste pousse un soupir.

« Toujours les wakas et le *verde…* »

Puis les voix se taisent d'un coup. Je tremble de tous mes membres et je dévisage Enki en me demandant comment il a pu faire pour surprendre Oreste et Tante Maria en train de prononcer des phrases aussi incriminantes. Je ne pourrai jamais revendiquer ce projet. Pas si je veux gagner le prix de la Reine. Cette certitude est une sorte de soulagement.

Il avait raison. Sa version est bien meilleure.

J'essaie de capter son regard, mais il est maintenant raide et distant, les yeux fixés sur les lumières redevenues braises couvantes des quatre frères et sœurs. Je me demande quel peut être le problème, mais je n'ai pas longtemps à attendre pour le savoir. Un enregistrement de la voix d'Enki s'élève dans le silence :

« La *catinga* n'a pas d'odeur, dit-il – disait-il à l'assemblée des Tantes sous le choc qui se ruaient vers les sorties en se couvrant le nez d'un mouchoir –, tant qu'elle ne revient pas au nez de l'envoyeur. »

Les voix reprennent alors leur polyphonie, plus fortes, plus pressantes, se bombardant l'une l'autre de mots, métal contre métal, et s'arrachant des étincelles.

— June…, lâche Enki tandis que le crescendo des voix m'engloutit, engloutit les îles, engloutit la ville.

Je crois qu'il a prononcé mon prénom plusieurs fois avant que je l'entende.

Il tremble. Quand je le touche, il sursaute comme si ma caresse lui faisait mal.

La chanson se termine.

Et le souffle que laisse échapper la ville – le long silence qui s'étire et devait être mon moment de triomphe – me terrifie.

— La ville…, dit Enki. Quelque chose se disloque dans la ville…

Nous courons.

Nous remontons par un escalier de secours abandonné depuis longtemps, couvert de poussière et des déjections des oiseaux de mer qui se perchent au-dessus depuis un siècle, au point que je suis prise d'une crise d'éternuements. Quand je tombe, Enki me relève brutalement, en me tirant par le coude. Je monte les marches deux à deux, et Enki trois par trois. Les cuisses me brûlent comme les lumières d'O Quilombola. Je songe d'abord que cette incroyable énergie est sans doute le produit de ses mods, avant de comprendre que c'est juste Enki.

Quand nous atteignons les terrasses, mon T-shirt me colle à la peau et chaque inspiration me serre la poitrine. Enki est plié en deux, et pas seulement d'épuisement. Même ici, il y a foule, bien que presque personne n'habite sur la première terrasse. Au début, les gens se contentent de nous dévisager tandis que nous les repoussons pour nous précipiter vers l'unique station de navettes de ce niveau. Puis, certains nous montrent du doigt, et quelqu'un rit, et la foule s'agglutine en un amas dont nous sommes le centre.

— Enki ! C'était un sacré truc...

— Oreste se méfiera la prochaine fois...

— Je raconterai ça à mes petits-enfants...

Enki cesse de courir quand les gens nous serrent de trop près, nous cernent de toutes parts. Ses muscles se contractent, il regarde autour de lui avec des mouvements brusques et saccadés, tel un oiseau pris au piège. Il tremble toujours, et je sais maintenant pourquoi.

Parce qu'il peut sentir la ville. Parce qu'il peut l'entendre parler. Parce que son organisme est infesté de bionanobots qui lui permettent de ne faire qu'un avec elle.

Et je vois également, aussi clairement que si j'avais lu le mode d'emploi de ses mods, que si nous n'agissons pas très vite, si nous n'arrivons pas à temps, la douleur de la ville deviendra sa propre douleur.

Mais Enki n'est pas une ville, ce n'est qu'un être humain, et il n'y survivra peut-être pas.

— Laissez-nous passer ! je hurle. Nous devons aller voir les Tantes !

Les voix de la foule se mêlent, mais pas comme dans la *roda viva* de la chanson. Comme un monstre hurlant sans visage qui exige notre attention, notre amour, notre temps, alors que nous n'en avons pas à lui donner.

— Faites place aux forces de sécurité !

Cette voix féminine un peu trop zélée semble tellement incongrue dans ce décor qu'Enki et moi échangeons un regard interloqué.

— Des SécuriBots, lâche-t-il après une seconde d'hésitation.

— Merde. Tante Maria.

Non, Tante Maria ne doit pas être très contente de ce que toute la ville l'a entendue dire…

Le Léviathan de la foule se calme un peu. Les gens hésitent : doivent-ils protéger leur jeune héros, leur Roi d'été, ou feraient-ils mieux de se sauver avant de se trouver pris dans les mailles du filet ô combien redouté de Tante Maria ?

— Faites place aux forces de sécurité !

La voix se rapproche, mais nous n'apercevons toujours pas les bots dans la foule.

— Va-t'en ! me crie soudain Enki.

Il m'entoure les épaules de ses bras puissants et positionne son corps dos aux bots pour me dissimuler à leur vue.

— Mais…

— Que peuvent-elles me faire, June ? C'est le plus sûr moyen de capter leur attention. Je tâcherai de les convaincre. Mais s'ils te prennent avec moi, ils sauront qui tu es.

Et tout le monde saura que j'étais impliquée dans un projet artistique accusant la Reine et une de ses plus proches conseillères devant toute la ville. Il savait ce que cela signifiait quand je n'ai pas écouté sa bande-son. Il avait compris ce que je sacrifiais.

Mais s'ils m'attrapent maintenant, mes chances de gagner le prix de la Reine sont proches de zéro. Cela paraît insignifiant à côté du danger qu'encourt la ville, mais Enki s'en inquiète tout de même.

« J'aime le monde entier », m'a-t-il dit. Pas seulement moi. Ce sont mes lèvres, ma peau, les battements stupides de mon cœur qui me font croire que mes sentiments sont réciproques. Quel sens peut avoir l'amour quand on n'est capable de rien d'autre ?

La foule pousse des cris. J'entends le choc d'objets qu'on lance.

— … forces de sécurité !

— C'est sur la ligne Sé, indique Enki. (Il ferme les yeux, tremble de plus belle.) En haut de la pyramide, entre le Niveau Huit et le Niveau Neuf sur la face ouest. Une araignée devrait être sur place, c'est… Oh, mon Dieu !

Enki tombe si vite à genoux que je manque m'affaler sur lui.

— Qu'est-ce que… ?

Il rouvre les yeux.

— L'araignée est sur le point de s'effondrer. Il y a un problème avec son thorax. Elle est trop vieille, ses nanotubes ne se régénèrent plus. La ville ne supportera pas son poids.

— Il faut le leur dire, Enki !

— Les Tantes ne me croiront pas.

Je m'accroupis, approchant mon visage du sien.

— Tu es le Roi d'été, lui soufflé-je.

— Avec une dizaine de mods tellement illégales qu'elles n'ont même pas de nom. Et qui vient de prendre la ville en otage pour une création artistique...

— Que... que dois-je faire alors ?

Une explosion, des cris. Les SécuriBots doivent tirer dans la foule avec des fusils à air comprimé. Je fais la grimace – ça paraît toujours très douloureux sur les holos.

Enki laisse échapper un petit rire et pose sa tête dans le creux de mon épaule. D'aussi près, je sens qu'il lutte rien que pour rester conscient.

— Trouve Ueda-sama. L'ambassadeur de Tokyo 10. Dis-lui qu'il doit parler à Tante Maria sans attendre. Dis-lui qu'il confesse tout. C'est le seul moyen pour qu'elles me croient.

Qu'il confesse tout ? Si j'ai cru que mon cœur allait s'arrêter un peu plus tôt dans la soirée, quand Enki m'a parlé des bionanobots et confié qu'il aimait le monde entier, ce n'était rien comparé à l'horreur glaçante qui s'y insinue en cet instant.

— Qu'est-ce que tu as fait, Enki ?

— Je t'envie parfois, June. Je t'envie de pouvoir éprouver de la haine.

Respirer un grand coup. Sauver la ville. Penser plus tard.

— Est-ce que l'ambassadeur me croira ?

— Dis-lui... Dis-lui que je t'ai raconté qu'il m'a demandé de le fouetter le premier soir avant de...

Je le lâche aussitôt comme s'il avait pris feu. Je crois bien que je vais me noyer dans l'horreur. De tous les gens avec qui il aurait pu coucher, et de toutes les raisons de le faire... Enki me sourit comme s'il me voyait pour la dernière fois.

Chacun sait que les Rois d'été baisent comme des éphémères.

Mais tous les Rois d'été ne baisent pas avec des dignitaires étrangers pour obtenir des biomods illégales !

— Roi d'été, veuillez nous accompagner. Nous sommes les forces de sécurité.

Enki a peut-être résisté. Elles ont sûrement dû user de violence pour l'emmener, je n'en sais rien. Je joue déjà des coudes pour me frayer un chemin à travers la cohue. Je refoule mes larmes et je hais Enki de tout mon cœur.

Mais je veux le sauver.

J'investis une navette inespérée et pousse dehors la personne qui l'a flashée à la fermeture des portes. J'ordonne au véhicule de m'emmener au Niveau Huit en priant pour que les tunnels tiennent toujours. Tandis que ma navette progresse en cahotant à travers les structures d'acier, je me branche sur l'interface de la ville et la prie de me mettre en contact avec Ueda-sama.

— Je suis désolée, June, me répond la ville de cette voix agréable et rassurante que je lui ai connue toute ma vie. L'ambassadeur Ueda-sama ne t'a pas accordé d'autorisation. Veux-tu laisser un message au ministère des Affaires étrangères ?

— Non, écoute, c'est une urgence ! Crois-moi, il voudra m'écouter. C'est à propos d'Enki.

— Je suis désolée, June, mais le ministère n'autorise pas l'accès aux personnels du Niveau Dix sans autorisation. Je peux peut-être laisser un message urgent de ta part au secrétariat ?

— Non !

— Il est inutile de t'énerver…

— Un ArachnoBot est sur le point de s'effondrer au Niveau Neuf !

La voix marque une pause.

— Je n'ai aucune information à ce sujet, June, dit-elle. Aucun de nos systèmes n'a donné l'alarme. La mission de l'ArachnoBot se déroule normalement.

— Aucun ? je m'étonne.

— Non, June. Nous sommes pleinement opérationnels. Veux-tu laisser un message ?

— C'est… non, ce n'est pas grave. Merci.

— À ton service, June.

La ville coupe la communication. Je regarde l'écran de mon *fono* devenu noir, filant à toute allure dans une navette qui ne m'appartient pas en me posant tout un tas de questions que j'aurais trouvées impensables une heure plus tôt.

« Aucun de nos systèmes n'a donné l'alarme. »

Comment Enki pourrait-il sentir ce que les propres systèmes d'alarme de la ville ne peuvent détecter ? C'est Palmares Três, le joyau de la baie, et un défaut de sa structure d'une telle amplitude devrait forcément apparaître sur un de ses multiples capteurs…

Mais je me souviens du visage d'Enki quand il s'est écroulé au sol. Son expression traduisait la douleur de la ville. Il semblait tellement sûr de lui. Il n'a pas imaginé un instant que je pourrais douter.

Je n'ai plus qu'une seule façon d'accéder à Ueda-sama, et ce sera la fin de mon plan pour remporter le prix de la Reine.

— Ce sera sûrement Bebel qui gagnera, je murmure.

Est-ce que ça en vaut la peine ? Que ressentirai-je s'il s'avère que ce ne sont que des effets secondaires de ses mods et qu'Enki s'est imaginé des choses qui n'ont aucune réalité ? Il y a bien une raison pour que les Tantes aient interdit tant de mods, après tout. Les habitants de Tokyo 10 ne voient peut-être pas d'inconvénient à détruire leurs corps, mais ça ne signifie pas qu'on doit les imiter pour autant.

— Comment aurait-il pu s'infliger ça ?

Je fais les cent pas sur le plancher de la navette depuis un petit moment, mais cette pensée me cloue sur place. Je regarde mes mains, entaillées et la peau à vif à force de planter des lumières dans la roche dure. Je pense que cela n'est rien pour moi, un prix ridicule à payer pour la beauté de l'art que j'ai créé ce soir.

Je me souviens de ce que je lui ai dit pour le convaincre d'être mon partenaire.

« Tu as décidé d'utiliser ton propre corps comme une toile que personne ne peut ignorer. »

Je l'avais compris à ce moment-là. Alors que je n'avais vu qu'un rire, l'extinction des lumières, de la musique et des wakas qui dansent. Ce n'est rien, s'étaient imaginé les *grandes.* Une mauvaise blague. Mais à la première note, j'avais deviné la symphonie. Je n'ai pas poussé l'analyse assez loin, c'est ça ?

Enki mourra à la fin de l'hiver. Pourquoi ne pas utiliser son corps dans toutes ses possibilités ? Pourquoi ne pas essayer toutes les améliorations, toutes les transformations, toutes les extensions de l'être que peuvent offrir les biotechnologies ? Et si Palmares Três est trop réactionnaire pour les posséder, pourquoi ne pas se tourner ailleurs, vers la ville la plus avancée de la planète dans ces domaines ?

Enki ne deviendra jamais un *grande.* Il n'apprendra jamais les paroles des vieilles chansons de sa mère à ses enfants. Il ne se promènera jamais dans les rues du *verde* en regrettant le bon vieux temps. Il ne tapera jamais dans un ballon au parc pour s'apercevoir qu'il a perdu sa jeunesse.

Enki a toujours su ce que cela impliquait ; il a toujours compris ce qu'exigeait son art. Et moi ?

Je jouais les rebelles, m'essayant à la transgression avec mes petits implants lumineux, sûre de pouvoir revenir en arrière pour passer mon diplôme et aller à l'université à la fin de l'année.

Dès qu'Enki sera *mort.*

Ma navette marque l'arrêt au Niveau Huit. Les portes coulissent. Je cligne des yeux en voyant la foule assemblée sur le quai, très inhabituelle à cette heure de la nuit.

— Destination ? s'enquiert la navette en constatant que je ne descends pas.

Je lui donne à lire mon propre flash.

— À la tour de la Reine, je lui ordonne.

Et j'envoie un message à Tante Yaha.

Dans la salle du trône, les Tantes sont en pleine ébullition.

— La ville confirme que tous les secteurs demeurent pleinement opérationnels ! aboie Tante Serena, l'Intendante de la ville.

Pour la cinquième fois.

— Je ne vois pas pourquoi on devrait croire ce garçon ! crache Tante Isa. C'est encore un de ses mauvais coups.

Ueda-sama, échevelé d'avoir couru jusqu'à la tour de la Reine, s'éclaircit la voix.

— J'ai bien peur que..., commence-t-il, puis il hausse le ton : ses biomods lui permettent de communiquer avec l'interface de l'intelligence artificielle. Il dispose de connexions que ne possèdent pas vos systèmes. Et vos systèmes... (il se racle de nouveau la gorge) sont plutôt obsolètes.

Tante Serena se hérisse à ces mots.

— Nos systèmes nous ont très bien servies depuis plus d'un siècle, ambassadeur Ueda-sama ! Palmares Três n'a connu aucune catastrophe municipale qui s'approche même de loin de celles qui ont été provoquées par la dépendance de votre ville aux biomodifications...

— Serena ! la réprimande Tante Yaha, et l'interpellée s'interrompt aussitôt en bégayant.

Apparemment, même les dignitaires en disgrâce ont le droit qu'on n'attaque pas leur ville sans prendre de gants.

Elles continuent sur le même ton, et je me tiens dans mon coin, me demandant que faire, combien de temps il nous reste avant que l'ArachnoBot engourdi lâche prise et s'effondre sur les poutres d'acier. Comment peuvent-elles perdre leur temps en discussions stériles alors qu'il y a une possibilité que des milliers de gens perdent la vie ? La structure métallique de la ville est solide, mais ce genre de bot demeure assez massif pour l'endommager. Je ne sais pas où elles ont emmené Enki, mais l'absence de Tante Maria crève les yeux et je suppose qu'elles ne se sont pas laissé convaincre par ce qu'il a pu leur expliquer.

— Est-ce qu'on a vérifié l'état du bot lui-même ? s'enquiert Oreste depuis son siège au bout de la table de conférence.

Le silence retombe comme un soufflé dans la salle.

— Ses mouvements sont ralentis, admet Tante Serena, mais vous savez comment sont ces vieilles machines. Rien n'indique un dysfonctionnement.

— On devrait le rappeler à la station de repos par précaution.

Tante Serena a soudain l'air très mal à l'aise.

— C'est fait, ma Reine.

— Et ?

— Il se déplace très lentement.

— Peut-être…, intervient Tante Yaha, dont je perçois le malaise, la rage même, depuis mon petit coin d'ombre à dix mètres derrière elle. Peut-être que nous ferions mieux d'évacuer la partie ouest des Niveaux Huit et Sept, juste au cas où.

— Parce qu'une araignée se déplace *lentement* ? s'offusque Tante Isa.

— Les modifications..., commence Ueda-sama, mais Oreste le fait taire d'un mouvement de main.

— Ce n'est pas pour rien que nous interdisons ce genre de choses dans notre ville, ambassadeur. Les capacités inhumaines ne font pas très bon ménage avec le cerveau humain. Tante Maria me dit qu'Enki est pratiquement inconscient à cause des effets de ces modifications. Je ne pense pas qu'il soit sage de se fier à lui sur ce point.

Pratiquement inconscient ? Il n'y en a plus pour longtemps, alors. Je souffre pour lui en imaginant ce qu'il doit endurer. Et je me sens très en colère, parce qu'un malheur est sur le point de s'abattre sur notre ville et qu'elles ne lèvent pas le petit doigt.

— Il faut évacuer la zone, je déclare.

Personne ne m'écoute.

— La situation est critique ! dis-je plus fort. Si la douleur qu'il éprouve est si grande, c'est parce que la ville sait que le danger est imminent.

Tante Yaha se tourne vers moi, rouge de colère.

— June ! aboie-t-elle. Veux-tu te taire ?

Les autres Tantes se tortillent sur leur chaise, mais aucune ne me regarde. Pas même la Reine Oreste.

Qu'arrivera-t-il à Enki si l'araignée s'effondre ?

Qu'arrivera-t-il à la ville ?

Je sais ce qu'il me reste à faire. J'ai tellement envie de gagner le prix de la Reine que je pourrais me traîner à genoux à ses pieds, mais je n'hésite pas une seconde.

D'un effleurement de doigts, je fais apparaître l'écran familier de mon *fono.* Et je me branche sur l'interface de la ville.

— Oui, June ? s'enquiert-elle dans un murmure à mon oreille.

— Je veux envoyer un message.

— À qui, June ?

— À Enki.

— Tu n'as pas d'autorisation pour le Roi d'été, June.

Je souris.

— Ce n'est pas grave. Je veux juste que tu saches, Ville, je veux que *toi* tu saches que j'ai besoin de caméras. Beaucoup de caméras dans la salle du trône dans environ trente secondes.

— Je ne sais pas comment traiter cette information, June.

— Peux-tu parler aux éléments qui te composent ? Même les plus infimes ?

— Oui, je peux faire ça. Je ne vois toujours pas... Je... Je vois... Oui. June, il demande si quarante suffiront ?

À ces mots, je sens l'adrénaline enfin refluer peu à peu, je m'adosse contre le mur et ferme les yeux.

— Oui. Quarante suffiront.

Les caméras arrivent alors telle une nuée de sauterelles, se déversant par les fenêtres et la porte ouvertes, et même à travers les fissures dans le mur. Quelques-unes vacillent et s'éteignent en percutant l'écran anticaméra, mais la salle du trône est un des rares endroits de la tour de la Reine autorisant la présence de certaines CamBots. Et j'ai bien assez d'yeux pour assister à ce que je vais faire maintenant.

— Que se passe-t-il ? demande la Reine Oreste en se levant de son siège.

Je ne leur laisse pas le temps de réagir. Je traverse la pièce à grands pas et m'arrête juste à côté d'elle.

— Un ArachnoBot défaillant a été repéré sur la seconde mégastructure, face ouest, Niveau Neuf ! annoncé-je aussi clairement que possible à la horde de caméras. Le Roi d'été s'est procuré des bionanobots lui permettant de communiquer avec l'interface de la ville comme personne avant lui. Je crois que nous savons tous que nos ArachnoBots sont vieux et dépassés. Les systèmes de la ville n'ont rien détecté, mais ce bot est sur le point de s'effondrer. Les résidents des Niveaux Sept et Huit de la face ouest courent un grave danger. Évacuez le secteur tant que vous le pouvez encore. Et si des ingénieures ont des idées pour empêcher le bot de s'effondrer, c'est le moment ou jamais !

Je me tais et respire un grand coup. Voilà. Cela devrait suffire.

— June ?

C'est la Reine. Je me tourne lentement vers elle.

— Comment le sais-tu ? Pourquoi as-tu tellement confiance en lui ?

— Je l'ai vu faire, réponds-je tranquillement. Des dizaines de fois, je l'ai vu réaliser des choses qui seraient impossibles sans communiquer avec la ville.

— Mais *pourquoi toi* ? insiste la Reine.

Je fais face aux caméras dans un soupir.

— Parce que je suis sa complice.

AUTOMNE

Je ne dirai pas que ce que j'ai fait avec Ueda-sama était une erreur, même si je sais que je le devrais. Tu te rappelles ce qu'a dit Sebastião ? Que les Rois d'été étaient au-dessus de la morale. Il avait raison, et il avait tort.

Les dieux sont ce que les gens vénèrent. Les hommes sont ce qui meurt.

Le problème, la vérité que je n'avais pas comprise avant de te voir affronter ces caméras, c'est que j'aime Gil. Tu me répondras que j'aime tout le monde, et c'est la vérité, mais pas tous de la même façon. C'est aussi grâce à toi qu'il ne s'est pas porté candidat, je ne sais pas ce qu'il t'a raconté. Avant même de le rencontrer, je t'étais redevable de sa vie. Gil danse comme un *orixá*, et il le sait. Il aurait pu me battre. Ou non. S'il avait été le Roi d'été et moi le garçon qui dansait sur la piste de verre, nous serions-nous trouvés ? M'aimerait-il aussi ?

Le ferais-je autant souffrir ?

Je ne dirai pas que c'est une erreur – mais c'était une erreur.

Les Rois d'été sont des dieux, mais à la fin nous ne sommes que des hommes.

Gil décortique les crevettes comme s'il les déshabillait. Près de lui, épaule contre épaule, Enki hache des feuilles de coriandre avec une étonnante application. Je leur ai proposé mon aide, mais ils ont tous les deux insisté pour que je reste dans le hamac qu'Enki a accroché à travers son salon. Dans une grande poêle, le lait de coco mijote avec de l'huile de palme, des piments et une douzaine d'épices. Depuis une demi-heure, je les regarde cuisiner. Gil a demandé à sa *mamãe* de lui écrire la recette familiale. En ce qui me concerne, ça vaut toute l'attente du monde. Le *vatapá* ne se fait pas à la va-vite, et d'après l'odeur que je hume depuis mon paresseux perchoir, celui-ci sera délicieux.

Vus de dos, Enki et Gil seraient parfaits dans un holo sur la vie domestique idéale du Roi d'été, mais je vois leurs fêlures. Enki se meut avec une lenteur inhabituelle et étudiée pour contrôler l'agitation qui est un effet secondaire de l'une de ses mods sans nom. Gil lui demande très gentiment de surveiller la cuisson des piments, mais il y a plus de chagrin que de chaleur derrière ses mots.

Enki aurait pu baiser la moitié du Niveau Huit sans blesser Gil à moitié autant que ses quelques séances avec Ueda-sama. Un ArachnoBot hors service rouille dans la baie. Ce géant mécanique déchu nous rappelle les conséquences de l'obsolescence technologique que s'impose notre ville. Même les Tantes ne peuvent l'ignorer – pas quand seule l'intervention de plusieurs techniciennes ayant dû bricoler un toboggan de fortune avec des HexaBots et un second ArachnoBot présent dans les parages a pu sauver le Niveau Sept. Sans le message du dernier espoir que j'ai diffusé – et toute la ville sait que les Tantes ont essayé de m'en empêcher –, quelques milliers de personnes seraient sans doute mortes à l'heure qu'il est. Du coup, la révélation des galipettes d'Enki avec l'ambassadeur de Tokyo 10 n'aura choqué que quelques heures. Les gens s'inquiètent des biomods exotiques et illégales que Ueda-sama a fournies à Enki, pas de ce qu'il a obtenu en échange. Il y a d'autres combats plus importants. Des lignes de faille sont apparues entre les technophiles et les isolationnistes, et la guerre idéologique fait rage dans les rues, dans le métro et les débats du Parlement.

Mais pour nous, le véritable combat se mène entre les mots, dans la façon dont Gil se raidit quand Enki lui effleure l'oreille, dans le regard que me lance Enki comme pour me demander de faire quelque chose.

J'ai d'abord éprouvé de la colère envers Enki. Surtout parce que j'aurais voulu que le baiser qu'il m'a donné dans le bateau ait un sens. Gil déteste ce qu'a fait Enki parce qu'il ne croit pas une seule seconde qu'il ait pu aimer quelqu'un comme Ueda-sama. Il pense qu'Enki est en train de perdre son âme en couchant avec les gens en échange de biens matériels sans rien ressentir pour eux. Mais il ne comprend pas qu'Enki aime le monde entier. Pourquoi pas Ueda-sama ? Pourquoi pas moi ? Je voudrais le lui dire, mais il ne veut rien entendre sur les mods d'Enki. Et je n'ai pas osé lui parler de notre baiser. J'ai trop peur qu'il me haïsse.

Alors, je regarde les holos pour voir la réaction des fluxeurs à mon apparition soudaine et mouvementée dans la vie de leur Roi d'été. La plupart pensent qu'il y a une histoire d'amour entre nous autant qu'une collaboration artistique, même si j'ai démenti dans mes rares interviews. Un baiser ne compte pas, et ce n'est pas leurs affaires de toute manière. Certains compatissent pour ma mise à l'épreuve dans le prix de la Reine. Tante Isa a déclaré qu'aucun des travaux réalisés en collaboration avec Enki ne sera éligible pour le prix et que je serais définitivement disqualifiée si nous recommencions. J'ai décidé que cela signifiait que j'avais encore une infime chance de gagner. Sinon, pourquoi une mise à l'épreuve ? Enki semble déçu et un peu méprisant quand je dis ça, mais je m'en fiche. Je veux toujours gagner le prix de la Reine, et j'exploiterai au maximum la moindre chance qu'on voudra bien me donner.

— La finaliste du *verde* est sur tous les flux d'info, lancé-je quand le silence devient trop lourd.

Les épaules de Gil se relâchent de soulagement.

— C'est vrai, je l'ai vue hier chez Ricarda. Comment elle s'appelle ?

— Lucia, répond Enki.

Il est parfaitement immobile ; ses lèvres ont à peine bougé. C'est dû à ses mods, ai-je appris, et quand il commence à triper il peut perdre contact avec la réalité pendant plusieurs heures d'affilée.

— Tu la connais ? je lui demande.

Maintenant que la technologie est soudain devenue le thème à la mode en ville, les projets de Lucia ont attiré les projecteurs du jour au lendemain.

Il tourne très lentement la tête vers moi, comme s'il s'arrachait à un mur enduit de colle. La sueur perle à son front. Gil fronce les sourcils et lui prend la main.

— J'ai entendu parler d'elle, dit Enki. Elle était en train de devenir une des meilleures bidouilleuses du *verde*. Elle savait bricoler toutes sortes d'appareils pour leur faire accomplir des choses qu'ils ne sont pas censés faire. Des *fonos* capables de capter les flux interdits de Salvador, de Lisbonne et même de quelques-unes des Tokyos.

Ses épaules sont agitées d'une série de secousses et ses mouvements retrouvent soudain leur grâce fluide habituelle. Son engourdissement a disparu comme par enchantement, ce dont j'ai pris l'habitude. Gil se détache de lui pour aller baisser le feu de la cuisinière. Je fais mine de me lever, mais le hamac me retient ; trop difficile de bouger, j'abandonne sans lutter.

— Bidouilleuse ? répète Gil.

Enki laisse échapper un rire et plante un baiser sur la nuque de Gil.

— Combien de fois es-tu descendu dans le *verde*, *menino* ? Tu n'as jamais vu les vendeurs sous le manteau de Carioca Plaza ?

Gil se fige, puis se laisse aller dans les bras d'Enki. Il est plus grand que lui, sa musculature est plus apparente, mais Enki le domine pourtant sans effort. Il tente de s'excuser à sa manière brute, déconnectée des émotions ; il tente de lui signifier que ce qu'il fait avec les autres ne compte pas du moment que Gil et lui sont ensemble.

Il réussira peut-être à le convaincre. Dans l'immédiat, Gil ferme les yeux.

— Ceux qui vendent des *fonos* trafiqués ?

— Les meilleurs de la ville, poursuit Enki. Les bidouilleurs reprogramment les modèles de base…

Du coup, je m'assieds dans mon hamac et manque dégringoler sur le sol de bambou.

— Je croyais qu'ils faisaient ça parce qu'ils ne pouvaient pas s'en offrir des vrais.

Enki grogne et tourne la tête vers moi par-dessus son épaule.

— Ce qu'on ne peut pas s'offrir, June, c'est d'accepter le peu qu'on nous donne. Des *fonos* qui ne savent rien faire ? Nous avons tout autant le droit de parler à la ville que les gosses de riches du Niveau Huit.

Je ne sais pas si la pique m'était destinée, mais elle fait mouche. Je les rejoins. Enki me détaille maintenant avec attention.

— Et que savent faire ces *fonos* trafiqués ?

— Localiser les SécuriBots pour que les *grafiteiros* puissent les éviter. Accéder à la voix de la ville des niveaux supérieurs.

— La voix de la ville est différente dans le *verde* ?

Je suis stupéfaite. J'ai entendu cette voix toute ma vie ; elle répond à mes questions simples et m'indique la direction à prendre quand je suis perdue.

Enki hausse les épaules, comme s'il n'allait pas se donner la peine de remédier à mon ignorance de privilégiée.

Je reviens à la charge. Ces derniers temps, j'ai l'impression de ne faire que ça.

— Ils trafiquent les *fonos* pour parler à la ville ?

L'espace d'un instant, les yeux d'Enki luisent comme ceux d'un chat.

— En tout cas, ils essaient, répond-il.

C'est la soirée de son dix-huitième anniversaire. Enki est assis sur un trône de coquillages, d'argile et de fleurs fanées ; Gil et moi sommes alanguis à ses pieds. La roche d'A Quarentena palpite comme un animal sous nos corps – le rythme impérieux des tambours du *bloco amarelo* résonne à travers l'île elle-même – et les cent wakas les plus chanceux de la ville dansent à sa surface. Enki est parti dans un trip, chevauchant les vagues de ses mods. De temps en temps, il tend le bras pour toucher Gil, toujours immobile à ses pieds. Nous sommes baignés par les lumières de la cité. Près des pylônes, un arc-en-ciel délavé jaillit des écrans colorés que les *grafiteiros* ont incrustés dans la carcasse échouée de l'araignée qui a bien failli faire s'effondrer la ville.

Les CamBots pullulent, mais aucune ne s'approche trop près de nous. Nous avons invité Sebastião et quelques autres fluxeurs à la soirée d'anniversaire. Pas moyen de les éviter, et c'est plus flamboyant de les laisser profiter des retombées de notre célébrité.

J'ai terminé mon arbre hier soir et une satisfaction sans joie m'anime à la pensée de ce que dira mère quand elle verra la robe que je porte pour le mettre en valeur. La *mamãe* de Gil m'a aidée à la confectionner, mais elle m'a fait jurer de ne rien révéler. Elle s'inquiète pour son fils, et elle n'est pas la seule. Son apathie introspective ne s'est pas améliorée de la semaine depuis notre dîner chez Enki. Après m'être dénoncée dans la salle du trône deux semaines plus tôt, je crois bien que je ne l'ai pas vu danser une seule fois. Je voudrais haïr Enki à sa place, mais ses biomods doivent être contagieuses parce qu'il m'est de plus en plus difficile de détester les gens.

Surtout les gens que j'aime.

— Gil ? demandé-je en me laissant rouler vers lui sur notre tas de beaux cailloux. (Enki et moi n'avons bien sûr pas renoncé à l'art, comment le pourrions-nous ? J'espère seulement que les Tantes n'auront pas assez d'imagination pour s'en apercevoir.) Je peux mettre ton manteau ?

Gil ouvre les yeux. Il a l'air un peu paumé ; ses pupilles dilatées rendent ses yeux entièrement noirs, ce que la pénombre pourrait à la rigueur justifier, mais je suspecte que non.

— Ton arbre…, articule-t-il si faiblement que je ne comprends ses mots qu'aux mouvements de ses lèvres.

— Il fait froid…, dis-je, même si ce n'est pas tout à fait vrai.

Il m'enveloppe les épaules du vêtement ; je suis rassurée : quoi qu'il ait pris, ce n'est pas suffisant pour le faire triper.

— Tu viens danser avec moi ? je propose.

Gil ferme les yeux comme s'il avait envie de refuser, mais hoche la tête en signe d'acquiescement.

Pour la première fois de la soirée, j'éprouve un sentiment qui ressemble à de la joie. Nous venons tous de passer des semaines éprouvantes – y compris Enki, même si l'on peut difficilement lui attribuer des émotions humaines avec la façon dont ses mods interfèrent parfois.

Je me laisse glisser du trône, les pans du long manteau pailleté de Gil flottant derrière moi. Mon ami parvient même à me sourire en m'aidant à me relever. Dès que nous quittons la bulle protectrice qui entoure le trône de pacotille d'Enki, l'essaim des caméras nous serre de près. J'en écarte quelques-unes d'un revers de la main et elles reculent. On ne peut malheureusement pas en dire autant des wakas.

Deux semaines plus tôt, personne n'avait entendu parler de June Costa. Aujourd'hui, j'apparais aussi souvent que Gil sur les fils des fluxeurs. Des tas de wakas me détestent, mais pas ceux que nous avons invités ce soir – en tous les cas, ils ne l'admettront jamais.

— June ! m'interpelle une fille tellement jeune que je me demande comment elle a pu mettre la main sur une invitation.

Elle me montre ses bras, sur lesquels elle a reproduit une version grossière de mes implants lumineux. Le dessin est plutôt joli et je lui souris.

Ce n'est pas aussi grandiose que de clouer le bec à toute la ville avec un spectacle son et lumière, mais il y a pire que de susciter l'admiration et d'être prise pour modèle. Je me demande si les Tantes m'observent ; si mère me regarde. Que penserait-elle de mon arbre si *papai* était encore de ce monde ? Je l'imagine commenter la richesse des couleurs, la complexité du feuillage… Si je gagne le prix de la Reine, me verra-t-elle enfin à nouveau ? Pourra-t-elle me pardonner tous ces conflits empoisonnés qui nous séparent ?

Gil reste planté au milieu de la foule tournoyante comme s'il avait entendu parler de la danse mais ne se souvenait plus très bien de ce que c'était. Je pose sa main sur mon cœur.

— Tu es chaude.

Pour toute réponse, je me déhanche et renverse la tête en arrière. Palmares Três est suspendue à l'envers dans le ciel violet. Au bout de quelques secondes, Gil m'attire contre lui. Son rire est brusque et sec, mais c'est un rire. Il se met enfin à danser, et j'espère qu'il a réussi à surmonter sa tristesse.

La lune monte dans le ciel et nous dansons toujours, trempés de sueur, ivres de nos propres mouvements. Quelques caméras flottent encore autour de nous, mais pas autant que tout à l'heure. Même les fluxeurs mondains finissent par se lasser. C'est Enki qu'ils veulent, pas Gil ni moi.

J'enroule mes bras autour du cou mince de Gil et pose ma tête dans le creux de son épaule.

— Il est désolé, tu sais…

— Je sais. Mais il recommencera.

— C'est Enki, qu'est-ce que tu veux. Le côté sombre de ce que nous aimons.

— Quand il se fiche de faire souffrir les autres ?

— Non, non, le reprends-je. (Ça me fait mal, et je ne comprends pas comment Gil peut ne pas voir ce qui est si évident pour moi.) Quand il sait exactement de quelle manière il fait souffrir les gens, qu'il ne s'en fiche pas, mais le fait quand même…

Gil interrompt alors sa danse avec la brutalité d'une gifle. Il s'éloigne à grands pas – loin d'Enki, loin des danseurs et des caméras, même si quelques-unes essaient de le suivre. Un regard à Enki et elles tombent comme des mouches, désactivées. Mes sandales glissent sur les pierres tandis que je m'élance derrière Gil. J'écarte les bras pour garder l'équilibre et continue de courir.

Gil s'arrête finalement tout près du rivage. Il contemple les vagues qui se brisent sur la roche érodée. Il refuse de me regarder, même quand je lui touche la hanche.

— Pourquoi Ueda-sama ? lance-t-il. C'est un Roi et il ne me doit rien, je comprends ça, June, je te le jure. Mais pourquoi un *grande* qui ne signifie rien pour lui ? Pourquoi se prostituer comme si ça ne comptait pas ?

— Il s'est prostitué pour la chose la plus importante au monde, dis-je.

Gil se tourne aussitôt vers moi ; j'aurais presque préféré qu'il ne le fasse pas. Il hurle de colère :

— Pour des biomods qui changent son esprit et qu'il ne peut même pas contrôler ?

— Pour l'art.

Gil s'essuie les yeux et éclate de rire.

— Vous êtes malades, tous les deux, tu sais ça ? Cette façon de mettre l'art avant tout…

— On s'est embrassés.

Je l'ai dit très vite pour ne pas me dégonfler. Gil me dévisage. C'est le moment. Celui où je vais perdre mon meilleur ami du monde entier. Vu sa réaction avec Ueda-sama…

— Quand ?

Un sanglot me monte à la gorge, mais je ne me dérobe pas.

— Juste avant notre spectacle. Sur l'eau. Gil, je suis désolée, je ne voulais pas…

— Alors, il n'a pas oublié.

Je m'étais préparée à affronter sa furie bafouée. Pas ce sourire apaisé et la tendresse dans ses yeux.

— Gil ?

Il me prend la main.

— Je t'avais dit, tu sais, que ça ne me dérangerait pas. C'est la vérité. S'il lui faut absolument quelqu'un d'autre… oh, June, tant qu'il ne s'autodétruit pas avec des gens comme Ueda-sama…

Son soulagement est sincère. Il me serre dans ses bras avec tant de force qu'il me coupe la respiration.

— Vous représentez les deux personnes que j'aime le plus au monde après ma *mamãe*, murmure-t-il. Je crois que tu es capable d'atteindre cette partie de lui… celle qui me terrorise. Tu peux veiller sur lui.

Je ne pense pas que personne puisse veiller sur notre Roi d'été, mais je ne réponds rien. Gil m'a offert l'absolution que je suis loin de mériter. J'en ai trop besoin pour la refuser.

— Il a demandé qu'elle soit présente, répète Tante Yaha.

Mère et elle sont assises l'une à côté de l'autre, sans se toucher. Leur faisant face à table, je pique ma fourchette dans mon beignet d'*acarajé* qui a eu le temps de refroidir pendant qu'elles se disputent.

— Je ne vois pas pourquoi June devrait rencontrer ce dignitaire étranger en disgrâce. Et s'il essaie d'échanger des faveurs sexuelles contre des secrets municipaux ?

— Je ne détiens aucun secret, mère. Et je te promets qu'il n'y a aucun danger que je couche avec lui.

Mère lève les yeux au ciel.

— C'est pourtant tout ce que tu sais faire, non ? Je regarde les holos, puisque tu ne me racontes plus rien. Je te vois bien tourner autour de ce prince *negro*...

— Tu parles du *Roi d'été*...

— Je parle de celui qui s'est transformé en incident diplomatique ! Gil, c'est autre chose, sa mère ne saurait pas élever un chat, mais toi, June...

— Valencia ! June !

Tante Yaha se penche au-dessus de la table et me serre la main pour me calmer et m'empêcher de hurler à mère quelque chose qu'elle ne me pardonnerait jamais.

— Enki est le Roi d'été, que ça te plaise ou non, affirme-t-elle. Mais June, ce serait bien que tu nous racontes un peu plus ce que tu fabriques, à ta mère et moi. On s'inquiéterait moins.

Je lui fais les gros yeux.

— Si « s'inquiéter » signifie « me crier dessus », alors non merci !

— Peut-être qu'on te crierait moins dessus si tu ne gâchais pas ton avenir pour participer à cette orgie de wakas...

— Ce ne sont pas tes oignons de savoir avec qui je couche, mère !

— Donc, tu couches bien avec lui !

— Et toi, tu étais une nonne à dix-sept ans ?

— Je n'étais pas avide d'attirer l'attention au point de me jeter chaque nuit dans les bras de gens célèbres.

— Tu es jalouse de ma notoriété...

— Je suis surtout gênée que ma fille ne sache pas se tenir en public.

Soudain, j'en ai assez. Je ne sais même plus lui parler sans hurler. Je me lève.

— Je serai ravie de t'accompagner à ce dîner, Tante Yaha.

— June, avance-t-elle d'une voix implorante que je ne lui ai jamais entendue. Rassieds-toi. Ta mère et toi…

— Nous ne réglerons jamais nos problèmes. Tu ferais mieux de laisser tomber.

Je quitte la table et Tante Yaha ne tente pas de me retenir. Mère n'a pas même un regard pour moi.

C'est ma mère et je la hais. Mais je préférerais l'aimer.

J'ai envie de me réfugier dans le parc, dans ma grotte, dans les allées, ou même au lycée voir Bebel, mais je n'ai pas la force d'affronter les yeux de la ville et je file me cacher dans ma chambre.

Je pingue Gil deux ou trois fois, mais il ne répond pas. Je fais alors défiler les flux sur mon holo et je comprends pourquoi. Il y en a au moins quatre qui le montrent avec Enki en plein pique-nique dans le jardin de la Reine. Sebastião passe en boucle un clip d'Enki creusant la chair blanche et juteuse d'un durian que Gil vient sucer sur ses doigts. Mon cœur s'emballe rien qu'en les voyant et j'éteins tous les flux en me demandant si je ne vais pas me mettre à crier. Je rêvais de gloire et de célébrité quand Gil et moi étions encore deux wakas anonymes. Je me voyais donner des interviews et remporter le prix de la Reine, m'étrangler d'émotion en prononçant le nom de mon *papai* dans mon discours de remerciement. Et même si la réalité est moins belle que dans mes rêves, je ne regrette rien.

Enki dit qu'Oreste me déteste, mais elle a offert à Tante Yaha la direction d'un important comité. Je peux encore gagner le prix de la Reine si je joue bien les cartes que j'ai en main. Je suis à coup sûr la plus célèbre des finalistes. Les troupes des technophiles grossissent chaque jour, et ils me sont reconnaissants d'avoir sauvé la ville. C'est comme avec Enki : l'amour est aussi un pouvoir.

Telles sont les pensées qui m'occupent l'esprit lorsque j'exhume mes feuilles de papier à dessin si longtemps négligées et que je me mets à griffonner. J'ai passé tant de temps à faire de l'art conceptuel que j'ai presque oublié la simple sensation d'un crayon glissant sur le papier en pulpe de bois. Tout cela est si cher que c'en est presque obscène, mais mère a toujours insisté pour que je me forme dans les règles de l'art et fait en sorte que je dispose du matériel adéquat…

Même ces deux dernières années.

Je dessine mon arbre, puis Gil et Enki dans ses branches. Cette image me fait chaud au cœur. La tension passe dans mes doigts, quitte l'espace derrière mes yeux. Ce croquis est bientôt aussi achevé qu'il peut l'être. Au lieu de faire une pause, de prendre le temps d'étirer ma main pour éviter les crampes et d'admirer mon œuvre, je prépare une autre feuille. Cette fois, je me surprends à dessiner Tante Yaha le jour du mariage, dans son simple turban de lin orné de motifs et sa large jupe bleue. Avec son sourire joyeux, celui d'une jeune mariée. En même temps que je dessine, je me rends compte de sa beauté. Est-il possible que j'aie pu espérer un instant que ma mère trouve le bonheur avec sa nouvelle femme ? Que cela effacerait peut-être la distance entre nous ? Sans doute, parce que c'est ce qui transparaît du dessin lui-même, un message venu du passé.

— Oh !

Je laisse tomber ma feuille à dessin et me retourne précipitamment. Tante Yaha se tient sur le pas de la porte. Elle porte un turban rouge, une tenue qui n'a rien de simple, et je la trouve toujours aussi belle, même si je n'ai pas vu son vrai sourire depuis un an.

— Je... Tu le veux ? je propose.

Elle me fixe un long moment sans répondre. Je me demande si quelque chose dans mon dessin la blesse, mais ce n'est pas la raison de son immobilité. Elle finit par secouer la tête et détourner les yeux. Yaha est une Tante, même si elle ressemble à une waka sur mon dessin. Je ne dis rien le temps qu'elle se ressaisisse.

— Nous devons bientôt partir, m'annonce-t-elle d'une voix sèche et hachée. J'ai réservé pour dix-neuf heures.

— Dans un lieu public ?

— Il faut que la ville sache que nous sommes toujours en bons termes. Tu ne te débrouilles pas trop mal en politique pour une waka, June, mais il vaut mieux que tu me laisses faire.

J'ai envie de lui renvoyer que c'est pourtant à mes talents politiques qu'elle doit la direction de son comité. Au lieu de quoi, je lui réponds :

— Je serai prête dans cinq minutes.

J'en ai assez de blesser les gens uniquement parce que c'est en mon pouvoir. Je ne sais même pas pourquoi j'ai trouvé ça amusant un jour.

Je revêts sur un pantalon une simple tunique à col montant. Mes vêtements sont bien coupés et la matière ajourée du col laisse entrevoir mes implants lumineux en transparence, mais c'est une tenue très classique comparée à ce que je porte en ce moment. Tante Yaha hoche la tête d'un air approbateur en me voyant revenir. Mère me jette un rapide coup d'œil depuis son fauteuil face au jardin, mais elle ne pipe mot et je fais comme si je ne l'avais pas aperçue.

Tante Yaha a demandé une navette gouvernementale qui nous emmène directement à Xique, le nodule du Niveau Six réputé pour ses restaurants chics et ses clubs branchés. Gil et moi ne fréquentons guère le Niveau Six ; la musique est meilleure dans le jardin des Fondatrices ou dans le *verde* et il y a beaucoup trop de *grandes* à notre goût. Je me sens pourtant très sophistiquée en franchissant les portes coulissantes de la navette au bras de Tante Yaha. Les têtes se tournent lorsque nous descendons. D'abord parce qu'une autorisation à débarquer sur Xique en navette privée n'est pas accordée à tout le monde ; ensuite parce qu'ils me reconnaissent. Les caméras s'agglutinent autour de nous, mais c'est à peine si j'y prête attention. On s'habitue à presque tout.

Ueda-sama descend de sa navette personnelle quelques secondes plus tard.

— June.

Il me salue en inclinant légèrement le buste.

Après quelques secondes d'hésitation, je fais de même. Tante Yaha nous prend tous les deux par les épaules, dégoulinante de cette amabilité toute professionnelle qui est la véritable raison de sa promotion, j'en suis sûre.

— Je suis si heureux que nous puissions enfin parler, dit l'ambassadeur de Tokyo 10.

Je me force à être tout sourires, suivant l'exemple de Tante Yaha à l'intention des caméras.

— Les circonstances sont certainement plus favorables aujourd'hui.

Il secoue la tête d'un air contrit qui me surprend par sa sincérité.

— On y va ? demande Tante Yaha en montrant le passage grouillant de monde conduisant au centre du nodule.

Par chance, notre restaurant n'est pas loin du quai. Quelques mètres de plus et nous aurions eu besoin d'appeler les SécuriBots de Tante Maria pour écarter la foule. Tante Yaha et Ueda-sama parlent de tout et de rien tandis que je m'applique à prendre un air serein et imperturbable. J'ai accepté cette soirée avant tout pour aider Enki. Il se fiche peut-être de ce qu'Oreste pense de lui, mais c'est la Reine et elle a passé le dernier mois à le démolir à la moindre occasion.

Et aussi par curiosité. Ueda-sama est un *grande* de *grande* – tellement vieux qu'il semble sans âge. Enki et lui n'ont pas l'air de venir de la même planète, et ils ont pourtant une liaison qui dure depuis plusieurs mois. Le visage de Ueda-sama est telle une étendue d'eau calme ; lisse comme un miroir, on ne devine rien sous la surface. Enki a-t-il été capable de voir en lui ? A-t-il seulement pris la peine d'essayer ? Il a peut-être préféré garder leurs relations sur un plan purement transactionnel, comme la putain vénale que Gil l'accuse d'être…

Je ne me demande pas, en revanche, ce que Ueda-sama a trouvé à Enki. Il est le Roi d'été, et il peut avoir presque tous ceux qu'il veut, même en dehors de Palmares Três.

Le restaurant est chic et cher, un de ces nouveaux lieux à la mode qui cherchent à recréer les styles culinaires de l'ancien monde. Celui-ci célèbre l'ancien Japon, et j'imagine que Tante Yaha l'a choisi en l'honneur de Ueda-sama. Il fait une drôle de tête quand nous enlevons nos chaussures avant d'entrer. Comme si l'étendue d'eau calme avait été troublée. Pendant quelques secondes, j'entrevois la profondeur sous la surface, sans en distinguer les détails. Tout ce que je sais, c'est qu'il a l'air triste et heureux et nostalgique, et qu'il semble souffrir, tout ça à la fois. Il y a un mot pour ce sentiment, dirait Enki.

— Avez-vous un équivalent de la *saudade* en japonais ? je m'enquiers.

Ueda-sama se fige comme la silhouette d'un holo alors qu'il allait s'agenouiller à table. Il cligne les yeux, et la surface de l'eau se ride un peu plus.

— *Natsukashii* est le plus proche, répond-il. Mais ce n'est pas vraiment la même chose. Ce n'est pas pour rien que la *saudade* imprègne tant de vos chansons.

Je pose mes fesses sur mes talons en me demandant dans combien de temps je ne sentirai plus mes pieds. S'ils mangeaient réellement dans cette position dans l'ancien Japon, je ne vois pas comment ils pouvaient marcher après.

Tante Yaha, dont l'expression indéchiffrable est à l'avenant de l'étendue d'eau calme de Ueda-sama, se contente de rire et dirige adroitement la conversation sur les différences entre portugais ancien et moderne. Je débranche. Je trouve même Ueda-sama intéressant. Et assez séduisant malgré son âge canonique. D'un certain point de vue, c'est un homme riche d'une grande expérience. Quelqu'un que l'on a envie de fréquenter pour avoir une chance d'entendre son histoire. Ce n'est pas le premier étranger d'une autre ville que je rencontre, mais c'est le premier qui vient d'aussi loin. Et qui sait ce qu'il arrive aux sociétés humaines qui ne posent aucune limite à la technologie…

Le premier plat est servi par une femme silencieuse en robe de soie. De petites assiettes de porcelaine garnies de fines lamelles de poisson. Ueda-sama goûte d'abord. Il ferme les yeux pour déguster sa bouchée. Il laisse échapper un grognement de plaisir, si discret que Tante Yaha et moi sommes les seules à l'entendre.

Il rouvre les yeux et paraît surpris de nous trouver encore là. Il s'éclaircit la voix.

— Je vous présente mes excuses. Je me suis laissé aller. Cela faisait si longtemps que je n'avais pas eu l'occasion de savourer cette nourriture.

Je prends à mon tour une bouchée. Le poisson cru est agréable au goût, mais il n'y a pas de quoi faire grogner Ueda-sama comme quand il a demandé à Enki de le fouetter.

— Vous n'avez pas de plats de l'ancien Japon à Tokyo 10 ? s'étonne Tante Yaha.

Elle doit être vraiment étonnée, car elle admet rarement ses lacunes en culture générale.

Ueda-sama sourit, ses traits redevenus aussi lisses qu'un miroir.

— Autrefois, oui. Mais nous n'en n'avons plus guère l'utilité aujourd'hui, avec l'évolution de notre société. Les gens comme moi – les *grandes*, si vous préférez, June – ne sont plus assez nombreux pour le justifier.

Il a pris un air entendu pour dire « l'évolution de notre société », à la fois grave et désinvolte, comme quand la directrice Ieyascu parle du froid nucléaire ou de la première vague d'immigrants. Je jette un coup d'œil à Tante Yaha, qui hoche la tête d'un air compatissant. Je repose mes baguettes et m'oblige à rassembler mes souvenirs sur tout ce que j'ai jamais appris sur Tokyo 10 et ses mods tristement célèbres. Une fois de plus, je suis frappée par l'apparence si ordinaire de l'ambassadeur d'une ville à tel point diabolisée. Humain à cent pour cent. Enki a plus de mods que lui.

— Pourquoi êtes-vous ici ? je lui demande soudain.

Tante Yaha me pince la cuisse.

— June…

— Je voulais vous rencontrer. Je voulais m'excuser, en toute franchise, du rôle involontaire que j'ai joué dans votre spectacle le mois dernier.

Je balaie d'un geste leurs objections à tous les deux.

— Non, je ne parlais pas de ça. Vous n'auriez rien pu faire. Je me demande pourquoi vous êtes physiquement présent ici, à Palmares Três. En chair et en os. Pourquoi ne pas connecter votre cerveau à la ville, projeter un holo sur vos rétines ou tout simplement vous télécharger ?

Tante Yaha pousse un soupir en portant délicatement une autre lamelle de poisson à sa bouche. Le visage de Ueda-sama exprime à nouveau cette *saudade*.

— Parce que cela m'est impossible…

— Impossible ?

Il hausse les épaules.

— Il existe des gens dont le corps n'accepte pas les mods, pour diverses raisons. Dans mon cas, je suis simplement trop vieux. Pour quelqu'un comme moi, Tokyo 10 peut faire l'effet d'une ville fantôme. Des millions et des millions de gens vivent sous la forme de flux numériques dans le *cloud*, et nous sommes à peine cent mille à avoir conservé nos corps physiques. Mais nous sommes les seuls à pouvoir voyager dans le reste du monde. Nous sommes les seuls à pouvoir apprécier des *sashimis* préparés à la perfection, à pouvoir serrer une main et…

Je me souviens de ce que m'a dit Enki. « La première fois, il m'a demandé de le fouetter. » Et je comprends, mieux que je ne le voudrais, qu'on puisse ainsi chercher les sensations pour ce qu'elles sont, même désagréables. Je me demande ce que ça lui fait de voir ses préférences sexuelles insolites exposées à la curiosité de tous.

— C'est pour cela que vous êtes devenu ambassadeur, dis-je.

— Cela m'a semblé préférable au *hara-kiri*, à l'époque.

Je reconnais le mot étranger, sans comprendre tout de suite pourquoi. Il existe aussi chez nous sous sa forme diminuée : *kiri*. J'imagine qu'il s'agit de la même chose.

— Quel âge avez-vous, Ueda-sama ?

— J'aurai trois cent quatre ans à la fin de l'hiver.

Je sens mes yeux s'écarquiller. Ils ont dû découvrir un nouveau traitement à Tokyo 10, car je n'ai jamais entendu parler d'aucun *grande* qui ait dépassé deux cent cinquante ans.

— Est-ce qu'Enki le sait ?

Il rit.

— Savez-vous ce qu'il m'a dit lors de notre première rencontre ? « Vous ne retrouverez jamais la jeunesse, mais vous pouvez la baiser si vous voulez. »

Tante Yaha avale de travers. Je lui tape dans le dos en pouffant, parce que j'adore la tête que prend Enki quand il dit des choses qu'il sait scandaleuses. Sa façon de défier le monde me fait peur, mais j'aime ça. C'est peut-être ce que Gil voulait me faire comprendre en supposant que je pourrais veiller sur lui. Pour ne pas choquer davantage Tante Yaha (et la serveuse qui revient à notre table), nous ramenons la conversation sur des chemins plus balisés pour le reste de la soirée. La nourriture est légère, quoique assez copieuse au bout du compte pour que je me sente rassasiée.

Nous regagnons le quai dans un silence relatif mais cordial. Pas de tensions entre nous. Ueda-sama me plaît finalement, ce qui est plutôt inattendu. Entre lui et Enki, je commence à penser que les Tantes n'ont pas tout à fait tort à propos des dangers du tout technologique.

— Ce fut un plaisir, lance-t-il en s'inclinant de nouveau vers moi lorsque sa navette arrive. (Il salue Tante Yaha d'un signe de tête.) Je vous suis redevable d'avoir arrangé cette rencontre.

Tante Yaha, qui a eu sa dose d'entorses à l'étiquette pour la soirée, ne prend même pas la peine de s'en défendre. Ils se sourient quelques instants, deux miroirs parfaits se réfléchissant l'un l'autre.

— Ueda-sama ? j'ajoute avant qu'il monte dans sa navette.

Il s'immobilise et se tourne vers moi.

— Oui ?

— Vous vous comprenez, Enki et vous, n'est-ce pas ?

Cette fois, au moins, j'ai droit à un vrai sourire.

— Je crois que oui, June.

Mon premier souvenir est une chanson. Une chanson qui vibre, large et profonde, dans la poitrine de ma *mamãe*. Je suis blotti contre son dos, à moitié endormi. La chanson est familière, une mélodie populaire des rues de Salvador dont le *bloco amarelo* a fait un tube de l'été il y a cinq ou six ans. J'ai dansé sur cette chanson à l'époque, quand personne à part moi ne se rappelait plus d'où elle venait.

Ça me plaisait comme ça.

Ma *mamãe* ne chantait pas pour moi. Dans mon souvenir, je le sais d'une façon ou d'une autre. Elle me croit endormi. Elle pense que je suis trop jeune pour comprendre. Elle chante pour elle-même. En souvenir de sa propre *mamãe* et du monde où elles vivaient avant que les milices ne viennent le démolir. Elle chante pour son avenir, et peut-être aussi pour l'amant de qui je suis né, même si je n'ai jamais entendu de lui que deux mots dans mon enfance (« Bon débarras », et je me suis toujours demandé si elle parlait pour lui ou pour nous). Mais cette chanson est emplie d'amour et je sais qu'elle me lie aussi fort à elle que l'écharpe de lin qui me tient serré sur son dos. Je suis bercé par les sons familiers de Palmares Três : le fracas des vagues sur les pylônes, le froufroutement des navettes dans les tunnels au-dessus de nous, les cris des enfants, les plaintes de leurs parents, le crissement des cuves d'algues balancées par le vent.

Mon cœur est empli d'amour. Pour ma *mamãe* qui ne pense pas à moi. Pour cette ville qui me haïra.

Pour cette vie que je choisirai un jour de quitter.

Les pochoirs ont commencé à faire leur apparition une semaine après la fête sur A Quarentena. Ou peut-être plus tôt, on raconte tout et son contraire, mais je ne m'en aperçois que lorsque j'en vois un tagué à la hâte sur le mur est du lycée : ma silhouette et celle d'Enki, l'enchevêtrement de nos cheveux se rejoignant au centre. J'ai une main levée projetant de la lumière. Enki a la bouche ouverte comme pour engloutir le monde autour de lui et son bras est prolongé d'un halo pixélisé. Pas besoin de légende.

Nous savons tous ce que cela signifie.

Les rumeurs vont bon train au lycée. Bebel met un point d'honneur à me prendre par les épaules à l'heure du déjeuner, et je n'en comprends pas la raison jusqu'à ce que je surprenne la fin d'une conversation dont elle s'efforce de me distraire.

— Pourquoi est-ce qu'elle est encore là ? Elle ne s'est pas encore téléchargée…

— Tu sais qu'on dit qu'Enki lui a donné des mods ? Je te jure que j'ai vu ses yeux rougeoyer aujourd'hui. Moi aussi, j'ai voté pour lui.

— Pasqual était beaucoup mieux.

Bebel pose ses mains chaudes sur mes joues ; elle me tourne la tête vers elle.

— Ils ne te connaissent pas, assure-t-elle. Je me fiche de savoir de quel côté tu es ; tu es toujours mon amie.

De quel côté je suis ? Amie ? Je ne comprends rien de ce qu'elle raconte, mais je hoche la tête quand même.

— Toi aussi..., je réponds, et je me sens soudain beaucoup plus légère.

Car voici le problème : avec l'ArachnoBot qui rouille dans la baie, les Tantes ne peuvent ignorer plus longtemps la question des technologies étrangères. On aurait pu penser que tous les wakas approuveraient ces nouvelles mods extraordinaires, mais il s'avère que presque toute la population des niveaux supérieurs se méfie des dérives de la technologie inaugurées à Tokyo 10. Le *verde*, en revanche, est le bastion des technophiles. Je crois que je n'aurais pas compris pourquoi avant Enki.

Ueda-sama garde un silence prudent au sujet des échanges commerciaux entre nos deux villes malgré les hordes de fluxeurs politiques des niveaux supérieurs qui l'assaillent. Je ne me suis jamais prononcée. Je croyais que tout le monde se fichait de ce que je pouvais penser, mais il se trouve que je me trompais. Je songe au simple pochoir tagué à la peinture brillante sur le mur du lycée. Que je le veuille ou non, je suis devenue une icône. Pas pour les isolationnistes, auxquels vont pourtant mes sympathies. Mais pour les technophiles.

Gil a séché les cours, mais revient juste avant la sonnerie pour me trouver avant que je rentre chez moi. Nous apprécions tous les deux le lycée en ce moment, car c'est le seul endroit où l'on est sûrs de ne pas être surpris par des caméras.

— Il y en a partout, m'annonce-t-il en m'attirant dans une salle de réunion vide.

Je ne l'avais pas vu avant qu'il agrippe mon poignet, mais je ne sursaute pas. Je reconnais Gil au seul contact de sa peau.

Je suis quand même un peu perdue.

— Des CamBots ? Évidemment qu'il y en a, Gil.

Il secoue la tête.

— Les graffs. Les pochoirs. Il y en a même un sur le mur du lycée, tu l'as vu ?

— Le truc qui me représente avec Enki ?

— Il est *partout*. On dit que tu es l'auteure du modèle. On raconte aussi que tu es la nouvelle icône des technophiles. Est-ce que…

Je finis par comprendre ses inquiétudes.

— Tu les crois ?

— Qu'est-ce que j'en sais, June ? Tu as déjà fait des choses plus dingues sans me demander mon avis.

J'ai soudain envie de pleurer sans raison.

— Je te le dirais si je préparais un coup pareil. Tu le sais, non ?

— Je le sais, répond-il, presque comme une question.

— Et je n'ai pas dessiné le modèle de ce pochoir…

— Je ne sais pas pourquoi j'ai cru que c'était toi, poursuit-il. (Ses doigts suivent mes implants lumineux.) C'est trop bon pour que tu ne t'en sois pas vantée.

Je lui donne une tape sur le bras.

— Je ne me vante jamais ! Je ne fais qu'accepter les compliments bien mérités.

— Si tu le dis.

Nous restons silencieux un moment, assis côte à côte sur le sol. Gil finit par poser sa tête sur mon épaule et je glisse un bras autour de sa taille.

— Les mods, Ueda-sama, et… tu sais… tout ce truc sur les systèmes défaillants de la ville, June. Pas de problème si tu es une techno…

Sa voix se brise ; il a fermé les yeux, mais son larynx continue de bouger comme s'il espérait que j'aille y chercher ses mots. Ce que je fais.

— Je vois les effets qu'elles ont sur lui autant que toi, Gil. Je ne veux pas qu'on devienne Tokyo 10…

Les épaules de Gil se relâchent de soulagement. Je ne connais personne qui soit moins fait pour les mods que lui. Il est très physique et humain – j'essaie de l'imaginer dans un flux de données, sans la sueur qui fait briller son corps après la danse, sans l'odeur musquée de la terre et de la jeunesse. Un flux de données désincarné peut danser sans jamais se fatiguer, mais où serait le plaisir sans l'effort de pousser le corps dans ses limites ?

Et pourtant.

— Mais les Tantes ont tort de nous isoler autant, me retrouvé-je à dire. Nous en sommes encore à employer des technologies qui ont plus d'un siècle pour faire fonctionner la ville. C'est dangereux.

— Très pragmatique, ton discours, commente Gil au bout d'un moment. (Il rouvre les yeux.) Beaucoup trop sérieux pour une waka.

— Tu sais, je n'ai pas vraiment l'impression d'être une waka en ce moment.

Sebastião est un homme de petite taille aux cheveux blancs comme neige bien qu'il n'ait que soixante ans, et son sourire vous donne toujours l'impression d'être complice d'une bonne blague. Il est connu pour son habileté à arracher des confessions pendant ses interviews, mais reste très populaire parmi les foules qui adorent ce genre de choses. C'est un fluxeur mondain, il ne fait pas vraiment dans la politique, mais avec le rôle d'Enki au Parlement et les tensions croissantes entre isolationnistes et technophiles, la frontière entre le politique et le mondain n'est plus qu'une question d'attitude.

J'imagine que c'est pour cette raison qu'il veut connaître mon opinion sur le récent projet de loi autorisant un accès limité aux nouvelles technologies des villes étrangères.

— Un emplâtre sur une jambe de bois ? lance Sebastião avec un grand sourire en se penchant en avant, comme si tout cela était légèrement ridicule et que je le savais aussi bien que lui. Après tout, poursuit-il, ce projet de loi laisse toute latitude à la Reine sur les technologies qu'elle autorisera ou non. Et rien ne dit en quoi ces nouvelles technologies amélioreront la sécurité de la ville…

Ce n'est pas ma première interview, mais c'est tout comme.

— Eh bien, Enki possède une connexion directe avec l'interface de la ville…

Sebastião agite la main.

— Une solution provisoire jusqu'en septembre, certes, mais après ?

Je crois que je vais suffoquer dans les prochaines secondes, sur un fil en direct face à l'unique fluxeur mondain que même les Tantes respectent. Devant la moitié de la ville qui scrute à la lorgnette mes moindres pas publics et l'autre moitié qui me déteste par principe. Je serre les poings. Mes implants lumineux clignotent comme les anciens signaux de détresse. C'est déjà l'automne, et il y a tant de choses que nous n'avons pas encore faites ensemble. Je ne veux pas y penser, je refuse de me rappeler ce que cela signifie d'être le Roi d'été, et d'être abandonnée. Je ne comprends pas que Sebastião – qui déclare à qui veut l'entendre son amour pour Enki – puisse en parler ainsi sans le moindre état d'âme.

Mais bon, c'est un *grande* et Enki n'est pour lui que le dernier d'une longue liste de garçons morts.

— Je...

Il est suspendu à mes lèvres. Je m'oblige à remplir mes poumons. Si Enki est capable de faire tout ce qu'il fait, je devrais pouvoir répondre à une vulgaire interview.

— Je pense que nous pouvons apprendre de ce qu'il a accompli avec l'intelligence artificielle native de Palmares Três. Une partie de la ville était consciente de la menace de l'ArachnoBot. Si les technologies étrangères peuvent nous permettre de mieux intégrer la conscience de la ville, je ne vois pas où est le problème.

Sebastião acquiesce d'un air pensif. Mes poings se décrispent.

— On dirait qu'il y a de l'eau dans le gaz.

— Quoi ?

Il glousse en secouant la tête, comme s'il venait de me prendre le doigt dans le pot de confiture.

— Ce pauvre Gil est isolationniste jusqu'au trognon. Ce n'est pas évident pour Enki. Et voilà que tu t'insinues entre eux – une jeune artiste audacieuse comme toi comprend peut-être mieux notre prince que le beau Gil ?

J'essaie de ne pas montrer combien je me sens nulle quand il présente les choses comme ça. Je ne pourrai jamais égaler Gil côté physique, et il ne m'était jamais venu à l'idée de me comparer à lui sur ce terrain.

— Je ne m'insinue entre personne, réponds-je aussi froidement que possible. Enki et moi n'entretenons pas ce genre de relation.

C'est la vérité, même si une partie de moi aimerait mentir. Il ne m'a plus touchée depuis ce baiser que nous avons échangé sur l'eau. Et je n'ai pas osé non plus.

— Si tu le dis… (Le sourire de Sebastião me fait douter de ce que révèle ma propre expression.) Eh bien, confie-nous au moins de quel côté tu es. Technophile ou isolationniste ? Enki ou Gil ?

Je ne sais pas quoi répondre. J'aimerais être aussi pragmatique que je l'étais avec Gil et peser le pour et le contre. Mais je sais que ce débat ne se résoudra pas ainsi. Les Tantes se sont montrées inflexibles sur la technologie parce qu'elles savaient qu'elles ne pourraient pas l'empêcher de se propager comme un feu de paille. Bien sûr, je pourrais avancer qu'il y a du bon et du moins bon dans la technologie, mais ce n'est pas ce que les gens veulent entendre, et ils ont raison dans les grandes lignes.

Au bout du compte, il faut se décider. Je dois prendre parti.

Enki ou Gil.

— On ne peut pas danser la samba dans un flux de données, m'entends-je répondre, me souvenant qu'Enki aime danser, lui aussi…

Enki passe la tête par-dessus le mur de mon jardin et je pousse un cri avant de le reconnaître. Il porte ses gants et ses bottes à nanovelcros et me sourit comme le dieu des filous.

— Tu aurais pu m'envoyer un ping, dis-je le cœur battant.

Il se laisse rouler au milieu des gardénias de ma mère, écrasant quelques fleurs avant d'arriver dans l'allée soigneusement tracée.

— C'est plus amusant de te faire la surprise, me lance-t-il, mutin.

Sa voix semble lucide, libérée de ses mods pour la première fois depuis longtemps. Une rivière rompant la digue.

Je repose mes derniers dessins et le rejoins dans le jardin. Ses yeux fixent un point entre les nuages d'automne et leur reflet sur le verre. Je lui touche la main.

— Tu n'as pas froid ?

Les derniers vestiges de l'été ont rendu les armes devant la froidure matinale et la pluie grise, mais Enki porte encore un bermuda et un débardeur déchiré à l'encolure, comme si c'était le mois de janvier dans le *verde*.

Il rit et enfonce ses doigts entre les miens, presque à me faire mal. Je reste stoïque.

— Je suis chaud, non ?

J'ai besoin de plusieurs minutes, plusieurs années pour que ses syllabes forment des mots et que ces mots prennent un sens. Mais il a raison, il a la peau si chaude que j'en sentirais la brûlure si je ne frissonnais pas déjà du froid de l'automne.

Je laisse nos mains entrelacées sur son torse et m'allonge à côté de lui. L'humidité de la terre de l'allée transperce mes vêtements sans que j'y prête attention.

— Laquelle ? je demande.

Il tourne la tête vers moi, son nez est à moins d'un centimètre du mien.

— Technophile ou isolationniste ? demande-t-il en retour et je laisse échapper un rire involontaire.

— Tes mods. Laquelle augmente ta température ?

Sa main libre plonge dans mes cheveux crépus.

— Laquelle ? Toutes ? Aucune ?

— Enki, tu es toujours obligé de… ?

— C'est un effet secondaire, me coupe-t-il, et nous ne rions plus. Comme les trips. Ou la douleur. C'est un effet des mods qui doivent faire leur travail dans mon cerveau et qui n'ont pas eu cent millions d'années d'évolution pour s'adapter.

— Oh.

— June.

— Oui ?

— Tu sais que j'en ai marre qu'on me parle de ces foutues mods ?

Quand je passe à l'action, je ressens comme un choc physique ; un spasme de douleur s'étire entre ma poitrine et mon bas-ventre tandis que je l'embrasse.

Ma langue glisse contre ses dents, l'intérieur de ses lèvres. Sa main serre la mienne avec tant de force que ça devrait être douloureux, mais je ne sens que la pression, la chaleur et l'humidité rugueuse de nos langues qui se mêlent, se cherchent, se trouvent à nouveau. Sa bouche a le goût d'une pluie d'été sur la terre battue, le goût du vent qui débarrasse le *verde* de la *catinga* pendant quelques heures précieuses.

Notre baiser s'interrompt à son initiative. Je ne sais pas combien de temps il a duré.

— C'est à cause de Gil ? je chuchote dès que j'ai retrouvé mon souffle.

Je retire ma main de la sienne.

Il est indéchiffrable, mais je n'ai de toute façon jamais su lire en lui. Ses pupilles sont dilatées comme s'il se trouvait sous l'emprise d'une drogue, mais je sais que ce n'est pas le cas. Enki ne prend jamais rien.

— Non, répond-il.

Il s'assied et regarde le jardin autour de lui comme s'il le découvrait pour la première fois. Mes lèvres vibrent telle la corde d'une guitare. Mon cœur bat plus vite qu'un *pandeiro*.

Enki n'est même pas essoufflé.

C'était différent, la première fois. Doux et un peu confus, comme s'il ne savait pas qu'il allait m'embrasser jusqu'à ce qu'il le fasse. Deux bouches se pressant tendrement l'une contre l'autre sans rien exiger hormis la reconnaissance d'une joie partagée.

Aujourd'hui, je ne suis que désir, frustration et déni. Je suis notre baiser et je n'en ai pas eu assez. Je le dévore des yeux ; que puis-je faire d'autre ?

Il se lève et se dirige vers les dessins que j'ai abandonnés. Il les examine longuement, avec un détachement distant qui m'effraie. Je ne sais même plus ce que j'ai dessiné. Je me laisse absorber par des détails stupides : la ligne de son biceps saillant, la blancheur de ses dents, la peau tendue de sa clavicule, les pointes châtain clair de ses dreadlocks qui lui retombent sur le front...

— C'est à ça que je ressemble pour toi ? me demande-t-il.

Un court instant, je crois que ses mods ont pénétré mon cerveau, mes yeux fiévreux.

— À quoi ?

— Comme si j'étais déjà mort.

Il me montre le dessin. Gil et Enki qui se font face, mais les jambes de Gil sont tordues comme le tronc d'un banian, et Enki a des plumes à la place des doigts.

— Tu n'es pas mort.

— Mais je suis sur le point de m'envoler. C'est la même chose, pour toi.

— C'est faux.

C'est vrai.

Il sourit, se laisse retomber dans la terre et je crois bien qu'il tremble, juste un peu. Sent-il enfin le froid ?

— Il te restera Gil, dit-il.

— Sommes-nous obligés de parler de ça ?

— Tu l'aimes.

— Bien sûr que je l'aime !

— C'est facile d'aimer Gil, n'est-ce pas ?

Je me détends soudain. La tension que je croyais sur le point de me briser en deux se transforme en un sentiment plus doux dans la chaleur du sourire penaud d'Enki.

— Pas comme nous, je réponds.

— Je t'aime, June.

Cela ne veut rien dire, parce qu'il aime tout le monde à cause de ses mods.

— Dans ce cas, pourquoi tu ne veux pas...

Il pousse le dessin entre nous, de sorte que nous ne puissions plus nous toucher.

— À cause de ça, lâche-t-il.

Cela ne veut rien dire et cela veut tout dire.

Tu te demandes sans doute pourquoi je m'adresse à toi et pas à Gil.

Laisse-moi te raconter une histoire.

Il était une fois le jeune esprit d'un lagon, profondément enfoui au cœur de la forêt vierge où seuls vivent les singes, même encore aujourd'hui. Il se faisait appeler Ikne, et tout le monde l'aimait d'amour. Les arbres alentour faisaient pousser pour lui leurs feuilles les plus tendres, les fleurs déployaient à son intention leurs plus belles couleurs et exhalaient leurs parfums les plus doux. Qu'un poisson ait la chance de vivre dans ce lagon et il devenait beau et gras, heureux de chanter chaque jour les louanges d'Ikne à ses congénères moins bien lotis. Ikne n'était pas toujours de bonne humeur, mais tout de même assez souvent. Il avait une bonne vie. Claire et lumineuse. Il aurait pu continuer longtemps ainsi, devenir un esprit ancien comme ceux des grottes et des montagnes ; devenir vieux, se plaindre des jeunes d'aujourd'hui et pratiquer la *peteca* dans les terrains de jeu de la ville malgré ses articulations rouillées.

Pourtant, Ikne abandonna cette vie bucolique pour devenir tireur d'élite chez les *guerillas* du Pernambouc à Salvador. Sa vie devint plus rude, et un jour il reçut une balle à l'estomac. La balle tomba amoureuse de lui, bien sûr, mais ne put empêcher l'hémorragie de sa cavité gastrique dans son pancréas. La balle devint très malheureuse, mais ce n'était pas la peine, puisque Ikne savait depuis le début que cela arriverait.

Il mourut ; il avait toujours dit qu'il mourrait...

On dut extraire la balle qui était restée en lui.

Des manifestants ont capturé Ueda-sama alors qu'il s'acheminait vers un rendez-vous privé avec la Reine Oreste. Je ne l'ai pas vu au moment où c'est arrivé. Je suis encore plongée dans mes dessins, au moins le dixième de la semaine. Je me demande s'ils ne sont pas trop simplistes pour le prix de la Reine, mais peut-être qu'au point où j'en suis la simplicité est le seul espoir qui me reste.

Quand mère m'appelle dans la véranda, j'obtempère sans protester pour la première fois de ma vie.

— Qu'est-ce que c'est ? s'interroge-t-elle en montrant quelque chose en périphérie du holo.

Je ne vois que la foule, des milliers de gens minuscules battant le pavé sur notre plancher tels des soldats de plomb. Je finis par reconnaître le lieu grâce à mes exploits passés : le quai de la station de métro de la place Royale. La foule converge vers quelque chose que je ne distingue pas. Ils entonnent des hymnes et leurs pieds martèlent le sol comme pour ébranler la terre.

— Cherche d'autres angles, dis-je.

Mère change de flux encore et encore, mais toutes les caméras doivent être concentrées au même endroit. Des zones de l'holo se mettent à trembloter, ce qui signifie que les flux ne reçoivent pas assez de données pour une projection en 3D.

— Pourquoi les caméras ne se déplacent-elles pas ? marmonne-t-elle.

Je m'assieds à côté d'elle et je lui prends la main.

Même sans les titres incrustés, j'aurais reconnu que les manifestants sont des technophiles. Beaucoup de *Palmarinas* militent de longue date en faveur de la technologie. Avec plus de sympathisants qu'ils n'en ont compté dans leurs rangs depuis des décennies, les technophiles organisent des rassemblements de plus en plus importants depuis quelques semaines. Surtout dans le *verde.* Jusqu'à aujourd'hui.

— Ce n'est pas Ueda-sama ? demande mère en fronçant les sourcils.

Un homme paraît flotter au-dessus de la foule, comme une touffe d'algues au sommet d'une vague. Quand mère zoome, je vois que les gens le portent à bout de bras et le font passer de main en main. Ueda-sama appelle à l'aide, mais il ne semble pas blessé. L'espace autour de lui miroite et se déplace comme s'il grouillait d'un millier de CamBots. Pourtant, vu la médiocre qualité des flux, il ne peut pas y avoir autant de caméras.

— Quel genre de bots est-ce donc ?

Soudain la respiration de mère s'accélère. Elle porte une main à sa bouche.

— Oh ! laisse-t-elle échapper.

— Tu en as déjà vu ?

Elle se tourne vers moi et l'expression de son visage étrangle mon souffle dans ma gorge. Mon cœur bat aussitôt la chamade.

— Va chercher le garçon ! lâche-t-elle d'une voix si sourde que je l'entends à peine par-dessus les chants des manifestants.

— Le garçon ?

— Ce sont les gardes des manifestants. Ils ne laisseront peut-être pas partir l'ambassadeur…

— Les gardes ? je répète, sans comprendre tout de suite ce qu'elle veut dire.

Cet essaim de métal scintillant est une sorte d'*arme* technologique illégale qui tient à distance la plupart des caméras et tous les SécuriBots.

— Ils n'oseraient pas lui faire du mal !

— Je ne sais pas, June. Ils veulent peut-être juste lui parler. Ou peut-être pas.

Avec une férocité qui me surprend, mère agite la main et la foule miniature disparaît. L'absence soudaine de leurs chants ressemble à une tension, un souffle que l'on retient.

Elle me prend les mains. Les siennes sont froides, comme toujours. Je me souviens que je m'en plaignais lorsque j'étais petite, quand elle coiffait mes cheveux en petites tresses serrées et que je sentais ses longs doigts glacés tracer les raies sur mon crâne.

— *Mamãe* ?

— Va le chercher ! m'ordonne-t-elle. Va chercher ton prince d'été et arrêtez ça !

C'est ainsi que les Tantes ont pris l'habitude d'appeler Enki – comme si le titre de *prince* au lieu de *Roi* lui retirait un peu de son pouvoir. Mais dans la bouche de mère, ce « prince » est chargé du pouvoir le plus puissant au monde. Celui de l'espoir.

Je hoche la tête, l'embrasse sur le front et cours vers la porte.

Un essaim de CamBots désœuvrées m'attend en compagnie de quelques fluxeurs humains. J'essaie de me frayer un chemin, puis me ravise. Je prends peut-être les choses à l'envers. Je persiste à penser aux mauvais côtés de ma nouvelle notoriété, mais si je me débrouille bien, je peux m'en servir à mon avantage.

J'adresse aux caméras un petit sourire que ma mère verra sans doute sur les flux. J'espère qu'elle a confiance en moi... Je me lance :

— Enki, Gil et moi allons parler aux manifestants de la place Royale !

— Tu crois pouvoir les arrêter ?

C'est une fluxeuse, une femme que je ne connais pas. Sans doute du Niveau Trois ou Quatre.

— Ça dépend, réponds-je. Les empêcher de faire du mal à Ueda-sama ? J'espère qu'ils n'en avaient pas l'intention. De vouloir accéder à la technologie des autres villes ? Je ne crois pas que quiconque puisse les en empêcher, pas vous ?

— C'est donc vrai que tu es du côté des technophiles ?

— Es-tu l'auteure de ce graff ?

— Est-ce que tu couches avec Enki ?

Des questions auxquelles je ne peux pas répondre, même si j'avais le temps. Je me contente donc de secouer la tête et de me frayer un passage parmi eux en rigolant un peu comme si je courais derrière un ballon dans le parc après les cours. Qu'ils me suivent, je m'en fiche. Gil et Enki vont me retrouver sur la place Royale et nous allons sauver Ueda-sama des griffes de ces bots qui inquiètent tant ma *mamãe*. Je ne me suis pas sentie aussi libre – aussi sûre de moi – depuis plusieurs mois. Depuis qu'avec Enki nous avons fait notre *roda viva* pour la ville. Pour une fois, la sensation de millions de regards braqués sur moi, guettant mon moindre souffle, mes moindres gestes, est un plaisir au lieu d'un poids. J'ai envie de sauter, de marcher sur les mains, de faire la roue tellement je suis euphorique, ivre de ma puissance et de mon privilège.

Et je me rends compte que je comprends Enki un peu mieux qu'avant.

Une femme m'offre de prendre sa navette sur le quai du métro pour que je n'aie pas besoin d'attendre. Je la vois à peine et j'espère que je n'ai pas oublié de la remercier. Une partie des fluxeurs tentent de monter avec moi, mais je n'autorise que la femme qui m'a posé la première question.

— Savez-vous ce que sont ces bots agglutinés au-dessus de la foule ? je lui demande. On ne dirait pas des caméras.

Les épaules de la fluxeuse se crispent lorsqu'elle balaie du regard la demi-douzaine de CamBots qui ont embarqué dans la navette avec nous. Certaines de ces caméras lui appartiennent sans doute, mais on ne sait jamais.

Je commence à douter d'obtenir une réponse, mais elle hausse les épaules et s'adosse contre la paroi d'acier chromé incurvée de la navette.

— Ce sont des armes, explique-t-elle. Un nuage de nanotechs défensives mis au point par les milices du Pernambouc à Salvador. C'est en tout cas ce qui se dit. Tes amis sont dans une sacrée merde, June !

— Ce ne sont pas mes amis, réponds-je d'instinct. Salvador, hein ? Comment ont-ils pu franchir les mailles de notre sécurité ?

Je me souviens qu'Enki m'a raconté que sa mère avait dû acheter les Tantes pour obtenir le droit d'asile. Si une réfugiée enceinte et sans le sou a déjà eu du mal à entrer chez nous, comment des armes mortelles ont-elles pu arriver jusqu'ici ?

— Il suffit que quelqu'un les laisse passer, poursuit la fluxeuse en baissant d'un ton. Une personne influente de la tour de la Reine qui possède des liens avec Salvador, par exemple.

Elle se penche vers moi en prononçant ces paroles, comme si elle attendait une réaction. Ce geste, davantage que les mots, me fait comprendre ce qu'elle insinue. Mais c'est tellement absurde que j'éclate de rire.

— Enki ? Enki est la personne la plus pacifiste de cette ville. Il aime Palmares Três !

— Sa mère…

— L'aimait aussi.

Notre navette marque l'arrêt et se stabilise. Les portes coulissent, dévoilant une masse de gens si compacte que je me demande comment je vais trouver Gil et Enki, sans parler d'accéder à Ueda-sama. La fluxeuse partage mon inquiétude, mais la foule ne semble pas particulièrement agressive. En vérité, hormis les personnes proches de la navette, nul ne fait attention à nous. Je m'apprête à me frayer un chemin dans la cohue. Je me tourne vers la fluxeuse ; elle est toujours adossée à la paroi du fond de la navette, les bras croisés sur la poitrine. Elle relève le menton dans un mélange de peur et d'obstination.

— Vous ne venez pas ?

Elle hausse les épaules, feignant plutôt bien la nonchalance.

— Trop dangereux.

— Ça pourrait être le scoop de votre carrière…

— Tout le monde ne court pas après la célébrité, June.

Je fais la grimace.

— Bien sûr que non.

La bouffée d'énergie joyeuse induite par ma nouvelle puissance s'estompe, cédant la place à une lassitude plus familière.

Dehors, la multitude acclame le Roi d'été.

— C'est lui ? demande quelqu'un. Et son amant ?

Je me retourne encore une fois.

— Dernière chance.

Mais je connais déjà sa réponse.

Elle me sourit.

— Je crois que leur navette est à l'autre bout du quai. Sois prudente.

Je hoche la tête et m'engouffre dans la foule en jouant des coudes. Je n'essaie pas de cacher mon visage, mais personne ne me reconnaît. Ils sont tous trop occupés à se ruer à l'autre extrémité du quai. La voie des navettes privées n'est pas très longue sur la place Royale, et je n'ai pas à aller bien loin pour voir ce qui fascine ainsi tout le monde.

Enki et Gil sont debout sur le toit d'une navette. Enki tient Gil par la taille et lui murmure quelque chose à l'oreille. Gil semble effrayé et Enki n'en est pas très loin. Je redouble d'efforts, mais plus je m'approche de leur estrade de fortune, plus les gens me repoussent. Chacun veut voir ce qui se passe.

Enki se dresse face à la foule qui hurle son nom. Il lève une main. L'intensité des voix passe du grondement d'une cataracte au murmure d'une rivière. Je me tends vers l'avant, aussi impatiente que les autres.

Une chose très étrange se produit alors. Enki ouvre la bouche, mais sa voix sort par les haut-parleurs d'urgence de la ville.

— *Palmarinas*, énonce-t-il, ses lèvres bougeant à peine. Je ne sais pas ce que vous pensez de moi. Je ne sais pas si vous êtes des technophiles ou des isolationnistes. En cet instant précis, je crois que ça n'a pas d'importance. L'ambassadeur de Tokyo 10 n'a rien à voir avec tout ça. Je voudrais aller le sauver, mais je ne pourrai le faire que si vous me laissez passer.

Les haut-parleurs crachent un bruit soudain et Enki vacille, très légèrement. Je l'appelle en tentant vainement de me rapprocher.

— Faites place au Roi d'été, je vous prie, ordonne la voix plus familière de la ville.

Elle s'est appropriée ses inflexions, chaleureuse, abstraite, impérieuse. Comment ne me suis-je pas aperçue plus tôt que la ville et Enki se ressemblaient ? Ou bien ils ont évolué ensemble au fil des mois, comme une jeune liane s'enroulant autour du tronc d'un vieil arbre. Enki descend de la navette avec son agilité habituelle. Je suis sans doute la seule à percevoir l'attention inquiète dont l'entoure Gil pour s'assurer qu'il ne tombera pas.

Comme un seul homme, la cohue soudain étrangement silencieuse recule et dégage un passage pour Enki et Gil. Le mouvement de la foule a presque raison de moi tandis que je lutte contre le courant. Alors que j'arrive au premier rang, quelqu'un me bloque le passage. Je joue des coudes. La personne se retourne pour m'invectiver, puis se ravise et me sourit.

— Bonjour June, me salue ce complet étranger, un *grande* en tenue d'ingénieur.

— Bonjour… ?

— Roi d'été ! braille-t-il quand Enki passe à côté de lui.

Ils se retournent tous les deux – Enki curieux et détendu, Gil prêt à cogner.

— J'ai trouvé quelque chose qui vous appartient, s'amuse l'homme en me laissant passer.

— Nous pensions que tu étais bloquée quelque part, dit Gil en me serrant dans ses bras.

— J'ai bien failli.

Je me tourne vers Enki. Il marche vite ; je suis presque obligée de courir pour me maintenir à sa hauteur. La foule s'ouvre devant nous comme les flots de cette mer étrange dans la Bible. L'ouverture pointe jusqu'à Ueda-sama telle une flèche.

Je suis si heureuse de les voir tous les deux que j'ai envie de danser. Tout ce qui m'apparaissait pesant et effrayant dans la navette devient facile, presque excitant. Ensemble, tous les trois, nous sommes invincibles. L'arme la plus puissante que la ville ait jamais possédée.

— Qu'allons-nous faire ?

— Essayons d'abord de parlementer, répond Enki. La parole sera à celui qui voudra la prendre.

— Pour leur dire quoi ? S'il vous plaît, relâchez Ueda-sama, il ne peut rien faire ? Il peut *tout* faire, et ils le savent.

— Il ne mérite pas de mourir ! s'exclame Gil.

— Ils ne vont pas le tuer ! protesté-je, choquée. Pourquoi feraient-ils ça ? Il a trop de valeur en tant qu'otage.

Enki hausse les épaules.

— Pour les chefs. Mais la foule pourrait lui faire du mal.

Je ne suis pas d'accord avec lui, comme toujours. Mais je me contente de dire :

— As-tu parlé avec Oreste ?

Il secoue la tête.

— Une sorte de champ magnétique recouvre presque entièrement la tour de la Reine. C'est une zone blanche pour la ville. Une nouvelle tech défensive.

— Comme le nuage ?

Il se contente de hocher la tête. Gil s'éloigne de moi en jurant.

— Qui aurait pu faire ça, Enki ? Qui a pu introduire en fraude ces techs dans la ville ?

Enki hausse un sourcil.

— À qui profite le crime ? Une Tante ou quelqu'un d'assez proche du premier cercle pour pouvoir négocier.

Même Gil est surpris.

— Une *Tante* ?

Enki caresse le pavillon de l'oreille de son amant en riant.

— Nous le saurons bientôt, *meu bombril*, dit-il d'une voix si basse que je ne devrais pas l'avoir entendue. Je sais à quel point elle compte pour toi.

Il parle de la ville, menacée par une foule agressive et des nanotechs transformés en arme mortelle. Aucune pensée pour le pauvre Ueda-sama, pris au milieu de tout ça, loin de ceux qu'il aime. Même Enki, malgré ses mods, a probablement moins de sentiments pour Ueda que pour les plantes du jardin de ma mère.

La multitude s'amenuise au fur et à mesure que nous nous éloignons de la station de métro et que nous nous approchons de l'esplanade principale de la place Royale. Des SécuriBots et des agentes de sécurité humaines ont fait reculer le plus gros des badauds. Nous voyons plus facilement ce qui a changé depuis la dernière fois que j'ai pu jeter un coup d'œil aux flux sur les holos : une cage, suspendue dans les airs au-dessus de la foule, recouverte d'une masse gigantesque, métallique, anguleuse. On dirait une étoile telle que je les imaginais quand j'étais petite, mais en plus menaçante.

— C'est le nuage ? je chuchote.

— Où ont-ils trouvé une cage ? demande Gil. Ueda-sama est-il à l'intérieur ?

La main d'Enki m'effleure furtivement la nuque.

— Les deux sont le nuage, répond-il. Il peut prendre la forme que l'on désire.

Je m'efforce de concevoir l'idée d'un bot qui peut se métamorphoser à volonté, prendre la forme d'une cage ou d'une étoile, à l'aide de quelques codes.

— C'est ça que veulent les technophiles ? je demande.

Gil fait la grimace, le dédain masquant sa terreur.

— Évidemment.

Enki ne nous regarde ni l'un ni l'autre.

— Ou ce que quelqu'un veut pour eux…

Le nombre des manifestants semble avoir diminué, masse de gens hurlant peut-être seulement plus dense, confinée dans un espace peu à peu plus réduit par un cercle de SécuriBots et de ce qui ressemble à notre armée au grand complet. Quatre cents femmes au garde-à-vous équipées de fusils paralysants. Le nuage défensif a battu en retraite avec les manifestants, mais des formes oblongues argentées restent pointées sur les soldates avec une précision délibérée qui me donne la chair de poule. Les curieux qui s'étaient rassemblés près du quai du métro se sont dispersés. Peu de gens sont volontaires pour être les témoins de l'Histoire quand ils risquent de se faire tirer dessus.

Encerclés par les militaires, les manifestants technophiles hurlent férocement leurs slogans à gorge déployée. « Les techs sont le salut » ou « S'adapter ou s'éteindre ». Au moins, Ueda-sama dans la cage d'argent qui oscille au milieu de la foule n'a pas l'air d'avoir été malmené.

Enki marche à grands pas, progressant sans faillir vers la ligne des soldates. Tandis que je me hâte pour ne pas me laisser distancer, je repense à ce qu'il a dit à propos de cette technologie : quelqu'un a autorisé son entrée illégale dans la ville. Quelqu'un de puissant et qui a le bras long. Quelqu'un comme une Tante.

Les agentes de sécurité nous barrent le passage.

— Je vous présente mes humbles excuses, Roi d'été, lance l'une d'elles, vêtue de l'uniforme noir et rigide d'une officière de haut rang. Nous avons ordre de ne laisser passer personne.

Enki incline la tête sur le côté à la manière des oiseaux.

— Puis-je vous ordonner de me laisser passer ?

Elle ose le dévisager un court instant avant de détourner les yeux.

— Non.

Quelques secondes plus tard, les barreaux de la cage se mettent à onduler et à palpiter comme un cœur. Les cris de la foule faiblissent tandis que les manifestants les plus proches reculent sous l'effet de la surprise. Avec la soudaineté d'une nuée d'oiseaux s'envolant dans les airs, les barreaux de la cage se dématérialisent et s'assemblent à nouveau pour former autre chose.

Une image.

Je ne la reconnais pas tout de suite, alors que j'ai vu ce pochoir d'Enki et moi partout cette semaine. C'est Gil qui en comprend le sens.

— Ils veulent parler à *Enki,* dit-il. Pas à Oreste.

C'est évident maintenant que je vois cette drôle d'invitation qui a fleuri dans le ciel. En tant que Roi d'été, et à cause de ses mods extrêmes, il est devenu le symbole de la légion des technophiles frustrés de Palmares Três.

Au-dessus de nos têtes, l'ombre se modifie encore. Derrière nous, quelques personnes ont osé se rapprocher de la ligne des soldates malgré leurs avertissements.

Puis il y a comme un moment de grâce. Un instant suspendu, doux, lent et paisible tel un après-midi d'été. Je lève la tête. L'étoile difforme dans le ciel a affûté ses branches de métal, qui sont désormais toutes braquées sur nous. Sa surface tremblote, comme une vague d'air chaud.

Enki se retourne pour hurler quelque chose aux gens derrière nous. Je n'entends pas ce qu'il dit à cause du tonnerre sur la place. Je me demande d'où il vient, je n'ai pas remarqué d'orage. Quelque chose me frappe. Depuis le sol où je suis étendue, je distingue la silhouette d'Enki à côté d'une prison impossible, et un corps qui se recroqueville de l'autre côté…

Gil est couché sur moi. Nous sommes couverts de sang. Enki est tombé à quelques mètres de nous. Le sang sur ses mains macule le T-shirt jaune d'une fille hébétée qui cherche l'air sur ses genoux.

— Oh, mon Dieu ! je m'exclame, livide.

J'entends à peine ma propre voix avec le vrombissement sous mon crâne. Des gardes nous entourent. Gil ferme les yeux, détournant la tête d'un spectacle atroce que je comprends trop tard. Un garçon, un waka, est allongé près de moi sur les pavés, un large trou rouge au milieu du front.

C'est son sang qui poisse mes cheveux. Je rampe vers Enki, repoussant les mains qui essaient de me retenir comme des moucherons. Les sons me parviennent à nouveau : des hurlements surtout, ponctués de quelques cris rauques et de sanglots. La fille sur les genoux d'Enki ne bouge plus.

— Elle est morte, dis-je.

Il relève la tête vers moi, sans lâcher le jeune corps. De l'autre côté de la barricade, les gens scandent son nom. *Enki. Enki. Enki.* J'aimerais que le tonnerre s'abatte sur *eux*. Je ne veux plus jamais sentir l'odeur du sang d'un waka.

— Es-tu celui qu'ils croient ? je lui demande.

Enki me lance alors un regard bref, mais pénétrant. *Que suis-je pour toi ? Es-tu prête ? Amour. Amour. Amour.* Il pose délicatement la fille sur le sol. Ses yeux se révulsent ; Gil le retient avant qu'il ne s'effondre. Une seconde plus tard, dans l'holo et les haut-parleurs d'urgence, me parvient la voix de la ville.

— Bonjour, manifestants technophiles, annonce-t-elle de son ton toujours aussi doux et plaisant. Le Roi d'été demande que vous relâchiez votre otage, le dignitaire étranger Ueda-sama, immédiatement. Le Roi sera alors heureux d'écouter vos doléances.

La voix de la ville étouffe la colère des manifestants telle une couverture. Leurs grondements se fragmentent sous l'effet de surprise. C'est peut-être injuste qu'Enki puisse ainsi rallier la ville à sa cause, comme s'il avait investi la mémoire de toutes les *Palmarinas* pour leur chanter les berceuses de leur enfance. Mais deux personnes sont déjà mortes, Ueda-sama pourrait bien être le suivant. Et je l'aime, ma ville, malgré tous ses défauts. Et je me fiche, en ce moment, de ce qu'Enki doit faire pour la sauver.

Nous attendons debout tous les trois sur la place. Il y a deux cadavres de wakas derrière nous et l'étoile au-dessus de nos têtes peut déclencher le tonnerre à tout instant, mais je m'oblige à ne pas y penser. À ne pas éprouver de haine.

La foule – soudain réduite au silence, comme sous le choc, elle aussi, de la violence gratuite – s'écarte pour laisser passer deux personnes : Ueda-sama, poignets et chevilles enchaînés, escorté de quelqu'un de beaucoup plus jeune.

— C'est Lucia, m'étonné-je. (La finaliste du prix de la Reine spécialisée en nanotechs.) Pas besoin de lui demander de quel bord elle est.

— Celui des assassins ? lance Gil.

Je le prends par la taille.

Lucia n'a pas l'air rassurée en s'approchant de nous, comme une gamine que l'on a forcée à prononcer un discours pour l'anniversaire d'un *grande*. Mais c'est peut-être le sang dont nous sommes souillés qui nous donne un air implacable.

Ueda-sama est dix fois plus vieux que la plupart des manifestants de la place Royale. Lorsqu'il sourit, il fait soudain son âge.

— Bonjour, Enki, dit-il. Il vous en a fallu du temps !

Les paupières d'Enki sont encore lourdes.

— Bonjour, Ueda-sama…

— Nous avons des exigences, déclare Lucia d'un air bravache plutôt réussi.

Elle semble sous le choc, presque paumée. Est-elle passée à l'attaque de sa propre initiative ou s'est-elle laissé déborder par sa technologie ?

— Comme tous les preneurs d'otages, réplique Gil.

Lucia l'ignore.

— Nous relâcherons l'ambassadeur dès que les Tantes auront signé un accord commercial unilatéral liant Palmares Três et Tokyo 10. Nous négocierons avec les représentants des autres villes technologiquement avancées en vue de leur intégration au sein de ce pacte. Ils veulent que vous meniez ces négociations jusqu'à ce que votre mandat…

Lucia s'interrompt pour avaler sa salive.

Ueda-sama laisse échapper un rire étranglé, comme s'il avait un oursin dans la gorge.

— Alors ? lâche-t-il. Ils tiennent ta Reine et la plupart des Tantes prisonnières dans la tour.

Enki ne dit rien pendant un moment, puis finit par répondre :

— J'aiderai à ouvrir la ville…

Ueda-sama secoue la tête.

— Ce sont des barbares, lâche-t-il, faisant peu de cas de la diplomatie. Vous savez qu'ils laisseront les Tantes vous tuer, même avec les nouvelles technologies.

— Sur ce point, nous avons toujours été d'accord, Ueda-sama, répond Enki avec plus de tristesse que je ne suis habituée à en voir chez lui. Nous sommes tous des *Palmarinas*, technophiles ou pas.

Ils s'appelaient Wanadi et Regina. Deux wakas, dix-neuf ans à peine, devenus célèbres pour la plus tragique des raisons. Fauchés dans la fleur de leur jeunesse par une mort violente. La foule qui se presse aux funérailles des deux premières victimes de la guerre des nanotechs de Palmares Três est immense et taciturne. Enki ouvre la procession avec Oreste et les parents des deux victimes.

Je suis avec Gil, vers la fin de la première colonne de Tantes et d'Oncles et de quelques secrétaires. Il ne m'échappe pas que l'essaim des CamBots est plus dense de notre côté, mais je me contente de serrer la main de Gil et de continuer d'avancer.

Tout va si vite qu'aucun schéma ne s'en dégage. Je ne vois que ce que je redoute le plus : ma ville est en train de mourir, par ma faute d'une certaine façon, et personne ne peut plus rien y faire. Le Parlement tiendra une session extraordinaire demain matin et les fluxeurs politiques sont tous persuadés que les Tantes n'auront pas le choix, elles devront céder aux exigences des technophiles. Bien sûr, la plupart des fluxeurs pensent qu'Enki soutient ces derniers, pourtant je sais que ce n'est pas si simple. Mais Enki demeure un garçon étrange et imprévisible même dans ses meilleurs jours. Quoi qu'il fasse, rien n'arrêtera ce que sa première rencontre avec Ueda-sama a déclenché. Après la reddition des technophiles et la dispersion du nanonuage, Lucia a tenté de se mêler à la foule, mais Tante Maria l'a arrêtée peu de temps après. Les autres manifestants ont été amnistiés. Et il paraît que l'on n'a pas retrouvé le nanonuage. D'ailleurs, personne ne sait si les technophiles peuvent le rappeler, quand cela se reproduira, ni pourquoi ils ont tiré sur la foule…

Mes yeux restent rivés sur l'holo qui avance avec nous en tête de la procession : des images de Wanadi et de Regina, heureux et en vie. Ils paraissent tellement familiers, tellement semblables à mes amis et moi que j'éprouve une irrésistible envie de pleurer même si je ne les connaissais pas. Ils n'étaient ni technophiles ni isolationnistes, rien que des wakas ordinaires essayant de donner un sens à leur vie. Ils se sont trouvés au mauvais endroit au mauvais moment. Pris dans le mouvement des badauds et des contre-manifestants, ils ont été entraînés au premier rang de la foule et cueillis par des balles perdues, lui à la tête, elle à la poitrine.

— Elles croient les intimider avec ça ? me chuchote Gil à voix basse, ses lèvres effleurant mon oreille.

— Avec quoi ? je demande avant de me tourner vers lui.

À la façon dont il enfonce ses doigts entre les miens, je sais qu'il est inquiet. Je voudrais le rassurer, mais il incline le menton. Je suis son regard.

Devant nous, la fameuse cascade en gradins du jardin de la Reine avec le joyau de la baie en arrière-plan serti dans la charpente métallique. Devant la cascade, une grande estrade vide où seront assis tout à l'heure la Reine, Enki et quelques dizaines de Tantes parmi les plus influentes. Face à l'estrade, une centaine de sièges entourés d'un cordon, où Gil et moi nous installerons comme spectateurs. Et encore au-delà, la masse de ce qui paraît être tous les SécuriBots de la ville au garde-à-vous. Des milliers et des milliers de machines alignant en rangées silencieuses et interminables leurs imperturbables visages d'étain et leurs brassards noirs. Elles ceinturent une foule d'au moins dix mille personnes venues assister à ce qui doit être l'Histoire en marche.

Et c'est dans l'ordre des choses, à vous tordre les tripes, que la méthode choisie par les Tantes pour réaffirmer leur autorité après les émeutes des technophiles nous paraît soudain si vaine, rétrograde, obsolète. Que peuvent en effet trois mille SécuriBots contre un nanonuage capable de s'adapter et de se métastaser et dont l'unique but est d'apporter la mort ?

— Les Tantes ont déjà perdu, non ? je chuchote.

La main de Gil serre la mienne à me faire mal.

— Je crois qu'elles le savent, June. Mais peut-être que même ce type d'anachronisme est préférable à...

Ses épaules sont soudain secouées d'un spasme. Ces deux wakas sont morts sous les yeux de Gil. Il sait de quoi est capable le nuage mortel aussi bien que chacun dans la ville. Il sait quel danger les technophiles et leurs alliés ont relâché.

— Le passé résiste toujours au futur, même s'il sait qu'il finira par être écrasé, soufflé-je doucement, mais sans baisser la voix à cause des CamBots.

Je n'en ai plus rien à faire.

Gil lève de nouveau la tête, tandis que nous avançons sous l'œil hostile des bots au garde-à-vous.

— C'est le genre d'art que tu aimes, June.

Il a raison ; c'est bien l'art qui me plaît.

Mais Oreste n'est pas devenue Reine en s'appuyant sur des symboles.

Notre Reine laisse les oraisons funèbres aux parents et amis ; elle ne s'adresse à nous qu'à la fin, et son discours dure moins d'une minute.

Dans sa simple jupe blanche et son turban immaculé, elle a l'air implacable, puissante, animée d'une colère glaciale. Je suis assez près pour ne pas avoir besoin des holos pour voir l'arc épais de ses sourcils, les rides autour de ses yeux et de sa bouche qu'elle n'a jamais fait effacer. Elle nous toise, mer humaine déferlant dans les jardins, pendant presque une minute entière. Pas une toux ne vient rompre le silence absolu ; rien que le grondement sourd de la cascade derrière elle, et le clapotement plus doux, hypnotique, des vagues contre les pylônes loin, loin en contrebas.

Je me sens oppressée, et je ne suis pas la seule. Oreste est plus impitoyable que toutes les Tantes réunies parce que c'est la Tante ultime.

— Que ces événements aient eu lieu dans ma ville, sous mon règne, est une faute impardonnable. Wanadi et Regina sont morts. Rien ne pourra les ramener à la vie. Ils ont péri parce que certains dans cette ville sont persuadés que le bonheur et une vie meilleure viendront de cette technologie destructrice qui a déjà ravagé des villes aussi différentes que Tokyo 10 et Salvador. Je sais qu'ils n'ont pas changé d'avis malgré cette double tragédie, et d'autres qui suivront inévitablement. Certains diront qu'il est futile de lutter contre la marée du futur. Je crois qu'il existe plusieurs futurs. Celui que j'appelle de mes vœux et que nous devons tous nous efforcer d'atteindre est un futur où Palmares Três demeurera le joyau de la baie. Un futur dans lequel nous aurons conservé notre force, notre âme et notre *humanité* pour aller au-devant de notre destinée.

Personne n'applaudit. Mais derrière moi quelqu'un lance un trille. Comme une femme touchée par l'Esprit saint pendant un office, comme une mère au mariage de sa fille. C'est un son très aigu. Oreste s'immobilise à mi-chemin de son siège. Soudain, un deuxième trille s'élève, puis un autre, océan grossissant d'ululements qui me surprend par sa fierté et sa détermination. Peut-être que quelques wakas y ont mêlé leur voix, je ne sais pas. Mais c'est une ovation de *grandes* pour une joie de *grandes* et je me demande ce que cela signifie que je la sente vibrer dans ma propre gorge.

Regina portait sur les bras les mêmes lumières que toi ; elles ont viré au vert juste avant qu'elle meure. Je sais que tu penses qu'elle est morte dans mes bras. Je sais que tu penses que nous n'aurions rien pu faire, mais ce n'est pas vrai non plus. J'ai vu, parce que la ville a vu, et c'est presque la même chose désormais.

Les implants de Regina sont devenus verts, comme ton spectacle de lumières sur O Quilombola, comme les joyaux du *verde*. Une livre d'éclats d'obus formés de nanoparticules logée dans sa colonne vertébrale l'a tuée, mais ses implants lumineux – les lumières dont tu as lancé la mode – ont témoigné de sa lutte pour la vie. Si j'avais appelé les secours au lieu d'attendre les manifestants, aurais-je pu la sauver ? Aurais-je pu tenir la promesse de cette étincelle de vert ?

Le pouvoir est responsable, c'est ce qu'elles me répètent toujours. Elles devraient plutôt dire que le pouvoir est coupable, que la culpabilité engendre la souffrance et qu'aucune mod autre que la mort ne peut nous l'enlever.

— Je t'aime, June, m'interpelle la ville tandis qu'Enki s'entraîne à faire la roue au-dessus d'une montagne de coussins dans un coin de son salon.

— Enki, pourquoi la ville m'aime-t-elle ?

Il est en équilibre sur une jambe, bras tendu pour la figure suivante, pourtant parfaitement immobile.

— Pourquoi ne le devrait-elle pas ?

De nouveau, il n'utilise pas ses organes pour parler ; c'est la troisième fois cette semaine et j'ai dû surmonter ma première réaction de dégoût devant cette déconnexion entre sa bouche et la voix qui sort des haut-parleurs.

— Parce qu'elle n'est pas humaine ?

Il s'élance à nouveau, tournant et bondissant si vite et si haut que je suis sûre que ses mods augmentent ses capacités physiques.

— Et alors ? dit le haut-parleur.

— C'est une *ville* !

Il prend son élan en courant, saute jusqu'au plafond et se reçoit sur une roulade avant. Il reste là, étalé sur le dos, une mince pellicule de sueur brillant dans la lumière des lampes qui vacillent soudain au-dessus de nos têtes. Il n'est pas essoufflé, mais le fait qu'il transpire nous rappelle peut-être à tous les deux ce qu'il est si facile d'oublier ces derniers temps : il est aussi humain.

— Elle est moi, poursuit-il avec sa bouche, ses poumons et ses cordes vocales, aussi grossiers soient-ils. (Il contemple le plafond vide sans ciller. Il me caresse l'intérieur de la main du bout des doigts. J'ai le souffle court.) Nous sommes liés. Je suis le fil qui assemble ses pièces. Ça ne lui plaît pas toujours, tu sais. Parfois, elle m'en fait le reproche.

— Alors, pourquoi le fais-tu ?

— Parce que c'est elle qui m'a élevé. Parce qu'elle est vivante. Parce que son système d'évacuation des eaux usées ne sait pas ce que fait son réseau de *fonos*.

Je fronce les sourcils. Je devrais peut-être renoncer à le comprendre.

— Est-ce que c'est nécessaire ?

— Les Tantes l'ont obligée à ce cloisonnement contre nature pour mieux la contrôler.

— Mais je t'aime, June, répète la ville, soumise et résignée.

Je me laisse tomber à côté d'Enki en frissonnant. Je suis un peu sonnée par le contact avec le sol, mais je m'en fiche.

— Pourquoi, Ville ? je demande.

Elle réfléchit.

— Parce que Enki a relié mes capteurs météorologiques externes à mon unité de production énergétique interne avec l'amour de toi.

Enki éclate de rire, avec sa voix de chair et de sang et aussi dans les haut-parleurs. Ce rire stéréophonique me donne envie de me boucher les oreilles.

— Ce qu'elle veut dire, c'est qu'elle t'aime parce que je t'aime.

Je sais que ce qu'il ressent pour moi n'a rien à voir avec ce qu'il ressent pour Gil, mais aujourd'hui j'ai presque envie de le croire. Si son amour pour moi n'était pas seulement dû à ses mods ? Rien ne me rendrait plus heureuse, et rien ne me terrifierait davantage.

— Ça n'a aucun sens.

— Tu sais bien que ces choses-là n'ont jamais aucun sens.

Il se tourne lentement et m'embrasse. Je retiens mon souffle en attendant la fin. Je ne sais pas comment m'y prendre avec Enki dans cet état, si présent à lui-même, étranger, tellement lucide. Je veux retrouver le garçon à la beauté brute ; celui qui dansait pieds nus devant Oreste ; celui dont l'esprit était un mystère et dont je m'efforçais jusqu'à l'obsession de percer le sens de chaque mot. C'est déjà l'automne, l'hiver approche à grands pas, et Enki brille si fort que je peux à peine le regarder. Surtout d'aussi près. Surtout quand sa langue caresse la mienne.

— Je suis désolé, murmure-t-il en rompant le contact.

Au-dessus de nous, les lumières clignotent : allumées, éteintes, comme un message en ancien code.

Et depuis quand es-tu désolé ? Je tremble de soulagement. J'aimerais qu'il recommence.

— Tu voulais me dire quelque chose ? je le relance. Parce que c'est tout ce qui me reste.

Il agite la main avec indifférence.

— Oreste veut que tu parles à Lucia. La fille des nanos. Pour la convaincre de nous aider à protéger la ville des armes technologiques. Et bien sûr, de nous donner le nom de la Tante qui nous a trahis.

— *Moi* ?

— Elle assure que la fille a du respect pour toi.

— Et pourquoi le ferais-je ?

Il sourit en me caressant la joue.

— Parce que tu n'as encore jamais rien refusé à Oreste.

Les Tantes retiennent Lucia dans une cellule de détention du Niveau Deux depuis la manifestation cinq jours plus tôt. Elles ont tenté de négocier avec elle, mais je la trouve assise à la fenêtre d'un minuscule deux pièces, et j'en déduis qu'elle n'a rien cédé.

Oreste m'a donc envoyée, moi, l'icône involontaire des technophiles. Il y a une certaine logique, mais je crois que je n'aurai pas beaucoup de chance. Lucia fait la grimace en me voyant entrer. Elle n'est pas assez puérile pour me bouder, mais son expression affiche clairement qu'elle se serait bien passée de ma visite.

— Je suis ici à la demande d'Oreste, annoncé-je en guise de salutation.

— Tu crois que ça va arranger tes affaires ?

Elle tient un bout d'étoffe qu'elle tortille dans tous les sens avec une énergie indomptable.

— Je voulais juste me montrer honnête avec toi...

— Malin comme façon de revenir dans ses bonnes grâces. Tu veux toujours gagner le prix, pas vrai ? Octavio répète que tu es prête à tout.

Je ne réponds pas. Si je reconnais qu'elle a raison, je pourrais bien m'enfuir d'ici à toutes jambes. Mon désir pour ce prix commence à peser lourd sur ma conscience quand j'y pense un peu trop. Elle retourne à sa fenêtre.

L'étoffe qu'elle tient à la main est un foulard rouge aux bords effilochés. Elle est trop jeune pour le porter et je me demande à qui il appartient et pourquoi elle s'y agrippe au point que ses jointures sont devenues aussi claires que ma peau.

Ses cheveux frisés sont emmêlés – ils n'ont sûrement pas vu un peigne depuis plusieurs jours. Elle scrute sa fenêtre de ses yeux injectés de sang, observant d'un air sombre les navettes manœuvrer dans les tunnels et l'eau clapoter contre les pylônes intérieurs de la base de la pyramide. Durant quelques instants, je suis fascinée par le spectacle – au Niveau Huit, seuls les entrepôts ont une vue sur l'intérieur de la pyramide. Mais j'imagine que la vision du cœur apparemment sans fin de la ville est plus familière à Lucia.

J'attaque.

— Si tu le voulais, pourrais-tu mettre l'arme technologique hors d'état de nuire ? Serais-tu capable de faire en sorte que ce nuage argenté ne représente plus une menace pour nous ?

Lucia ne me regarde pas, mais triture si violemment le morceau d'étoffe entre ses genoux que le bord commence à se déchirer.

— Si je le voulais, répond-elle sur le même ton, presque moqueuse. C'est ridicule, tu t'en rends compte. Ce sont des *Tantes*. Elles possèdent le monde et tout à coup je serais la seule à en savoir assez sur les nanotechs pour les sauver ?

— Est-ce que tu le pourrais ?

Elle tire plus fort, et le morceau d'étoffe se déchire sur toute sa longueur. Lucia contemple un moment les morceaux avant de les jeter par terre.

— Mon contact a dû me fournir les plans pour programmer le nuage. Je les ai modifiés de façon qu'ils collaborent avec la ville. Pas suffisamment, j'imagine. Je voulais lui faire cracher des balles en papier…

Après la manifestation, j'avais pu voir ce qu'il restait du corps de Regina. Des dizaines et des dizaines d'éclats de métal de toutes formes avaient été projetés sur elle avec tant de violence qu'ils avaient laissé un impact sur le sol. Quelques malchanceux qui se trouvaient à proximité avaient dû être conduits à l'hôpital pour de la chirurgie reconstructrice ou des remplacements de membres.

— Putain de papier ! fais-je remarquer.

Elle ferme les yeux un instant, mais ils sont toujours mouillés de larmes quand elle les rouvre.

— Je ne voulais faire de mal à personne ! Il devait vous intimider, pas… (Elle avale sa salive.) Je l'avais *programmé.*

— Peut-être qu'il est impossible de programmer une machine de guerre pour autre chose que tuer.

Elle lance le menton en avant.

— Tu n'y connais rien du tout ! Les principes de propagation restent les mêmes, quel que soit le système de nanos. Ils ne possèdent pas d'*essence* spécialisée.

Je hausse les épaules.

— Peut-être que si.

— Si tu es tellement calée, pourquoi ne désactives-tu pas le nuage toi-même ?

Elle tremble, juste un peu. Je me demande qui l'a recrutée. Qui de nos vénérables aînées du premier cercle l'a convaincue qu'elle ferait une bonne action ? Qui l'abandonne à son sort maintenant ?

Je m'approche d'elle. Je me souviens de cette chose, de son ombre froide au-dessus de nos têtes, de la sensation qu'elle nous observait et se préparait à la violence pure sans aucune émotion.

Je n'aime peut-être pas beaucoup Oreste, je n'approuve pas la façon dont les Tantes ont géré la situation, mais je ne laisserai jamais une telle horreur revenir dans ma ville. Pas si je peux l'empêcher.

— Personne n'a plus vu le nuage depuis qu'il s'est dissipé.

— Il est peut-être parti.

— Ou il fait pousser des fleurs…

— Aussi. Ça n'a pas d'importance. Personne ne peut l'agréger de nouveau.

Elle détourne encore une fois les yeux. Je hausse les épaules et m'accroupis ; le foulard déchiré gît à mes pieds. En le ramassant, je remarque le tissage élaboré, le motif des broderies le long des bords. Ce n'est pas un simple foulard rouge de femme, mais celui d'une matriarche. Je songe à l'ironie de ce vieux bout d'étoffe, sans doute fabriqué à la main trois générations plus tôt, et qui est la possession la plus précieuse de cette jeune technophile.

Je suis du doigt la déchirure. Elle est près de l'ourlet, au moins. Les broderies d'origine n'ont pas été détruites.

— Je connais quelqu'un qui peut te réparer ça, dis-je. Une championne de l'aiguille.

— Je le confierai à un nanopropagateur, répond-elle. Quand je serai sortie d'ici.

Je caresse les motifs brodés au fil d'or. Je songe à ce que peut être un bot qui transforme du *papier* en *éclats de métal,* mais je hausse les épaules.

— Comme tu voudras.

Je lui tends le tissu. Elle me l'arrache des mains.

— Qu'est-ce que tu ferais à ma place, June ? Personne ne t'empêche de pratiquer ton art. Moi, la chose que j'aime, tout le monde veut la réprimer, la réduire, la domestiquer. Même avant qu'on m'enferme ici, c'est toi qui avais toute la liberté.

Je crois qu'elle se trompe, qu'Oreste m'a déjà posé de nombreux interdits. Mais tout de même, mes défis ne m'ont jamais valu une détention ni un procès. Lucia a risqué bien davantage que la disqualification pour assouvir sa passion. Je comprends l'effet que ça lui fera si je fais la fine bouche. Et combien ma visite doit lui paraître insupportable.

Je garde ça présent à l'esprit, comme l'arrière-plan d'une peinture. Puis je passe à l'offensive.

— Moi, je n'ai tué personne !

Elle pousse un petit cri et aspire l'air en sifflant, comme si je l'avais frappée à l'estomac. Elle pose les pieds au sol, mais ne semble pas assez assurée pour se lever.

— Je n'ai pas…

— Bien sûr que si. C'est toi qui as programmé le bot. Pourquoi crois-tu que la personne qui s'est adressée à toi t'a choisie, Lucia ? Personne dans cette ville n'en sait plus long que toi sur les nanotechs. Tu as même déjà construit tes propres machines. Le plan n'aurait pas fonctionné sans ton assentiment. Et tu *savais* d'où venait ce robot.

— Je l'ai programmé pour qu'il ne tue pas ! Les *guerillas* du Pernambouc ont dû nous envoyer du matériel défectu…

— Qui tue les gens ? C'est marrant, Lucia, j'aurais plutôt dit que c'est exactement ce pour quoi il a été conçu ! Et tu sais ce que je crois aussi ?

— Que tu n'es qu'une sale gosse riche du Niveau Huit qui ne connaît rien à rien ?

Je me fends d'un sourire.

— Que la Tante qui t'a enfermée ici le savait. Très bien si tu pouvais le modifier, bien sûr, mais s'il tirait à balles réelles et blessait des gens, ce serait encore mieux, non ? Le nuage disparaît dès que vous vous dispersez, et nous savons tous désormais que les technophiles peuvent l'appeler.

— Je suis la seule.

Je m'approche encore, à quelques centimètres d'elle. Je tremble moi aussi d'horreur en songeant au destin de Regina et de Wanadi. Et à ce qui pourrait encore arriver tant que je n'aurai pas convaincu cette waka stupide, égoïste, naïve et complètement flippée de nous aider.

— *Tu n'es plus la seule*, je murmure aussi férocement que possible.

J'imagine que Gil me soutient, aussi horrifié que moi par ce qui arrive à notre ville. J'imagine Enki, tranquillement conscient de ce qu'il a contribué à déchaîner.

— Elles seraient bien bêtes de ne pas avoir observé tes moindres gestes. Tu étais peut-être la seule au début, mais elles peuvent se passer de toi désormais. Cela fait cinq jours, Lucia. Quelqu'un est-il venu te chercher ? Qui de tes importants amis a accouru à ton secours ? Deux wakas sont morts à cause de ce que tu as fait. Les laisseras-tu en tuer d'autres ? Laisseras-tu ce nuage suspendu au-dessus de Palmares Três telle une épée de Damoclès ?

Elle ouvre la bouche, sanglote et presse ses jointures serrées contre ses paupières. Je la regarde pleurer sans rien faire. Je suis curieuse, détachée, attentive. Je la plains, mais de si loin que je me fais l'effet d'être insensible.

— Et que se passera-t-il pour moi si je les aide ? Je retournerai dans le *verde*. J'ai déjà perdu le prix de la Reine. Si je te livre l'identité de notre alliée au gouvernement, je perds aussi les nanotechs. Je ne serai plus que la stupide Lucia Bolana, future gardienne des cuves.

Je pourrais la détromper. Lui assurer que beaucoup de chemins s'ouvriront à elle si elle s'en donne la peine. Que les nanotechs ne seront peut-être pas complètement bannis et qu'elle pourra travailler pour le gouvernement. Mais le choix que je lui impose est suffisamment difficile sans le justifier par des mensonges imbéciles et égoïstes.

— Et tu crois que ça en vaut la peine ? Tuer d'autres gamins, gagner ce combat politique, devenir célèbre ? C'est ça, ton plan ?

— Tu ne comprends pas…

— Vas-tu nous aider, oui ou non ? Ta liberté te sera rendue si tu désactives le nanonuage et nous donnes le nom de la Tante qui a coordonné tout ça ! Pour le reste, c'est ton choix.

Elle tord ses lèvres comme le foulard rouge qu'elle a déchiré, puis contemple les deux morceaux dans ses mains et me les rend.

— Tu parles d'un choix !

— Fais-le, Lucia.

— Demande à ta couturière de me réparer ça, crache-t-elle en désignant le foulard d'un signe de tête. Il appartenait à ma grand-mère. L'idée des nanotechs ne lui plairait pas non plus.

Quand je saisis la signification de ce qu'elle vient de dire, mes genoux manquent se dérober sous moi. L'émotion me submerge comme une vague. Je n'avais pas réalisé à quel point j'étais terrifiée.

— Tante Maria, annonce-t-elle.

Elle a comme un moment d'absence, puis retourne à sa fenêtre et à la contemplation du cœur affairé, palpitant, miroitant de la ville.

Dès que je mets le pied dehors, je sens le picotement sur mes joues de quelques CamBots imprudentes. Les lumières crépitent, les fluxeurs me bombardent de questions, les rares passants s'arrêtent pour découvrir ce qui se passe.

— Es-tu venue la soutenir ?

— As-tu vu les nouveaux pochoirs ?

— Que penses-tu de la nouvelle proposition de Tante Maria d'interrompre toute immigration à Palmares Três ?

Je me noie dans leur flot de paroles. Je respire un grand coup et ils se taisent un instant. Il faut que je dise quelque chose. Ils ne me laisseront pas passer autrement.

Mon regard tombe alors sur l'ourlet déchiré de l'antique foulard rouge que je tiens à la main.

— Je connais quelqu'un qui sait réparer ça, je déclare. Sans rien d'autre qu'un fil et une aiguille.

— Tu as donc changé de bord ? (C'est Sebastião, le visage luisant d'une fine pellicule de sueur, mais parfaitement calme et toujours avec une longueur d'avance.) June Costa est-elle devenue isolationniste ?

Je lui souris.

— Cela signifie… qu'il y a plus d'une façon de réparer une déchirure, voilà tout.

Je me fraye un chemin parmi eux. D'abord avec difficulté, jusqu'à ce que Sebastião me libère un passage. Après quelques minutes, je me retrouve enfin seule, dans une navette qui m'emporte vers les hauteurs et l'atmosphère raréfiée du Niveau Huit.

— Ville ? Peux-tu me déposer à l'angle nord-est ? Près de chez Gil ?

Je veux donner le foulard de Lucia à sa *mamãe.*

— Bien sûr, June.

Douce et parfaite.

— Ville ?

— Oui, June ?

— Je t'aime aussi.

Un truc bizarre, pourtant : après avoir voulu à toute force obtenir un nom, Oreste ne lève pas le petit doigt pour autant que je sache. L'automne fait des politesses à l'hiver, les sessions parlementaires se succèdent, Ueda-sama est parfois tiré de sa prison de haute sécurité pour venir témoigner, mais Tante Maria siège toujours tranquillement au fond de la salle d'audience. Elle fait des déclarations publiques pour nous informer de l'« état de sécurité » de la ville. Elle témoigne même en personne de la destruction du nanonuage de guerre dès que Lucia a fini son boulot. En public, Oreste, Tante Isa et elle se montrent plus cordiales que jamais les unes envers les autres. Quand j'essaie de la questionner, Tante Yaha secoue la tête et change de sujet.

— Enfin, mère, je m'offusque après une énième soirée où nous dînons en tête à tête. Elle a plus ou moins assassiné deux personnes. Elle a fait entrer des *machines de guerre* dans notre ville et c'est le chef de la sécurité. Comment peuvent-elles se comporter comme si de rien n'était ? Pourquoi se fatiguer à obtenir son nom, pour commencer ?

Mère fait tourner son verre de vin entre ses doigts, le regard dans le vague entre moi et le liquide incarnat qui accroche ses larmes à l'intérieur du cristal.

— Lorsque je travaillais à l'université, avant d'en être présidente, les différents départements se livraient à de véritables… guerres, je crois que le mot n'est pas trop fort. Les Antiquités et l'Environnement se vouaient une haine particulière. Tout le monde cherchait à se mettre l'Administration dans la poche. Au plus fort des conflits, on était tous plus ou moins des espions. Ces guerres détruisaient des carrières. Je me souviens de l'état d'esprit qui régnait alors : présumer que tout le monde veut ce que vous avez ou vous utilisera comme tremplin pour obtenir davantage. Ne jamais faire confiance à quiconque tant que vous ne détenez rien contre lui…

Soudain sa voix s'éteint, et son regard se perd dans cet espace vide entre nous. Elle boit une longue gorgée de vin. J'avale moi-même une lampée brûlante du mien. Mère n'avait plus parlé de son ancien travail depuis son mariage avec Tante Yaha. Peut-être même depuis la mort de *papai*. Je ne sais pas comment le prendre. Elle est tellement loquace, contrairement à son habitude. Elle me rappelle… mais je ne supporte pas l'idée de songer à qui cette *mamãe*-là me fait penser.

— De temps en temps, on démasquait une taupe dans le département. Une nouvelle secrétaire qu'on venait d'engager, une professeure auxiliaire en visite. Tu crois qu'on les aurait virées, dénoncées à l'Administration ?

— Ce serait le plus logique, non ? Faire d'une pierre deux coups : se débarrasser de la taupe et se faire bien voir de l'Administration.

— Mais nous ne le faisions pas. Du moins, pas tout de suite. On attendait, June. Parfois plusieurs mois. Plusieurs années, dans un cas. On attendait et on observait. On donnait à la taupe de fausses informations et on attendait de voir ce qui se passait. On lui tendait des pièges en espérant très fort qu'elle tomberait dedans. On faisait de sa vie un enfer, et seulement *ensuite*, une fois qu'on l'avait pressée comme un citron, on faisait mine de la découvrir et on la dénonçait à l'Administration. Le beurre et l'argent du beurre. Dans une guerre, il arrive parfois que ta meilleure amie soit ton ennemie jurée.

Je comprends ce qu'elle veut dire. Cette stratégie froide et calculatrice me saisit à la gorge.

— Mais il n'y a pas de guerres à Palmares Três.

— Il y a la politique, June. Dans laquelle ta belle-mère se débat chaque jour.

Je vide le reste de la bouteille de vin dans mon verre. Nous n'avons pas l'habitude de terminer une bouteille à deux, mais ce n'est pas une soirée ordinaire.

— Alors, tu penses qu'elles surveillent Tante Maria pour voir ce qu'elle va faire d'autre ? Ce qu'elle a déjà fait ne leur suffit pas ?

— Elles la surveillent peut-être pour découvrir si elle a des complices.

Je considère sa réponse. Ça me paraît logique, mais il y a encore quelque chose qui me chagrine, comme une stupide gamine capricieuse.

— C'est Tante Yaha qui t'a raconté tout ça ?

Elle secoue la tête.

— Elle ne me raconte rien de plus qu'à toi.

Il s'agit pourtant de la seule explication qui tienne la route. À moins qu'Oreste et toutes les Tantes ne soient dans le coup, et je refuse d'y croire.

— J'espère… est-ce vraiment si difficile de rester intègre ? De refuser ce qui nous paraît mauvais et de défendre sa position sans songer aux avantages, aux avancements et autres conneries de Tantes pendant quelques secondes ? Vous êtes vraiment comme ça, les *grandes* ? Est-ce que vous vivez dans la réalité ?

Je repose brutalement mon verre sur la table ; le vin m'éclabousse les doigts. Je me prépare à une tirade de mère sur les wakas irresponsables et le fait qu'il faut accepter le monde tel qu'il est et pas comme on voudrait qu'il soit, mais elle se contente d'enfouir sa tête entre ses mains. Comme si elle était soudain devenue si lourde qu'elle risquait de tomber.

— Pourquoi crois-tu que je suis partie, *filha* ? C'était trop dur sans ton *papai* près de moi pour m'empêcher de devenir folle. João me répétait toujours : « Quelle est la bonne chose à faire, Valencia ? » Et au moins j'avais cette question à l'esprit, même si je choisissais une autre direction.

C'est la première fois qu'elle parle de mon *papai* depuis qu'il nous a quittées. Enfin, la première fois qu'elle évoque un véritable souvenir et que ce n'est pas juste un moyen de me blesser ou de me faire des reproches. La première fois qu'elle l'appelle par son prénom, et je me rends compte que nous aimions toutes les deux cet homme.

— Quelle est la bonne chose à faire, Valencia ? je lui demande tout doucement.

Elle soupire.

— Je ne sais pas, June. Je ne suis pas une Tante. Je ne suis même plus présidente d'université. Je ne suis qu'une femme au foyer, comme tu ne manques jamais de me le rappeler.

Si j'ai rougi, c'est à cause du vin.

— Et Tante Yaha ?

— Elle fait de son mieux, June. Tu le sais.

Je le sais. Mais…

— Pourquoi les Tantes devraient-elles prendre seules une décision aussi importante ? Et les parents de Regina et de Wanadi ? Et les gens qui risquent de se faire tuer si un autre de ces nuages est lâché sur la ville ? Et…

— Je sais, June.

— Tout le monde devrait avoir son mot à dire !

Voici que je fonds en larmes. Dieu me pardonne, je pleure. Devant ma *mère.* Je presse mes poings contre mes joues brûlantes secouées de sanglots. Je voudrais m'arrêter, mais c'est plus fort que moi.

Soudain, je sens ses mains, froides comme les poutres d'acier en hiver, s'enrouler autour de la mienne. J'entends sa voix comme dans mes souvenirs, douce et rassurante.

— *Querida*, murmure-t-elle. Tout ira bien.

Je voudrais la croire. Puis je me souviens que ces mêmes Tantes qui refusent de faire comparaître Tante Maria en justice ont l'intention de tuer Enki à la fin de l'hiver. Pour la première fois, je commence à me dire que je ne veux pas du prix de la Reine. *Papai* serait-il heureux de me voir gagner dans ces conditions ou secouerait-il la tête en me répétant : « Quelle est la bonne chose à faire, June ? »

— Je les déteste.

— Ce système est terrible, répond ma *mamãe*. Mais c'est le meilleur que nous ayons.

Je songe que c'est la raison pour laquelle elle est une *grande* et moi encore une waka. Parce qu'elle peut accepter ça.

Pas moi.

Gil et moi nous blottissons l'un contre l'autre pour nous tenir chaud sur un banc dans le jardin des Fondatrices. Les échos fragmentés et décousus d'un nouveau *bloco* nous parviennent du kiosque à musique à l'autre bout de la pelouse. Gil a eu envie de sortir pour aller danser comme avant, de se sentir normal pour une fois, mais les fluxeurs et les CamBots ont eu raison de nous. Nous nous sommes cachés dans une navette et sommes revenus ici en douce.

Même sans distinguer très bien son visage dans la lueur fantomatique des tunnels de transport au-dessus de nous, j'éprouve sa tristesse comme si elle me collait à la peau. Il affiche pourtant un sourire quand il se tourne vers moi.

— Hier soir, Ricarda a dit qu'Octavio, Bebel et toi étiez les favoris pour le prix de la Reine…

Je sais qu'il m'annonce ça pour me faire plaisir, mais ma poitrine se serre d'une bouffée d'espoir coupable.

— Enki pense que je suis une idiote de m'y intéresser encore.

Gil pose sa tête sur mon épaule.

— Songe à toutes les portes que cela t'ouvrirait, *menina.* Et je comprends.

Je sais que c'est la vérité. Sa *mamãe* aurait perdu de longues années avant de devenir une couturière renommée sans ce concours.

— Ça leur ferait trop plaisir que j'abandonne. Même si je déteste Oreste.

Mais je pense au silence radio à propos de Tante Maria, et mes justifications me restent en travers de la gorge.

C'est Gil qui me surprend en déclarant très tranquillement :

— Je veux aussi que tu gagnes, et personne ne la déteste plus que moi.

— *Toi* ? je rigole. Gil, tu n'as jamais détesté personne de toute ta vie.

— Personne n'a jamais voulu tuer quelqu'un que j'aime jusqu'ici…

Je m'écarte de lui avec étonnement. Il pleure sans bruit et je revois soudain comme un flash ma soirée dans le *verde* et l'expression sur le visage d'Enki quand il a compris que quelqu'un l'avait poignardé.

Prise de panique, j'essuie ses larmes avec le bord de ma manche, mais ça ne sert à rien. Gil est brisé par le chagrin, et je déteste soudain Enki de lui infliger ça.

— Gil, Oreste est une horreur, mais ce n'est pas elle qui veut tuer Enki. Il a fait acte de candidature en toute connaissance de cause.

La main de Gil emprisonne la mienne. Son visage devient farouche, malgré ses larmes qui coulent toujours.

— Et s'il change d'avis ? Elles le tueront quand même !

— Il n'a pas changé d'avis.

J'imagine que d'autres Rois d'été ont dû regretter leur décision, mais pas Enki.

Gil nie cette vérité en secouant furieusement la tête.

— Est-ce que tu as envie qu'il meure, June ? Est-ce que tu crois que c'est une bonne chose de tuer le meilleur d'entre nous à la fin de l'hiver ?

J'ouvre la bouche pour répondre, mais ne trouve pas mes mots. Est-ce que je crois que c'est une bonne chose ? Je sais que Gil le pensait au printemps, quand il nous tardait tant d'élire notre nouveau Roi d'été. Il a visiblement changé d'avis. Mais le rituel du Roi d'été est aussi essentiel à l'identité de Palmares Três que la pyramide elle-même. Pourtant, quand je me pose la question, il n'y a qu'une vérité.

Je ne veux pas qu'Enki meure.

— On ne peut rien faire pour l'empêcher, Gil…

Son regard exprime toujours une immense tristesse, mais il a cessé de pleurer.

— On pourrait au moins *essayer*.

Mais je sais mieux que personne combien cela peut être dangereux et destructeur. Il vaut mieux accepter son sort que de se lacérer le cœur en tâchant d'empêcher l'inévitable.

Et si on appelait ça de l'art, June ? me chuchote une voix qui ressemble à celle d'Enki.

Je ne l'écoute pas.

Car son sang sanctifie son choix. J'ai entendu le catéchisme toute ma vie, sans en comprendre le sens jusqu'à ce que mon *papai* m'emmène au jardin public pour voir mourir Fidel. Le sacrifice rituel d'un Roi tous les cinq ans demeure barbare et cruel, mais c'est aussi son choix. Tous les jeunes *Palmarinas* connaissent l'histoire d'Alonso et d'Odete – le premier Roi et la première Reine. Au milieu du chaos et de la mort du Grand Bouleversement, ils ont choisi une autre voie.

Les Rois doivent mourir pour que leur désignation de la prochaine Reine soit irrévocable, irréfutable et impartiale.

Après tout, pas de corruption possible quand vous vous faites trancher la gorge.

On nous raconte que l'idée en est venue à Alonso dans un rêve envoyé par Ogum, la plus honorée de nos *orixás.* Elle lui a révélé que les citoyens seraient prêts à faire des sacrifices pour le bien de leur nouveau foyer à condition que leurs dirigeants soient prêts à se sacrifier pour la ville. Les Mères Fondatrices se rendirent à ses raisons à contrecœur. À la fin de sa première année de règne, il désigna Odete comme première Reine et mourut. Malgré le changement de tradition pour les années lunaires, notre système fonctionne plutôt bien depuis quatre cents ans. Il est vrai qu'un homme qui s'apprête à mourir est capable de choix surprenants.

Mais les wakas finissent toujours par se demander – et surtout les années lunaires – s'il n'existerait pas de meilleure solution. Le Grand Bouleversement et ses horreurs sont loin derrière nous et ça ne ferait de tort à personne de laisser vivre les Rois d'été à l'issue de leur année de règne.

Peu de temps après cette visite au jardin public avec *papai*, j'avais demandé à *mamãe* pourquoi on ne tuait pas aussi les Reines une fois qu'elles avaient fait leur temps.

— Les Rois sont des hommes, avait-elle répondu. On ne peut pas leur faire confiance pour rendre le pouvoir une fois qu'ils y ont goûté…

À l'époque, je l'avais crue. Aujourd'hui, je songe que Tante Isa est vice-Reine depuis cinquante ans. Aujourd'hui, je me demande pour quelle autre raison nous aurions des années lunaires…

C'est le jour des examens. Pour une fois j'ai révisé, mais je suis tellement nerveuse que j'ai l'impression d'avoir tout oublié. Je plante mes sandales dans le sol pour tenter de jeter un coup d'œil par-dessus les parois à hauteur d'épaule de ma cabine sans me faire remarquer. Gil est au premier rang, le dos voûté et le front plissé de concentration. Je suis épatée qu'il connaisse ses sujets, et suffisamment bien encore pour répondre aux questions qui défilent sur nos écrans. Bebel est deux rangs derrière lui. Sa posture est meilleure, mais elle paraît encore plus absorbée. Ses grands gestes dignes d'un chef d'orchestre ne sont contenus que par les parois de son box. J'ai quasiment l'impression de voir les points s'accumuler au-dessus de sa tête. Elle a une bien meilleure moyenne que moi cette année et clairement l'intention de maintenir la tendance. Je n'en attends pas moins d'elle. Ma meilleure ennemie ne va pas laisser un truc aussi trivial que des notes d'examen gâcher ses chances de remporter le prix de la Reine. Je relis les questions, mais elles pourraient aussi bien être en japonais. À ce rythme, Bebel conservera la tête du classement et je serai loin derrière sans aucune chance de me refaire.

D'abord, une panique familière m'étreint : je n'ai pas assez travaillé, je ne connais pas mes sujets, je vais foirer mes examens, ma *mamãe* saura la vérité et mon *papai* sera déçu. Bebel va gagner et me traitera de haut pendant des jours.

Et puis je me souviens : mon *papai* est mort, Bebel est mon amie, et je ne sais plus où j'en suis à propos du prix de la Reine.

Je retourne en soupirant à mon propre écran de composition. Ce sont des questions d'histoire et j'ai l'impression qu'elles débarquent d'une autre planète.

Débattez des effets immédiats du refroidissement nucléaire et faites le lien avec l'échec du traité panaméricain.

— Les *grandes* sont stupides ? je murmure entre mes dents, mais je fais de mon mieux pour griffonner un semblant de réponse intelligente.

La question suivante est du même acabit, et celle d'après, et les suivantes, jusqu'à ce que j'étire les bras en poussant un grognement si sonore que mes deux voisins cessent d'écrire pour lever la tête. La prof plongée dans sa lecture au pupitre de surveillance hausse les sourcils d'un air légèrement réprobateur. J'essaie aussitôt de devenir transparente et m'efforce de me remettre au travail.

Répondre à ces questions me fait le même effet que de me cogner la tête contre les parois de ma cabine, mais je persévère jusqu'à ce qu'on me tape sur l'épaule. Je me redresse d'un coup et manque tomber de ma chaise.

C'est Ieyascu, plus géante que jamais, qui me regarde de cet air qui avait le don de me glacer le sang. Aujourd'hui, je suis juste agacée.

Son doigt me demande de la suivre tandis qu'elle m'indique la porte d'un signe de tête. Elle veut me parler dehors. En plein milieu d'un examen ? Je ne peux m'empêcher d'avoir peur, et tente d'ignorer les coups d'œil intrigués de mes camarades de classe.

Elle me conduit dans le couloir jusqu'à une salle vide. La porte coulissante se referme avec un clic à peine audible qui me donne la chair de poule.

— J'espère que ce sera décompté de mon temps d'examen, dis-je pour briser le silence.

Ieyascu est trop flippante. Elle me domine de toute sa hauteur avec son turban rouge et ses bras croisés.

— Je ne sais pas pourquoi je fais ça, répond-elle.

— Me faire rater mes examens ?

Elle secoue la tête.

— Te remettre ceci.

Elle me tend une feuille de papier. Je suis tellement surprise que je crois d'abord qu'elle a découvert mes dessins, et que l'un des plus scabreux va m'attirer des ennuis. J'avais l'intention de sélectionner avec soin ceux que je rendrais publics pour le prix.

Mais cette feuille est plus petite, plus légère. Elle est couverte d'une écriture manuscrite produite avec ce qui ressemble à de l'encre.

— Qu'est-ce que c'est ?

Ieyascu recule de quelques pas et me présente son dos, large et droit.

— Tu sais encore lire, j'imagine.

Je reporte mon attention sur la feuille de papier avec un soupir. L'écriture manuscrite est un calvaire à déchiffrer, même si nous avons tous appris à écrire à l'école primaire. Je lutte avec les premières phrases, mais mon cœur bat plus fort au fur et à mesure que je comprends de quoi il s'agit.

June,

Renata sera venue interrompre tes examens de fin de trimestre quand tu liras ces mots.

Interloquée, je relève la tête.

— Renata ?

Ieyascu se tourne juste assez pour me laisser apercevoir l'ébauche d'un sourire crispé creuser sa joue.

— La Reine et moi nous connaissons depuis notre enfance.

— La Reine ?

Mon œil descend en bas de la lettre où je découvre effectivement son nom, suivi d'un paraphe plein de boucles à l'ancienne comme je n'en ai vu que dans les cours d'histoire.

Ieyascu se met à faire les cent pas.

— Dieu du ciel, June ! souffle-t-elle en rythme avec le froufroutement de sa jupe. Qu'est-ce que tu attends pour lire cette lettre ?

Je prends une profonde inspiration.

Elle surveillait tes réponses, et je lui avais donné l'ordre de t'interrompre si elle estimait que tes notes finales ne te permettraient pas de remonter au niveau de Bebel. Comme tu le sais certainement, Bebel est l'une de tes principales concurrentes pour le prix de la Reine. Au vu du classement actuel, je serai obligée de lui accorder la victoire. Tu te demandes sans doute pourquoi je ne peux pas tout bonnement décerner le prix à la personne de mon choix. C'est une affaire de politique, bien sûr. L'attribution du prix de la Reine se doit de paraître en tous points impartiale. Tes résultats scolaires seront accessibles à n'importe quel membre du gouvernement qui en fera la demande, et ce serait un scandale si je remettais le prix à une élève qui n'a pas le niveau.

Mon pouls s'accélère. Je sais maintenant à quoi m'en tenir quant au prix de la Reine. Même si tout le reste me glisse entre les doigts, il est encore à ma portée.

C'est certainement une surprise pour toi, mais j'aimerais beaucoup que tu gagnes. J'admets bien volontiers que quand Yaha m'a soumis ton nom au printemps, ta candidature m'a laissée de marbre. Ta sélection n'était pas tout à fait une faveur accordée à ta belle-mère, mais pas loin. Pourtant, au fil des mois, j'ai appris à respecter ton indépendance et ton courage, et à reconnaître ton talent.

Mais, je le répète, la politique a son mot à dire. Considère cette lettre comme ma façon de la contourner. Renata va te donner des instructions. Sois bien sûre qu'elle agit avec ma bénédiction. Elle détruira cette lettre – et toute trace de mon intervention – dès que tu auras fini de la lire.

Je ne peux pas te garantir la victoire, June. Ton projet final, quel qu'il soit, devra être excellent. Mais sois certaine que je suis de ton côté, quelle que puisse être mon attitude en public.

Oreste

Je repose la lettre dès que j'ai lu la dernière ligne. Ieyascu se tient à la fenêtre, aussi loin de moi que possible. Sa posture rigide et son menton levé expriment clairement son dégoût.

— Vous avez... des instructions à me donner ?

— Tu ne seras pas toujours l'enfant prodige, tu sais, lâche-t-elle en s'adressant à la fenêtre. Un jour, même les pistonnées de ton espèce se heurtent aux limites de leur talent. C'est vraiment très dommage.

Le mépris de Ieyascu me surprend. J'avais toujours pensé qu'elle traitait tout le monde avec la même réserve sévère. Mais on dirait bien qu'elle ne m'a jamais considérée autrement que comme la fille pourrie gâtée d'une Tante.

— Elle ne ferait jamais tout ça pour Tante Yaha...

Ieyascu me gratifie de son petit sourire.

— Au moins, tu as un peu de jugeote.

— Elle dit qu'elle respecte mon...

— June.

Je marche vers elle. Au moins, elle m'a mise en colère. J'essaie de m'y accrocher.

— Bebel n'est pas meilleure que moi.

Ieyascu me tourne toujours le dos.

— Ça reste à voir. Quoi qu'il en soit, elle est meilleure élève. Oreste s'est montrée à peu près honnête avec toi au sujet des enjeux politiques qui entourent l'attribution du prix. Ce qu'elle ne t'a pas dit, c'est que le fiasco de Lucia complique sérieusement les choses cette année. Je dois dire que c'est la première fois qu'une candidate est accusée de trahison.

— Mais pourquoi prendre cette peine ? Qu'est-ce que ça lui apporte de me faire gagner ?

— Qu'est-ce qui te fait croire qu'elle veut que tu gagnes ?

— Elle a dit…

— Depuis le temps, tu crois encore qu'Oreste pense tout ce qu'elle dit ?

Ieyascu traverse la classe en quelques grandes enjambées et ramasse la lettre sur la table. Elle sent bon la fleur d'oranger et l'amidon qui empèse son turban.

— Elle me donnerait de faux espoirs ?

— Peut-être. (Elle déchire proprement la lettre en deux par son milieu – un geste brutal et efficace.) Ou peut-être qu'elle admire réellement ton talent et ta détermination. Je ne suis qu'une directrice de lycée, après tout. Qu'est-ce que je connais à la politique ?

Elle contemple un instant les deux moitiés de lettre, puis sort un cylindre allongé de sa poche. Un clic et une flamme jaillit à une extrémité. Je la regarde faire, tremblant presque du besoin de dire quelque chose et ne trouvant rien à ajouter. La flamme réduit peu à peu le précieux papier en un minuscule tas de cendres sur le sol.

— Voilà.

— Je suis vraiment douée, dis-je. Vous pouvez me détester, mais vous ne pouvez pas le nier.

Elle fait la grimace, comme si elle venait de boire du lait tourné.

— Ton arrogance m'impressionnera toujours.

— Mon arrogance ?

Plus rien ne bouge en moi. Ieyascu m'apparaît en à-plats de couleurs saturées, appliqués à grands coups de brosse sur une toile invisible.

— Qu'est-ce qui te rend si sûre que ce prix t'est destiné, June ? Toutes ces manigances, toutes ces tentatives de te servir du Roi d'été pour augmenter ta popularité, tout ce que tu fais, June. Qu'est-ce qui te rend si sûre que tu le mérites ? Avec tous les brillants wakas qui sont en lice, pourquoi es-tu si certaine que c'est *toi* qui dois l'emporter ?

Elle élève à peine la voix, ses mains restent quasi immobiles, mais ses mots cognent dur. *Pourquoi ?* Les coups pleuvent sur moi.

Soudain, je trouve une parade.

— Parce que c'est de l'art.

— Je n'aime pas ton art.

Je soutiens son regard de géante, sans me sentir aussi petite que je devrais, peut-être. Elle soupire, détourne les yeux. Ce n'est pas une victoire, je ne suis pas stupide, mais c'est quand même un soulagement.

— L'intermède a assez duré, crache-t-elle. Tu peux reprendre ta composition, June.

— Vous voulez que j'y retourne ?

— Je ne pourrai rien faire pour toi si tu ne joues pas le jeu. Retourne dans la salle d'examen. Termine ton épreuve. Si on te pose la question, dis que tu as eu une urgence familiale. À la publication des notes, tu auras quelques points de plus que Bebel.

— Elle n'a même pas encore rendu sa copie…

Ieyascu hausse les sourcils.

— C'est toi qui vois, mais décide, vite !

La panique me fait oublier de respirer. Comment puis-je prendre une telle décision sans avoir le temps de réfléchir ? Sans demander son avis à Gil ?

— Je ne peux pas vous donner ma réponse demain ?

— La générosité de la Reine a des limites. Elle t'a fait une offre. À prendre ou à laisser.

— Mais vous pourriez aussi bien publier les résultats demain matin !

Ieyascu éclate d'un rire dur comme si elle voulait m'embrocher.

— Je le pourrais en effet. Mais la Reine a choisi de ne pas exercer cette option et je suis son humble servante.

Elle me met au défi de lui tenir tête ; je laisse tomber. Reste une chose : Ieyascu a beau me détester, ce n'est pas elle qui m'a prise dans ses filets. C'est Oreste qui me manipule pour que j'accepte, mais pourquoi ? Parce qu'elle pense que je mérite le prix de la Reine ? Trop flatteur et trop simpliste. Parce que m'attribuer le prix l'aidera à consolider sa position politique après les morts de la place Royale ?

C'est une possibilité.

Vais-je accepter de me laisser manipuler ? Vais-je accepter de faire de l'ombre à ma meilleure rivale avec des notes d'examen que je ne mérite pas ? « Combien de toi-même leur donneras-tu en échange ? » entends-je Enki me demander, à une époque où je n'imaginais pas que le prix à payer serait aussi élevé.

— D'accord, dis-je très vite, avant de changer d'avis.

À présent, le mépris de Ieyascu se déploie comme un serpent autour de ses lèvres et ses yeux.

— Profite bien de la faveur de la Reine, June...

Elle effleure la porte coulissante ; celle-ci s'ouvre en exhalant une bouffée d'air qui me fait monter la bile à la gorge.

Je ne ferai pas d'ombre à Bebel. Ses notes n'en seront pas diminuées. Je ne fais que rester dans la course, comme je le mérite...

Pourquoi ? me demande soudain une petite voix. Est-ce la voix de Ieyascu, ou la mienne ?

Parce que je dois gagner.

Je remercie Ieyascu avant de rejoindre la salle d'examen. Prenant garde de ne pas faire de bruit, je retourne à ma place. Et je termine de rédiger un devoir qui n'a plus d'importance puisque la Reine elle-même triche pour moi.

Je m'en fiche.

Pas tant que ça.

D'habitude, je ne copie pas l'art des autres, mais c'est l'exception qui confirme la règle.

Les isolationnistes ont trouvé une riposte. Un nouveau pochoir fleurit en ville. Il semble familier à tous ceux qui n'ont pu manquer de voir celui d'Enki et moi affiché partout. Mais les deux silhouettes sont celles de Wanadi et de Regina, la tête en bas dans les nuages. Wanadi sourit, Regina fronce les sourcils. Wanadi arbore un trou parfait au milieu du front. Regina tient une bougie derrière son dos dont la flamme d'un blanc aveuglant lui dévore les mains.

C'est excellent. J'aurais aimé en être l'auteure. Et pour m'en rapprocher, j'étudie un holo de ce nouveau pochoir. Des tas de feuilles à dessin jonchent le sol de ma chambre, une fortune en pulpe de bois, en graphite et en encre. Au fil des semaines, mon style s'est modifié. Il a évolué, devenant si abstrait que j'ai parfois moi-même du mal à savoir ce que je dessine. Surtout des portraits : Enki et Gil. Tante Yaha et mère. Quelques-uns de *papai*, mais son visage est si destructuré que je doute que quelqu'un d'autre que moi puisse le reconnaître.

J'ai toujours l'intention d'exposer ces dessins pour le prix. Mais chaque fois que je les examine, je revois l'expression dédaigneuse de Ieyascu et je les repose. *Pas maintenant*, me dis-je alors. *Attends d'en avoir davantage.*

Copier l'art des isolationnistes me détend, comme si les traits assurés de mon crayon me tenaient lieu de méditation. Depuis deux semaines, depuis que j'ai triché pour l'examen, je suis nerveuse, irritable, je me terre. Je n'ai pas eu le cran de me confesser à Gil. Il me demande ce qui ne va pas et je réponds que je suis très occupée. Il sait que je lui mens ; il sait que je sais qu'il sait. Nous ne nous parlons plus beaucoup.

Je ne vois plus du tout Enki.

En ce moment, je passe mon temps avec mère et Tante Yaha pour seule compagnie. Elles m'ont toutes les deux félicitée chaleureusement pour mes notes d'examen. Je ne sais pas à quoi joue Oreste avec moi, mais cela n'a rien à voir avec Tante Yaha. C'est sans doute à cause d'Enki, mais c'est toujours là que je bloque. Je ne comprends ni comment ni pourquoi elle pense pouvoir m'utiliser contre lui. J'ai toujours cru qu'Enki était intouchable, et tout le monde s'en rend compte à présent.

Je n'ai pas été capable de regarder Bebel dans les yeux. Je n'ai pas passé un seul jour au lycée sans avoir la nausée. Je n'aurais pas dû accepter. Je suis stupide et lâche et je m'efforce de ne pas y penser. Si je remporte le prix de la Reine, mon dégoût de moi-même m'achèvera, mais je ne sais pas comment sortir de cette tombe que je me suis creusée.

J'ai à peine conscience de ce que griffonne ma main droite, et pourtant le dessin se déploie. Quand je commence à reproduire l'impact de la balle à l'esthétique toute symbolique, je m'interromps.

Sans raison précise, mes pensées ont la voix d'Enki. *C'est trop net et trop propre, pas vrai ? La mort n'est pas aussi belle.*

En regardant l'holo de plus près, je comprends où est le problème : la balle entre, mais rien ne ressort.

— En effet, je chuchote.

Mon crayon vole sur la feuille de papier. Je casse la mine de graphite et pousse un grognement de frustration de devoir m'arrêter pour la tailler.

À la place des cheveux de Wanadi, je trace la blessure de sortie de la balle. Mais au lieu de cette horrible bouillie d'os, de cervelle et de sang que je n'oublierai jamais, je dessine des fleurs et des lianes. Cette vie végétale s'enroule autour de Regina, se fond dans les langues de feu stylisées pour ressembler à une sorte de circuit mécanique. Un étrange amalgame inversé de la vie et de la destruction. Cette nouvelle version du pochoir que je viens de créer est-elle technophile ou isolationniste ? Les deux ?

Je voudrais la montrer à Gil, mais je sais qu'il exigera que je lui raconte ce qui s'est passé ce jour-là quand j'ai quitté la salle d'examen. Je ne peux pas lui mentir et je ne supporte pas de lui avouer la vérité. Pas encore.

Je ferme les images de l'holo, et ne subsiste que la forme flottante de notre ville pyramidale brillant paisiblement de tous ses feux sur la baie.

— Ville, déclaré-je en activant la liaison avec son interface.

— Oui, June ? me demande la voix dont je suis tombée amoureuse.

— Peux-tu dire à Enki qu'il me manque ?

— Je vais faire mon possible, June ! m'assure-t-elle, et je sais que la tristesse et la confusion que j'entends ne sont pas un effet de mon imagination.

— Qu'est-ce qu'il a encore fait ? je murmure.

Elle ne me répond pas.

Je patiente une heure en partageant mon attention entre ma fenêtre striée de pluie et la ville stylisée qui flotte au-dessus de mon lit. J'aime Palmares Três, mais je commence à haïr les femmes qui la dirigent.

Je finis par éteindre l'holo, par fourrer mon dessin sur le tas le plus proche, et je sors de ma chambre. Mère est seule, comme d'habitude, et regarde tomber la pluie dans son jardin d'hiver.

— Tu as dîné ? je lui lance.

Elle secoue la tête, mais elle tient un verre de vin entre ses mains ; il y a une bouteille près d'elle. Je m'empare moi aussi d'un verre et la rejoins.

— Est-ce que Tante Yaha rentre ce soir ?

— Elle a dit de ne pas l'attendre.

C'est peut-être à cause de la pluie ou à cause du vin, mais mère a l'air plus seule et vulnérable que jamais. J'ai envie de lui toucher la main, mais je change d'avis et prends la bouteille à la place. Je ne suis pas sûre que la passerelle que nous sommes en train de construire soit encore assez solide.

— Elles préparent un grand coup ? je m'enquiers.

— Demain, Oreste annoncera la tenue d'une session parlementaire entièrement consacrée à l'audition de l'affaire du Pernambouc.

C'est le nom que les fluxeurs politiques ont donné à la tragédie à laquelle ont pris part Ueda-sama et les manifestants technophiles. *L'affaire du Pernambouc.* Comme si toutes les erreurs qui ont abouti à la mort de Regina et de Wanadi n'étaient pas entièrement imputables à Palmares Três, qu'importe qui nous a vendu les armes. Mais si elles organisent des auditions, peut-être que…

— Elle va *enfin* mettre Tante Maria en examen ?

Le soulagement que je ressens est comme un plongeon dans la baie : froid, saisissement, euphorie.

— Peut-être, avance mère en vidant son verre d'une traite. C'est à cause de l'opinion publique. Ces pochoirs sont plus efficaces qu'une centaine de lobbyistes…

Mère se tourne brusquement vers moi et me dévisage longuement. Je rougis, sans trop savoir pourquoi. J'imagine qu'elle est au courant de mon arrangement avec Oreste et je rougis de plus belle.

— Tu sais que je ne suis pas l'auteure de ces pochoirs, n'est-ce pas ?

Elle me gratifie d'un petit sourire.

— Je ne l'ai jamais pensé, *filha*.

— Non ?

— Ils ne te ressemblent pas.

Je me demande ce qu'elle dira de mon dernier dessin.

Mère se lève, étonnamment stable malgré la demi-bouteille de vin qu'elle vient de boire, et se dirige vers la cuisine.

— Il reste de la *moqueca*, propose-t-elle. Tu veux que je te la réchauffe ?

C'est Tante Yaha qui a cuisiné ce plat, et c'est certainement délicieux. Je me rappelle que je n'ai rien avalé depuis le petit déjeuner.

— Ce serait…

Je suis interrompue par un ping. Anonyme, bien sûr. *Ouvre ta porte*, dit-il.

— Il faut que j'y aille, poursuis-je en me levant pour me diriger à grands pas vers ma chambre. Je reviendrai plus tard. Un truc pour le prix de la Reine.

— Tu es sûre que tu ne veux pas manger ?

— Désolée, *mamãe*. Ne m'attends pas.

Enki patiente de l'autre côté de la rue, debout sous la pluie. Il tombe des trombes d'eau, avec un éclair qui troue la grisaille à l'occasion. Il me tourne le dos, contemple la baie. Il n'y a personne avec lui. Je devrais en être surprise, mais ça ne m'étonne pas. Quand Enki veut être seul, il se débrouille toujours. Même au milieu d'une voie publique. Je lève la tête par réflexe, cherchant la dizaine de CamBots qui font généralement le pied de grue en lisière de la zone antibots entourant la maison. Mais je ne vois rien d'autre que la pluie et c'est bien la première fois depuis des mois que je peux sortir de chez moi sans me sentir surveillée. Enki est trempé. J'ai pris un parapluie, mais je ne l'ouvre pas.

— Tu m'as manqué aussi, dit-il quand je ne suis plus qu'à quelques mètres de lui.

Il me tourne toujours le dos.

— Tu as eu beaucoup à faire ? je m'enquiers.

— Oreste organise une grande farce judiciaire qui commence demain. Elle veut que j'en sois la vedette.

La pluie s'insinue dans mon dos, si froide que ma peau se rétracte comme le cuir d'un *pandeiro*. Enki porte un T-shirt à manches courtes. En plissant les yeux, je vois une fine couche de vapeur s'élever de sa peau. Je m'approche pour lui prendre la main. Il me laisse faire, mais ne bouge pas un autre muscle. Le simple fait de le toucher me réchauffe et me rend heureuse, mais j'aimerais savoir ce qu'il éprouve.

— Tu vas le faire ?

Il hausse les épaules.

— Peut-être. Ça dépendra de ce qu'elle manigance.

Je souris presque, imaginant la consternation des Tantes quand Enki décevra une fois de plus leurs attentes. Et puis je me souviens du problème le plus urgent.

— Et Tante Maria ?

— Oh, June…

Sa main se referme sur la mienne. Quand il se retourne, ses dreadlocks mouillées m'éclaboussent le visage. Il ne sourit pas.

— Quoi ?

— Tu croyais vraiment qu'elles allaient faire quelque chose ?

Je ne sais pas… Je me rappelle l'histoire des guerres dans le département de mère et de la façon dont chacun manipulait tout le monde.

— Elle a quand même tué deux personnes !

Maintenant il sourit, amer et tendre à la fois.

— Elle a plus de cent ans, et c'est une Tante depuis au moins un demi-siècle. Elle détient des informations sensibles sur tous les gens importants de la tour de la Reine, et tout le monde le sait. June, sans doute que d'autres Tantes sont aussi dans le coup. Elles ne peuvent pas la mettre en examen sans juger tout le système.

— Alors, elles m'ont envoyé voir Lucia pour rapporter ce nom comme un chien rapporte un bâton, seulement pour se payer sa tête !

— Pour faire de la politique.

J'ouvre la bouche – pour hurler, je crois bien, ou juste pour pleurer – mais il pose un doigt délicat sur mes lèvres. J'aspire un peu de la vapeur de sa peau ; ça me réchauffe à l'intérieur.

— C'est terrible et immoral, souffle-t-il, presque dans un murmure. Un truc tordu de *grande*. Mais tu pourrais changer ça.

— Comment ? En devenant une Tante ? Je ne veux *jamais* devenir l'une d'entre elles.

Il agite doucement son doigt devant mon visage.

— Bien sûr que non. Tu ne vois vraiment pas ? Qui d'autre sait ce que Lucia a confessé ?

Un soudain coup de tonnerre me fait sursauter. Je bondis loin d'Enki et manque m'étaler sur le sol glissant. Il me balance un de ses regards tranquilles et pénétrants ; il sait très bien que j'y ai pensé.

— Elles me pendraient à la tour de la Reine.

Il hausse les épaules.

— Au pire, elles t'exileraient.

Au pire. Cette seule idée me fait claquer des dents. Je me pelotonne contre la rambarde, fuyant son regard clairvoyant et la beauté étincelante de la baie.

— Enki, j'ai un avenir à gérer. Et tu ne verras pas le printemps.

Je regrette instantanément ces mots ; pourtant, je ne les retire pas. La faute au vent et à la pluie glacée. La faute à l'orage, qui me rend toujours nerveuse. Mais je suis lâche ; pourquoi tenter de me justifier sinon ?

Il sourit comme un singe, en dénudant férocement ses dents.

— Tu crois que je risque de l'oublier ?

— Pourquoi ne racontes-tu pas tout toi-même aux fluxeurs, si tu crois que c'est si important ? Tu es au courant, toi aussi.

— Je le sais de ta bouche. Et les Tantes t'en feront le reproche à la seconde où j'accuserai Maria. Tu perdras ton précieux prix et les Tantes trouveront le moyen de prétendre que je mens. Ce n'est pas moi qui suis allé parler à Lucia. C'est toi, et c'est de notoriété publique.

Je ne sais pas quoi répondre, alors je ne pipe mot.

Il secoue la tête.

— Qu'est-ce qui t'a manqué, June ? Moi ou ton projet de cet été ? Je suis sûr que c'était exaltant de jouer les radicales, mais il y a un temps pour s'amuser et un temps pour la vraie vie, c'est ça ? Étrange. Je n'avais jamais vraiment cru que tu choisirais le prix de la Reine au bout du compte. C'est pourtant ce que tu as fait.

La vapeur que dégage son corps s'épaissit, devient plus dense. Il sourit de nouveau, un sourire un peu triste, plein de colère et tellement humain. Il me tourne le dos. Fait mine de partir.

— Enki, je ne voulais pas...

— Ah non ?

Je veux arranger les choses. Je veux me sentir mieux, pouvoir de nouveau me respecter. Je refuse d'admettre cette vérité qui me terrifie : que le prix de la Reine compte plus pour moi que de rendre justice à deux wakas qui ont perdu la vie. Après tout, j'ai laissé la Reine *tricher* pour moi. Je suis dedans jusqu'au cou, trop près du but pour abandonner.

— Ça a beaucoup compté pour moi, finis-je par dire. Tout notre art.

— Pas assez. (L'ombre d'un sourire se glisse soudain dans sa voix.) Il y a une chanson.

Parce qu'il y a toujours une chanson.

Je voudrais lui demander laquelle, mais il est déjà trop loin. Je voudrais le regarder pour toujours, mais il disparaît de ma vue le temps d'un battement de cils.

Le second jour des auditions, je reçois un drôle de message.

Voudriez-vous m'accompagner à l'audience de cet après-midi ? Toshio.

C'est de Ueda-sama. Je n'ai pas eu de ses nouvelles depuis notre dîner le mois dernier, et je hoquette de surprise sur ma chaise au fond de la classe. Le prof ne s'interrompt pas, mais Gil se tourne vers moi en haussant un sourcil interrogateur.

— Ueda-sama…, j'articule silencieusement, et ses sourcils se froncent.

Il éprouve peut-être un reste de ressentiment pour l'histoire d'Enki et de l'ambassadeur, mais je crois plutôt qu'il s'inquiète de mes agissements. Je jette un coup d'œil à mon *fono* : l'audience de l'après-midi débute dans une heure. Dois-je courir à la maison pour me changer, peut-être dans une tenue qui mette mes lumières en valeur ? Non, trop révélateur au cas où quelque chose m'affecterait pendant les auditions. Enki dit qu'il peut lire la moitié de mes pensées dans mes implants lumineux.

Enfin, c'est ce qu'il dirait s'il me parlait encore.

Les champs de force qui entourent le lycée ne laissent passer que très peu de communications, mais j'imagine que si Ueda-sama a pu m'envoyer un message, je devrais être capable de lui retourner la politesse. Je réponds par l'affirmative et il me demande de l'attendre près de l'entrée du public de la salle d'audience du Parlement. Je suis curieuse de savoir ce qu'Enki pensera de ma présence. Que j'ai changé d'avis à propos de Tante Maria ? Cessera-t-il de me haïr ?

Je serre les dents. Je dois l'oublier. Il est trop engagé sur le chemin de sa propre mort pour comprendre la vie d'une waka qui a plusieurs siècles devant elle. Il voudrait que je sacrifie tout ce que j'ai au monde pour une idée abstraite de la justice, mais ce n'est pas si simple, comme dirait Tante Yaha. Comme dirait mère.

Quelle est la bonne chose à faire, Valencia ? demande mon *papai* de la voix de ma *mamãe.*

Ferme-la, João ! je songe en mon for intérieur – un truc que je n'aurais jamais osé prononcer de son vivant. Je vais gagner le prix de la Reine, devenir une artiste célèbre, et ensuite je ferai ce qui est juste – quand j'aurai un métier, de l'influence et une vie qui me le permettra. Si je commets ce geste futile, que m'arrivera-t-il ? Je ne reverrai plus jamais mon foyer ? On me laissera rester, mais je ne deviendrai jamais célèbre parce que je serai blacklistée ?

— Non.

Je n'avais pas l'intention de parler à haute voix. Le prof lève les yeux du texte en anglais qu'il est en train de lire à la classe.

— Margaret Atwood t'inspire un tel rejet, June ?

Quelques rangs devant, Bebel se retourne vers moi.

— Tout va bien ? chuchote-t-elle.

Mon sang ne fait qu'un tour. Mon Dieu, comme je voudrais encore détester Bebel. C'était beaucoup plus simple.

— Je dois m'absenter ! j'annonce, et toute la classe me dévisage.

Le prof soupire.

— Encore une absence inexpliquée ? Fais ce que tu as à faire, June.

Il retourne à son texte. Je ramasse mes affaires et me dirige vers la porte. Je dois assister à cette audition. Je dois prouver à Enki que j'ai pris la bonne décision. Et peut-être à moi aussi.

— C'est *lui* qui se permet de porter des jugements de valeur, je ronchonne en m'éloignant dans le couloir désert. Lui qui n'a aucune empathie.

Mais ces mots me paraissent absurdes dès qu'ils ont franchi mes lèvres. Malgré tous ses défauts, notre Roi d'été ne manque sûrement pas d'empathie. J'ai presque atteint les portes extérieures quand j'entends des pas résonner dans le couloir. Chaussures de toile.

— June ! appelle Gil. Attends-moi !

Je le laisse me rejoindre avec résignation et soulagement. Il m'a tellement manqué. Il me détestera bientôt autant qu'Enki.

— Tu as prévu de faire quelque chose avec Ueda-sama ? me demande-t-il une fois à ma hauteur.

Il fait mine de me prendre le coude, mais se ravise et fourre sa main dans sa poche.

— Il m'a invitée aux auditions.

— Oh.

Nous nous dévisageons. Gil bouge nerveusement les pieds, comme s'il dansait une samba maladroite, mais toujours gracieux à faire mal. Mes implants lumineux soufflent le chaud et le froid. Gil est mon frère, mon meilleur ami. Pourquoi se comporter comme deux étrangers ?

— Gil…

— June, je suis désolé…

— J'ai fait quelque chose… que je n'aurais pas dû quand Ieyascu est venue me chercher dans la salle d'examen. J'avais trop honte pour te l'avouer.

Il sourit brusquement, et me prend finalement le coude.

— J'étais tellement préoccupé ces derniers temps, June, je ne savais juste pas quoi te dire. Ça paraît idiot…

— Préoccupé ?

Son sourire s'efface et je vois ce visage, celui que j'avais pris pour de la dérision. La même profonde tristesse que j'ai aperçue dans le parc quelques semaines plus tôt.

— Je ne peux m'empêcher d'espérer, murmure-t-il.

— D'espérer… sauver Enki ?

Cette phrase est une antinomie. On ne sauve pas plus un Roi d'été qu'on ne peut sauver un éphémère de sa mort programmée.

Gil perçoit sans doute mon incrédulité, car il soupire et change de sujet.

— Qu'est-ce qu'il t'est arrivé ?

C'est finalement un grand soulagement de tout lui déballer.

— J'ai accepté que les Tantes m'aident à tricher aux examens pour rester dans la course avec Bebel.

Il se fige et me regarde fixement.

— Oh, June.

— Je suis désolée.

Les yeux me brûlent, mais je ne pleurerai pas ici.

— Tu vas le dire à Bebel ?

— Si je fais ça…

Je m'interromps ; j'ai honte de finir ma phrase.

— Tu ne gagneras pas, termine Gil à ma place en me reprenant le coude.

Sa déception clignote comme une flèche au-dessus de lui, mais il ne rompt pas le contact. C'est déjà ça.

Nous restons là à nous regarder un long moment, puis il m'attire vers lui, tout doucement, et dépose un baiser sur mon front.

— Si tu as une idée pour le sauver, June, tu promets de me le dire ? Tu promets de me laisser t'aider ?

Je ne comprends pas comment quelqu'un d'aussi intelligent que Gil ne se rend pas compte que ce n'est qu'un rêve.

— Enki a fait son choix. Nous ne pouvons plus rien y faire !

Il se détourne et je suis submergée par un sentiment de déjà-vu, l'impression que les mots qui sortent de ma bouche ne m'appartiennent pas. Ce sont pourtant les miens. Le comportement de Gil est puéril, et quelqu'un devait le lui dire.

Comme l'a fait ta mamãe *quand* papai *est mort ?*

Je retiens mon souffle.

— J'essaierai, m'entends-je lui répondre avant qu'il s'en aille.

La récompense est à la hauteur de mes attentes quand Gil se retourne, un grand sourire aux lèvres.

Ueda-sama envoie un secrétaire me retrouver à l'entrée du public pour m'escorter jusqu'à nos places dans les premiers rangs de la gigantesque salle d'audience. Aucune des sommités rassemblées en ce lieu n'oserait le snober ouvertement, mais il est pourtant seul dans la mer des turbans et des robes colorés des Tantes. Il est vêtu simplement d'une chemise et d'un pantalon – l'oiseau près du col évoque peut-être son pays, ou pas. Il paraît plus âgé que la dernière fois que je l'ai vu. Épuisé au-delà des cernes noirs sous ses yeux.

Il me sourit quand j'émerge de la foule pour m'asseoir à côté de lui.

— Je suis très heureux que vous ayez pu venir, June, m'accueille-t-il.

Je suis arrivée juste à temps. Une seconde plus tard, Tante Isa ouvre les auditions.

Cette fois, pas d'incantation d'Enki pour convoquer la séance. Il se contente de siéger placidement en compagnie d'Oreste et des Tantes du premier cercle. Il se comporte comme il le fait depuis deux jours : en parfait Roi d'été d'année lunaire, beau et obéissant. J'essaie d'attirer son attention, mais il regarde droit devant lui. Il ne sait peut-être pas que je suis là, ou alors il m'ignore. Rien qu'à le contempler, le souffle me manque, j'ai envie de pleurer et de hurler de rage. Comment ose-t-il me manifester tant de mépris parce que j'ai le culot de vouloir diriger ma vie ?

Un peu d'agitation quand l'Oncle et les deux dernières Tantes de la commission prennent place. Dans le public, murmures et froissements d'étoffe. Ueda-sama incline la tête vers moi et me chuchote :

— Vous allez bien ?

Je hoche la tête et respire un grand coup.

— Oui, bien sûr. Merci encore pour l'invitation.

Il hausse les épaules.

— J'ai pensé tout à coup que vous ne voudriez pas rater ça. Sans doute pas plus que moi.

Je me demande ce que Ueda-sama a vu depuis sa cage ce jour-là. Je me demande, entre la foule déchaînée des manifestants, le nanonuage et les SécuriBots, s'il a vu les projectiles déchirer les corps de Wanadi et de Regina. Quel effet cela peut-il avoir sur un habitant de Tokyo 10 dont les citoyens ont laissé la mort derrière eux ?

— Pensez-vous que... ?

Je prends soudain conscience qu'il n'est pas au courant pour Tante Maria et je n'ose pas l'en informer ici.

Il semble pourtant comprendre.

— Nous allons voir, June, répond-il avec calme.

— Le Bureau de la commission d'enquête est maintenant au complet et les auditions peuvent débuter, déclare Tante Isa.

Le silence qui s'ensuit est comme une inspiration. Je regarde Enki de nouveau. Son petit sourire pourrait paraître suffisant sans la tristesse de ses commissures. Son immobilité même est la preuve de son instabilité comme s'il devait demeurer sans bouger sous peine d'exploser.

— L'objet des auditions d'aujourd'hui, poursuit Tante Isa, est de faire la lumière sur les possibles manquements à l'éthique qui ont permis l'introduction illégale de machines de guerre dans notre ville.

Et tué deux personnes, je complète en mon for intérieur. Mais, bien sûr, les Tantes ne veulent pas d'éléments aussi macabres que des faits pour venir saloper leurs jolies petites auditions.

Pourtant…

— Et qui ont coûté la vie à Wanadi Dias et Regina Silva, ajoute Enki, qui se penche en avant de quelques centimètres.

Pendant une fraction de seconde, la tristement célèbre froideur de Tante Isa se fissure – elle jette à Enki un regard stupéfait avant de se reprendre et de hocher la tête avec solennité.

— Et bien évidemment, comme le dit le Roi, qui ont abouti à la mort tragique de deux de nos concitoyens. La commission appelle Tante Maria comme premier témoin !

Tante Maria quitte sa place au premier rang pour s'installer dans le fauteuil solitaire au centre de l'hémicycle que forme la commission. Ça me paraît horriblement intimidant, mais Tante Maria affiche une expression de calme détermination qu'elle doit s'entraîner à prendre devant son miroir. Mon cœur s'emballe – aucune Tante n'a voulu donner confirmation des témoins qui seraient entendus aujourd'hui. Je n'avais pas osé espérer voir Tante Maria accusée de ses crimes. Mon sourire s'élargit, mais je me fige sous les regards curieux que me jettent mes voisins.

Il m'arrive d'oublier que je ne suis plus la lycéenne anonyme que j'étais.

— Bon après-midi, Maria, la salue Tante Isa avec une cordialité qui me fait grincer des dents. Je suis certaine que vous comprenez la raison de votre présence à la barre.

Tante Maria n'esquisse pas un geste, sauf pour rectifier sa posture déjà parfaite.

— Nous venons d'être confrontées à une faille de sécurité majeure pour notre ville, sécurité dont vous m'avez confié la charge. Je serais venue témoigner spontanément si vous ne m'aviez pas appelée.

— Vous pouvez peut-être commencer par nous expliquer avec vos propres mots comment des armes aussi dangereuses ont pu non seulement entrer dans notre ville, mais atterrir entre les mains d'extrémistes technophiles ? demande Tante Nara depuis l'autre bout de la table.

Tante Maria acquiesce avec une gravité relevée de juste ce qu'il faut de contrition. On dirait un holo, même en chair et en os.

Sur les lèvres d'Enki flotte fugacement son délicieux sourire moqueur. Puis il reprend la position guindée du parfait Roi Enki. Je ne sais pas à quel jeu il joue, mais il ne m'a toujours pas vue.

— Le problème, plaide Tante Maria, c'est que j'ai fait beaucoup trop confiance aux wakas. En particulier à Lucia, j'en ai bien peur, et à tous ceux qui se passionnaient tant pour les nouvelles technologies. Jamais je n'aurais imaginé qu'ils puissent aller se procurer de telles abominations chez les *guerillas.*

Tante Nara hoche la tête.

— Je comprends bien, Tante Maria, mais vous n'avez pas répondu à la question : avec tous les moyens de surveillance dont vous disposez, comment est-il possible que ces terroristes technophiles aient pu quitter la ville pour aller chercher des armes de guerre dans une autre sans que vous soyez au courant ?

Une autre Tante dont le nom m'échappe se racle la gorge.

— J'appuie la question de Tante Nara. Il s'agit d'une faille sécuritaire de très large envergure. Et je trouve très difficile à croire que vous n'ayez pas été informée des plans des terroristes.

Je crois que je pousse un petit cri – en tout cas, j'ai la bouche ouverte. Mais tous les sons que je peux proférer se noient dans le brouhaha de l'assemblée. Quelques personnes se lèvent pour crier leur désapprobation ; d'autres applaudissent. Tante Isa pince les lèvres.

— Silence, je vous prie ! rappelle-t-elle à l'ordre d'une voix qui porte grâce à l'acoustique étudiée de la salle.

— Tante Cleusa, j'espère que vous n'êtes pas en train de suggérer que notre chef de la sécurité est leur complice ?

J'observe Oreste, assise entre Tante Isa et Enki, attentive à la moindre trace d'émotion sur son visage d'icône impassible. Ses mains reposent sur ses genoux ; la tête légèrement de profil, elle ressemble davantage à un magnifique robot qu'à un être humain. Existe-t-il une mod pour ça ? Je ravale un rire. En voilà au moins une que je suis sûre qu'Enki n'utilisera jamais.

La Tante qui a posé la question s'éclaircit de nouveau la voix.

— Je pense, dit-elle avec beaucoup moins d'assurance, que la question mérite au moins d'être posée. La chronologie des événements que nous a fournie notre distinguée consœur contient beaucoup d'omissions déroutantes. De nombreuses erreurs de jugement ont…

Tante Maria se tasse légèrement, comme si elle avait reçu un coup.

— Je suis la première à reconnaître mes fautes, honorable Tante Cleusa. Mais je suis au service de cette grande ville, la lumière de la baie, je suis une vraie *Palmarina* depuis plus de cent vingt ans, et Tante depuis cinquante ans. Je ne crois pas que même une opposante *politique* comme vous songerait à m'accuser de trahison ?

Des acclamations de soutien couvrent un instant la voix soigneusement amplifiée des membres de la commission. Je regarde Ueda-sama, ulcérée. Je n'aurais jamais imaginé que Tante Maria puisse avoir tant de partisans, même parmi les gens autorisés à assister aux audiences du Parlement.

— On se fait beaucoup d'amis dans une longue vie, me chuchote-t-il à l'oreille.

Je me rappelle qu'il a lui-même plus de trois cents ans, un vrai Mathusalem de l'ère technologique. Il doit savoir de quoi il parle.

— Alors, elle va s'en tirer, je m'offusque à voix basse, et Ueda-sama me lance un regard perçant.

— Pouvez-vous nous expliquer une chose ? demande soudain Enki dont la voix retentit dans la salle d'audience. Pourquoi un groupe de technophiles vaguement affiliés aurait-il parcouru des centaines de kilomètres hors de la ville en terrain hostile pour conclure un marché avec des *guerillas* qui auraient plus tôt fait de leur tirer dessus que de leur fournir des nanotechs ?

Oreste se tourne vers Enki, haussant un sourcil glacial. Il lui sourit.

— Honorable Tante, ajoute-t-il, couronnant sa question d'une note d'irrespect cinglant.

Certains l'acclament, d'autres le huent, beaucoup ne savent que penser. Je les entends à peine ; mes yeux sont désormais braqués sur Enki. Dieu me garde, mais je l'aime, je l'aime, il ne sera jamais à moi et je le désire plus que l'art.

— Jeune Roi, répond Tante Maria. (Elle tente d'afficher un mépris égal au sien, sans y parvenir, ce qui me laisse espérer qu'elle commence à avoir peur.) Sauf votre respect, vous ne connaissez pas grand-chose aux rouages du monde. Des représentants des milices du Pernambouc ont pu venir en personne, après une communication longue distance. Ils auraient même pu bénéficier de l'aide de certains électrons libres au sein de notre propre communauté ayant accès à de nombreuses mods. Vous en savez certainement plus long que moi à ce sujet, mon Roi...

Enki a plus d'admirateurs que je n'aurais pensé, ici dans le bastion des Tantes. Mon cri de colère est loin d'être le seul.

Tante Maria hausse les épaules. Elle a marqué un point.

— Tout ce que je peux vous dire, mon Roi, ainsi qu'à toute la population de notre ville, c'est que je regrette amèrement les erreurs de jugement que j'ai commises. Je peux vous assurer que tout rassemblement de wakas sera dorénavant surveillé de très près, avec une attention particulière vis-à-vis des groupes dont l'intérêt pour les actions antigouvernementales, les manifestations et les technologies illégales aura été identifié. Tant que je resterai à mon poste – sans préjuger des conclusions de cette honorable commission, bien sûr –, je vous fais la promesse de ne plus jamais laisser se reproduire une tragédie semblable à l'affaire du Pernambouc.

— Merci, Tante Maria, dit Tante Isa une fois le silence revenu. Je crois que nous en avons assez entendu pour le moment.

Tante Maria salue gravement la commission d'un signe de tête et retourne à sa place. Tous les regards sont fixés sur elle.

Presque tous. Mes implants lumineux ondulent et mon estomac se noue avant même que je ne relève la tête et plonge mes yeux dans ceux d'Enki.

— June, articule-t-il en silence.

Rien que mon prénom, avec tant de douceur, j'aimerais savoir ce que cela signifie. J'aimerais pouvoir combattre cette explosion d'amour pour lui qui se répand sauvagement dans mes veines comme des mods.

Tante Isa lève les yeux de son écran personnel.

— Le prochain témoin que la commission souhaite appeler…

— Honorable Tante Isa, puis-je vous interrompre ?

Tante Isa n'est pas aussi douée qu'Oreste pour contrôler l'expression de son visage. Ou peut-être qu'elle s'en fiche.

— Oui, Enki ? répond-elle sèchement, et je suis moi-même scandalisée par l'impolitesse de l'usage de son seul prénom en ce lieu.

Mon Roi d'été, mon garçon à la beauté brute, se contente d'ouvrir de grands yeux.

— Je pensais appeler mes propres témoins.

— C'est une prérogative du Roi, en effet, reconnaît-elle à contrecœur.

Ce sourire carnassier… Je frissonne.

— Qu'est-ce qu'il fait ?

— Qui sait…, me répond Ueda-sama.

— Dans ce cas, continue Enki, j'appelle June Costa à la barre des témoins.

— Lucia t'a donné un nom, dit Enki.

Les lampes sont plus puissantes ici. La sueur me coule dans le dos, derrière les oreilles. J'aurais dû m'en douter. J'aurais dû le lire dans son regard fixe, dans la façon dont il a prononcé mon prénom, comme s'il était heureux de voir que j'étais venue. Pas pour moi, mais à cause de ce que je sais et que je refuse de confesser.

— Roi, commence Tante Isa. Que…

— Quelqu'un de très haut placé dans le gouvernement, poursuit-il sans s'occuper d'elle. Peut-être même une Tante ? Nous savons tous que quelqu'un a forcément aidé les technophiles à se procurer l'arme de guerre.

Oreste se sent obligée d'intervenir.

— Nous ne savons rien de la sorte, Enki, avance-t-elle de sa voix à la fois douce et cinglante.

Enki se croit peut-être seul. Il se penche en avant. Il me contemple comme cette fois sur le bateau juste avant notre grand numéro, juste avant de m'embrasser. Le temps semble ralentir, comme alors. J'ai soudain un flash de lui sous la pluie : la vapeur qui s'élève de sa peau, l'eau de ses cheveux qui m'éclabousse. Sa surprise et sa déception.

Je n'ai pas autant de talent qu'il le pensait. Je n'ai pas autant de talent que je croyais.

Je m'appelle June Costa, et je suis une waka comme toutes les autres de Palmares Três.

— Lucia t'a bien donné un nom, n'est-ce pas ? insiste-t-il.

Oreste agrippe les bras de son fauteuil.

— Enki, ce n'est pas…

— Oui.

Je ne devrais pas répondre à sa question. Je ne l'aurais pas fait cinq minutes plus tôt. Mais sous ces lumières vives, je me rends compte que j'ai finalement fait mon choix. Des formes bougent en périphérie de ma vision, je baigne dans un brouhaha sonore, mais Enki m'hypnotise comme toujours, depuis la première fois que j'ai posé les yeux sur lui, avec ses sourires, sa danse et son regard clairvoyant.

— Quel est ce nom, June ?

Nous pourrions être seuls en train de nous disputer sur les rochers d'O Quilombola, de sauter dans la mer depuis la falaise. *Joyeux Noël, June…*

Je me lève. Les gens s'agitent autour de moi, cherchent à me toucher, mais je leur glisse entre les mains. Deux, trois, quatre pas et me voici à moins d'un mètre de lui.

— June ? me presse Enki.

Je me mets à genoux. Un sujet devant son Roi. Je lui prends la main. Sa poigne est ferme, chaude et sèche ; il sent l'hibiscus et le sel marin.

« Je n'avais jamais vraiment cru que tu choisirais le prix de la Reine », a-t-il dit. Et il ne s'était pas trompé, au bout du compte.

— Le nom…

Enki me plaque une main sur la bouche. Il paraît effrayé. Quelque chose d'autre est-il arrivé à la ville ?

— Tais-toi.

Ses lèvres bougent à peine.

— La séance est levée. Moi, la Reine, déclare une interruption des auditions prenant effet immédiatement. Nous allons réexaminer les témoignages et la possibilité de convoquer une nouvelle commission.

La voix d'Oreste. Je ne la vois pas, ni la foule qui hurle derrière moi, mais son autorité me glace le sang. Qu'a-t-elle fait pour terroriser ainsi Enki ? L'a-t-elle menacé ? Quelqu'un me relève bientôt par le bras. Je cherche Ueda-sama, mais il a été englouti par la cohue. Je ne peux que m'accrocher à la main d'Enki tandis que l'on nous pousse vers l'entrée des Tantes. Nous suivons un couloir silencieux recouvert d'un tapis. Je dévisage Enki, les questions me brûlent les lèvres, mais il secoue lentement la tête et je les ravale.

Les agentes de sécurité nous conduisent dans une petite pièce et nous demandent d'attendre ici. Elles referment la porte en partant.

— Elle n'est pas verrouillée, m'informe Enki.

Je préfère vérifier.

— On ne ferait pas mieux de s'en aller ? je demande.

— Pour aller où, *bem querer* ? (Il se penche vers moi et son front touche le mien.) Qu'y a-t-il d'autre ?

Tokyo 10, ou l'un des Paris, ou même Salvador ne sont peut-être pas aussi terribles qu'on le raconte... Puis les implications de ces pensées s'imposent soudain à moi. Il a raison : notre monde est Palmares Três. Cette porte non verrouillée est un symbole. Si nous partons, elles n'auront qu'à nous remmener.

Un instant plus tard, Oreste elle-même fait son entrée, suivie de Tante Maria. La porte se referme derrière elles et une partie de moi regrette de ne pas avoir saisi l'occasion de fuir.

— Eh bien ! éructe Oreste en laissant libre cours à sa colère maintenant que nous sommes loin des caméras. Grand numéro, Enki, vous vous êtes surpassé !

— J'ai eu comme l'impression que vous alliez la laisser s'en tirer bien qu'elle ait commis deux meurtres, explique-t-il.

— Je n'ai commis aucun meurtre, jeune imbécile, réplique Tante Maria. (Elle croise les bras rageusement ; son turban menace de se dénouer sur l'arrière de son crâne.) Je n'ai fait que m'assurer qu'ils obtiennent ce qu'ils désiraient et laisser les choses arriver. C'est Lucia et son code défectueux que vous devez remercier pour Wanadi et Regina. Cette façon qu'ont les wakas de surévaluer la technologie...

Je ne peux demeurer plus longtemps bouche bée.

— Si vous n'êtes pas protech, pourquoi auriez-vous...

Oreste et Maria échangent un regard complice, comme le font souvent les *grandes*, ai-je remarqué. On doit développer des amitiés particulièrement profondes au bout d'un demi-siècle.

— Puisque tu es si curieuse, June, dit Tante Maria, douce-amère comme du caramel brûlé, je me contrefiche des nouvelles technologies hormis certains progrès intéressants dans les systèmes de sécurité. Mais je savais qu'en leur fournissant une arme de guerre je pouvais compter sur les agitateurs technophiles afin de créer un incident plus que suffisant pour justifier des mesures restrictives draconiennes sur l'importation des technologies. Après le désastreux accident de l'ArachnoBot cet été, nous avions plus que jamais besoin d'un coup de gouvernail dans l'autre sens, et mon plan a fonctionné à merveille.

J'ai déjà confié à mère tout le mal que je pensais des machinations des *grandes*, mais ce que j'entends dépasse toutes les horreurs que j'avais pu imaginer.

— Enki, comme d'habitude, a voulu s'en mêler, accuse Oreste. Et les gens se demandent pourquoi on ne garde nos Rois qu'une année ! Je suis étonnée que tu l'aies mis au courant, June. J'aurais cru que le prix de la Reine serait une motivation plus que suffisante.

Enki glisse un bras autour de ma taille. Je ne sais pas si c'est pour me serrer contre lui ou m'empêcher de partir. Des frissons remontent sur ma peau, qui ne sont pas tous dus à la colère ou à la peur.

— Vous le saviez, dis-je d'une voix plus blanche que le papier. Vous m'avez envoyé interroger Lucia, mais vous étiez déjà au courant.

Tante Maria soupire.

— Pour quelqu'un qui crée autant de problèmes, elle manque singulièrement de sens politique.

— Je crois que ceci explique cela, lui répond Oreste comme si nous n'étions pas là.

— Elle avait besoin de connaître ce que savait Lucia, me souffle Enki à l'oreille. Lucia leur cachait quelque chose. Elle voulait savoir s'il s'agissait seulement du nom de Tante Maria ou d'autres secrets plus incriminants pour la tour de la Reine.

Oreste hoche la tête comme pour apprécier ses compétences.

— C'est plus ou moins ça. Le prix de la Reine est à toi, June, à condition que tu ne révèles pas un mot de tout cela. Et si tu envisageais de parler *après* ta victoire, je rendrais publique la preuve que tu as triché aux examens.

La menace me laisse de glace après ce que je viens d'entendre. Elle doit me prendre pour quelqu'un de vraiment très vénal, dont la soif de reconnaissance passe avant tout le reste. Il faut bien avouer que je lui ai donné des raisons de le croire.

Je me rends compte qu'elle ment et que les conséquences, si je venais à rompre ce pacte, iraient bien au-delà d'une révélation publique de ma malhonnêteté. Pourquoi ne pas me le dire carrément ?

Parce qu'elle veut voir jusqu'où va ma crédulité ; elle veut savoir si elle devra déployer les grands moyens, quel genre de menace je représente.

Enki est derrière moi, terrifié par quelque chose dont il ne peut parler, silencieux contrairement à son habitude. Lui aussi doit faire son numéro de funambule pour tenter de m'aider sans se trahir devant les deux femmes les plus puissantes de Palmares Três.

Oh, June, entends-je, comme disait toujours mon *papai. Dans quel guêpier t'es-tu fourrée ?*

J'ai soudain peur et laisse mon visage l'exprimer. Je me déleste doucement de mon poids sur Enki, et je lâche très vite :

— Oui, d'accord, oui. Tope là. Je promets.

Oreste me dévisage un long moment. Assez longtemps pour que j'aie envie de me tortiller, et je ne me gêne pas. *N'en fais pas trop,* je me réprimande. *Tu dois lui donner le change.*

Elle hoche soudain la tête.

— Bien. Tu es talentueuse, June. Tu pourras devenir quelqu'un, un jour. Viens me trouver dans dix ans, et nous verrons ce que la tour de la Reine peut faire pour toi.

Elles repartent sans ajouter un mot, mais Tante Maria nous lance un long regard énigmatique avant de suivre Oreste.

Je fixe des yeux l'endroit où elles se tenaient, encore trop bouleversée pour former une phrase. *Fin de mes dernières illusions,* je songe. Ce sont ces femmes qui trancheront la gorge d'Enki avec la lame de cérémonie à l'arrivée du printemps. Ce sont ces femmes qui proclameront son sacrifice afin de rétablir Oreste dans ses fonctions pour un nouveau mandat de cinq ans.

Enki me tourne doucement vers lui.

— June, je...

— Organisons une fête ! je l'interromps en désespoir de cause en lui touchant l'épaule, le menton puis les lèvres. Allons danser...

Il referme ses mains sur ma nuque.

— Tout ce que tu voudras.

Je me demande de qui les Tantes se sont servies pour lui causer une telle peur. Quelle vie ont-elles menacé de détruire s'il ne me faisait pas taire ? C'est la seule raison qui puisse expliquer la terreur que j'ai lue dans ses yeux. Je ne peux pas lui poser la question ici, mais je crois que je connais déjà la réponse.

— Gil viendra aussi, dis-je.

Son visage exprime le soulagement et l'amour.

Nous donnons notre fête dans la tour de la Reine, dans la grande salle de banquet où Enki et Gil se sont rencontrés pour la première fois. Nous avons invité la ville entière, et il y aura une foule incroyable.

Bebel et Pasqual et tous ceux de ma promo au lycée. Les fluxeurs, les agitateurs, les *grandes* et les wakas, les technophiles et les isolationnistes. Enki s'est adressé à la population sur le flux de Sebastião : « Si vous pensez que vous devez en être, alors venez. Tout le monde est invité. »

Les Tantes ne sont pas ravies – il n'y a peut-être que les machinations qui les rendent heureuses. Mais elles ont encore préféré nous laisser inviter le peuple dans la tour de la Reine plutôt que de subir les retombées d'une interdiction. Enki est le Roi d'été le plus populaire depuis un siècle. Mieux vaut l'attendre au tournant que d'affronter ouvertement un tel pouvoir.

Enki et moi passons une journée entière à programmer et installer des holos dans toute la salle. Gil aurait bien voulu nous aider, mais il a cours. Je ne suis pas retournée au lycée depuis l'incident du Parlement. Pour une fois, mère n'a pas fait d'histoires. Elle a dit que je reprendrai les cours quand je serai prête.

À se demander si je le serai jamais. Je ne me rendais pas compte, avant de le perdre, à quel point le prix de la Reine me donnait un but auquel me raccrocher. Je me sens maintenant aussi impuissante que Gil quand je pense à la fin de l'hiver.

Nous attendons tous les trois derrière la bulle de verre et sa vue plongeante sur la baie. Nous sommes vêtus de tenues assorties d'un blanc éblouissant dessinées par la *mamãe* de Gil. Dans son costume et son chapeau blancs, Enki ressemble à une des anciennes représentations très fringantes d'Exu, l'*orixá* des jouisseurs. La *mamãe* de Gil est un génie. À l'arrivée des premiers invités, je me tourne vers Enki.

— Maintenant ! je lui enjoins à voix basse.

Les holos se mettent en marche, révélant trois projections géantes aux trois coins de la salle. La première montre le pochoir d'Enki et moi, la deuxième celui de Wanadi et Regina. Entre les deux, ma version transformée flotte au-dessus de la baie, celle qui peut être perçue comme technophile ou isolationniste, et transforme une blessure par balle en ambiguïté. Les autres holos projettent de l'eau, des algues qui flottent et d'occasionnels bancs de poissons filant à toute allure.

La musique retentit soudain dans la salle et Gil se fend d'un sourire.

— C'est encore mieux que la dernière fois.

— Ce sera toujours mieux que la fois précédente, le reprend Enki en faisant courir ses doigts sur son bras. Tant que nous le ferons ensemble.

Nous n'en avons plus pour longtemps, je songe. Gil se penche vers Enki et l'embrasse très fort sur la bouche.

Je me souviens de cette nuit, quand Gil et moi avons vu Enki pour la première fois. Quand Enki et Gil sont tombés amoureux l'un de l'autre. Je me sentais si seule, dépossédée, perdue. En les regardant aujourd'hui, j'aimerais que les choses soient aussi simples.

Les gens affluent à notre soirée, deux par deux, trois par trois, puis par dizaines. Gil danse comme autrefois, comme s'il voulait séduire sa propre mort. Les invités ont beau s'entasser sur la piste, il dispose toujours d'un espace dégagé autour de lui. Enki l'accompagne un moment jusqu'à ce que je me plante derrière lui et enfonce mes doigts dans les passants de sa ceinture. Il se retourne d'une pirouette tout en souplesse et éclate de rire devant ma mine renfrognée.

— Allons, *bem querer*, s'amuse-t-il. Tu ne veux pas danser ?

— Et s'il y a trop de monde ? je demande.

— Ils iront danser ailleurs.

Une anguille serpente près de son visage. Ses doigts traversent sa chair immatérielle et je ris avec lui, sans savoir pourquoi.

— Viens, lance-t-il.

Il pose ses mains fermement sur mes hanches.

— Que…

Mais il secoue la tête. Je ne dis plus rien quand il bande ses muscles, resserre ses mains sur moi et voici que je vole au-dessus de lui, bras écartés en renversant la tête. L'ivresse me brûle la gorge comme un vin puissant. Nous sommes dans la bulle de verre qui surplombe la ville, entourés de *Palmarinas* de tous âges. Je me sens connectée au monde, Enki en dessous de moi et la ville scintillante au-dessous de nous tous.

Enki me rattrape par les aisselles et me repose délicatement au sol. Je voudrais le remercier, mais les mots sortent malgré moi.

— Quand tu m'as appelée à témoigner devant la commission…

Il penche la tête sur le côté.

— Tu avais envie de me tuer ?

— Jamais de la vie !

Mon estomac se soulève à cette seule pensée. Il le sait sans doute ; il me serre aussitôt la main pour s'excuser.

— Quoi, June ?

Je respire un grand coup.

— Je ne sais pas si j'aurais livré le nom. Je n'en suis pas certaine.

Je suis encore en train d'évaluer le silence prudent que j'obtiens pour toute réponse quand quelqu'un m'agrippe par-derrière et me serre dans ses bras.

— June ! Je t'ai trouvée ! (Bebel semble avoir abusé du vin.) Tu viens danser avec moi ?

Elle plaque ses mains sur mes hanches. Je hausse les épaules et me laisse guider. Je regrette l'absence du corps d'Enki contre le mien plus que de raison, mais Bebel a au moins le vin heureux.

— Super soirée ! s'écrie-t-elle en venant nicher sa tête dans mon cou.

Dans un élan de tendresse, je referme mes bras sur elle. Elle ne mérite pas ce que je lui ai fait. J'ai eu une dizaine d'occasions de lui avouer la vérité, mais j'ai préféré me terrer avec Enki et Gil en espérant que ce truc horrible que j'ai accepté cesserait d'exister. Mais cela n'arrivera pas tant que je n'aurai pas fait amende honorable.

— On ressent quoi quand on nage ? demande Bebel en contemplant les holos aquatiques.

— Tu n'as jamais essayé ?

Elle hausse les épaules.

— Ma *mamãe* dit que c'est dangereux.

— La mienne m'a appris à nager dès que j'ai su marcher.

Je souris à ce souvenir et Bebel me rend mon sourire.

— Je voulais te dire, June. Nous sommes amies, je sais que nous le sommes, et je ne veux pas que tu t'inquiètes de toutes ces conneries de classement et laquelle de nous deux est en tête. Tu as gagné ta place et je suis fière de toi. Et si tu remportes le prix de la Reine, je le serai encore plus. Tu le mérites.

Je tousse si fort que je peux à peine respirer.

— Mais… Bebel, non, je ne…

Elle vient de retourner le couteau dans la plaie. *Je ne mérite pas ce que j'ai obtenu sans rien faire.*

Mais Bebel sera toujours Bebel, et son interprétation de mon bégaiement l'éclaire de la plus belle lumière.

— Avec toute cette pression ? Je suis sûre que je n'aurais pas assuré moitié aussi bien que toi. Je t'admire, c'est tout.

Elle me sourit sans une miette de condescendance. Je ne peux plus supporter sa présence. Je ne supporte plus ce que cela dit de moi.

— C'est toi qui vas gagner, articulé-je en pesant mes mots.

Elle cligne les yeux.

— June, je ne crois pas…

— J'ai triché. J'ai laissé les Tantes m'aider à tricher. Elles ont gonflé ma note d'examen.

J'aurais pu aussi bien lui assurer que la reine Odete n'a jamais existé. Elle plaque une main sur sa bouche et cherche l'air comme si elle ne pouvait plus respirer.

— Je suis désolée, dis-je parce que je le suis vraiment, même si ça ne sert à rien.

— J'ai toujours… Je croyais que l'art comptait plus pour toi que le prix. Tu ne voulais pas lui donner du sens ?

J'ai l'impression que mon cœur se dessèche.

— J'ai oublié en route.

Elle me considère un long moment, comme si elle pouvait lire sur mon visage les justifications boiteuses et l'ambition démesurée qui nous ont conduites ici, deux rivales de part et d'autre de la moralité.

— Bebel, c'est toi qui gagneras, je répète.

— Les Tantes sont de ton côté !

— Je vais me disqualifier et c'est toi qui gagneras. Souviens-toi de ce que je dis.

Je pars sans lui laisser le temps de répondre. Avant qu'Enki ne me trouve et que Gil ne m'attire dans sa danse, sans accorder une seconde d'attention aux centaines de gens qui ne sont venus que pour ça. Je me fraye un chemin dans la foule, sans esquisser un pas de danse, sans accorder un sourire à quiconque. Je ne prends même pas la peine d'essuyer les larmes qui se sont accumulées au coin de mes yeux. Je ne sais plus rien faire de bien et je n'arrive pas à croire que j'ai pu penser un seul instant que j'étais digne de l'amour d'un Roi et d'une ville.

Je me réfugie dans la salle de régie, seulement éclairée par la lumière diffuse de quelques écrans actifs. Je fais bien attention de ne pas désactiver une commande. Je ne voudrais pas gâcher notre décor sous-marin.

Je m'assieds seulement sur le sol, la tête enfouie entre mes genoux, et laisse enfin les larmes couler.

C'est Enki qui me trouve.

— Je leur ai demandé de s'en aller.

— À tout le monde ?

Il s'accroupit à côté de moi, sans me toucher. La peau de mon visage est raidie par les larmes séchées, prête à craquer au moindre mouvement.

— Oui, répond-il. Ils ont eu quelques heures de bon temps.

La fête aurait dû durer jusqu'à l'aube, jusqu'à ce que les Tantes nous renvoient chez nous à moitié titubants en nous fusillant du regard. C'est là que j'aurais pu m'éclipser sans me faire remarquer.

— Où est Gil ? je demande.

— Tout le monde est parti, répète Enki. Je lui ai dit que c'était mes mods…

Ses cheveux sont encore mouillés de sueur. Il est adossé au mur, si proche que le bord de son T-shirt effleure mon bras nu. Son souffle est un peu court. Le mien aussi.

— C'est vrai ?

Il hausse les épaules.

— Ce sont toujours les mods de toute façon.

Ses yeux se révulsent ; sa respiration ralentit.

— Les Tantes essaient de s'introduire dans le système.

Dans les haut-parleurs, sa voix est douce.

— Savent-elles que c'est impossible ?

Sa voix est rieuse, mais son visage reste de marbre.

— Je ne le leur ai pas encore dit.

— Enki ! je le secoue. Enki, reviens, regarde-moi !

J'essuie mes nouvelles larmes et me déplace pour lui faire face, assise sur mes talons. Ses épaules frémissent et ses iris reprennent leur position dans ses orbites – un processus qui me terrifierait si je ne l'avais pas vu cent fois. Il frissonne et laisse échapper une plainte.

Sans réfléchir, je lui caresse le bras.

— Qu'est-ce que tu voulais ?

— Laisse-moi te montrer quelque chose…

Il se décolle du mur en vacillant, puis tend la main pour m'aider à me lever. Nous devons être très beaux lui et moi, tout de blanc vêtus, pour un observateur extérieur. Mais personne ne nous verra. L'auditorium est vide et les holos toujours là. Et c'est très bien comme ça. Même dans l'eau immatérielle, Enki possède la beauté d'un élémentaire. Je me dis qu'il faudra remettre ça l'été prochain. Et puis je me souviens.

Il m'emmène tout au fond de la bulle de verre et presse son nez contre la vitre. Si je ne regarde pas derrière, c'est comme si nous flottions dans le vide.

— Je n'aurais pas dû t'appeler à la barre des témoins, explique-t-il. Tu as le droit de mener ta propre vie. Comme tu l'as si bien dit, c'est toi qui vas la vivre.

Je serre si fort les poings que mes ongles laissent des marques en forme de demi-lunes dans mes paumes. J'aimerais n'avoir jamais prononcé ces mots.

— Quel est le prix d'une vie ?

Il prend ma main gauche et déplie mes doigts avec douceur.

— J'ai fait des compromis. Je ne confierai à personne ce que je sais, moi non plus.

— Parce qu'elles ont menacé Gil.

Il ouvre de grands yeux, sans cesser de sourire.

— Tu le savais ?

— Je te connais.

Il prend mon autre main, dont il déploie aussi un à un les doigts. Le contact avec sa peau me donne l'impression de manger un piment ultrafort.

— Oreste a choisi Gil. Elle n'a pas pensé à toi.

— Qu'est-ce que j'ai à voir là-dedans ?

— June, June, répète-t-il, comme les paroles d'une chanson. (Il a une très belle voix, je ne sais pas pourquoi j'ai toujours pensé le contraire.) Combien de fois devrai-je te le répéter ?

— Me répéter quoi ?

Et tout en prononçant ces mots, je sais qu'il va m'embrasser.

Cette fois, les lèvres d'Enki sont douces, son souffle aussi frais que du gingembre. Ses yeux brillent de toute leur noirceur, comme un ciel étoilé.

— Que je t'aime, répondent les haut-parleurs.

— Tu aimes le monde entier, bredouillé-je, mes mots étouffés par nos lèvres, nos langues et nos mains.

— Pas autant, dit la ville/Enki.

Je me laisse alors tomber à genoux dans la bulle de verre. Mes dents s'entrechoquent, mais je ne le sens même pas. J'ai envie de lui ; j'attrape le bas de son T-shirt et le tire vers moi avec une impatience qui me surprend moi-même.

Ses lèvres descendent dans mon cou ; trouvent mon arbre. Il déboutonne mon corsage, et caresse mes implants dermiques d'un langoureux sillon de baisers. Mes lumières brillent assez pour éclairer les veines de ses lèvres par transparence. J'ai du mal à croire que les drôles de sons que j'entends proviennent de ma gorge, mais Enki ne fait pas un bruit. Je suis blottie dans les lueurs de la ville ; je flotte.

— Je croyais que tu ne le ferais jamais ! je halète en grimpant sur lui. Je croyais que tu ne voulais pas de moi. Je croyais que tu ne m'aimais pas.

— Je ne suis qu'un égoïste, confie-t-il de sa voix organique.

Je ne sais pas ce qu'il veut dire, et je ne peux pas le lui demander. Je suis à moitié nue dans la bulle de verre. Mes mots se décomposent, mes pensées s'échappent de mes lèvres en volutes de sons désarticulés n'exprimant que l'émotion pure.

Je me rappelle ma première fois avec Gil ; nous étions hésitants, maladroits, rigolards. Ce n'est pas du tout le même acte. Les holos commencent à clignoter, puis s'éteignent complètement. Les mains d'Enki tremblent. Un effet de ses mods ? Mais il reste pourtant maître de ses gestes quand il déboutonne mon pantalon, le fait glisser sur mes hanches jusqu'à mes chevilles.

Il a suivi mon arbre jusqu'en bas.

Je perds le compte. Mes mains s'enfoncent dans ses cheveux. Une voix, sans doute la mienne, hurle de plaisir. Je me regarde de l'extérieur.

Depuis le temps que June attendait ça.

Elle va se brûler les ailes. Mais elle s'en fiche.

Il me sourit ; la blancheur de ses dents dans la blancheur des lumières de la ville. Je suis éblouie, mais je ne veux pas fermer les yeux. Je veux le contempler, pour toujours, avant de ne plus jamais le revoir.

Des lumières vacillent, telles des lucioles au cœur de l'été. Je crois d'abord que ce sont les lampes de la salle de bal, mais non. Ici, dans la bulle de verre, il n'y a que la ville qui descend jusqu'à l'eau tout en bas.

Enki me serre contre lui. Notre sueur rend maintenant le verre glissant, laissant des traces sur le blanc clignotant.

— Que…, essayé-je de dire. Pourquoi ?

Mais peut-être qu'Enki ne trouve plus ses mots, lui non plus. Même ceux qu'il peut prononcer grâce à la ville. Il se contente de me bercer la tête, de m'embrasser comme si nous avions des milliers d'années devant nous, et de bouger lentement à l'intérieur de moi…

Quel effet ça te fait, June ?

C'est…

Les lumières de Palmares Três se sont éteintes.

Dans le noir, j'ai l'impression de grandir. Sans un corps pour me fixer des limites, j'enfle et je m'amplifie avec mon plaisir. Je suis une constellation, une abstraction suspendue dans les étoiles.

Mais la lune est presque pleine, et mes yeux finissent par s'habituer à l'obscurité. Nous nous regardons dans la nuit noire. Plongés dans le regard de l'autre jusqu'à l'explosion finale, jusqu'à ce que mes nerfs obligent mes yeux à se fermer, que son visage se déforme et que nos cris deviennent halètements et longs soupirs frissonnants.

Nous restons allongés, tremblants dans l'obscurité, pendant un long moment. Je me laisse glisser et me roule contre lui. Je sens ses côtes, caresse chaque renflement jusqu'au bout. Ma main s'immobilise près de sa clavicule, et mon index tressaute à chaque battement de ce cœur qui vient d'être sollicité.

— Tu l'aurais fait, lance-t-il sans transition.

Sa voix est rauque, hachée.

— Fait quoi ?

— Tu aurais livré le nom de Tante Maria. Tu n'en es peut-être pas sûre, mais moi oui.

Je réfléchis à ce qu'il vient de dire. Je crois qu'il a tort, mais je suis heureuse qu'il pense ainsi. La mention du nom de Tante Maria me renvoie aux manœuvres politiques et à l'hystérie qui a dû s'emparer de la ville soudain plongée dans le noir sous nos pieds.

— Tu ne ferais pas mieux de rallumer ? murmuré-je en l'embrassant.

Il me rend mon baiser.

— Bientôt, dit-il. Elles ont aussi menacé la *mamãe* de Gil.

— Oh. Oh, Enki…

C'est à peine s'il bouge quand je le serre dans mes bras. Je fais glisser mes lèvres le long du pavillon de son oreille. J'ai dans l'idée de l'embrasser ou de lui murmurer des mots doux, mais je m'entends dire :

— Enfuyons-nous ensemble.

Peut-être que mère n'a pas pu sauver *papai.* Mais je suis prête à prendre tous les risques. Je suis prête à essayer.

La seule réaction d'Enki est cette étrange immobilité.

— Où ça ?

— Je ne sais pas. N'importe où. Tokyo 10. Accra. Salvador.

— Je ne suis jamais allé à Salvador.

Je le sais. Il n'a jamais quitté Palmares Três. Moi non plus. Mais ça me semble important de ne pas le mentionner. Je me souviens que sa mère est de Salvador.

— Salvador, alors. On peut y aller à pied, au moins. C'est ce qu'on dit.

— D'accord, June.

— D'accord ?

— Je veux bien m'enfuir avec toi.

Loin en dessous de nous, un générateur se met à bourdonner. Les lumières clignotent avant de retrouver leur pleine puissance. Enki me rend mon étreinte et plante un baiser sur le haut de mon crâne.

— Il faut partir, lâche-t-il. Les Tantes sont en route…

Il pleure, quelques larmes. Je lui essuie les joues, et nous nous levons.

As-tu déjà fait du MétalloSurf ?

Non, je sais que non. J'aime poser des questions dont je connais déjà la réponse. As-tu déjà fait du MétalloSurf, je demande, et j'entends ta voix me répondre quelque chose du genre : « Je ne suis pas aussi tarée, Enki. »

Et maintenant, j'aimerais entendre ta réponse pour de bon, que tu fronces les sourcils ou éclates de rire ou...

Voilà comment on surfe sur les structures d'acier. Il te faut une planche magnétique. Tes bottes à nanovelcros feront l'affaire, mais la plupart des surfeurs portent aussi des chaussures magnétiques. Tu te trouves une belle poutre intérieure. Une ligne de métal brillant qui s'étire à l'infini. Les pipelines sont parfaits, et c'est pourquoi tu surferas presque toujours dans le *verde*.

Place-toi à une dizaine de mètres au-dessus du métal. Assure-toi d'avoir la place de prendre ton élan. Et puis tu cours, tu cries et tu te lances en t'aidant des pieds et des mains pour positionner ta planche parallèle au métal, avec toi dans le bon sens, et tes chaussures en prise. Tu as cinq secondes. Si tu rates ton coup, disons que tu auras de la chance d'être toujours vivante.

Mais si tu prends la poutre, tu peux te mettre debout et filer plus vite qu'une navette sur cette étendue lisse de métal.

Un coup tu gagnes, un coup tu perds.

Ce sera peut-être la meilleure expérience de ta vie, ou tu ne le referas plus jamais. C'est tout le problème avec...

J'ai connecté les capteurs météorologiques externes de la ville avec son unité de production énergétique interne ; c'est là que j'ai mis mon amour pour toi. Il y est sans doute encore, si tu veux le retrouver un jour.

Je passe la semaine précédant mon anniversaire à réunir des cadeaux, que j'aurais préféré destiner à une célébration qu'au plus dangereux projet que j'aie jamais entrepris.

Nous pourrions y laisser notre peau. Je suis prête à prendre le risque, et bien sûr, Enki aussi. Quand Gil m'a demandé de trouver un moyen de le sauver, j'ai pensé qu'il croyait aux contes de fées.

Mais c'est la réalité. Chaque couverture chauffante, chaque allume-feu, chaque purificateur d'eau que je dissimule est un pas vers l'abandon de tout ce que j'ai jamais aimé dans ma vie.

Sauf Enki.

Il passe le plus clair de son temps avec Gil. Je crois qu'il veut lui dire adieu, puisque nous nous sommes mis d'accord pour ne pas lui parler de notre plan. Afin de protéger Gil et sa *mamãe*, nous avons fait en sorte que la ville révèle des informations sensibles s'il leur arrivait quoi que ce soit. Gil est célèbre ; tout le monde serait au courant s'il lui arrivait malheur. Mais les Tantes ne prendraient sans doute pas notre menace au sérieux si sa mère restait ici toute seule.

Deux jours avant mon anniversaire, Enki et moi rencontrons Ueda-sama dans ses appartements. C'est une idée d'Enki, mais l'ambassadeur semble soulagé de nous voir, et d'une bonne volonté surprenante quand nous lui expliquons ce que nous attendons de lui.

— Une diversion ? De quelle nature ?

— Quelque chose qui gardera les Tantes occupées pendant, disons, au moins cinq heures, réponds-je. Pensez-vous que ce soit dans vos cordes ?

Ueda-sama hoche la tête d'un air songeur, comme s'il était parfaitement normal de lui demander de détériorer un peu plus ses relations avec notre gouvernement, simple question de logistique.

— Vous préparez un autre projet artistique ? nous demande-t-il.

Enki sourit. Je hausse les épaules, un peu gênée.

— Un truc dans le genre.

Ueda-sama n'insiste pas. Il se renfonce dans son siège et regarde par la haute fenêtre de son appartement, où le brouillard ne laisse qu'à peine deviner la baie. Je songe une nouvelle fois qu'il a l'air fatigué, et vieux malgré son visage sans âge. À l'époque de sa naissance, certains de ses contemporains avaient connu New York et Rio avant les bombardements. À l'époque de sa naissance, les hommes mouraient encore de la peste Y.

Je me demande quel effet ça fait d'être porteur de tant d'Histoire. Je me demande ce que voit un homme qui a près de vingt fois notre âge lorsqu'il nous regarde.

— Votre ville est très étrange, Enki, dit-il, les yeux toujours plongés dans le brouillard.

A-t-il oublié ce que nous sommes venus lui demander ? Je jette un coup d'œil à Enki, qui ne paraît pas s'inquiéter.

— C'est la plus belle du monde.

— Ma Tokyo était belle, elle aussi, répond Ueda-sama à mi-voix. Elle a perdu cette beauté il y a longtemps déjà. Pourtant, oh, se réveiller certains matins et découvrir la montagne couronnée de neige et de brume, le parfum de l'encens au jasmin de ma femme pour notre *butsudan*, l'appel d'une grue dans le jardin… Ils m'ont dit qu'il y avait des mondes anciens dans le *cloud*, des recréations complètes du Japon du passé…

Mais Ueda-sama ne peut pas se télécharger.

— Vous aimeriez pouvoir y aller ? je demande.

— Ils pensent qu'ils sont au paradis, répond-il. Ils oublient que cela signifie qu'ils sont morts.

Enki se penche par-dessus la table et pose une main sur l'épaule de Ueda-sama.

— Nous aiderez-vous, Toshio ?

L'ambassadeur soupire en se massant les tempes.

— Ce sera un honneur, Roi d'été.

La veille de mon anniversaire, je mets la main sur le dernier article de ma liste : un détecteur de mines antipersonnel. J'ai entendu dire qu'il y avait encore de ces engins explosifs partout dans la campagne autour de Salvador. Ce genre de technologie est évidemment sous haute surveillance et il est très difficile de s'en procurer, mais je me suis fait passer pour Tante Yaha en laissant entendre que j'en avais besoin pour une mission politique secrète. À mon grand étonnement, ça a marché. J'espère qu'elle ne sera pas inquiétée après notre départ.

Il se trouve finalement que j'aime beaucoup Tante Yaha. Je revois l'adolescente de quinze ans, en colère et en deuil, dont elle a hérité en épousant mère, et je ne peux que secouer la tête. Je suppose que j'ai de la chance qu'elle m'ait traitée avec autant de bienveillance pendant tout ce temps. Yemanjá sait que je ne l'ai pas mérité. J'essaie de lui communiquer tout ça en l'étreignant quand elle part travailler ce matin-là.

— Qu'est-ce qu'il y a, June ? demande-t-elle en riant.

Je ne me lève pas assez tôt pour la voir partir d'habitude – la tour de la Reine a été plus affairée que jamais depuis ma désastreuse tentative de témoignage.

Je lui tends une feuille de papier. J'y ai reproduit le portrait que j'avais fait d'elle à son mariage, y ajoutant quelques détails et un léger lavis de couleur. Elle l'accepte sans sourire.

— C'est un cadeau, dis-je.

Elle me serre très fort dans ses bras.

— Pour ton anniversaire ? Je te verrai ce soir. J'ai prévu de rentrer tôt.

— Mère sera contente.

— Je sais, répond-elle en jetant à mon dessin un regard que je n'aurais pas su interpréter l'année dernière.

Elle s'en va. Je consacre les quelques heures qui me restent à nos derniers préparatifs. Je réserve une couchette sur un navire de commerce au départ demain soir à destination de Paris. J'utilise de faux noms – de quoi les convaincre, je l'espère, que je ne veux pas être découverte. J'ai caché des plans de Paris sous mon matelas et il y a des cartes de la campagne ibérique dans ma poubelle. Avec un peu de chance, elles croiront que nous sommes partis en Europe. Je ne me fais pas d'illusions. Tante Maria ne sera pas dupe indéfiniment, mais j'espère que cela la ralentira dans ses recherches.

Tout cela me prend un certain temps. Où je repousse le moment de sortir en faisant la causette avec mère, comme si tout était normal – aussi normal que tout ce qui nous est arrivé ces deux dernières années, en tout cas.

Mon Dieu, qu'elle me manque ! N'est-ce pas étrange ? Que la femme assise dans le boudoir à quelques mètres de moi me manque déjà ? Je lace mes chaussures et prends mon sac à dos. Il est un peu volumineux, mais je suis assez réputée pour mes prestations d'art urbain pour que personne n'y trouve à redire.

Mère contemple la mer depuis son fauteuil à bascule. Nous avons dispersé les cendres de *papai* dans la baie, pas vrai ? Je l'avais presque oublié.

— Il y a des œufs, dit-elle sans se retourner. Et de la papaye si tu en veux. La première récolte des serres de cette année.

Je crois que je vais vomir si j'avale quoi que ce soit.

— J'ai quelque chose pour toi, lui réponds-je en m'accroupissant près d'elle. (Je lui tends une liasse aussi épaisse que ma main.) Je ne sais pas quoi en faire, j'ajoute. Mais j'ai pensé que ça te plairait peut-être.

— June, s'étonne-t-elle en feuilletant les premiers dessins. J'étais loin de penser… Je croyais que tu avais cessé de dessiner à la mort de João.

— Tu as pourtant continué à m'acheter du papier à dessin.

Elle hausse les épaules avec un clin d'œil.

— J'espérais, peut-être.

Elle a toujours cru en mon art, plus que *papai* ne l'a jamais fait, même si ça me tue de l'admettre.

Je prends le temps de m'asseoir à côté d'elle et plonge mon regard dans la baie tandis qu'elle examine mes dessins. Je me souviens comme j'étais nerveuse quand je montrais mon art à *papai*. Mais *mamãe* a toujours été aussi dithyrambique qu'il était avare de compliments, et je n'ai jamais pris la peine de la croire.

Elle finit par reposer toutes les feuilles en un petit tas bien net sur la table.

— Ils sont merveilleux. Es-tu sûre que tu veux me les donner ? Je suis déjà heureuse de les avoir vus. Ces dessins seraient parfaits pour le prix de la Reine. Si ça t'intéresse toujours.

— C'est pour toi que je les ai faits. Ne te tracasse pas pour le prix de la Reine…

Et, merveille des merveilles, elle n'a pas l'air de s'inquiéter.

— Je suis si fière de toi, June.

— Je suis fière de toi aussi, *mamãe.* (Je me mets debout.) Je… rentrerai tard ce soir. Ne m'attends pas.

Elle lève les yeux vers moi, comme si elle espérait quelque chose, mais elle se renfonce déjà dans son fauteuil. Il lui manque. Je me demande comment je ne m'en suis jamais aperçue. J'aurais voulu qu'elle essaie de le sauver, et je la comprends d'une façon qui m'était jusqu'ici inaccessible. Mais il est trop tard. Nous n'avons plus que le temps des adieux.

Lorsque tombe la nuit, je suis là où j'ai passé les moments les plus heureux de ma vie : dans le jardin de Gil. Nous écoutons les dernières productions du *bloco* Roi Zumbi tout en discutant. J'ai mon sac avec moi, mais je dis à Gil que c'est pour un projet artistique et il n'en demande pas plus.

— Tu te souviens quand on avait dix ans et qu'on a fait le mur pour voir Gria Plaza la nuit ? lance-t-il en sortant la bouteille de vin de sous la couverture que nous partageons.

Je glousse déjà, alors que j'ai à peine trempé mes lèvres dans l'alcool.

— On était si petits qu'on ne voyait rien du tout. Je me rappelle que j'avais peur de me faire piétiner quand la musique a commencé.

Il boit un coup au goulot.

— Mais j'étais trop fier quand on est rentrés, même si *mamãe* m'a consigné à la maison pendant un mois entier.

— *Papai* ne m'a pas adressé la parole pendant une semaine, renchéris-je. Il a fallu que *mamãe* le raisonne.

Nous nous taisons. Gil se laisse aller contre moi et me passe la bouteille. Je fais semblant de boire, puis il en descend assez pour nous deux. Ça ne ressemble pas à Gil de boire autant, mais je sais pourquoi il le fait.

— Est-ce que tu as trouvé une idée ? demande-t-il en baissant la voix. Un moyen de le sauver ?

Mon cœur bat tellement vite qu'il ne peut pas ne pas l'entendre.

— Gil, c'est le Roi d'été. Que puis-je faire alors que toute la ville attend de le voir mourir dans quelques mois ?

C'est cruel, mais je l'ai dit exprès. La lèvre inférieure de Gil se met à trembler.

— June, je ne sais pas si je pourrai le supporter. Pas seulement de le perdre, mais de le *regarder* mourir.

— Tu as bien regardé les autres années, réponds-je comme si je ne savais pas exactement ce qu'il ressent.

Il se redresse.

— Enki n'est pas pareil. Tu le sais.

— Peut-être. Mais pour les Tantes rien ne change. Il est le Roi d'été et il doit mourir à la fin de l'hiver. J'aimerais pouvoir changer ça, Gil, mais il n'y a rien…

L'hypocrisie m'étouffe avant que j'aie fini de développer mon argument. Le message est quand même passé.

— Oh, je sais bien, reconnaît Gil. On peut toujours rêver, non ?

— Gil, lui soufflé-je à l'oreille en le serrant dans mes bras. C'est très bien de rêver. C'est pour ça que je t'aime. Entre autres.

Il boit une longue rasade de vin.

— Ah oui ? lance-t-il d'un air qui pourrait passer pour joyeux. Et quelles sont les autres raisons ?

— Bah, tu as la danse dans la peau.

Je consulte mon *fono*. Je suis restée trop longtemps. Je ne veux pas que ce soit ma dernière fois avec Gil dans son jardin. Nous nous reverrons, mais pas avant au moins plusieurs mois, sans doute des années. Si tout marche comme prévu.

Et si j'échoue ? Eh bien, c'étaient tout de même des adieux.

— Il faut que j'y aille, dis-je en me levant. On se voit vite.

Gil me soulève le menton.

— Tout va comme tu veux, June ?

Je hausse les épaules.

— Pas vraiment. Prends soin de toi, Gil. Je t'aime, tu sais ça ?

— Bien sûr que je le sais. Je… (Il s'interrompt et baisse les yeux sur le *fono* qu'il porte au poignet.) Il se passe quelque chose, annonce-t-il. Un ping d'info. Au Niveau Dix, on dirait. Des Tantes, peut-être ?

Ueda-sama.

— Peut-être. Écoute, il faut vraiment que j'y aille.

Il me serre contre lui pour me dire au revoir, mais il n'est pas à ce qu'il fait. Il appelle déjà sa *mamãe* pour lui demander d'allumer l'holo quand je franchis le portail de derrière.

J'ai les yeux secs en m'engouffrant sur Harassi Plaza, la station de métro du Niveau Huit. Je me hâte d'avancer en me maudissant. Ueda-sama avait promis de faire diversion pour nous couvrir. Suis-je restée trop longtemps avec Gil et ai-je laissé passer notre chance ? Sourde à la cacophonie de la foule, je monte dans la première navette en partance. Je n'utilise que des lignes publiques. À l'heure de sortie des bureaux, c'est rapide et anonyme. J'arrive dans le *verde* avec vingt minutes de retard, mais j'espère que ça ne changera rien. Enki m'attend dans le hangar des araignées.

— Désolée pour le retard, lancé-je. Il faut nous dépêcher. Je crois que Ueda-sama…

Le regard d'Enki est sombre.

— *Kiri*…, me coupe-t-il. Il s'est tranché la carotide.

Mes pieds ralentissent ; je cesse de courir.

— Oh…

— Nous devons partir, dit-il avec tristesse. Ueda… Toshio s'est donné la mort pour nous. Nous devons utiliser sa diversion.

J'ai la gorge serrée par l'amertume avec laquelle Enki prononce le mot « diversion ». Mais il a raison. Ça ne rime à rien de rester plantés là. Enki glisse son sac à l'épaule et m'emmène dans une partie de la Toile que je ne connais pas. S'y ouvre un tunnel assez large pour un petit véhicule autonome.

— Ce tunnel mène à la falaise, m'explique Enki. Je dirais que c'est le quatrième point de départ où elles penseront à nous chercher.

Il s'engage dans l'obscurité. Je m'empresse de le suivre.

— Enki, je suis…

— C'est ma faute, m'interrompt-il. C'est moi qui ai eu l'idée de lui demander de nous aider.

Je cherche sa main à tâtons et la trouve à la troisième tentative.

— Écoute ! crié-je en l'obligeant à s'arrêter. Il avait plus de trois cents ans. Accordons-lui au moins le crédit de savoir ce qu'il faisait.

Peut-être que la tristesse s'allège un peu sur le visage d'Enki. Pas facile à dire dans le noir.

— Moi aussi, je sais ce que je fais.

Il nous faut presque quarante minutes pour parcourir la longueur du tunnel en pente raide jusqu'au flanc de la falaise. La ville paraît très lointaine, l'immensité des champs noircis par l'hiver est vide. J'ai peur et j'ai les mains moites à l'air libre, mais il ne me vient même pas à l'idée de rebrousser chemin.

C'est Enki qui s'arrête et se retourne.

— Notre ville va te manquer ?

— Je suis son Roi, répond-il simplement.

Et sur ces mots, le Roi et moi nous mettons à courir.

HIVER

Nous avons pris la route pour Salvador comme des pèlerins et comme des réfugiés ; chaque pas que j'ai fait avec le silence pesant de la ville à l'intérieur de moi était telle une prière aux *orixás*, au Christ, à ma mère.

J'ai prié si fort que j'ai entendu sa voix. Elle me murmurait : *Enki, qu'est-ce que tu t'es fait ?* et *Enki, tu aurais dû prendre de meilleures chaussures.*

Elle avait raison pour les chaussures. On dépense jusqu'à son dernier *real* pour une paire chauffante à la mode, mais ce sont mes sandales que je voulais. Quand j'ai voulu les enlever, tu as dit : « Mais c'est l'hiver, Enki ! », et je les ai remises.

Sur la route de Salvador, je me suis rendu compte que mes mods ne se tenaient pas tranquilles faute d'une ville à laquelle se connecter.

À qui parlent-elles ? De quoi parlent-elles ?

Tu croyais que je parlais dans mon sommeil, et tu n'as jamais rien dit. Tu croyais que la ville était toujours dans ma tête, jusqu'à ce que tu découvres le vide qu'elle a laissé à l'intérieur. Certains matins, j'avais l'impression de voir ton inquiétude glacer nos couvertures, et rester suspendue dans l'air emporté par ton souffle blanc.

Mais tout le temps qu'a duré notre exode, tu n'as jamais regardé en arrière.

La première fois que j'ai vu l'océan, j'ai cessé de respirer pendant quelques secondes. J'ai passé toute ma vie près de la mer, mais je n'avais jamais rien contemplé d'aussi sauvage, d'aussi immense et effrayant ; je ne savais pas que de l'eau pouvait causer cet effet. Mon cerveau a fini par faire de la place à ce paysage marin monstrueux, magnifique, rugissant. Peu à peu, je suis revenue à ma carte et nous avons poursuivi notre route.

Cela fait un mois que nous marchons, et le temps devient chaque jour plus froid, la nature plus désolée. J'ai décidé de longer la côte, même si je soupçonne que ça facilitera la tâche des Tantes. Les routes sont toutes à l'intérieur des terres, artères grises découpant le sol rouge irradié qui s'étend à perte de vue. Quatre cents ans après le Grand Bouleversement, la quasi-totalité de ce territoire n'est toujours pas habitable. En bord de mer, l'air est un peu moins vicié et nous avons moins de chances d'entendre vibrer le signal d'alerte de notre détecteur de mines antipersonnel…

Je me suis enroulé un foulard sur le visage en guise de protection, à la fois contre les regards et la poussière. Je dois m'arrêter souvent pour cracher. Enki ne semble s'inquiéter de rien, mais je l'ai quand même obligé à se couvrir le visage d'une écharpe. C'est drôle comme ses yeux restent reconnaissables en dépit du tissu qui lui masque la bouche et le nez. Même alors que nous traversons cette terre irradiée brillent en eux la même légèreté, la même conscience et la même joie.

Je suis heureuse que nous nous soyons enfuis. Je suis heureuse, quoi qu'il arrive, parce que ces yeux-là ne méritent pas de se fermer selon le bon vouloir des Tantes. Je n'ai jamais rencontré personne de plus vivant qu'Enki et une partie de moi mourrait avec lui si je devais le regarder verser son sang sur l'autel sacrificiel.

Un début de panique pointe le bout de son nez et Enki me prend la main. Sa chaleur m'apaise, même si je ne la trouve plus aussi rassurante. Je n'en sais pas assez long sur les mods, et ça n'arrivera jamais, mais ce n'est sûrement pas bon pour lui de conserver une température aussi élevée sur un laps de temps aussi prolongé.

Il ne dort presque pas la nuit. Certains matins, je le trouve étendu à plat ventre et les yeux grands ouverts, dans un état de tétanisation qui l'empêche de parler ou de bouger. Nous devons attendre que la crise passe, parfois plusieurs heures. Il ne me dit pas à quoi cela est dû.

Il ne me dit pas grand-chose, en réalité ; nous avons pourtant eu davantage d'occasions de parler au cours des quatre dernières semaines que durant l'année presque entière depuis que je le connais.

Il ne me dit rien, mais il est vrai que je ne lui ai rien demandé.

Enki carre les épaules contre le vent cinglant. D'un air malicieux, il me lance :

— La Tante que tu aimerais le plus voir nettoyer les cuves d'algues avec une brosse à dents ?

Je réfléchis.

— Toutes ?

— Pas du jeu. Tu n'as droit qu'à une seule. Alors, qui le mérite le plus ? Isa ? Maria ? (Il marque une pause et me décoche un regard en coin.) Yaha, peut-être ?

Je secoue la tête – un geste vif, presque involontaire.

— Pas Yaha.

— Ah. Il faudra le dire à Gil quand… un jour. Il a toujours voulu que tu cesses de haïr ta famille.

Comme chaque fois, penser à Gil déclenche une douleur diffuse au plus profond de ma poitrine qui remonte jusque dans ma gorge. Je ne regrette pas de l'avoir laissé derrière.

— Je sais.

— Qui alors ? Ta manieuse de brosse à dents idéale.

— Oreste.

Il fait la moue.

— Ce n'est pas vraiment une Tante…

— C'est une super Tante. La Tante des Tantes. Nous lui donnerons une brosse à dents d'or et d'ivoire par égard pour son rang.

Enki glousse, comme je l'espérais.

— Elle te maudira jusque dans la tombe, June.

— Tant qu'elle frotte…

— Et qu'elle sourit pour les CamBots.

Nous nous tournons l'un vers l'autre, mus par la même jubilation. Sous le tissu épais qui couvre nos visages, je ressens son sourire comme si c'était le mien.

— Que ferais-tu si tu étais Reine ? me demande-t-il à brûle-pourpoint.

Les vagues déferlent derrière moi. Les yeux d'Enki s'agrandissent, ses pupilles se dilatent.

— Je ne serai jamais Reine, réponds-je en frissonnant.

— Mais si tu l'étais ?

J'essaie d'en rire pour dissiper cette étrange gravité qui flotte comme un brouillard entre nous.

— Je déménagerais la tour de la Reine dans le *verde.* J'obligerais les Tantes à apprendre à dessiner et j'engagerais les meilleurs *grafiteiros* pour décorer le plafond du Parlement. J'aurais un Roi d'été tous les cinq ans et je le laisserais vivre à la fin de son règne.

Enki reste de pierre, sauf pour dire :

— Alors, ce ne serait pas un Roi d'été, June. Juste un Roi.

— Et alors ?

— Tu laisserais des hommes gouverner dans ta ville de femmes ?

— Mais tu gouvernes déjà. Tu es déjà Roi. Et les hommes peuvent devenir des Oncles. Personne ne les empêche d'accéder au pouvoir.

Il me lâche les mains.

— Tu crois ?

Je ne sais pas quoi répondre. Il n'est pas vindicatif, ni même accusateur, et je me sens pourtant sur la défensive. J'ai envie de lui dire : *Nous foulons en ce moment même ce que les hommes ont fait du monde.* J'ai envie de lui répondre que les Rois d'été détiennent un vrai pouvoir – seulement une fois tous les dix ans, certes, et même surtout celui de désigner la prochaine Reine. J'ai envie de lui dire que les garçons ne sont peut-être pas assez représentés, mais qu'ils jouissent d'une grande liberté.

Et tout ce que j'ai envie de lui prétexter me fait ressembler de plus en plus à une Tante. À la Reine que je ne serai jamais.

— Je suis désolée, dis-je, consciente que cela ne signifie rien ou presque.

Il s'éloigne en direction de la plage de sable blanc à grandes enjambées. Je le suis.

— J'aime notre ville, June.

Il devrait en parler au passé. Ce n'est plus notre ville. Nous l'avons quittée.

Mais c'est toujours Enki qui regarde en arrière.

Plus nous nous approchons de Salvador, plus la vie reprend ses droits. La zone morte au nord de Palmares Três que nous venons de traverser cède finalement la place à des plaines de graminées noircies et desséchées par les gelées d'hiver. Des bambous verts poussent en bosquets à intervalles irréguliers – et je m'arrange pour profiter de leur abri tous les soirs. Hormis le vrombissement occasionnel de ce qui pourrait être des hélicoptères la nuit, rien n'indique que les Tantes soient à notre poursuite. J'essaie de ne pas relâcher la pression, mais il arrive que mes pensées se perdent entre Enki et la plage – quand il me fait l'amour, c'est une petite mort chaque fois, que j'appelle de tous mes vœux.

Quelques fermes isolées ponctuent le paysage, mais nous décrivons un large crochet pour les éviter. Impossible de savoir qui est en contact avec les Tantes ici. N'importe qui pourrait nous trahir. Je sais que nous commerçons surtout avec des zones plus proches de Salvador, mais les Tantes telles que j'ai appris à les connaître durant l'année qui vient de s'écouler ne sont pas du genre à laisser un endroit aussi près de leur ville libre de toute influence.

Certaines nuits, nous dormons assez près de ces avant-postes solitaires pour humer l'odeur de leur feu au gaz et de ce qu'ils y font cuire. J'en ai plus qu'assez de cette bouillie reconstituée riche en nutriments que nous avalons depuis plus d'un mois. Enki ne se plaint pas, mais il tourne la tête en direction des odeurs caractéristiques de vraie nourriture aussi sûrement que moi.

Enfin, un soir, les lumières que nous apercevons devant nous sont trop vives pour appartenir à une seule maison. À plus d'un kilomètre, nous découvrons notre première ville, posée comme une torche sur la plaine stérile.

Nous nous rapprochons des lumières, lentement mais sûrement. Nous ferions mieux de chercher un endroit où passer la nuit, mais je crois qu'aucun de nous ne peut résister à l'attrait d'une ville réelle, avec des habitants, après tout ce temps passé en tête à tête.

— Des clôtures, dit Enki.

Ce sont les premiers mots qu'il prononce après plusieurs heures de silence.

— Quoi ?

Nous nous accroupissons dans les hautes herbes et il me montre. À l'est des lumières de la ville, je distingue une ligne nue qui fait tache dans la prairie.

— À quoi ça sert ?

— Pour le bétail, sans doute. Une forme d'exploitation agricole.

Le vent se lève, nous apportant simultanément la puanteur des bovins et l'odeur délicieuse de la nourriture en train de cuire. Dans un moment de folie, je me demande s'il n'y aurait pas moyen de se glisser en douce pour manger un morceau.

Mais non. C'est la première ville que nous rencontrons depuis que nous avons quitté Palmares Três et les Tantes nous chercheront certainement ici.

Je tire Enki par la manche.

— Il faut partir.

Il ne bouge pas. Je ne suis même pas sûre qu'il m'ait entendue. Il regarde le ciel, même s'il n'y a rien d'autre à voir que la nuit noire emplie d'étoiles pour me blesser les yeux. Non loin de nous, le moteur d'une jeep se met à ronfler. Le rugissement grossit.

— Enki, lancé-je aussi fort que je l'ose. Lève-toi. Nous devons partir.

Est-il en train de faire une de ses crises de tétanie ? Combien de temps lui faudra-t-il avant de pouvoir bouger cette fois-ci ? D'habitude, cela ne lui arrive que le matin. Son état empire-t-il ?

Soudain, il me tapote la main – d'un air distrait, comme pour rassurer un chien inquiet.

— Chut, murmure-t-il.

Je m'apprête à lui hurler dessus, mais le véhicule se rapproche. Les herbes qui nous entourent sont assez hautes pour nous protéger des regards, mais ne serviront à rien s'il fonce droit sur nous.

Je le prends par le bras et je tire, mais autant essayer de déplacer un rocher. À quelques mètres à peine, deux faisceaux de lumière dansent et tressautent en éclairant les tiges qui s'inclinent. Le moteur ralentit, les phares s'immobilisent. Nous ont-ils repérés ? Pourquoi ne rentrent-ils pas chez eux ?

J'abandonne l'idée de faire bouger Enki. Nous aurons de la chance et ils ne nous verront pas, ou non. Je ne peux plus rien y faire. Je le maudis intérieurement, mais sans grande conviction. Mon Roi d'été sera toujours égal à lui-même.

Le moteur tousse un peu, puis se tait, à moins de dix mètres de nous. Un homme descend du véhicule, mains sur les hanches comme s'il avait oublié quelque chose.

— Qu'est-ce qu'il y a, *querido* ? demande une voix de femme dans la jeep. Encore le moteur ?

Il secoue la tête.

— J'ai cru...

— Entendre quelque chose, termine Enki pour lui dans un murmure.

Je lui lance un regard noir. Il m'ignore. L'homme se fige, fait quelques pas dans notre direction, qui mettent mes nerfs à rude épreuve. Je prie qu'il ne nous trouve pas. Qu'il ne nous arrive rien.

Soudain Enki me prend le menton et tourne mon visage vers le ciel.

Un engin volant est en vol stationnaire au-dessus de la ville – il n'y a que dans ce silence que je perçois le faible ronronnement des moteurs et des hélices qui assurent sa sustentation.

Sur son ventre noir, je distingue un symbole qui se détache à la peinture blanche : une pyramide.

La femme descend à son tour de la jeep.

— Oh, merde. Qu'est-ce que c'est encore que ça ? On a déjà payé les '*bucos.*

— Palmares, répond l'homme, laconique. Au moins, ils ne viennent pas nous racketter.

— Pour qui se prennent ces femmes…

— Municipalité de Torqada, éclate soudain la voix de notre ville. (J'ai envie de me boucher les oreilles, et pas seulement à cause du volume.) Comme vous le savez à coup sûr, notre belle ville a perdu son Roi. Nous avons des raisons de croire que sa ravisseuse et lui pourraient se cacher dans vos pâturages. En récompense de toute information permettant sa capture, nous offrons une prime d'un million de *reales*, payables immédiatement. Acceptez ceci en gage de notre bonne foi.

À contre-jour des lumières de la ville, je devine une masse sombre qui est larguée vers la terre. Le bruit sourd de l'impact quand elle touche le sol nous parvient malgré la distance. Je ne ferme pas les yeux ; je ne respire plus.

— Victor, dit la femme. Est-ce que c'est…

Elle a l'air effrayée. Je ne comprends pas pourquoi jusqu'à ce que l'homme lui passe un bras autour des épaules.

— Ce n'est pas une mine, la rassure-t-il. Elles ne feraient pas ça alors qu'elles veulent obtenir quelque chose de nous. Sans doute de l'argent.

Elle se détend un peu et retourne vers la jeep.

— Allons voir, dans ce cas.

Victor hausse les épaules et rebrousse chemin côté conducteur. Que tous les *orixás* soient remerciés, je crois qu'on va s'en tirer vivants.

Soudain il s'arrête et secoue une nouvelle fois ses épaules, rien qu'un peu, comme un animal qui se débarrasse d'une puce.

— Emil, dit-il en faisant un geste bref en direction de la jeep. Éteins les phares.

— Quoi ? Vic...

Un second signe de main et elle obéit.

Dans le noir, je ne distingue plus rien. Je tends la main vers Enki et m'accroche à son bras, si chaud dans ce froid qui givre mon souffle. J'ai envie de bondir en poussant des cris, de m'enfuir ou juste de maudire tout ce qui nous a amenés ici, mais je ne fais pas un geste. Les doigts d'Enki reposent avec légèreté sur ma cuisse – même en cet instant, il ne ressent ni inquiétude ni peur.

Même en cet instant, il regarde droit devant lui.

— Il y a quelque chose dans l'herbe, annonce l'homme à voix basse. Un... animal, peut-être.

Je crois qu'Enki ne cligne même pas des paupières. Il se contente d'observer ce qui se passe de ses yeux saturés de mods qui réfléchissent la lumière d'une manière inhumaine. Qui luisent dans le noir.

— Victor, rentrons. Il y a toujours des rats autour...

— Ce n'est pas un rat.

Il articule avec lenteur, sans être à ce qu'il dit. Il continue d'avancer jusqu'à moins de trois mètres de nous. Ma vision s'est maintenant ajustée à l'obscurité et je vois ses bottes crottées. Elles sentent l'argile, la bouse et un soupçon d'antiseptique.

Ma main vibre à chaque battement de mon cœur. Je vais vomir sur ces antiques chaussures de paysan. Je vais nous vomir dessus.

C'est alors qu'Enki, avec tout le flegme d'un Roi, lève très légèrement la tête au-dessus de la ligne des herbes.

Victor regardait trop à gauche. Il tourne à présent la tête vers nous. Il n'émet pas un son – pas même un grognement de surprise – mais serre dans ses mains une sorte de bâton.

Il est plus jeune que je ne l'avais imaginé à sa voix. Ce n'est plus un waka, mais il a sans doute à peine dix ans de plus que moi. Peut-être que la campagne vous fait vieillir plus vite dans ces contrées ; ou la vie. Tout ce que je sais, c'est que Victor le fermier aux bottes crottées qui tient un bâton à la main va déterminer le cours du reste de ma vie.

Un million de *reales.*

Il sait forcément qui nous sommes. Même s'il n'a jamais vu d'holo, tout le monde reconnaît ce qu'est Enki, à sa déroutante façon de n'être presque rien et un peu trop tout.

Enki incline la tête.

L'homme laisse échapper un sourire – pas de la joie, mais une certaine ironie. Il hoche la tête d'un coup bref et sec.

— C'est un rat, annonce-t-il en regagnant la jeep à grands pas. Tu avais raison, *querida.* Allons voir ce que ces femmes nous ont laissé pour retrouver leur poulet sacrificiel.

Je reste cachée dans l'herbe quelques longues minutes après le départ de la jeep. Je ne devrais pas. Je devrais plutôt nous secouer, nous obliger à marcher toute la nuit pour mettre le plus de distance possible entre nous et cette ville. Mais je préfère le givre dans mes oreilles, la terre dans mon nez, et les étoiles dans mes yeux. Le ciel est strié d'un long ruban blanc. Quand j'avais huit ou neuf ans, Ieyascu m'avait expliqué que c'était un bras de notre galaxie.

— Un million de *reales.*

Enki pose sa tête sur ma poitrine. Je sais que c'est pour me réconforter.

— Il ne dira rien.

— Comment tu le sais ?

— Je ne le sais pas.

Je m'étrangle. *Il faut tenir jusqu'au printemps,* je m'enjoins à moi-même, le même mantra que je me répète depuis deux mois, qui a perdu son pouvoir de réconfort.

— Enki, que…

— Nous arriverons à Salvador, June. Je te le promets.

Je sais qu'il n'a pas les moyens d'honorer cette promesse non plus, et je le crois quand même.

Palmares Três a toujours aimé la royauté. Dans le reste de l'ancien Brésil, m'a dit ma *mamãe*, les gens nous prennent pour des fous – une ville si sûre de sa propre supériorité qu'elle n'hésite pas à couronner ses dirigeants. Ils nous trouvent cupides et vaniteux, et pensent que nous ne nous rendons pas compte de l'image que nous donnons.

Et c'est la vérité. Qui le saurait mieux que toi ? (Et si tu réponds moi, c'est impossible. Je suis mort, June, tu ne dois pas l'oublier.)

Mais nous savons quelque chose qu'ils ignorent. As-tu déjà entendu parler de la monarchie de droit divin ? La royauté est un don de Dieu, que nos *orixás* en soient remerciés.

C'est pour ça que la Reine n'est pas élue.

C'est pour ça que le Roi doit l'être.

Le Roi est légitimé par le peuple et sanctifié par les dieux. Son choix est définitif et accepté de tous parce qu'il représente tout un peuple. Sur l'autel sacré, sous la lame sacrificielle, son sang a le pouvoir de transformer une femme en Reine.

Cela peut te paraître injuste. Et ça l'est peut-être.

Mais je crois que les Mères Fondatrices lui ont donné un autre sens. Aucun système de séparation des pouvoirs n'a jamais été plus solide que celui des Rois d'été et leurs Reines.

Parce que nous, les Rois, détenons le pouvoir, et que nous devons toujours y renoncer.

Lorsque nous arrivons, Salvador nous accueille au coucher du soleil avec un cadavre.

C'est un homme – un *grande*, mais pas bien vieux – vêtu seulement d'un jean effiloché. Je me dis qu'on a dû lui voler le reste de ses vêtements et ses chaussures. Il arbore une blessure par balle, aussi nette que si elle était peinte, au milieu du front.

C'est moins propre à l'arrière de son crâne. Comme Wanadi. Enki le retourne du bout du pied, fait la grimace et laisse le corps retomber dans le sable.

Il me regarde sans un mot, puis lève les yeux vers la ville.

De là où nous sommes, nous distinguons à peine les bâtiments de la Ville Haute – des édifices de pierre en ruine vieux de près d'un millénaire. Peut-être la seule chose que les Salvadoriens ont mis un point d'honneur à préserver. Un clocher blanchi à la chaux de l'ancien Portugal colonial brille d'un éclat orangé dans les rayons du soleil couchant.

Plus près de nous, dans la Ville Basse où nous venons de pénétrer, des montagnes de gravats sont peu à peu remplacées par des baraquements serrés les uns contre les autres et les étals d'un marché.

J'ai l'impression que le monde s'est figé autour de nous, comme si nous avions changé de dimension quelque part au cours de notre périple le long de la côte. Nous sommes dans l'une des grandes métropoles de l'ancien Brésil, et je ne vois qu'Enki et un homme mort. Les vagues déferlent sur le rivage, les mouettes lancent leur cri strident au-dessus de nos têtes.

— Où sont les gens ? je demande.

Enki fronce les sourcils en réaction à ma question. Il bouge les doigts d'un mouvement convulsif, comme pour se connecter à la ville, sauf que Salvador ne possède rien qui ressemble à une intelligence artificielle centralisée.

— Un couvre-feu, je pense, finit-il par répondre.

— C'est ta *mamãe* qui te l'a dit ?

Il me prend la main avec un petit sourire.

— *Mamãe* est partie d'ici il y a trop longtemps. Les choses ont empiré depuis. J'ai chargé dans ma mémoire toutes les informations dont dispose Palmares Três sur Salvador avant notre départ.

Je déglutis.

— J'espère que tu as été prudent.

Si jamais les Tantes s'en avisaient, elles pourraient s'en servir pour remonter jusqu'à nous.

— Nous ferions mieux de partir, lâche-t-il. Ceux qui l'ont tué risquent de revenir…

Il entreprend d'escalader le tas de gravats le plus proche. Je le suis, sans savoir où nous allons, sans connaître les risques. Enki en sait cent fois plus long que moi sur Salvador. Et manifestement pas grâce à sa *mamãe.*

Parce qu'il a téléchargé toutes ces données dans son cerveau.

Même ici, pas moyen d'échapper aux effets de ses mods. Je crois que j'avais espéré le contraire. Qu'il serait redevenu humain comme par miracle, loin de l'influence de la ville et de ses techs.

Nous trouvons les premières rues au-delà de la seconde barrière d'éboulis. Des enseignes aux couleurs vives peintes sur des échoppes de tôle ondulée proposent de la nourriture, des vêtements, des herbes et des techs de contrebande. Les portes sont fermées, les rideaux tirés, les lumières étouffées. En tendant l'oreille, je perçois des conversations à voix basse mêlées aux bruits de pas assourdis et aux chants fredonnés qui composent la musique d'une ville la nuit. La bande-son de Salvador est différente de celle de Palmares Três, mais j'y reconnais un schéma identique. Les rues ont été creusées à même le dédale des décombres. Des pavés rescapés balisent des passages trop étroits pour autre chose que des vélos. Les rues serpentent sans direction précise, et même Enki semble perdu. Nous croisons plusieurs ruelles de terre battue qui doivent servir de raccourcis pour se rendre ailleurs dans ce labyrinthe, mais nous les délaissons.

— Pas la place de se battre, leur reproche Enki, et nous ne saurions pas plus dans quelle direction nous allons…

Il marche vite. Je le suis en trébuchant, faisant assez de bruit pour que quelques visages se pressent aux fenêtres et aux portes fissurées. Les habitants se demandent sans doute qui arpente les rues après le couvre-feu.

— Nous devons rejoindre la Ville Haute, dit Enki en s'arrêtant à une intersection. Nous y serons plus en sécurité. La Ville Basse est dirigée par les gangs. Ceux qui ne respectent pas le couvre-feu y trouvent souvent la mort.

— L'homme sur la plage ?

Enki me caresse les jointures avec son pouce.

— Sans doute.

Je suis prise d'un tremblement que je m'oblige à faire cesser. Pourquoi sommes-nous venus ici ? Je voulais sauver la vie d'Enki, pas nous faire tuer tous les deux.

Mais je sais pourquoi. Parce qu'il désirait plus que tout voir le Salvador de sa *mamãe.* Même là, alors qu'il traverse à grands pas les rues d'un bidonville plus dangereuses que tout ce que j'ai pu voir sur les holos, il regarde partout autour de lui avec une fascination sans cesse renouvelée. Il n'est pas simplement heureux – c'est plus fort.

Le soleil a maintenant disparu, et les baraques de chaque côté de la rue étroite projettent des ombres d'un noir d'encre. Sur notre gauche, à quelle distance je ne sais pas, une détonation brise soudain le silence macabre de la ville endormie. Une seconde après, des feux multicolores descendent en piqué dans le ciel. Des violets et des verts, des blancs iridescents fusent et retombent en flottant comme d'étranges vers luisants qui se meurent.

— Qu'est-ce que….

— Des feux d'artifice, répond Enki dans un murmure. Je crois que c'est un signal…

Des bruits de pas, des coups de feu et des braillements virils venant de toutes parts percent la nuit avec plus de brutalité encore que les lumières. On dirait que nous sommes encerclés, qu'ils vont nous trouver et nous exécuter comme le pauvre type sur la plage.

— Par ici, chuchote Enki en bifurquant dans un passage sur notre droite.

Il ne sait pas où il va, même la meilleure carte de Salvador ne peut pas indiquer ces demi-rues et ces venelles, mais j'ai confiance en lui. « Rejoindre la Ville Haute », a-t-il dit. Ces ruines magnifiques et bien entretenues sur la corniche qui domine les bidonvilles.

Monter.

Je crois que c'est ce que nous faisons, parce que les muscles de mes cuisses me brûlent et que je ne cesse de trébucher sur les pavés défoncés. Mais peut-être que nous courons seulement trop vite. Et que j'en ai juste marre de battre la campagne irradiée et les plages désertes depuis plus de deux mois. Que je suis fatiguée de marcher, de me cacher et de marcher encore. Tout ça pour arriver à Salvador, une ville qui veut notre mort.

Enki s'arrête. Je lui rentre dedans. J'ouvre la bouche, mais il pose ses doigts sur mes lèvres. Ma respiration se bloque dans ma poitrine. Je refoule ma peur depuis si longtemps que je suis devenue très forte à ce petit jeu-là.

À quelques mètres devant nous, deux wakas se disputent à mi-voix. La fille tient une lampe torche qui éclaire faiblement le sol à quelques centimètres des chaussures chauffantes d'Enki, mais elle est trop occupée à vociférer à voix basse pour y faire attention.

Le garçon, lui, nous a vus.

— Merde ! jure-t-il si fort que je fais la grimace.

La fille s'interrompt au milieu d'une phrase – un truc à propos de chez sa mère – et suit le regard du garçon.

— Têtes ou Cœurs ? demande-t-elle comme si elle lisait les instructions d'un rite funéraire.

— Nous sommes armés, prévient le garçon.

Il montre sa poche, sans faire mine d'y prendre quoi que ce soit.

Enki lève les mains. Je ne comprends d'abord pas pourquoi, et puis je me souviens d'un film d'avant le Grand Bouleversement que nous avons vu à l'école. Un groupe d'hommes couraient partout dans le désert avec des fusils en se tirant dessus pendant deux heures. Les mains en l'air signifiaient que vous n'aviez pas l'intention de tuer. Que personne ne serait blessé.

— C'est une orange, dit Enki sans élever la voix.

— Quoi ? bafouille la fille.

La lampe tremble dans sa main. Elle a toujours peur de découvrir qui nous sommes.

— Dans sa poche. (Enki garde les mains levées, mais s'exprime sur le ton de la conversation, avec une pointe d'humour que je suis peut-être la seule à percevoir.)

À moins que vous, les *Pernambucos*, ayez réussi à transformer des fruits en armes ?

La fille fusille le garçon des yeux, ce qui m'apprend qu'Enki ne s'est pas trompé. J'ai presque envie de rire.

Elle nous dévisage en plissant les yeux.

— Nous ne sommes pas...

Le garçon lui donne un coup de coude dans les côtes.

— Ferme-la, Zanita ! Écoutez, je ne sais pas qui vous êtes, mais vous ne pouvez pas être sûrs de ce que j'ai dans ma poche. Est-ce que ça vaut le coup de risquer vos vies ? Reculons-nous et partons chacun de notre côté. Avant que les Têtes de Mort nous trouvent.

— Et nous ne sommes pas des *Pernambucos,* ajoute la fille. Vous êtes toujours vivants, pas vrai ?

— C'est la réalité, alors ? je demande sans pouvoir m'en empêcher. Il n'y a que des gangs et la mort, ici ?

Pas étonnant que la *mamãe* d'Enki ait voulu s'enfuir.

Enki baisse les bras. La fille se rapproche d'un pas. Sa main ne tremble plus. Elle a la peau très foncée, comme le disait Tante Yaha des 2D, mais pas aussi noire que celle d'Enki. Elle a des cheveux crépus qui ressemblent aux miens, coiffés en petites nattes serrées retenues par des barrettes colorées.

— Vous êtes... qui êtes-vous, de toute façon ?

Le garçon cesse de faire comme s'il allait dégainer son arme imaginaire. Il tire la fille par le coude.

— On s'en fiche, non ? Tu veux que les Têtes de Mort abandonnent ton cadavre sur la plage ? On va chez ta mère, très bien, mais tirons-nous d'ici !

— On peut venir avec vous ?

Nous dévisageons tous Enki. Je sais qu'il est sérieux à cent pour cent. Il arbore ce sourire – yeux mi-clos, lèvres étirées sans montrer ses dents – qui voudrait dire qu'il est en train de parler à la ville si nous étions chez nous.

Le garçon secoue la tête.

— C'est quoi ce délire ? J'ai failli te faire exploser la cervelle et maintenant tu veux venir chez ma tante ? T'es dingue ou quoi ?

— Oui, répond Enki. Mais c'était une orange.

La fille – Zanita – se met à glousser. Je crois bien que notre Roi d'été a une nouvelle groupie, même ici où les traditions de Palmares Três n'ont quasiment aucun sens.

— Tu me plais, minaude-t-elle.

— Zanita…

— Oh, la ferme, Tomas. Regarde-les… ils sont comme nous. Ils viennent sans doute de la campagne.

— Ah, parce qu'on dirait des fringues de campagnards ? Tu as vu ses pompes ? C'est de la haute technologie. Ils ont peut-être cru qu'on était des '*bucos* à force d'avoir passé un peu trop de temps avec eux ?

Zanita était prête à nous emmener chez elle, mais elle hésite maintenant en entendant ces mots. Elle lève sa lampe torche et examine Enki de la tête aux pieds avec attention. Je sais ce qu'elle voit. Un garçon beau comme un dieu beaucoup trop bien fringué pour quelqu'un de cette ville sans lien avec les gangs.

— Merde, finit-elle par lâcher.

Au loin, une autre série de détonations vient rompre le silence de la nuit. Nous levons tous les quatre la tête pour voir gicler la gerbe de feu coloré contre le ciel noir de l'hiver. Encore des feux d'artifice ? Je trouverais ça très beau sans les beuglements qui les accompagnent – maintenant plus proches – et un cliquetis de ferraille comme celui d'un *pandeiro* mais qui provient peut-être d'une arme. Je cherche un nanonuage des yeux, mais le ciel reste dégagé.

— Les Cœurs Ardents ! s'écrie Tomas d'une voix alarmée.

— Ce doit être une bataille de fleurs, pondère Zanita. Ils n'apportent pas de tambours quand ils sortent pour tuer.

— Des tambours ? je répète, soulagée. Alors, c'est sans danger...

— *Rien* n'est jamais sans danger avec les Têtes et les Cœurs, explique Zanita. Les batailles de fleurs restent des combats, il y a parfois des morts. Surtout ceux qui se mettent en travers de leur route.

D'autres feux d'artifice multicolores, trop proches. Des cris perçants.

— On ne peut pas les laisser là...

— Par le Christ, Zanita !

— Et s'ils se font tuer ?

— Et s'ils mènent les '*bucos* jusqu'à nous ?

Elle se tourne vers Enki, puis vers moi.

— D'où venez-vous ? Qu'est-ce que vous faites ici ? Et pas de mensonges. Dieu, Jésus, pas de mensonges, parce que je ne veux pas que vous vous fassiez tuer. Compris ?

Le regard d'Enki croise le mien. Je dois avoir l'air dans tous mes états. Il me pose une main sur l'épaule, se penche vers moi jusqu'à ce que sa joue effleure la mienne.

— Dis-leur ce que tu veux, me chuchote-t-il. Tout ira bien, je te le promets.

Mon Roi d'été aime faire des promesses qu'il ne peut pas tenir.

Et j'aime à le croire.

— Palmares Três, lâché-je très vite et à voix basse.

Tomas se fige. Zanita laisse échapper un sifflement.

— Doux Jésus, dit-elle, parce qu'elle sait qui nous sommes. Venez.

Tomas ne discute plus.

Nous montons vers la Ville Haute. Cela aurait été parfait si nous ne nous dirigions pas aussi vers les bruits et les cris. Les rues sentent la poudre et la fumée, mais nous ne voyons que nos propres ombres qui dansent dans le faisceau de la lampe de Zanita. Nous coupons par des ruelles qui empestent la merde, si étroites que je dois me mettre de profil pour passer.

J'aimerais savoir où nous allons, mais je préfère économiser mon souffle. Les maigres connaissances que je pouvais avoir de la ville se dissolvent dans cette fuite éperdue. Tout ce que je distingue dans l'obscurité qui défile, ce sont des éclairs de tôle ondulée et des tas de gravats. Les rues deviennent plus larges.

Une lumière devant nous, et Zanita éteint la sienne. Je ne peux plus voir si ses mains tremblent, si elle a aussi peur que moi.

— On devrait faire demi-tour, chuchote Tomas.

— Pour aller où ? demande Zanita.

Mes yeux se sont suffisamment adaptés à la pénombre pour que je l'aperçoive se détourner, bras croisés sur la poitrine. La lumière se rapproche ; elle flotte comme une luciole, gracieuse et hypnotique.

Enki me touche la main. Il ne dit pas un mot – nous restons tous silencieux –, mais il y a des mots au bout de ses doigts brûlants. Des mots qui me disent : *Tu ne vas pas mourir, je te le promets.*

Tu ne peux pas promettre ça, lui réponds-je en pensée.

Enki rit, très doucement. Dans un instant d'irrationalité, je me demande s'il m'a entendue.

Un crâne apparaît soudain au-dessus de la lumière.

Une tête de mort avec de grosses lèvres blanches et des cheveux frisés couverts de givre. Un par un, d'autres crânes surgissent près de lui. Ils portent tous ce que j'ai pris pour une lampe, mais qui s'avère plus étrange : un gros œillet blanc qui brille dans la nuit sans raison.

Zanita se met à prier, de vraies prières catholiques comme on en entend rarement à Palmares Três. Enki la couve des yeux – avec une familiarité que je ne m'explique pas – et la tire doucement dans l'ombre de la porte du seul bâtiment de la rue. Tomas et moi nous accroupissons près d'eux. Je me demande pourquoi nous ne rebroussons pas chemin pour aller nous cacher ailleurs, loin de cette armée de morts-vivants. La seconde d'après, un trille sonore rompt le silence quasi religieux. Auquel répondent les autres Têtes de Mort. La lumière de leurs œillets brille plus fort, éclairant le reste de leur corps : des squelettes peints sur des combinaisons noires moulantes.

Et puis, du côté d'où nous venons, la réponse de leurs adversaires. Leurs feux d'artifice multicolores qui fusent dans le ciel, leurs rires rauques et sauvages. Les Cœurs Ardents, les a appelés Tomas.

— Quand vous voulez, *esquelitos* ! lance un des nouveaux arrivants.

Les lèvres peintes du meneur des squelettes s'étirent en un sourire.

— Trop facile, répond-il.

Un membre de chaque gang se désolidarise du groupe et s'avance au milieu de la rue – presque en face de nous. Je retiens ma respiration. Sans sa chaleur surnaturelle et rassurante sur ma cuisse et mon bras, Enki pourrait être une statue.

Les deux wakas ne nous ont pas vus. La blancheur des ossements de l'un contre la débauche de couleurs de l'autre, ils portent chacun un tambour autour du cou. Le regard muet qu'ils échangent exprime un étrange mélange de camaraderie et de lassitude.

— On suit les règles des batailles de fleurs, dit le chef des squelettes. Pas d'armes blanches, pas d'armes à feu, le combat se termine au premier homme à terre. (Il marque une pause avant d'étirer ses lèvres fluorescentes en un sourire qui me terrifie.) Ou si vous vous défilez.

— Personne ne se défilera, répond le chef des Cœurs Ardents, qui, lui, ne sourit pas. Le vainqueur garde les rues entre Matatu et Tororó. On est d'accord ?

— On est d'accord.

Je m'attends à d'autres provocations, dans les mots ou les attitudes, mais ce sont les tambours qui se déchaînent, battant un rythme trépidant. Des rires et un déferlement de blanc et de couleurs. Je crois d'abord m'être trompée. Ce n'est pas un combat, mais une sorte de *danse* salvadorienne.

Soudain, la première fleur explose. Un souffle de pétales blancs se répand dans l'air comme des éclats d'obus – l'un d'eux m'égratigne la joue avant d'aller s'incruster dans le bois pourrissant de la porte derrière moi. Je tends la main pour le toucher, mais il se consume sous mes yeux, ne laissant qu'un petit tas de cendres noires et légèrement collantes.

— Des nanotechs, dit Zanita en réponse à mon regard surpris. Ça vient sûrement des '*bucos.*

Comme ce nuage qui a tué les wakas chez nous ? Je n'avais pas imaginé que des armes pouvaient être aussi… belles.

Les gangs sont tellement occupés à combattre qu'ils ne nous ont toujours pas remarqués. Le vacarme des tambours, des explosions et des cris est plus que suffisant pour couvrir tous les bruits que nous pourrions produire. Malgré moi, je me détends un peu.

— Qu'est-ce que c'est qu'une bataille de fleurs, au juste ? je demande.

— La façon des gangs de jeunes de se partager le territoire, répond Zanita. Ils se battent avec leurs armes-fleurs jusqu'au premier homme à terre. Parfois à mort, parfois non. Ils valent mieux que les '*bucos.* Si on arrive à passer les Têtes, nous ne sommes qu'à quelques rues de la Ville Haute.

— Et comment veux-tu faire ? explose Tomas, furieux. On leur demande poliment de nous laisser passer ? En plein milieu de leur putain de bataille de fleurs ?

— J'ai envie de danser, déclare Enki.

On le dévisage tous. Zanita penche la tête sur le côté.

— Tu as envie…

Enki lui sourit, et commence à battre le rythme endiablé des tambours avec son pied. Cela ressemble un peu au déchaînement sauvage de nos propres *blocos*, mais en même temps c'est autre chose. Si nous ne risquions pas tous d'y laisser notre peau, j'aurais peut-être aussi envie de danser.

— De danser, achève Enki.

— Tu es dingue ou quoi ? demande Tomas.

Enki hausse les épaules. Il me regarde et me tend la main. Je ne sais pas très bien pourquoi, mais je la prends.

— C'est un Roi d'été, indiqué-je.

— Qu'est-ce que tu en dis, June ?

À quelques centimètres de nous, une explosion. Une boule de feu enflamme les pointes de quelques mèches d'Enki. Il ne s'en aperçoit pas, et je les éteins.

Je nous revois soudain tous les deux dans la bulle de verre au-dessus de la ville, toutes lumières éteintes. Je ne crois pas que Gil fasse confiance à Enki, malgré tout l'amour qu'il lui porte.

Moi oui.

— On y va, je réponds.

Zanita et Tomas disent-ils quelque chose ? Ils protestent sans doute. Je ne vois que les yeux d'Enki, la blancheur éclatante de ses dents ; je ne les entends plus.

— Vous devriez nous suivre, leur lancé-je. On va s'en sortir.

Je sais qu'ils ne me croient pas.

Enki se lève et s'avance de quelques pas dans la rue. Je le suis. Des pétales de métal volent dans notre direction ;

quelques-uns m'égratignent. C'est un combat, mais c'est aussi un spectacle acrobatique. Une violence qui prend son temps au rythme des tambours qui ne faiblissent pas. J'adopte le tempo d'Enki, et je laisse l'adrénaline entraîner mes pieds plus vite que jamais jusqu'ici. Enki et moi dansons avec la mort.

Je ne sais pas comment les gangs s'aperçoivent de notre présence. Peut-être la façon d'Enki de se diriger délibérément au cœur de la mêlée. Peut-être parce que nous sommes tous les deux ostensiblement désarmés, telle une provocation. Mais les torches cessent de cracher leurs flammes, et les fleurs d'exploser.

Les tambours continuent de jouer.

Un des Têtes de Mort fait un pas en avant. Il brandit son œillet blanc, mais son regard exprime de la curiosité derrière la peinture blanche qui brille dans la nuit. Il le garde à la main. Ses pieds battent tranquillement le rythme. En face, les Cœurs Ardents avec leurs plumes et leurs perles rouge sang n'en demandent pas plus. L'un d'eux lance une balle en l'air. Elle explose dans une pluie de feu coloré. Je tends la main pour recueillir les cendres. Pendant une fraction de seconde, les choses auraient pu mal tourner, mais c'est déjà du passé quand meurent les feux d'artifice. Quelqu'un marque la mesure au sifflet, un autre se met à chanter. Tout le monde danse. Enki rit et m'embrasse. Quelqu'un nous siffle et je vous jure que je rougis jusqu'aux os.

Zanita nous rattrape. Elle jette des regards apeurés autour d'elle comme si les danseurs risquaient de lui tirer dessus à tout moment, elle m'agrippe la main comme une noyée, mais elle danse.

— Où est Tomas ? je chuchote.

Elle hausse les épaules.

— On dirait que ton Roi a négocié une trêve anticipée. Tomas n'a pas confiance.

Je voudrais lui faire signe de venir, mais ils sauront que l'un de nous est resté derrière si j'attire leur attention vers notre cachette. On ne peut qu'aller de l'avant.

Les Cœurs et les Têtes se sont mélangés en dansant, et la compétition fait rage entre eux, même sans la violence. L'odeur de l'alcool fort se mêle à celle de la fumée et du sang. Des gouttes de sueur coulent dans des écorchures dont je n'avais pas conscience et je fais la grimace. Enki danse comme si rien d'autre au monde ne lui importait, mais nous progressons vers l'autre extrémité du groupe. Vers le côté nord de la rue et la Ville Haute. Je glisse un regard en douce vers la porte, mais Tomas ne s'est toujours pas montré. Zanita hausse les épaules avec fatalité.

Lorsque nous arrivons au bout, les squelettes qui se trouvent là s'arrêtent de danser pour nous regarder. Ils sont armés de fusils et non de fleurs. Enki s'immobilise aussi et leur rend leur regard.

— C'était très courageux, lâche l'un d'eux d'un air de défi. Nous reprendrons notre bataille quand vous serez partis.

Il abaisse son arme. Son camarade toise Enki, hausse les épaules et rejoint le reste du groupe. Enki s'éloigne en marchant.

Zanita et moi le suivons, avec toutes les apparences d'une escorte royale. J'ai les épaules crispées, je m'attends à recevoir une balle à tout moment, mais les gestes d'Enki n'en sont que plus gracieux. C'est sa façon à lui de montrer qu'il perçoit le danger.

Nous avons presque atteint la courbe de la rue quand sa voix retentit derrière nous.

Marrant que j'aie entendu ce cri-là au milieu des braillements des gangs, preuve que l'agressivité du combat a repris le dessus.

— Attendez-moi ! s'époumone Tomas.

— Bon Dieu, souffle Zanita, à la fois prière et juron.

Pourquoi a-t-il fallu qu'il sorte de sa cachette ?

Je ne le saurai sans doute jamais.

Enki fait mine de courir vers lui, mais c'est déjà trop tard. Tomas fend la foule des combattants à l'autre bout de la rue, poussant du coude un des types armés qui nous ont laissé passer. L'homme se raidit, fronce les sourcils et lève son arme.

La détente ressemble à un battement de tambour ; Tomas s'effondre au sol.

Zanita nous emmène elle-même dans la vieille ville, mais elle ne parle pas beaucoup. Elle nous a dit qu'elle avait besoin de sortir ce matin-là, et je la comprends.

On aurait pu croire que Tomas avait déjà succombé, avec toutes ces prières, tous ces cierges et les pleurs étouffés.

D'un autre côté, il demeure entre la vie et la mort, et je ne vois pas comment il pourra guérir s'il ne peut pas être soigné dans le seul hôpital digne de ce nom près de São Roque. Le seul hôpital digne de ce nom et qui coûte les yeux de la tête.

Zanita nous a demandé, puisque Enki est un Roi et tout ce qui s'ensuit, si par hasard nous n'aurions pas assez d'argent...

Je n'ai pas eu le courage de lui répondre. J'ai seulement secoué la tête. Enki l'a regardée droit dans les yeux en s'excusant, et nous n'en avons plus parlé.

Je crois que nous sommes heureux tous les deux d'être dehors, si près, enfin, de trouver la vieille maison de sa *mamãe.* Elle habitait dans la Ville Haute, mais plus à l'ouest, près de l'université. D'après Zanita, c'était l'un des quartiers les plus sûrs il y a dix-huit ans. Jusqu'à ce qu'il soit bombardé par les *Pernambucos* dans une longue guerre de territoire avec une milice décimée qui n'existe plus aujourd'hui.

— Beaucoup de ces maisons sont maintenant à l'abandon, nous apprend Zanita sur le chemin. Personne n'est revenu y habiter. Ce sont des choses qui arrivent. Je ne sais pas ce que tu trouveras.

— Ça ne fait rien, répond Enki.

J'ignore s'il pense ce qu'il dit. Il n'a pas d'adresse, juste un arbre. Un très vieux corossol – une des rares essences qui survivent dans le froid qui progresse – poussait dans son jardin. Ce ne sont pas des arbres très communs, mais c'est quand même léger comme point de départ.

Si près du but, je m'autorise à imaginer notre futur. J'ai décidé que nous ne pourrions pas demeurer en Amérique du Sud si nous voulons que les Tantes nous laissent tranquilles. Nous embarquerons sur un navire marchand et débarquerons au premier port d'escale, quel qu'il soit. Nous recommencerons plusieurs fois, pendant plusieurs mois s'il le faut, pour brouiller les pistes. Au bout du compte, nous traverserons l'Atlantique jusqu'à Port Harcourt ou Lisbonne. Nous nous trouverons une autre ville, aussi belle, aussi merveilleuse que Palmares Três, et nous y ferons notre nid. Une fois que nous serons à l'abri, nous appellerons Gil pour lui dire de venir nous retrouver et…

Et quoi ? Nous formerons une grande et belle famille ?

J'essaie de visualiser ça. Je ferme les yeux et convoque les images : Gil et moi en train de rire, Enki qui apprend à vivre avec ses mods, des décennies de musique, de danse, d'art et d'amour. Mais ces images manquent d'épaisseur tandis qu'elles défilent sur l'écran de mon esprit. Je peux leur donner forme, mais je n'y crois pas vraiment. Lorsque j'ouvre les yeux, Zanita s'est arrêtée et me regarde comme un oiseau curieux.

— Tout va bien ? On dirait que tu viens de perdre ta mère, s'inquiète-t-elle.

— Mon père, je réponds.

Zanita pince les lèvres et me frotte l'épaule avant de se remettre en route. Elle ne dit pas qu'elle est désolée et je lui en sais gré.

Enki ouvre la marche, ses yeux scannant les bâtiments condamnés avec l'avidité d'un artiste.

Je ne sais pas ce qui nous attend. J'ai si peur du futur que même mon imagination me lâche. Chaque matin quand je me réveille, je suis toujours vaguement surprise que nous soyons encore en vie tous les deux. Mais je ne peux pas leur avouer ça, alors je prends mon courage à deux mains et je continue d'avancer.

Enki jure que le corossol a survécu aux bombardements. Plus nous approchons de la vieille ville, plus j'en doute. Cette partie est déserte comparée au labyrinthe de la Ville Basse où nous sommes entrés. Quelques-unes des maisons en ruine que nous dépassons sont simplement inhabitées, mais la plupart ont été pillées de tout ce qui pouvait servir et abandonnées aux *grafiteiros*. L'art des rues ici n'arrive pas à la cheville de ce que l'on peut voir de pire dans le *verde*. Surtout des signatures en grosses lettres massives et stylisées et un œillet blanc à l'occasion. J'interroge Zanita, qui me répond par un grognement.

— C'est leur terrain d'entraînement. Les vrais *grafiteiros* ne laissent pas ces types s'approcher des bons endroits sur les vieux immeubles de la Ville Basse. Alors, ils montent ici.

Il s'avère que notre destination est presque à une heure de marche de chez la mère de Zanita dans la Ville Haute. Il existait peut-être un système de navettes à Salvador autrefois, mais aujourd'hui on se déplace à pied ou en jeep. Enki reconnaît la rue lorsque nous la trouvons enfin, parce qu'il a téléchargé dans sa mémoire toutes les cartes du quartier que possédait la bibliothèque de Palmares Três avant notre départ. J'ai passé les détails à Zanita, mais je crois qu'elle se doute que sa connaissance de la ville est quelque peu surnaturelle.

— C'est ici, dit-il en montrant une maison minuscule à quelques mètres devant nous.

Le toit s'est effondré et il n'y a plus de porte. Je ne sais pas comment Enki peut être si sûr de lui jusqu'à ce que j'arrive à sa hauteur. Le seuil béant dévoile jusqu'au jardin semé de morceaux de métal rouillés, de gravats et d'îlots d'herbes folles brunies par le froid de l'hiver.

Et un arbre, plus grand que je n'imaginais, juste derrière ce qui avait dû être la cuisine.

— Tu en es certain ? demande Zanita.

Elle paraît préoccupée, trop silencieuse.

Elle doit penser à Tomas. Enki grimpe les marches défoncées et caresse du doigt ce qui reste du linteau de bois au-dessus de la porte d'entrée.

— Elle a gravé son nom ici quand elle était petite, dit-il. Tu vois ?

J'ai le souffle un peu court. Je n'ai jamais entendu une telle souffrance dans la voix d'Enki jusqu'ici. Aussi profonde que la mienne. Je me hausse sur la pointe des pieds et déchiffre les lettres malhabiles à moitié effacées tracées par une enfant : *Sintia.*

— Je ne connaissais pas son prénom, murmuré-je.

Il hausse les épaules.

— Je ne te l'avais jamais dit.

Nous franchissons le seuil ensemble. Derrière nous, Zanita s'inquiète.

— Vous êtes sûrs que ce n'est pas dangereux ?

Nous l'ignorons. La toiture effondrée encombre une bonne partie du sol de la petite maison, mais nous avons juste la place de nous glisser jusqu'au jardin. Les mains et le visage couverts de sueur et de poussière, je souris. Ça me rappelle nos débuts, le plaisir de cet art manuel, physiquement exigeant. Sauf que ce n'est plus de l'art que nous faisons.

Une fois à l'air libre dans le jardin, je m'essuie les mains sur mon pantalon et lève la tête. J'ai déjà vu des corossols dans les serres de Palmares Três, mais celui-là ne leur ressemble pas vraiment. Ses feuilles brunes ratatinées forment des grappes. Quelques fruits desséchés se balancent mollement dans le vent. Au moins, l'arbre est resté debout. Sans doute est-il mort récemment – l'hiver a été particulièrement froid.

— Enki, je…

Je crois qu'il ne m'a pas entendue. Il fait courir ses doigts le long du tronc épais. Puis il recule pour contempler l'arbre tout entier.

Derrière moi, Zanita a surmonté sa peur de la maison en ruine et nous rejoint dans le jardin.

— C'est pour ça qu'il est venu ?

Je ne saurais dire si sa voix exprime la tristesse ou l'incrédulité.

— Tu as la pelle, June ? me demande Enki.

Je suis surprise, mais ça ne me paraît pas le bon moment pour le questionner. Je pose mon sac par terre et fouille à l'intérieur pour en extraire notre boîte à outils. Deux couteaux, une pelle, un brasero et une tente repliés pour tenir dans un coffret pas plus grand que ma main. Ce kit m'a coûté presque tous les *reales* qui me restaient après avoir acheté nos vêtements chauffants, mais je ne l'ai pas regretté. Je prélève la pelle, presse le bouton et la regarde se déployer sur le sol.

— Mon Dieu ! s'exclame Zanita. Ce sont des nanotechs ?

— Non. Les Tantes n'en sont pas très fans.

Un petit rire.

— Oui, j'ai entendu dire ça.

Je ramasse la pelle reconstituée et la tends à Enki. Il s'accroupit devant l'arbre.

— Je suis désolée, réussis-je à bredouiller.

Il lève les yeux vers moi, s'empare de la pelle.

— Pourquoi ? Ce n'est qu'un arbre.

Il observe le sol en fronçant les sourcils, et tourne lentement autour du tronc. Il s'arrête le plus près possible de ce qui doit avoir été la fenêtre de la cuisine.

Et se met à creuser.

Zanita et moi échangeons un regard. Nous ne pouvons pas l'aider, alors nous nous asseyons par terre en simples spectatrices. Enki creuse sur environ trente centimètres, puis s'arrête. D'après ce que je vois, il n'a rien trouvé d'autre que de la terre et des cailloux.

— Tu as déterré un trésor ? je lui demande.

— Pas encore, répond-il et il se remet à creuser un peu plus à droite.

Il trouve quelque chose à la troisième tentative. Il creuse encore un peu, puis repose la pelle. À genoux au bord du trou, il fouille la terre à mains nues et en retire une vieille guenille crasseuse et à moitié pourrie. Il la brandit dans le soleil avec un sourire qui me donne envie de le serrer dans mes bras.

— Qu'est-ce que c'est que ce machin ? me demande Zanita.

Je hausse les épaules en signe d'ignorance et rejoins Enki. C'est une poupée de chiffon. Ou ce qu'il en reste. Un visage tout simple brodé à la main et un corps épais vêtu des restes en lambeaux d'une robe blanche de cérémonie.

— On dirait une Tante, lui fais-je remarquer.

— Tu trouves ?

Il observe la poupée avec un demi-sourire amusé. Je m'assieds près de lui, adossée contre l'arbre mort, ma manche frôlant la sienne.

— *Mamãe* ne m'a expliqué qu'une seule fois où elle avait enterré cette poupée. Je crois qu'elle pensait que j'étais trop petit pour m'en souvenir.

— Qu'est-ce que c'est ?

Le regard qu'il me lance me frappe par la douceur, la sérénité, l'impression de paix qu'il dégage. Je crois que je n'ai jamais vu Enki aussi détendu.

— Oh, *bem querer*, répond-il en chuchotant pour je ne sais quelle raison. Parfois tu ne sais rien de moi, et d'autres fois tu lis en moi comme dans un livre ouvert.

— Et aujourd'hui, Enki ?

Il me tend la poupée.

— Tu devrais prendre ça.

Le tissu autrefois blanc de sa robe souille mes mains de terre rouge. Son odeur me rappelle la *catinga* et j'ai soudain un mal du pays si violent que j'ai envie de vomir.

— C'est à ta *mamãe*, je proteste.

Une petite fille du nom de Sintia a aimé cette poupée. Une jeune femme du nom de Sintia, enceinte du futur Roi d'été, l'a enterrée dans son jardin. Pourquoi ?

— Tu te souviens de ce que je t'ai raconté ? Comment elle a convaincu les Tantes de la laisser entrer dans la ville ?

— La bibliothèque ? je demande, et puis tout me revient.

Elle a fait deux copies des données classifiées du serveur avant le bombardement de l'université. Une qu'elle a emportée avec elle à Palmares Três. L'autre...

Je baisse les yeux sur la poupée.

— Oh, dis-je, et je me souviens soudain de la présence de Zanita.

Elle s'applique à ne pas nous regarder. Adossée contre le mur en ruine, elle taille une branche morte avec un canif. Je lui fais plus ou moins confiance, mais si je tiens vraiment dans mes mains l'unique copie restante du contenu de la bibliothèque universitaire de Salvador, il me semble plus prudent de garder ça pour moi.

— Hé, je l'appelle.

Elle relève la tête.

— Vous avez fini ? Vous voulez bien attendre un peu ? Ce bois est vraiment cool à travailler.

Je me penche pour voir ce qu'elle fait. Elle est en train de finir la queue d'un quadrupède – une vache peut-être, ou un cheval. Elle prend tout son temps, et soigne les détails d'une façon que je ne peux qu'admirer.

— Tu es douée, lui lancé-je.

Elle hausse les épaules.

— Juste un passe-temps. Tomas dit que je le perds, mon temps.

— L'art n'est jamais une perte de temps.

Zanita me gratifie de son premier vrai sourire de toute la journée, vite effacé. Je me balance d'un pied sur l'autre avec gêne. Je songe à la respiration superficielle de Tomas dans la chambre du premier étage, aux chuchotements étouffés de sa famille qui discute de ce qu'ils peuvent faire.

Son cousin va peut-être mourir aujourd'hui, mais Zanita est ici avec nous. Chacun gère son chagrin comme il peut. Je suis bien placée pour le savoir.

Enki se lève, casse une branche de la grosseur de son poignet dans l'arbre mort et se dirige vers elle.

— Tu peux me montrer comment faire ? demande-t-il, d'une voix étrangement humble.

Zanita le fixe un moment d'un regard vide, puis hausse les épaules et pose sa sculpture à moitié terminée dans l'herbe.

— Oui, pourquoi pas ? Nous avons le temps.

Je n'ai jamais beaucoup sculpté, encore moins travaillé le bois (c'est un crime de couper les arbres à Palmares Três). Pas plus qu'Enki, je ne puis résister à une nouvelle forme d'art. Je leur tourne autour, et je regarde de tous mes yeux quand elle soulève son petit couteau pour lui montrer comment enlever l'écorce.

— Il faut toujours aller dans le sens naturel de la fibre. Travailler avec le bois, et ne pas lutter contre, d'accord ?

Enki manie le couteau d'une main sûre, comme s'il avait fait ça toute sa vie. Ayant grandi dans le *verde*, il est fort possible que ce soit le cas. Ses coups de taille sont d'abord grossiers et maladroits, mais il ne s'en aperçoit même pas. Zanita lui donne des conseils, lui montrant à l'occasion sur sa propre figurine. Enki la regarde avec attention, et recommence.

Elle lui touche la main et retire la sienne en tressaillant.

— Tu es… Est-ce que ça va ?

Enki me regarde. *Eh bien, on lui dit ?* semblent me demander ses yeux.

La salive remplit ma bouche et je me force à déglutir.

— La température vient d'un truc que lui ont fait les Tantes, dis-je.

Je déforme tellement la vérité que c'est presque un mensonge.

Zanita se renfrogne.

— Ouais, eh bien c'est sans doute le prix à payer pour vivre au paradis.

Le paradis ? J'ai beau aimer ma ville, ce n'est pas ainsi que je la qualifierais. Zanita semble en colère et se referme comme une huître. Les paupières closes, Enki roule sur le dos. La lumière du soleil qui tombe sur son visage à travers les branches de l'arbre mort lui donne un air à peine humain. Sa respiration est superficielle et saccadée, mais ça lui arrive assez souvent ces derniers temps pour que je ne m'en inquiète pas trop. Tout ira mieux quand nous serons à Lisbonne, ou Paris, ou n'importe où.

Pour le moment, je sors les deux couteaux de ma boîte à outils et les déploie.

— J'ai une idée.

— Quoi, princesse ?

La voix de Zanita contient plus d'amertume que son expression. Je sais qu'elle nous considère comme en partie responsables de ce qui est arrivé à Tomas, et elle n'a sans doute pas tort.

Enki rouvre les yeux. Ses pupilles dilatées rendent son regard presque noir ; ses lèvres remuent imperceptiblement. Je ne sais pas à qui il s'adresse, mais pas à moi.

— Et si on sculptait l'arbre ? je propose soudain. On pourrait prendre chacun un tiers.

— C'est… une drôle d'idée, dit Zanita.

— C'est de l'art.

Elle ramasse son couteau et le fait tourner dans l'air.

— Tu es un peu obsédée par l'art, non ?

J'éclate de rire.

— Je m'appelle June…, commencé-je.

— Et c'est la meilleure artiste de Palmares Três.

Je ne croyais pas qu'il nous entendait ; je ne savais pas qu'il s'en souvenait. Il se redresse en position assise. Zanita secoue la tête, comme pour se reprocher de nous écouter, mais elle me suit quand je me dirige vers l'arbre.

— Je fais quoi ? demande-t-elle.

— Ce que tu veux.

Elle fronce les sourcils, davantage pour la concentration que la désapprobation. Puis elle attaque le bois. Enki se met au travail à son tour. J'empoigne mon couteau. Le tronc est dur, mais pas trop dense – idéal pour la sculpture, comme l'a dit Zanita. Je ne sais pas trop quoi faire, et je ne sais pas comment m'y prendre. Mais le silence familier, ce recueillement intense déferle sur moi comme la marée. Cela fait si longtemps que je n'ai pas tout simplement créé, senti la joie pure de l'art sans ses conséquences politiques.

Le soleil de l'après-midi descend dans le ciel et me chauffe le dos. Dans la rue, des gamins poussent des cris et chahutent. Je les imagine jouant au foot, comme Gil et moi les soirées d'été désœuvrées avant que tout ne change. Je me débarrasse de mes chaussures et plonge mes orteils dans la terre gorgée de soleil. Je respire l'odeur de l'humus, de la rouille et du bois fraîchement coupé. Je ne regarde pas Enki, mais je le sens sculpter l'arbre de sa mère comme s'il était une extension de moi. La peau noire de ses mains, la blancheur de ses paumes, la ferveur presque religieuse avec laquelle il taille dans le bois sont les miennes parce qu'elles lui appartiennent.

Je pense : *Tu es mon cœur*. Et je sais qu'il m'entend parce que sa main cherche la mienne. Pour une fois, de l'intérieur, je ne doute pas de l'amour d'Enki. Les mods ne comptent plus. Il peut bien aimer le monde entier, je ne lui en veux pas.

Je perds la notion du temps. Je ne savais pas trop ce que j'allais faire avant de commencer, mais je mets dans ma création toutes mes forces et mes compétences limitées. Une heure s'écoule peut-être – le soleil n'est plus que braises rougeoyantes et je dois plisser les yeux pour voir les détails de mon œuvre.

Un bruit dans la rue dehors. Encore des gamins qui tapent dans un ballon ; je continue de sculpter le bois. Zanita s'écarte de l'arbre.

— Je… je n'avais pas le choix…, bafouille-t-elle.

Je ne l'écoute pas. Encore quelques minutes, et j'aurai terminé. Cela faisait si longtemps, et je ne sais pas quand une autre occasion se présentera une fois qu'Enki et moi reprendrons notre route.

De puissants projecteurs éclairent la maison, rebondissent sur l'arbre, me fournissant la lumière qui me manquait. Je ne me retourne même pas, j'ai vécu toute ma vie dans une ville de lumières.

Mais nous sommes à Salvador, dont les milices et les gangs sont réputés pour autre chose que leurs illuminations. Enki glisse soudain ses mains autour de ma taille et vient nicher sa tête dans le creux de mon cou.

— June, dit-il. *Bem querer…*

— June Costa ! (Je reconnaîtrais la voix de Tante Maria n'importe où.) Pose ton arme et éloigne-toi du Roi !

— Sinon Tomas mourra, s'excuse Zanita.

J'ai envie de lui hurler de la fermer et qu'elle peut se tirer avec son million de *reales* pour aller sauver la vie de Tomas parce qu'elle vient de foutre la mienne en l'air. Mais nous avons si peu de temps, trop peu pour le gâcher avec des sentiments aussi stériles que la colère.

— Sauve-toi, dis-je à Enki en me serrant contre lui, laissant son corps remplir tout l'espace entre nous.

Il sent le bois, l'herbe, la vieille poupée de sa *mamãe* oubliée dans les gravats. Il sent la terre qui brûle.

— Je vais mourir de toute façon, souffle-t-il. (Sa langue effleure mon oreille. Je frissonne.) Ce sont les mods. Depuis la toute première qu'elles m'ont fait absorber au cours de la cérémonie après ma victoire. Quoi qu'il arrive, June, elles font toujours en sorte que nous mourions au bout d'un an.

Mon esprit est désormais clair comme une rivière. Je le comprends parfaitement.

— Pourquoi venir ici, alors ?

— Pour ça. Pour toi.

Il me relève le menton et je suis obligée de voir. Notre arbre est devenu trop beau pour un événement aussi sombre. Zanita s'en est donné à cœur joie. Un squelette des Têtes de Mort panaché de plumes et de feu. C'est la bataille qui a failli tuer Tomas. La vie et la mort dansant dans une ville en ruine.

Enki a sculpté un autel, qui ressemble à celui du Haut Sanctuaire. Une silhouette grossière est allongée sous une lame.

— Tu savais qu'elles allaient venir ?

— Je l'ai entendue. La ville. Elle les aide à piloter leur avion.

— Nous aurions pu partir.

— Je mourrai quand même.

— Mais pourquoi les laisser t'avoir ?

Je crie d'une voix qui se brise. Tante Maria m'ordonne une nouvelle fois de m'écarter et Enki ne fait pas un geste.

— Il est temps de rentrer chez nous, June, me dit-il simplement. Il faut rentrer à la maison.

Sans savoir pourquoi, je me retourne encore une fois vers l'arbre. La sculpture du milieu est plus grossière que les deux autres. Je ne suis bonne à rien, de toute façon. Mais c'est mon *papai* qui me regarde depuis cet arbre mort. Mon défunt *papai* qui me sourit et joue de la musique, *vivant.*

Il avait perdu sa musique, et c'est peut-être pour cette raison qu'il n'a jamais su voir mon art. J'ai dû le découvrir par moi-même.

— Roi d'été, insiste Tante Maria. Nous devons partir, à présent.

Enki m'embrasse l'oreille. Il me tourne la tête pour me faire goûter au coin de ses lèvres. Je suis claire comme du cristal, je suis une rivière, je suis une lumière.

Je ne suis rien du tout.

Il me lâche.

— Il y a une chanson, dit-il en reculant d'un pas.

— Il y a toujours une chanson, réponds-je.

Tante Maria surgit derrière lui. Deux agentes de sécurité me prennent par les bras, mais personne ne bouge.

— *Forgive me if I dare to confess,* chante-t-il, toujours aussi mal. *I will always love you.*

— Tu es sûr que c'est ça ? je demande, même si je sais que oui, bien sûr.

Il sourit.

— *Oh, my God, how sad, the uncertainty of love.*

— Nous partons, Enki, s'impatiente Tante Maria.

Il ne semble pas l'entendre.

— Attends-moi, dit-il. Je serai mort, mais attends-moi.

Il se détourne. Il s'éloigne. Je le rappelle sans réfléchir. Je fais mine de le suivre et les agentes de sécurité me retiennent. La première relève ma manche, la seconde me pique le bras.

Enki s'en va, en compagnie d'une Tante qui lui tranchera la gorge dans deux semaines.

Ses dreadlocks dans les phares de leurs jeeps. Ses chaussures qu'il déteste foulant les décombres de la maison de sa *mamãe.* Ses vêtements souillés de la terre du jardin. Ses mains qui viennent de toucher la mienne.

Est-ce qu'il se retourne ? Je m'effondre sur le sol, ma tête roule sur mon épaule.

Est-ce qu'il se retourne ?

La peau me brûle là où il m'a touchée pour la dernière fois.

Je fixe le vide où il a disparu jusqu'à ce que tout s'efface.

Mon *papai* est mort en juillet, sans doute par égard pour moi.

Il débordait de *gentillesse* pendant les derniers mois de sa vie, ce qui ne faisait qu'empirer les choses. Mère et moi avons d'abord tenté de le raisonner. Nous lui avons envoyé des prêtres, des prêtresses *mães de santos* et des médecins. Nous avons essayé de nous montrer compréhensives, mais la seule chose qu'il nous fallait comprendre au bout du compte, c'était qu'il ne voulait plus vivre.

« J'ai perdu la musique », disait-il, alors j'ai voulu la chanter pour lui. Mais nous savions tous deux que je n'avais jamais compris la musique à sa façon. Il se contentait alors d'un sourire mélancolique et détournait la tête. Il a légué sa collection à l'un de ses collègues à l'université. J'en ai acheté d'autres et ai voulu les lui faire écouter. Il s'est débarrassé de ses vêtements et de ses livres. Il a fait des démarches auprès des services médicaux pour les autoriser à prélever ses organes avant la crémation. Il a suivi les séances de thérapie obligatoires, exposé par écrit ses motivations, attendu la période de réflexion. Et tout le temps, il n'a jamais flanché, pas une seule fois envisagé de revenir sur sa décision.

Le comité des *kiris* a validé sa demande. Mère disposait de dix jours pour déposer une réclamation familiale – cela nous aurait donné un sursis de six mois pour le faire changer d'avis avant que le comité ne statue de nouveau sur son cas.

Elle s'y est refusée. « C'est ce que veut João. Je dois respecter sa décision. Je ne peux pas l'obliger à vivre six mois de plus. »

Mais je savais bien ce qu'elle voulait dire : qu'*elle* ne pourrait pas supporter de passer six mois de plus à regarder celui qui était son mari depuis quarante ans attendre patiemment, tranquillement et gentiment la mort.

« Tu signes sa condamnation à mort ! » je me souviens de lui avoir hurlé. J'ai dû lui cracher des choses bien pires. C'est là que tout a commencé. Pas après, quand elle m'a présenté Tante Yaha, ni à leur mariage. Bien sûr que non. J'ai cessé d'aimer ma *mamãe* quand elle a décidé de laisser partir mon *papai.*

Je ne comprenais pas ce que ça signifiait, laisser partir quelqu'un, à l'époque. Je crois que je ne connaissais pas grand-chose à l'amour.

J'ai voulu déposer moi-même une réclamation. L'officière de l'état civil m'a donné un mouchoir en papier et a attendu que j'aie fini de sangloter pour m'expliquer qu'il fallait avoir trente ans révolus pour déposer une demande de sursis pour le *kiri* d'un proche. Je lui ai dit que c'était *mon père.* Elle m'a répondu qu'elle regrettait, mais que les wakas n'étaient pas habilités à décider quand le moment était venu de partir pour un *grande.*

Gil n'a pas su trouver les mots à l'époque, mais il était là pour m'écouter. Dans un monde de *grandes* qui veulent tout expliquer, c'est son silence qui m'a empêchée de sombrer dans la folie. Gil a toujours eu ce qu'on appelle la grande oreille. Pas seulement pour moi – pour ma *mamãe* et mon *papai* aussi. Il comprenait très bien notre triste situation, mais ne voyait pas plus que nous le moyen de s'en sortir.

La demande de *papai* a été acceptée par la commission d'évaluation. Il a fixé une date : le 3 juillet, pour que je n'associe pas à jamais la mort de mon *papai* avec mon prénom.

Je leur ai dit que je ne voulais associer la mort de mon *papai* avec rien du tout, mais *mamãe* s'est contentée de me caresser les cheveux en me demandant d'être forte.

Il m'a donné *Le Zahir* et *Nous sommes tous des Palmarinas*, deux livres de papier qu'il avait emportés avec lui dans son voyage autour du monde. J'adorais les toucher quand j'étais petite, mais je les avais oubliés depuis des années.

J'ai refusé de les prendre. Quand il a insisté, je les ai jetés dans la baie.

J'ai pleuré davantage ce jour-là qu'une semaine plus tard, quand il est mort pour de bon. Il avait l'air hagard, si triste, il ne comprenait pas. Et aujourd'hui, après plus de trois ans sans lui, je donnerais des claques à la fille que j'étais à l'époque ; je la tuerais si c'était possible. Quel droit avait-elle de faire ça ? De gâcher ses derniers moments avec son père ? De détruire cette partie de lui qu'il entendait laisser derrière ?

Papai portait une longue tunique blanche et il était pieds nus. Dans le vestibule, il paraissait distrait, mais plus heureux que je ne l'avais vu depuis de longs mois.

Il a embrassé *mamãe* et lui a murmuré quelque chose à l'oreille. Elle a hoché la tête et ses yeux sont restés secs.

Il m'a tendu les bras. Je l'ai repoussé.

— J'espère que tu auras une vie heureuse, June, a-t-il dit. Tu deviendras quelqu'un.

C'est la dernière fois que nous l'avons vu vivant. On nous a livré l'urne quelques heures plus tard.

— Il est parti en paix, nous a confié l'infirmière qui l'avait accompagné.

Nous avons dispersé ses cendres dans la baie, sur un bateau balayé par le vent glacé à un endroit où l'on peut voir le soleil se coucher sur la ville.

Aucune de nous deux n'a pleuré.

Elles m'ont enlevé mon arbre de lumière. J'éclate de rire lorsque je m'en rends compte en regardant mon corps nu dans le seul miroir de la pièce où je ne vois que mon buste. Au moins, elles ont fait du bon boulot. Les marques plus claires dessinant les contours des implants dermiques que l'on m'a retirés finiront par s'estomper. Et je ressemblerai de nouveau à tout le monde.

Je trouve ça mesquin – comme si elles s'imaginaient qu'en effaçant la création d'art corporel qui me distingue elles pouvaient effacer le souffle de changement qui s'est emparé de cette ville.

Je ne me souviens pas bien comment je suis arrivée ici. Quelques bribes éparses d'un long voyage en jeep à travers les terres me reviennent ; un vieux bateau, amarré à un banc de sable. Un tas de bois, décoloré comme des fanons de baleine. Des ruisselets d'eau saumâtre formant un réseau de canaux jusqu'à la mer.

J'essaie de me rappeler l'océan, parce que je ne sais pas si je le reverrai jamais.

Je ne sais pas non plus si je verrai un jour autre chose que cette pièce minuscule. Cela ressemble beaucoup à la prison où elles avaient enfermé Lucia : un sol nu, un lit dur, un bureau sans le moindre écran de *fono* et une salle de bains. Contrairement à Lucia, je ne mérite pas de fenêtre. Elles ne m'ont rien donné pour écrire, dessiner ou communiquer. Sans les repas que viennent déposer des SécuriBots à heures régulières, je perdrais la notion du temps. Il y a des vêtements qui m'appartiennent dans le placard, et je sais au moins que ma *mamãe* est au courant de mon sort. Je me demande si elles me laisseront lui parler. J'interroge les bots à chacun de leurs passages : « Quel jour sommes-nous ? Quelle heure est-il ? Où est Enki ? Où est Gil ? Où est ma *mamãe* ? » Les bots ne répondent rien, mais je sais qu'ils enregistrent mes questions. Peut-être qu'à force les Tantes se laisseront fléchir, mais c'est un espoir bien mince.

De toutes mes questions, c'est la première la plus importante : *quel jour sommes-nous ?* Je me rappelle avoir appris que le carnaval avait traditionnellement lieu en février, à la fin de l'été – de l'hiver dans l'hémisphère Nord. Nous avions conservé la tradition dans l'hémisphère Sud pendant des siècles, mais les premières *Palmarinas* ont décidé de changer ça. J'imagine que le sacrifice d'un Roi aux dieux selon un rite de printemps n'aurait aucun sens si on l'accomplissait à la fin de l'été.

Elles nous ont arrêtés début septembre. Deux semaines avant la date du sacrifice et de la confirmation de la Reine régnante. Deux semaines avant sa mort. Enki me demanderait ce que ça peut faire, mais je ne supporte pas l'idée qu'il puisse mourir sans même que je le sache.

Qu'il puisse être déjà mort.

Environ une semaine sous calmants, le temps de regagner la ville par voie terrestre. Un long voyage, douloureusement lent. Je me demande si c'est Tante Maria elle-même qui a décidé de cette torture particulièrement cruelle. Ensuite ? Deux jours de solitude dans ma prison à prier les *orixás* qui veulent bien m'écouter d'épargner la vie d'Enki, ou de me laisser au moins le voir une dernière fois.

Restent deux ou trois jours avant la cérémonie. Il doit être retiré du monde à l'heure qu'il est, se préparer pour la communion finale, pour son devoir le plus sacré. C'est ce qu'il a toujours voulu. Je ne l'avais pas compris jusqu'ici, mais maintenant tout est clair. Enki n'a peut-être aucun respect pour les Tantes, mais pour une raison que j'ignore il veut jouer leur jeu jusqu'au bout. Notre détour par Salvador n'était que sa dernière chance de dire adieu à sa *mamãe.*

Peut-être aussi à moi ?

J'ai laissé la poupée dans les décombres de la maison de sa mère. L'unique objet qu'il voulait tant trouver, et je l'ai abandonné comme un jouet sans valeur, comme si ce n'était pas la seule chose qui me resterait de lui. Je pleure en songeant à sa joie quand il l'a déterrée. Je pleure pour ne pas hurler.

Après huit repas et trois périodes de sommeil à l'isolation, je reçois ma première visite.

Oreste elle-même m'apporte mon plateau de nourriture. Je la laisse le poser sur le bureau quand la courtoisie aurait exigé que je le prenne de ses mains. Si ma grossièreté mesquine la contrarie, elle n'en laisse rien paraître.

— Comment vas-tu, June ? me demande-t-elle.

— Quel jour sommes-nous ?

— Le 14 septembre.

Encore deux jours. Je commence à claquer des dents.

— Puis-je avoir au moins un *fono* ?

Le sourire désolé d'Oreste contient une pointe de triomphe.

— Nous ne pensons pas que ce serait sage, June, étant donné les circonstances.

— Qu'est-ce que je pourrais faire avec un putain de *fono* ?

Oreste hausse ses royales épaules avec délicatesse.

— Tu as fait la preuve de ta créativité avec la technologie. Et de ton hostilité au sacrifice coutumier de ce Roi d'été en particulier. Considère que c'est un compliment.

Je la dévisage depuis mon siège. Elle a refusé de s'asseoir en ma présence et je n'ai pas assez confiance en mes jambes pour me lever.

— Vous ne me laisserez même pas regarder…

L'éclat de triomphe dans ses yeux est maintenant incontestable.

— Tu nous as causé pas mal de difficultés, June. Tu as enlevé le Roi d'été. Tu as remis en question le gouvernement des cinq prochaines années. Nous avons failli nous retrouver avec une révolution sur les bras. Croyais-tu vraiment que j'allais t'en remercier en te laissant assister à la cérémonie sacrée ?

— Nous sommes vraiment le 14 septembre ?

Ma voix s'étrangle dans une quinte de toux.

— Bien sûr, répond la Reine. Tu seras informée de la mort du garçon.

— Dites-moi, qui est son témoin ? Qui a-t-il choisi ?

Oreste pousse un grognement.

— Gil, bien sûr. Toute la ville est en pâmoison devant leur histoire d'amour homérique. Je ne pouvais pas refuser.

J'essaie de ne pas lui laisser voir mon soulagement. Au moins, Gil l'accompagnera jusqu'au bout. J'ai mal pour tous les deux, mais il ne sera pas seul.

— Puis-je voir Gil ? Et ma *mamãe* ?

Elle se fige un long moment, et finit par tourner seulement la tête, tel un oiseau de proie.

— Et pourquoi diable devrais-je t'y autoriser ?

Je me rappelle la dernière conversation que j'ai eue avec cette femme redoutable. Je me souviens du choc que j'ai ressenti devant la bassesse de sa politique et la hauteur de ses ambitions.

Je cherche un moyen d'entrer dans son jeu.

— Vous vous souvenez du message que nous avons laissé à la ville ?

Oreste fronce les sourcils, ce qui m'indique qu'elle n'a pas trouvé le moyen de désactiver notre police d'assurance.

— Je me souviens que tu as laissé une note à ce sujet, oui. Mais tu n'es plus en mesure de faire quoi que ce soit, n'est-ce pas ?

Je comprends mieux pourquoi je suis privée de technologie. Je me sens plus forte. Je représente finalement une menace pour elle.

— Moi non, mais Enki si.

Ses yeux se dilatent presque imperceptiblement. Elle balaie mon propos d'un geste brusque.

— Ridicule. Il est encore plus isolé que toi. En ce moment même, il ne peut accéder qu'à son propre cerveau.

— Vous n'en semblez pas si certaine, attaqué-je. (Au début je pense mentir, mais je m'aperçois que je dis vrai.) Vous ne savez pas quels types de mods il possède. Vous ne savez pas ce qu'il est capable de faire. Êtes-vous prête à prendre ce risque ? Gil veut me voir, et Gil est le dernier lien avec Enki que même vous ne pouvez pas couper !

— Tu ne crois pas qu'il redoutera que nous fassions du mal à quelqu'un d'autre ?

— C'est la peur qui vous rend si vicieuse ?

— C'est la stupidité qui te rend si têtue ?

Nous nous mesurons du regard, des lames dans les yeux. Elle respire avec difficulté. Elle laisse finalement éclater un rire mal assuré.

— Il est plus simple de les laisser venir. Au plaisir, June. Au cas où tu ne l'aurais pas remarqué, tu es encore entre mes mains.

Elle quitte la pièce avec emphase. J'attends que la porte se referme sur elle et je me roule en boule sur mon lit pour pleurer.

Le lendemain, j'ai droit à la visite de Gil ; il a amené Bebel avec lui.

— Elle m'a supplié de la laisser venir, explique-t-il après une longue étreinte de cinq bonnes minutes.

Je redoutais qu'il me haïsse – le soulagement m'arrache quelques larmes.

— Je suis désolée. J'aurais dû te le dire.

— Sais-tu ce que j'ai éprouvé quand j'ai compris ce que tu avais fait ? De la joie. Je t'avais demandé de le sauver et tu l'avais fait.

— Mais j'ai échoué, Gil.

Il secoue la tête et m'écarte de lui pour me regarder dans les yeux.

— Au moins, tu as essayé.

Bebel s'est assise en silence à côté de la porte, et regarde ailleurs avec tact. Je ne sais pas pourquoi elle est venue, mais bizarrement, je suis contente de la voir.

— Tu es toujours la favorite pour le prix de la Reine ? je lui demande.

Elle m'offre un sourire fugace.

— Il paraît. Je vais bientôt faire quelque chose.

Gil et moi échangeons un regard.

— Faire quelque chose ? Tu veux dire pour gagner ?

— Non. Peut-être. Faire quelque chose que tu aurais pu faire. Comme…

Je fais un pas vers elle en secouant doucement la tête. Elle s'interrompt. Je ne peux pas me permettre de fouiller la pièce, mais les Tantes nous écoutent certainement. Bebel est parfois si naïve.

— Comme chanter, dit-elle finalement.

— C'est une bonne idée.

— Est-ce que… Est-ce que tu voudrais l'entendre ? La chanson que je prépare ?

Je hoche la tête. Elle s'éclaircit la voix, se met debout. Comme tous ceux qui ont grandi à Palmares Três – et sans doute tous ceux qui ont grandi dans l'ancien Brésil –, j'ai entendu *Manhã de Carnaval* au moins dix mille fois. Je n'accorde pas plus d'attention à ces notes familières qu'à la sonnerie des portes des navettes. Mais Bebel chante cet air comme un coup de poignard aux tripes, comme un K.O. debout qu'on n'a pas vu venir. Sont-ce des larmes qui coulent sur mes joues ? Gil pleure aussi. Cette *saudade* lancinante, sa langueur douce-amère qui se déroule au coup par coup, comment ne l'ai-je jamais entendue avant ? Comment n'ai-je jamais éprouvé cette tristesse du carnaval, surtout les années où il est inauguré dans le sang ?

Cet air a beau être l'hymne de notre ville, il prend des accents blasphématoires dans la voix de Bebel. Et je commence à comprendre ce qu'elle est peut-être en train de préparer.

— Mon Dieu, dis-je d'une voix forte. Cette chanson me saoule.

Bebel ouvre la bouche pour protester – elle est toujours consciente de la qualité de ses performances –, puis se ravise.

— Oui, répond-elle au bout d'un moment. Je craignais que ce soit lassant. En tous les cas, merci de m'avoir laissée la tester sur toi. Ce n'est plus pareil au lycée sans toi, June. Bonne chance pour tout.

Elle quitte la pièce d'elle-même. Gil et moi échangeons un petit sourire. Je songe que tout est possible si même Bebel envisage de se rebeller.

— Comment va-t-il ?

Gil hausse les épaules.

— Il est paisible. Hier soir, nous avons dansé pendant cinq ou six heures d'affilée. Je n'ai jamais rien éprouvé de pareil. Je te jure, June, on aurait juré qu'il brûlait.

— Il veut le faire, dis-je.

— Je sais.

Ce qui ne le console pas plus que moi.

— Il m'a demandé de te donner ça.

Je m'attends à une lettre, une œuvre d'art. Au lieu de quoi, Gil me tend une pièce de tissu blanc.

Non… Tandis que Gil la déplie, je me rends compte qu'il s'agit d'une robe de cérémonie.

— Il veut que je prononce mes vœux ? je m'étonne, mais ce vêtement est encore plus grossier que les tenues blanches des initiés des *terreiros* du Candomblé orthodoxe.

— Qu'est-ce que j'en sais ?

Son amertume m'effraie davantage que tout ce qui s'est passé ces quinze derniers jours. Gil comprend toujours tout.

— Désolée.

— Pas ta faute.

Il me serre une dernière fois dans ses bras et se lève.

— Faut que j'y aille.

À mon tour de comprendre. Enki sera mort dans moins de vingt-quatre heures. Je dois les laisser vivre leur dernier jour ensemble.

— Gil, est-ce qu'il t'arrive de regretter d'être allé à cette soirée ? Notre danse au-dessus de la ville ?

— Quelquefois, répond-il.

Une fois qu'il est parti, je me rends compte que, moi, je ne l'ai jamais regretté.

Ma quatrième visiteuse se présente tard dans la soirée de ce même jour – j'en suis presque certaine : plusieurs heures se sont écoulées depuis que le SécuriBot m'a apporté mon dîner et je bâille d'une fatigue que je refuse de reconnaître. Elle frappe poliment à ma porte et je lui dis d'entrer.

Quand je vois ma *mamãe*, je manque en tomber de mon lit. Après trois années de ressentiment, je n'arrive pas à croire à quel point elle m'a manqué.

— J'ai demandé à te voir dès qu'elles t'ont emmenée ici, dit-elle. Yaha fait le forcing depuis des jours, mais personne n'a rien voulu entendre.

— J'ai menacé Oreste, je l'informe.

J'ai presque envie de tirer la langue, au cas où elle nous surveillerait.

Mamãe me regarde dans les yeux et décide, avec prudence, de ne pas insister.

— Nous essayons de te sortir de là, reprend-elle. Au moins de t'obtenir un procès ou une inculpation précise.

Mes yeux font le tour de la pièce austère, puis reviennent sur ma mère. Elle a l'air plus vieille que dans mon souvenir, avec quelques cheveux gris et des rides autour des yeux qu'elle n'a jamais fait effacer. On dirait qu'elle n'a pas dormi depuis plusieurs jours.

— Je suis coupable de tous les crimes, *mamãe*. J'ai enlevé le Roi d'été. Je ne pense pas que la Reine me laissera sortir de sitôt.

— Yaha a mentionné une possibilité.

— Quoi ?

— Es-tu prête à te rétracter ? Travailler publiquement pour le gouvernement, par exemple ? Elle pense pouvoir les convaincre de conclure un marché. Tu es devenue une sorte d'icône depuis ton départ…

Je réfléchis à ce qu'elle vient de m'annoncer en tenant compte du goût de ma mère pour les euphémismes. Il me vient soudain à l'esprit, pour la première fois, que ma notoriété a dû exploser bien au-delà des simples pochoirs nous représentant, Enki et moi, comme des technophiles.

— Oreste a dit qu'il a failli y avoir une révolution ?

Mamãe éclate de rire.

— On n'en était quand même pas là, même si la réaction des Tantes a pu le faire penser. Je ne sais pas, June. Les choses sont très instables en ce moment. Yaha pense que si tu les aides à calmer le jeu, elles pourraient te laisser sortir.

— Et sinon ?

La question reste en suspens dans l'air entre nous deux. Je ne reverrai peut-être jamais le soleil. Je ne reverrai peut-être jamais le *verde*, ni la lumière sur la baie ni rien d'autre que ce lit sommaire et cette pièce exiguë sans technologie.

— Je vais y réfléchir, *mamãe*, lui réponds-je pour la rassurer.

Elle me sourit.

— Oh, June, je suis si heureuse. Tante Yaha t'expliquera bientôt, après…

— Après.

Alors qu'elle est presque à la porte, je la rappelle.

— *Mamãe.* Il y a trois ans, quand nous avons dit adieu à *papai*, il t'a murmuré quelque chose à l'oreille. Je me suis toujours demandé ce que c'était…

Ses yeux s'écarquillent sous le choc. Sa gorge tremble, mais elle fait l'effort de prononcer les mots.

— Il m'a demandé de croire en toi, June. Il a dit que ton art était ce qu'il y avait de plus important au monde pour toi, et que je devais te faire confiance. Mais je ne l'ai pas écouté, n'est-ce pas ?

— *Papai* a dit ça ? (La peau me brûle là où se trouvaient mes implants.) *Papai* n'a jamais aimé mon art.

— Oh, June. Il t'aimait. Et la musique n'est pas la seule forme d'art. Il avait fini par le comprendre. N'a-t-il pas assuré que tu deviendrais quelqu'un ?

En effet. Mais je ne m'étais jamais autorisée à croire qu'il le pensait vraiment. Il nous avait abandonnées parce que j'avais échoué à le retenir.

Mais c'était joué d'avance. Aucune forme d'art n'aurait pu le sauver. Comme Enki.

— Merci, *mamãe.*

Je croise son regard à l'autre bout de la pièce, ce regard qu'elle darde droit devant comme April. Elle incline la tête.

— À très vite.

— Quelle heure est-il ? je lui demande.

— Presque minuit.

Sept heures du matin. L'heure à laquelle meurent nos Rois d'été.

Dix ans plus tôt, mon *papai* m'avait réveillée à l'aube pour aller voir Fidel choisir Serafina. Aujourd'hui, je ne peux que compter les heures en faisant les cent pas dans ma chambre, et des marques dans le mur avec mes ongles. J'ai le bout des doigts en sang, et je m'en fiche.

Vers ce que j'estime être six heures et demie du matin, je cogne contre ma porte.

— Je vous en prie, quelqu'un, laissez-moi y assister ! Je ferai tout ce que vous voulez, s'il vous plaît !

Pas un SécuriBot pour me répondre. Pas une Tante pour exulter.

Une demi-heure plus tard, je tombe à genoux. Je joins mes mains. Comme pour prier, mais je ne supporte plus de prier.

Au moins, il a Gil avec lui, me dis-je pour apaiser la tension dans mon crâne.

Je me demande si c'est déjà fait. N'aurais-je pas dû ressentir quelque chose ? Une décharge électrique, la détente d'une connexion qui se rompt ? Quand nous sculptions cet arbre à Salvador, j'avais l'impression qu'il faisait partie de moi. Et maintenant, je ne sais même pas s'il respire encore.

Je me rappelle autre chose qu'il a prononcé à Salvador : « Je serai mort, mais attends-moi. »

Qu'est-ce que tu voulais dire, Enki, merde ?

Mais il ne peut pas me répondre.

La robe blanche que m'a apportée Gil est posée sur mon lit. Sa vue éveille en moi une résonance. Le souvenir d'Enki un an plus tôt, dansant pieds nus devant la Reine dans sa tenue d'esclave. Je me débarrasse à la seconde de mon T-shirt et de mon pantalon et je déplie la robe. Elle est plus lourde que ce à quoi je m'attendais. Mes mains s'attardent sur cette étoffe étrange et raide cousue en son milieu. Brillante, épaisse, elle réfléchit et décompose la lumière en arcs-en-ciel quand je la fais bouger. J'éprouve un sentiment de déjà-vu, mais le désespoir et la terreur ont vidé mon cerveau. Je l'enfile par la tête et tous mes soucis glissent avec elle. Je retire ensuite mes chaussures.

Nue sous ma robe informe et rêche, j'ai l'impression d'avoir revêtu une armure. Comme si tout ce que les Tantes avaient en tête pouvait être stoppé par la simplicité de ce geste.

L'amour est un pouvoir, annonce une voix douce dans mon oreille. Celle d'Enki…

Je ferme les yeux. Essaie-t-il de me parler ? Est-il mort ?

Bien sûr que je suis mort, bem querer. *Ne te l'ai-je pas déjà dit ?*

Je me frotte les yeux de mes deux poings serrés, mais ils ne retiennent pas mes larmes.

Il est mort.

Je le sais comme je savais pour mon arbre, comme je savais pour ses lèvres, comme je savais pour mon *papai.* Il est sept heures passées de quelques minutes, et son âme a accueilli l'aube.

Ma porte s'entrebâille.

Je me fige, mais personne n'entre.

— Il y a quelqu'un ? j'appelle, tendue.

Personne dans le couloir. La porte s'est ouverte toute seule. Je franchis le seuil. Je pense à mettre mes chaussures, mais quelque chose m'arrête. Peut-être cette voix que j'entends, et qui se fait plus forte au fur et à mesure que je progresse dans le couloir. Toutes les portes demeurent closes sauf une donnant sur un escalier. Je monte.

« *Manhã tão bonita manhã* », chante soudain une voix tranchante comme une lame.

J'ai cru que j'allais fondre en larmes. Que j'allais craquer et renoncer, mais une force se concentre en moi. Vibrante. Je foule les marches d'acier de mes pieds nus en cadence tandis que la voix de Bebel s'amplifie. L'escalier monte et monte encore jusqu'à ce que je trouve une nouvelle porte, qui me conduit sur un toit. Je surplombe une petite place du Niveau Deux que j'ai vue une poignée de fois dans ma vie. Des milliers de gens y sont rassemblés, si anormalement silencieux que j'entends le guano des oiseaux craquer sous mes pas. *Il est mort*, me disent mes pieds. *Ton amant est mort*, me souffle la force à l'intérieur de moi. Je baisse les yeux vers la foule. Tout le monde me regarde.

Non, ils regardent un holo sur le toit. Dans lequel j'ai pénétré tel un fantôme. Les marches de bois de l'autel défilent sous mes pieds. Des mouches bourdonnent à mes oreilles – mais non, ce sont des CamBots.

Oreste se tient à côté de l'autel. Elle est luisante de transpiration, le visage farouche et perplexe. Sa robe est maculée de sang, un couteau sur le sol, et Enki – si près que je pourrais toucher sa projection immatérielle – Enki est mort…

Il se détourne d'Oreste autant que ses liens le lui permettent. Il est mort la main ouverte, couverte de son propre sang. Cette main est tendue vers moi. Vers l'endroit où m'a amenée le chemin vers le toit.

De là où je me trouve, on dirait presque qu'il me touche.

Une vibration sur mon ventre. L'étrange étoffe se met à chauffer et à bourdonner de sa propre énergie. Je baisse les yeux. Pendant une seconde, le temps d'un flash, j'ai l'impression de voir des mots écrits à l'envers pour que je puisse les lire. *Je t'aime.* Ils ont disparu avant que je regarde mieux et je relève la tête, à moitié aveuglée par ces mots entraperçus.

Oreste me dévisage. Ses yeux se posent sur *moi,* sur le toit d'une prison du Niveau Deux alors qu'elle se trouve dans le Haut Sanctuaire du Niveau Dix. Je songe aux bourdonnements des CamBots au-dessus de moi. Mon image doit être projetée dans le sanctuaire.

— Toi ! accuse-t-elle.

Un murmure parcourt la foule. D'abord je ne comprends pas, puis je distingue : « par le sang ». Un écho de l'incantation de la cérémonie sacrificielle. *La prochaine Reine tu désigneras par le verbe, par le geste ou le sang.*

— Tu n'es pas un choix légitime, affirme Oreste.

Je baisse de nouveau les yeux. Si les mots que j'ai vus ont jamais existé, ils ont disparu à jamais. À leur place, une marque plus indélébile : celle d'une main ensanglantée sur mon ventre. Personne n'a oublié comment Fidel a désigné Serafina dix ans plus tôt. Ce signe ne peut vouloir signifier autre chose.

Je reconnais enfin le tissu de ma robe. C'est une ancienne technologie, vieille de plus d'un siècle, rien qui aurait pu éveiller les soupçons des Tantes. Mais la *mamãe* de Gil l'utilise parfois dans ses modèles pour sa capacité unique à changer d'apparence. Ce n'est pas vraiment du tissu, mais une sorte d'écran matriciel. Un écran souple, et programmable.

Le rouge est bien visible sur l'écran, assez vif pour me donner l'impression d'avoir reçu un coup. De pouvoir sentir l'odeur âcre de son sang.

Tout comme Oreste.

Quel effet ça t'a fait de lui trancher la gorge ? ai-je envie de lui demander. *De le regarder mourir sur l'autel une fois qu'il t'a choisie pour Reine ?*

Mais l'a-t-il fait ?

« Par le sang. » Le murmure s'amplifie, devient une clameur.

— C'est... c'est moi qu'il a désignée, comprends-je.

— Ce choix viole une dizaine de lois ! La Cour ne le validera pas. Tu ferais mieux de laisser tomber tant que tu le peux encore.

— C'est moi qu'il a désignée.

Ma voix est pure, plate, sans inflexions. Mais il n'y a pas qu'Oreste qui l'entende, car les cris de la foule en dessous de moi s'emballent.

— Notre Roi d'été a désigné June ! hurle-t-elle avec frénésie.

Je suis pieds nus sur le toit, seule au-dessus d'une marée humaine. Oreste me fusille du regard. Je me détourne d'elle et du corps de mon bien-aimé. Je rebrousse chemin.

— Je contesterai ce choix, June ! hurle Oreste derrière moi.

— Vous avez déjà perdu, lancé-je sans me retourner. Ne le voyez-vous pas ?

— Je vais...

— Non, dis-je assez sèchement pour lui couper la parole. Son sang sanctifie son choix, Oreste.

La foule rugit.

Je n'ai pas plus envie d'être Reine qu'elle de me voir le devenir, mais Enki est mort, et Enki a fait son choix.

Tu sais que ce n'est pas terminé, n'est-ce pas ? Tu finiras par mourir un jour – que tu fasses *kiri* comme ton père, ou que tu mordes dans ton troisième siècle à pleines dents reconstituées, ton histoire s'arrêtera un jour. Mais pour l'instant, elle t'appartient, elle durera plus longtemps que la mienne, et tu disais que j'utilisais ma vie comme une toile ?

Le Roi d'été n'est rien à côté de la Reine.

N'oublie jamais l'art.

Prends soin de Gil. Il ne croira pas que je suis mort, mais toi, tu le sauras.

On m'a attribué des appartements réservés aux hauts dignitaires au Niveau Dix. Oreste s'est résignée à contrecœur à abdiquer à la suite de la désignation surprise d'Enki. Elle n'a pas eu le choix, en fin de compte.

Il se trouve que la ville prend l'institution de son Roi d'été de droit divin beaucoup plus au sérieux que sa propre Reine. C'est la première fois depuis un siècle qu'une Reine perd sa couronne dans une année lunaire, mais la volonté du Roi s'exprime à travers sa mort et les deux sont définitifs.

Je n'ai pas eu le courage de regarder les images de la cérémonie finale d'Enki. Je préfère penser à d'autres choses : notre spectacle son et lumière et ce plongeon depuis la falaise, les fêtes de folie et sa façon de danser avec Gil. Je me souviens de sa joie d'avoir enfin trouvé la maison de sa mère à Salvador.

La poupée que je pensais ne jamais revoir est arrivée hier dans un paquet anonyme. Une lettre l'accompagnait : « Tomas rentre à la maison demain. Je crois que tu as oublié ça. Je ne regrette rien. »

Non, je songe. *Je n'ai jamais pensé que tu regretterais.* J'ai demandé à Lucia de récupérer la puce mémoire. Les fichiers sont intacts. Un vrai miracle après tout ce temps sous terre. Sintia y a associé un fichier audio de la première reine Odete sur son lit de mort. En l'écoutant, je comprends pourquoi elle a fait ça.

« J'ai promis à Alonso de n'utiliser le sacrifice que pour les deux prochains cycles, dit Odete d'une voix rendue cassante par l'âge bien qu'elle n'ait que cent ans. C'était son idée parce que tout le monde le détestait à cause des fuites révélant qu'il travaillait pour la CIA. Il était un homme mort de toute façon, répétait-il. Autant utiliser son sacrifice pour gagner leur confiance. Mais je lui ai promis que ça ne durerait pas, et cela fait maintenant… oh, cinquante ans ? Je n'ai pas tenu ma promesse, Sara… »

La première reine Odete n'avait pas l'intention de pérenniser le rituel du Roi d'été, et la mère de notre dernier Roi d'été a enterré cette information dans le corps d'une poupée au fond de son jardin. Je comprends pourquoi elles l'ont laissée entrer dans leur cité. Je me demande si Enki savait ce que contenaient ces fichiers – il voulait peut-être me les léguer tout autant que me montrer le jardin de sa mère.

J'ai distribué des copies de ces fichiers dans toutes les grandes bibliothèques. Nous verrons comment les gens réagissent.

Certains m'appellent la Reine waka, mais c'est une contradiction dans les termes. Je n'ai peut-être que dix-huit ans, mais je suis une *grande*. Quand je regarde la baie debout à ma fenêtre, je sens le poids de la responsabilité de cette ville sur mes épaules. Je me rappelle avoir dit à Enki que je ne voulais pas être Reine, jamais.

Le connaissant, c'est ce qui lui en a donné l'idée.

Gil ne sort plus de son jardin depuis la cérémonie. Je suis allée le voir plusieurs fois, mais il supporte à peine de parler. Je m'assieds un moment et j'essaie d'être là pour lui comme il a toujours été là pour moi. Même s'il ne parle pas, je peux toujours écouter.

Je pense à Enki comme à un séisme qui nous laisse tout à reconstruire. Mais faut-il être bête pour tomber amoureuse d'un séisme ?

Je retourne à ma fenêtre et presse mon visage contre la vitre. La vision de la baie la nuit m'apaise toujours. Cela me rappelle que l'amour existe et que je ne le regretterai jamais.

— June, dit la ville dans mes haut-parleurs.

Je sursaute et ferme les yeux. Pas une autre crise, pas déjà.

— Oui ?

— J'ai un message pour toi.

Je contemple mon reflet dans la vitre : pantalon déchiré, T-shirt d'un *bloco* que Gil et moi avons gagné dans le *verde* six ans plus tôt, les pieds nus. Une allure de waka, mais un regard de *grande*.

— De quoi s'agit-il, Ville ?

— Il te fait dire : *Désolé pour ce truc d'être Reine. J'espère que tu t'y feras.*

C'est sa voix.

— Que…

— *Je suis mort, June,* continue sa voix.

— Tu crois que je ne le sais pas ?

— *Mais la ville a conservé des parties de moi.*

Je lève la tête. Je regarde autour de moi, à moitié persuadée qu'Enki va jaillir des ombres de ma chambre en escaladant mon balcon dans sa tenue de chasse en riant aux éclats.

Mais je suis seule.

— *Je serai mort, mais attends-moi,* je chuchote.

Je commence enfin à comprendre.

— *Bem querer,* poursuit le fantôme de mon bien-aimé. *Je vais te raconter une histoire…*

Et les lumières de Palmares Três s'éteignent pour la troisième fois.

Note de l'auteur

Palmares Três est une ville onirique, une vision futuriste enracinée dans le Brésil d'aujourd'hui, mais qui a fermenté dans mon imaginaire. La baie de Palmares Três n'existe (pour le moment) pas sur la côte sud de Bahia. Sa culture afro-brésilienne particulière, teintée d'emprunts au Japon, à l'Amérique du Nord et à l'Afrique de l'Ouest reflète le mélange multiculturel qu'est le Brésil actuel à travers mon filtre d'auteur. Le syncrétisme opéré entre catholicisme et candomblé est une pratique bel et bien vivante, mais, dans le futur que j'ai imaginé, ces traditions ont évolué de manière inattendue, voire peu vraisemblable.

Toute erreur d'interprétation ou extrapolation est donc entièrement de mon fait.

Remerciements

Ce livre a une dette envers les cafés de Vancouver où j'ai composé la première partie, et envers un certain appartement new-yorkais situé sur la 2e Avenue qu'on m'a prêté pendant une passe difficile où j'ai écrit le reste. Pour les incroyables couteaux et la cuisinière dernier cri, merci. Tu es formidable et te reconnaîtras.

La tâche de convertir mon pavé de prose indigeste en quelque chose de lisible doit beaucoup aux conseils avisés de nombreuses personnes généreuses, sages et bourrées de talent. Je souhaite remercier les participants à l'atelier de Sycamore Hill session 2010 qui ont accepté ce roman, alors à un stade très peu avancé. Mes camarades d'Altered Fluid (en particulier David Rivera, Kristine Dikeman, Eugene Myers, Tom Crosshill, Paul Berger et Devin Poore) ont décortiqué ce livre sous tous les angles possibles ; vous êtes au nombre de mes favoris sur cette terre.

Justine Larbalestier et Tamar Bihari méritent un immense coup de chapeau pour avoir lu une version si mal dégrossie que j'avais moi-même du mal à m'y retrouver, et pour y avoir décelé le potentiel de ce projet. Je n'en serais jamais arrivée là sans vos conseils et votre soutien.

Mon agent Jill Grinberg a compris et cru en ce roman dès sa première lecture ; je n'aurais pu rêver trouver meilleure avocate, ni meilleure équipe que celle qui m'a accueillie à Grinberg Literary. Mes éditeurs Arthur Levine et Emily Clement ont investi une énergie, un temps et une perspicacité incroyables dans l'histoire de June, extrayant d'elle des facettes auxquelles je n'aurais jamais pensé seule. Grâce à vous, je passe pour plus intelligente que je ne le suis.

Ma famille, comme toujours, a été une formidable influence et un grand soutien. Ma sœur Lauren m'a inspirée par les histoires de ses voyages au Brésil, ma cousine Alexis m'a encouragée à développer la graine qui a ensuite poussé jusqu'à devenir *Le Prince d'été*, et l'amour de mon père pour la bossa-nova a déclenché ma propre passion pour la musique brésilienne.

Cristina Lasaitis, Fàbio Fernandes et Christopher Kastensmidt se sont pliés en quatre pour m'aider sur les termes portugais et les questions d'ordre culturel. La générosité de mes amis écrivains ne cesse jamais de m'impressionner.

Finalement, Eddie Schneider a réussi à me faire redescendre sur terre de si nombreuses fois qu'il aurait bien pu avoir un hélicoptère. Merci de m'avoir écoutée, d'avoir veillé sur ma santé mentale et d'être un être humain si merveilleux. Tu me rends heureuse chaque jour.

Muito obrigada, mes amis. Vous êtes tous invités à la fête.

DÉJÀ PARUS

VERSION BETA

Rachel Cohn

Elle est l'absolue perfection.
Son seul défaut sera la passion.

Née à seize ans, Elysia a été créée en laboratoire. Elle est une version beta, un sublime modèle expérimental de clone adolescent, une parfaite coquille vide sans âme.

La mission d'Elysia : servir les habitants de Demesne, une île paradisiaque réservée aux plus grandes fortunes de la planète. Les paysages enchanteurs y ont été entièrement façonnés pour atteindre la perfection tropicale. L'air même y agit tel un euphorisant, contre lequel seuls les serviteurs de l'île sont immunisés.

Mais lorsqu'elle est achetée par un couple, Elysia découvre bientôt que ce petit monde sans contraintes a corrompu les milliardaires. Et quand elle devient objet de désir, elle soupçonne que les versions BETA ne sont pas si parfaites : conçue pour être insensible, Elysia commence en effet à éprouver des émotions violentes. Colère, solitude, terreur… amour.

Si quelqu'un s'aperçoit de son défaut, elle risque pire que la mort : l'oubli de sa passion naissante pour un jeune officier…

« Un roman à la fois séduisant et effrayant,
un formidable page-turner ! »

Melissa De La Cruz,
auteur de la saga *Les Vampires de Manhattan*

Tome 1 d'une tétralogie bientôt adaptée au cinéma par le réalisateur de Twilight II – Tentation

Tome 2 à paraître en octobre 2013

CONFUSION

Cat Clarke

La vie est un beau mensonge.

Grace, 17 ans se réveille enfermée dans une mystérieuse pièce sans fenêtres, avec une table, des stylos et des feuilles vierges. Pourquoi est-elle là ? Et quel est ce beau jeune homme qui la retient prisonnière ? Elle n'en a aucune idée. Mais à mesure qu'elle couche sur le papier les méandres de sa vie, Grace est frappée de plein fouet par les vagues de souvenirs enfouis au plus profond d'elle-même. Il y a cet amour sans espoir qu'elle voue à Nat, et la lente dégradation de sa relation avec sa meilleure amie Sal. Mais Grace le sent, quelque chose manque encore. Quelque chose qu'elle cache.

De dangereux et inavouables secrets,
une amitié intense et exclusive, une attirance fatale...
Un roman qui a bouleversé l'Angleterre.

LES CENDRES DE L'OUBLI

- Phænix -

Livre 1

de Carina Rozenfeld

Elle a 18 ans, il en a 20. À eux deux ils forment le Phœnix, l'oiseau mythique qui renaît de ses cendres. Mais les deux amants ont été séparés et l'oubli de leurs vies antérieures les empêche d'être réunis...

Anaïa a déménagé en Provence avec ses parents et y commence sa première année d'université. Passionnée de musique et de théâtre, elle mène une existence normale. Jusqu'à cette étrange série de rêves troublants dans lesquels un jeune homme lui parle et cette mystérieuse apparition de grains de beauté au creux de sa main gauche. Plus étrange encore : deux beaux garçons se comportent comme s'ils la connaissaient depuis toujours...

Bouleversée par ces événements, Anaïa devra comprendre qui elle est vraiment et souffler sur les braises mourantes de sa mémoire pour retrouver son âme sœur.

La nouvelle série envoûtante de Carina Rozenfeld, auteur jeunesse récompensé par de nombreux prix, dont le prestigieux prix des Incorruptibles en 2010 et 2011.

Second volet à paraître en avril 2013 :
Le Brasier des souvenirs

GLITCH

de Heather Anastasiu

L'amour est une arme

Dans une société souterraine où toute émotion a été éradiquée, Zoe possède un don qu'elle doit à tout prix dissimuler si elle ne veut pas être pourchassée par la dictature en place.

L'amour lui ouvrira-t-il les portes de sa prison ?

Lorsque la puce de Zoe, une adolescente technologiquement modifiée, commence à glitcher (bugger), des vagues de sentiments, de pensées personnelles et même une étrange sensation d'identité menacent de la submerger. Zoe le sait, toute anomalie doit être immédiatement signalée à ses Supérieurs et réparée, mais la jeune fille possède un noir secret qui la mènerait à une désactivation définitive si jamais elle se faisait attraper : ses glitches ont éveillé en elle d'incontrôlables pouvoirs télékinésiques...

Tandis que Zoe lutte pour apprivoiser ce talent dévastateur tout en restant cachée, elle va rencontrer d'autres Glitchers : Max le métamorphe et Adrien, qui a des visions du futur. Ensemble, ils vont devoir trouver un moyen de se libérer de l'omniprésente Communauté et de rejoindre la Résistance à la surface, sous peine d'être désactivés, voire pire...

La trilogie dystopique de l'éditeur américain des séries best-sellers *La Maison de la nuit* et *Éternels.*

Tome 2 : *Résurrection*

Tome 3 à paraître en novembre 2013

Kaleb

de Myra Eljundir

SAISON 1

C'est si bon d'être mauvais…

À 19 ans, Kaleb Helgusson se découvre empathe : il se connecte à vos émotions pour vous manipuler. Il vous connaît mieux que vous-même. Et cela le rend irrésistible. Terriblement dangereux. Parce qu'on ne peut s'empêcher de l'aimer. À la folie. À la mort.

Sachez que ce qu'il vous fera, il n'en sera pas désolé. Ce don qu'il tient d'une lignée islandaise millénaire le grise. Même traqué comme une bête, il en veut toujours plus. Jusqu'au jour où sa propre puissance le dépasse et où tout bascule… Mais que peut-on contre le volcan qui vient de se réveiller ?

La première saison d'une trilogie qui, à l'instar de la série Dexter, offre aux jeunes adultes l'un de leurs fantasmes : être dans la peau du méchant.

Déconseillé aux âmes sensibles et aux moins de 15 ans.

Saison 2 : *Abigail*

Saison 3 à paraître en août 2013

LA COULEUR DE L'AME DES ANGES

de Sophie Audouin-Mamikonian

Laissez-vous porter par les ailes du désir...

Sauvagement assassiné à 23 ans, Jeremy devient un Ange... et réalise avec effroi que l'on peut mourir aussi dans l'au-delà. Pour ne pas disparaître, en effet, tout Ange doit se nourrir des sentiments humains et même... les provoquer ! Invisible et immatériel, Jeremy décide d'enquêter sur sa mort et tombe amoureux de la ravissante Allison, une vivante de 20 ans, témoin de son meurtre. Or l'assassin de Jeremy traque la jeune fille... Jeremy parviendra-t-il à sauver Allison ? Sera-t-il capable de sacrifier ses sentiments et de vivre à jamais séparé d'elle ?

Le premier volet de la duologie événement de Sophie Audouin-Mamikonian.

LA SÉLECTION

de Kiera Cass

35 candidates, 1 couronne, la compétition de leur vie.

Elles sont trente-cinq jeunes filles : la « Sélection » s'annonce comme l'opportunité de leur vie. L'unique chance pour elles de troquer un destin misérable contre un monde de paillettes. L'unique occasion d'habiter dans un palais et de conquérir le cœur du prince Maxon, l'héritier du trône. Mais pour America Singer, cette sélection relève plutôt du cauchemar. Cela signifie renoncer à son amour interdit avec Aspen, un soldat de la caste inférieure. Quitter sa famille. Entrer dans une compétition sans merci. Vivre jour et nuit sous l'œil des caméras... Puis America rencontre le Prince. Et tous les plans qu'elle avait échafaudés s'en trouvent bouleversés...

Le premier tome d'une trilogie pétillante, mêlant dystopie, téléréalité et conte de fées moderne.

Bientôt adaptée en série TV par les réalisateurs de *The Vampire Diaries* !

Tome 2 à paraître en avril 2013

STARTERS

de Lissa Price

Vous rêvez d'une nouvelle jeunesse ?
Devenez quelqu'un d'autre !

Dans un futur proche : après les ravages d'un virus mortel, seules ont survécu les populations très jeunes ou très âgées : les Starters et les Enders. Réduite à la misère, la jeune Callie, du haut de ses seize ans, tente de survivre dans la rue avec son petit frère. Elle prend alors une décision inimaginable : louer son corps à un mystérieux institut scientifique, la Banque des Corps. L'esprit d'une vieille femme en prend possession pour retrouver sa jeunesse perdue. Malheureusement, rien ne se déroule comme prévu... Et Callie prend bientôt conscience que son corps n'a été loué que dans un seul but : exécuter un sinistre plan qu'elle devra contrecarrer à tout prix !

Le premier volet du thriller dystopique phénomène aux États-Unis.

« Les lecteurs de *Hunger Games* vont adorer ! », Kami Garcia, auteur de la série best-seller, *16 Lunes*.

Second volet à paraître en mai 2013

Night School

de C.J. Daugherty

Tome 1

Qui croire quand tout le monde vous ment ?

Allie Sheridan déteste son lycée. Son grand frère a disparu. Et elle vient d'être arrêtée. Une énième fois. C'en est trop pour ses parents, qui l'envoient dans un internat au règlement quasi militaire. Contre toute attente, Allie s'y plaît. Elle se fait des amis et rencontre Carter, un garçon solitaire, aussi fascinant que difficile à apprivoiser… Mais l'école privée Cimmeria n'a vraiment rien d'ordinaire. L'établissement est fréquenté par un fascinant mélange de surdoués, de rebelles et d'enfants de millionnaires. Plus étrange, certains élèves sont recrutés par la très discrète « Night School », dont les dangereuses activités et les rituels nocturnes demeurent un mystère pour qui n'y participe pas. Allie en est convaincue : ses camarades, ses professeurs, et peut-être ses parents, lui cachent d'inavouables secrets. Elle devra vite choisir à qui se fier, et surtout qui aimer…

Le premier tome de la série découverte par le prestigieux éditeur de *Twilight*, *La Maison de la nuit*, *Nightshade* et Scott Westerfeld en Angleterre.

Tome 2 : *Héritage*

Tome 3 à paraître à partir de mi-2013

Retrouvez tout l'univers de
Le Prince d'été
sur la page Facebook de la collection R :
www.facebook.com/collectionr

Vous souhaitez être tenu(e) informé(e)
des prochaines parutions de la collection R
et recevoir notre newsletter ?

Écrivez-nous à l'adresse suivante,
en nous indiquant votre adresse e-mail :
servicepresse@robert-laffont.fr

Composé par Nord Compo Multimédia
7, rue de Fives, 59650 Villeneuve-d'Ascq

Cet ouvrage a été achevé d'imprimer en mars 2013
dans les ateliers de Normandie Roto Impression s.a.s.
61250 Lonrai
N° d'édition : 52999/01 – N° d'impression : 131008
Dépôt légal : mars 2013

Imprimé en France